MICHAEL OSTROWSKI

DER ONKEL

ROMAN

ROWOHLT HUNDERT AUGEN

Bettina Wegner: «Über den Berg ist mein Liebster gezogen». Text: Bettina Wegner
Bilderbuch: «Maschin». Text: Maurice Ernst, Michael Jakob Krammer
Blondie: «Atomic». Text: Deborah Harry, James Mollica Destri, Clement Anthony Bozewski
Bob Dylan: «Ballad of a Thin Man». Text: Bob Dylan
F. R. David: «Words don't come easy». Text: Martin J. Kupersmith, Louis S. Yaguda
K. Ronaldo: «Nichts mehr fühlen». Text: Yung Hurn
Millie Jackson: «If loving you is wrong». Text: Homer Banks, Carl Mitchell Hampton, Raymond Earl Jackson
Russ: «Pull the trigger». Text: Peter Reno, Russell Vitale
The Beatles: «While my Guitar gently weeps». Text: George Harrison
Udo Jürgens: «Ich weiß, was ich will». Text: Fred Jay
Yung Hurn: «Leck die Bitch», «Mama», «Stoli». Text: Yung Hurn

3. Auflage Januar 2023
Originalausgabe
Veröffentlicht im Rowohlt Verlag, Hamburg, Dezember 2022

Abbildung S. 3: Super+
Satz aus der Arno Pro
bei Pinkuin Satz und Datentechnik, Berlin
Druck und Bindung CPI books GmbH, Leck
ISBN 978-3-498-00329-6

Viele haben gefragt, warum es wert ist, diese Geschichte zu erzählen, und ich sage immer, alle Geschichten, die ich erzähle, sind wahr, weil ich an das geglaubt habe, was ich gesehen habe, und auf meinen Reisen durch all diese Länder und diese Städte, die mich mal mehr oder weniger freundlich und dann doch immer wieder wie einen Aussätzigen empfangen haben, aus der Stadt gefegt, geteert und gefedert, geliebt und geschasst, auf all diesen Reisen war ich ziellos, ein warmes Bett und ein Frühstück zu ergattern, sei es bei einem Freund aus besseren Tagen oder einer Zufallsbekanntschaft, war das Höchste der Gefühle und Ansprüche, aus dem Nichts hinein in eine Welt, die sich mir erschließen würde, Schritt für Schritt, Atemzug für Atemzug, hinein ins Unbekannte, alles Bekannte rutschte zurück, jeden Tag, jede Woche, jedes Jahr, immer weiter zurück im Kopf, in den hinteren Schädel, dem Vergessen anheimfallend, anheim, Oheim, wo bist du gewesen, wo bist du daheim, in dieser Welt ist man allein, Wolken am Himmel, Wolken, die alles verdunkeln, nur die Erinnerung an diesen Sommer leuchtet hinter düsteren Gefilden wie ein unauslöschlicher Stern, ein gleißend heller Punkt, ein winziger Urknall, aus dem alles entstanden ist, was ich heute bin. Und so ist diese Reise die letzte Reise, die letzte Geschichte, die erste und die letzte Story, hingeschmiert, unrasiert, verliebt und weggewaschen, it will be raining cats and dogs, der Hund jagt jaulend seinem Schatten hinterher und eine Katze beißt sich in den Schwanz, um dann davonzuspringen, fauchend und kratzend in den Straßengraben, GROOWWWLLLL und HOOOOWWWWLLLLL, kein Laut mehr zu hören, nur das Staubkorn in der Luft schwebt und legt sich auf die weiche leise Weise auf die harte Straße und verglüht.

DER ONKEL/ THE HAWK

«Wenn du glaubst, es geht nicht mehr,
Kommt von wo ein Onkel her.»
(Anonym)

Er saß in seinem Ford Escort, Baujahr 91, grau metallisé, mit Ralleystreifen, rot, und rauchte. Er starrte aufs Lenkrad, zog an seiner Zigarette. Sein Zen Moment. Es war seine Ruhe vor dem Sturm. Drinnen Konzentration. Draußen Büsche und die hereinfallende Dämmerung.

Er hatte den Wagen in einem kleinen Waldstück geparkt, unweit der Bundesstraße. Ein kurzfristiges Versteck für den Jäger. Tarnen und täuschen. Er rückte die Haare zurecht, betrachtete sich im Rückspiegel, nahm die graue Lederjacke und seinen Aktenkoffer und stieg aus.

Ein Habicht saß auf einem Baum im nahen Unterholz und beobachtete ihn.

THE HAWK

Ein blond gemäschter Schopf im Wind, wippender Gang, die Augen auf ein Ziel fixiert, das niemand kennt außer ihm selbst. Musik. Ein weinroter Lederkoffer in der Hand, 80er Jahre, goldene Schlösser, *klick klack*, der Inhalt sein Geheimnis. Er marschiert quer übers Feld, spürt die Rotoren der Windräder majestätisch hinter sich in der untergehenden Sonne. Ein Vogel schreit über ihm, er blickt nicht hoch, dort drüben der Bahnübergang am Ende des Ackers, gleich daneben die Tankstelle. Dahinter die Beutetiere in Greifweite.

WUMM-WUMM-WUMM-WUMM-WUMM

Der Zug rollt vorüber, Kurzbahnstrecke im Nirgendwo, kein Gast ist zu erkennen, zu schnell rattert die Garnitur vorüber. Als der Zug verschwunden ist, hat er eine Sonnenbrille auf. Er überschreitet die Gleise, geht auf die Tankstelle zu. Nebenan am Parkplatz eine Gruppe gestikulierender Taxifahrer, laut, freudig, erregt und schimpfend, über den offenen Kofferraum eines Autos gebeugt. Er geht auf die Gruppe zu.

Ein dicker Serbe wirft zwei Würfel in den Kofferraum, ein Raunen, dann Entspannung, der Nächste schnappt sich den Becher, sammelt die Würfel ein. Er bleibt stehen, betrachtet die Taxler, der Kofferraum des Taxis ist mit grünem Filz ausgelegt, sie legen Scheine drauf. Er zieht eine Spange Geld aus der Hosentasche. Die Taxifahrer betrachten das dicke Bündel. Er blickt in die Runde.

– Was spielts ihr da?

Sie tun so, als hätten sie kaum registriert, wie viel Geld er ihnen unter die Nase hält. Aber sie haben den Köder schon geschluckt.

BARBUT

– Kann i mitspielen?

Die Taxler betrachten den Neuling, werfen einander Blicke zu. Ein dünner Ägypter, ein Kroate mit Hut, die anderen drei vermutlich Serben, einer dick, der andere glatzköpfig und tätowiert mit Klumpfuß, fast schon too much, der Dritte langhaarig und latent aggressiv.

Er deutet auf die Würfel im Kofferraum,

– Und wie geht des?

Der Langhaarige, dem die Maske am Ohr hängt, klärt ihn auf,

– Siegerkombo 3–3, 4–4, 5–5, 5–6, Doppel Sechs schlägt alle.

Der dicke Serbe übernimmt,

– Normalerweise legst fünf Euro, zehn Euro pro Wurf, aber wenn du willst …

Er schaut in die Runde,

– … spielma Offene Tisch, Offene Tisch für dich … Schwabo!

Schwabo is einer, der deutsch redet, keiner von ihnen, das Bürscherl. Sie lachen, widersprechen dem dicken Serben, scheinbar,

– Nein, nein, nein!, Heee!, OFFENE TISCH? Bistduwahnsinnig heee!

Aber dann werfen sie all ihre Moneten drauf, wittern die leichte Beute.

– Des ganze Geld?!

Er scheint zu zögern, aber jetzt gibt's kein Zurück mehr,

– Offene Tisch, und da--

Der dicke Serbe knipst seine fette goldene Uhr vom Handgelenk, *fett as he is*, knallt sie auf sein Schippel Geld,

– Die leg ich dir drauf! Für dich, Schwabo, also, gemma!

Jetzt nimmt auch der Mann sein Geld aus der Spange und knallt es in den Kofferraum, ein Ruck geht durch die Gruppe, das Spiel hebt an, Alles oder Nichts, der Fette nimmt den Würfelbecher, schüttelt ihn schnell und hart, dann wirft er die zwei Würfel hinein in den Kofferraum: ein Vierer, ein Zweier, das is nix, er gibt den Becher weiter an den Mann,

– Du bist dran!

Alle schauen, was er bringen wird, der gemäschte Typ, und er sagt,

– Mach das Radio lauter!

Sie sehen ihn an, verwundert, Was will der?!

– LAUTER!

Die Taxler schauen einander an, HÄÄ? – er hebt den Würfelbecher zur Brust, seine Jacke steht offen – ein kurzer Moment der Ablenkung, den hat er gesucht, der Ägypter lacht, dann beugt er sich hinein ins Auto und dreht lauter, die Bässe krachen und wummern, aber genau das braucht er jetzt, dieser Typ. Er würfelt, geht in die Knie, beugt sich, dann streckt er sich beim Wurf, die beiden Würfel fliegen über die goldene Uhr, über die Geldscheine, bis ganz hinein in den Wagen, die Gruppe beugt sich vor, alle warten auf die Zahlen, alle Augen auf der Augenzahl, ein Slomo Moment, die Musik hebt ab, die Männer starren, die Würfel bleiben liegen: Close up.

REVANCHE

– Du Drecksau, elendige Betrüger! Pička!

Ungläubig starrten sie auf die Würfel, *beim ersten Wurf zwei Sechser*, niemals, unmöglich, die höchste Zahl beim ersten Mal, DOPPEL SECHS!

– Der will uns verarschen oder was?! Hurenbeitl!

Der dicke Serbe hatte Pranken wie ein Tiger und wedelte damit herum vor dem Kopf, als hätte er einen epileptischen Anfall, sein Compañero hielt ihn am Arm fest, der Ägypter lehnte am Auto und starrte auf den grünen Filz, der jetzt leer war, alles weggeputzt! Der Langhaarige untersuchte die Würfel, der Glatzkopf rieb sich die Zähne mit der Innenfläche der Hand, als wäre sie seine Zahnbürste,

– Lass liegen, Schwabo!

Aber er raffte die letzten Scheine zusammen, einer der Taxifahrer rempelte ihn an, die Luft flirrte, es war die Zeit kurz vorm Fäuste fliegen,

– Schau dir den an! Was is mit dir, Burschi?!

Er riss sich los, schlug dem einen, der seine Jacke festhielt, die Hand weg, stieß den Fetten mit der anderen weg, behielt trotz der Vehemenz alle Eleganz, die er in diesem entscheidenden Moment aufbringen konnte,

– Meine Herren, was soll der Stress? Ich komme wieder!

Er deutete großmännisch hinüber zum Tankstellenbeisl,

– A Seidl, ein kleiner Besuch der Toilette ...

Er nahm seinen Lederkoffer hoch, eine kleine Drehung am Stand, eine Geste der beiläufigen Großzügigkeit,

– – ... dann spielma Revanche!

Er ließ sie stehen, lässig schwang sein Köfferchen. Sie wollten ihn in der Luft zerfetzen, in seinem Rücken hörte er sie noch immer fluchen und toben – so long, Fuckers! Er marschierte über den Parkplatz, raus aus der Gefahrenzone, raus aus ihrem Blickfeld, steckte die Handvoll Scheine in die Innentasche der Lederjacke links, an die acht-, neunhundert, das war mehr als erwartet, die dicke goldene Uhr in die Tasche rechts, die war sicher nichts wert, eine Fake Rolex, mit der sie ihn hatten ködern wollen, aber leider war dieser Schuss nach hinten losgegangen,

– *Pička ti materina ... !*

Der Langhaarige schrie ihm noch immer nach, er war der Aggressivste der Runde, er wollte ihm nachrennen und an die Gurgel, der Glatzerte mit dem kürzeren Fuß hielt ihn zurück, sein Pech, aus den Augenwinkeln sah er sie, die Gruppe Erniedrigter, da standen sie rund um ihre Taxis und bellten wie die Hunde.

Er sprang die Stiegen hinunter zur Toilette, das Gesicht kurz unters Wasser, raues Papier zum Abtrocknen, die Haare richten, dann wieder hinauf und hinein ins kleine Restaurant.

Lauter ermordete Tiere an der Wand, Fische, Wiesel, Auerhähne, Wildschweine, aber vor allem Fische mit großen toten Glupschaugen über der blau blinkenden Vertäfelung, ein lächerliches Sammelsurium der Jägerlust, der Wirt war sicher ein großer Wilderer vor dem Herrn, was für eine armselige Schau, er winkte der Kellnerin,

– Kleines Bier!

Ein paar Minuten würden ihm bleiben, ein schnelles Seidl, dann über den Hinterausgang raus. Er setzte sich an die Bar, sah sich um. Das Lokal war leer, bis auf eine Schnapsnase am hintersten Tisch, Stammgast, keine Frage. Er atmete durch. Es war die erste kurze Auszeit, die er sich gönnte, *gönn dir,* nachdem er die Nachricht erhalten hatte. Nachdem er sich ins Auto gesetzt hatte und nonstop acht Stunden gefahren war. Nachdem er es erfahren hatte. Nachdem ihm der Schock die Sprache verschlagen und alles Leben entrissen hatte und er wie nach dem Tauchen zurück an die Luft hochgeschnellt war und es nicht fassen konnte: Er liegt im Koma. *Sein Bruder* lag im Koma.

Er brauchte keine zwei Sekunden, um sich zu entscheiden. Er würde zu ihm fahren … Und- und- was? … Und sie sehen. Er würde sie wiedersehen … Er würde sie sehen … Der Gedanke fuhr ihm wie ein heißes Messer in den Unterleib, au au und ohh jaaaa …! Wie nah diese Scheiße immer zusammen liegt, Schmerz und Leid und die größte Freud, den letzten Teil sagte er laut, Kalenderspruch des Tages, nein, des Jahres!

Es gab nichts zu überlegen, es gab nichts, das ihn hielt. Seit Monaten war er on the road, die Lockdowns waren keine gute Zeit zum Squatten, die Welt hatte sich eingeigelt, er war draußen geblieben. Alles, was er besaß, lag in seinem Escort verstreut, sein Hab und Gut im Handschuhfach, sein Ass war im Ärmel, sein Herz war in der Hose, nothing there to lose but lose yourself to dance.

Aber man kommt nicht gerne blank an, man kommt ungern mit leeren Händen zurück, deswegen hatte er noch schnell die Gelegenheit … am Schopf gepackt. War rechts rangefahren. Er hatte die Männer beobachtet, beim Barbut spielen, über den

Kofferraum gebeugt. An den nicht so frequentierten Taxistandplätzen bei den Bahnhöfen und den kleinen Tankstellen, dort spielten sie gerne und schissen auf ihre Kundschaft, das Spielen war wichtiger. Er kannte die Szene, es war auch sein Revier.

Er war abgebogen und hatte sein Auto in einem Waldstück geparkt. Fluchtwege freihalten. Tarnen und täuschen. Das hatte er gelernt, vor allem vom Karli, der als Metzgerlehrling die Arbeiter abzockt hatte im Wirtshaus, der auch noch Jahre später, als er durchs Spielen schon lange seinen Lebensunterhalt verdiente, noch als Metzgerlehrling auftrat, weil sie ihn alle unterschätzten. Schau net so deppad, Bauernschädl, Was is mit dir, Bürscherl, spielst a Runde mit uns? – Der Karli hatte immer auf Understatement gemacht, sie immer gewinnen lassen und im entscheidenden Spiel hatte er sie abgezogen, bei Alles oder Nichts, dann hatten sie deppad geglotzt, diese Bauernschädl, und er, der Karli, war als König von dannen gezogen. Einen besseren Meister hätte er sich nicht wünschen können als den King Karli.

Nun sitzt er da, an der Bar, in einer Tankstelle in Santa Nirgendwo, Dudelmusik im Radio,

Mein Onkel kommt zu Besuch
Er sagt, er nimmt mich mit
Nimmt mich mit in sein Land …

Autotune im Flamenco Style, man kennt den Vibe …

Er greift in die Jackentasche, nimmt die beiden Würfel in die Hand und betrachtet sie. Der Staub der letzten Stunden fällt langsam von ihm ab. Er hört die Kellnerin hinter sich näher kommen, klopft seine Stiefel aneinander, weißes Leder aus Madrid, original 70er Jahre, einer alten Freundin hat er die abgeluchst, tagelang hatte er sie bearbeitet, ihm diese Schuhe zu überlassen. Sie hatte sich gewehrt, anfangs, Nein nein, niemals, die kannst du nicht haben, die gehören gar nicht mir, die gehören doch dem Ding, dem Dings, ich muss sie retournieren, der wird mich umbringen, sie brauchen neue Reißverschlüsse, die sind doch schon kaputt, ich kann sie dir nicht geben! Nein! Aber nach zwei Wochen war sie mürbe geworden, unter dem Druck seiner Argumente und seiner Hände, sanfter Druck, angenehm und eindringlich, so hatte er mit ganzem Körpereinsatz für seine Stiefel gearbeitet. Nichts ist so sanft wie der Druck der eleganten Lende.

Das war vor fast zwei Jahren gewesen, seitdem trugen ihn diese Stiefel durchs Leben, die Absätze nur leicht erhöht, ein Hauch von Studio 54, am Gaspedal rutschte man nicht ab, das war essentiell. Die Reißverschlüsse hatte er austauschen lassen. Nun waren es seine white leather boots. Fuck it. Ein letzter Batzen Lehm löste sich von der Sohle, der Weg durchs Feld hat Spuren hinterlassen.

Draußen hört man die Taxifahrer schreien und fluchen, die Kellnerin muss sie durchs Fenster gesehen haben. Er lässt die Würfel aus der Handfläche auf die Theke gleiten. Tack tack. Zwei Sechser.

Die Kellnerin stellt sein Seidl auf die Bar, betrachtet die Würfel. Aha. So ist das also.

– Glaubst du net, es wär gscheiter, wennst abhaust?

Sie deutet mit den Brauen Richtung Fenster. Das Fluchen der Taxler wabert bedrohlich herein in den Schankraum. Er nimmt einen Schluck Bier.

– I wart noch aufn richtigen Augenblick.

– Ja, ich auch …

Sie lacht, herzhaft und rau und ohne Erwartungen. Diese Tankstelle, ihr Leben. Sie schaut ihn an. Er schaut zurück. Rote Haare, lange Beine, hübsches Gesicht mit diesen Betty Blue Lippen, fast zu ordinär, um einfach nur gut auszusehen. Eine Verschwendung der Talente für dieses als Jagdschloss getarnte Tankstellenbeisl. Das Geschrei der Taxler wird immer beunruhigender. Er blickt zum Fenster. Selbst die Schnapsnase am Stammtisch hat Lunte gerochen und reckt den Hals, um zu sehen, was da draußen los is.

– Habts ihr Zimmer auch?

Sie deutet in Richtung Küche.

– Ja, zwei, da hinten. Aber eins wird grad renoviert.

Ihr Blick fällt auf den Lederkoffer am Barsessel,

– Vertreter?

– So in der Art.

– Was vertrittst denn?

– Des zeig i dir dann.

Er nimmt einen ordentlichen Schluck Bier. Da schau her, denkt sie, er macht auf *Mysteriöser Angeber.* Sie nimmt den Putzfetzen, er ist schon fast abgeschrieben bei ihr, sie hat noch genug zu tun in der Küche …

– Ich bin am Weg zu meim Bruder. Der liegt auf Intensiv.

Sie legt den Lappen weg.

– Scheiße … A Unfall?

Er zuckt mit den Achseln.

– Schicksalsschlag.

Sie sieht sich diesen Typen an, wartet, ob da noch etwas kommt, es kommt aber nichts. Eine Fliege setzt sich auf ihre Wange, BBZZZM, sie pustet sie weg. Draußen wird laut gestritten, das Dudeln des Songs ist kaum mehr zu hören. Bellende Hunde.

– Wo steht eigentlich dein Auto?

Sie hatte ihn nicht kommen sehen, normalerweise sah sie jedes heranfahrende Auto, entweder durchs Fenster oder den Monitor, der Chef hatte ihr das wochenlang eingebläut, *Schaust du auf jedes Auto! Du musst du wissen, was und wer kommt, verstehst du?!* Dann war er in die Küche gegangen, hatte sein Wildschwein abgelegt oder sein Wiesel oder was auch immer, war an die Schank gekommen und hatte ihr seine blutig dreckige Hand auf den Hintern gelegt. *Musst du immer wissen, wer kommt ... !* hatte er gesagt und laut gelacht, *Haa ha haaa!* Wahnsinnig lustig, ihr Chef. Ihn nicht zu ficken war die härteste Strafe für ihn, und sie wollte die Höchststrafe für den Idioten.

– Die Letzten werden die Ersten sein, sagt man. Des glaub i aber net. I glaub eher, dass die Letzten die Letzten sein werden. Deshalb hau gscheiter ab, solang du kannst.

Die Kellnerin schaut ihn sich genauer an. *Mysteriöser Philosoph* also. Er gefällt ihr fast schon.

– Magst an Averna?

Sie greift unter die Schank, stellt zwei Stamperl auf die Theke, schenkt ein.

– Du brauchst einfach des richtige Timing, verstehst, Timing is alles.

Er ist jetzt gut in Fahrt. Zielstrebig und klar, mit einem Schuss Wagemut. Er hebt sein Glas.

– Du hast sehr liebe Augen ...

Er betrachtet ihr Namensschild an der dezent geöffneten Bluse.

– ... Jasmin.

Sie schaut ihm in die Augen, er blinzelt nicht.

SEX

Durch die dünne Wand des Hinterzimmers hört man gedämpft das Gedudel aus dem Schankraum ...

Er sagt er nimmt mich mit,
nimmt mich mit in sein Land ...

Ist das noch immer die gleiche Nummer? Er setzt sich auf, schnaufend, rückt die Haare zurecht ... Hhhhh-hhhaaa, hhhh-hhhaaa ... die Raucherlunge macht Faxen. Keine Frage, er ist schwer gezeichnet, aber er hat alles gegeben. Ein guter Quickie ist wie ein 200-Meter-Sprint: explosiv vom Start weg, im Mittelteil nichts anbrennen lassen und im Finish dann volle Power, entschieden wird die Sache immer auf den letzten Metern! Er hustet, als er sich das Hemd zuknöpft.

Sie betrachtet das Schauspiel, lächelnd, streift sich die Bluse über, der BH ist nur leicht verrutscht, auf ihren Wangen eine zarte Röte, sie zieht den Minirock tiefer und zündet sich eine Zigarette an.

– Mir hat letztens ein Bauer aus der Gegend eine Geschichte erzählt. Willst sie hören?

Er greift nach seiner Hose, nickt geistesabwesend. Das Bett füllt fast das ganze Zimmer aus, sonst kaum Einrichtung, wenigstens ein Aschenbecher. Fototapete an der Wand, Blumendschungel mit Wasserfall oder so was Ähnliches. Er schlüpft ins Hosenbein, die Zeit wird langsam knapp, die da draußen würden keine Ruhe geben, das ist sonnenklar, er muss ein bissl Gas geben.

– Also, eines Abends landet ein Habicht, ein ganz schlauer Vogel, direkt vor demHühnerstall …

– Aber, stürzt der Habicht net eher so runter vom Himmel?

– Normal schon, aber der Habicht landet einfach elegant mitten unter den Hühnern. Der Bauer beobachtet das aus einiger Entfernung und sieht, wie der Habicht ganz unschuldig gemeinsam mit den Hühnern mit in den Stall hineinhüpft, ohne dass es den Hühnern auffällt. Er geht einfach mit ihnen mit rein, in den Stall, er, der Hühnerräuber …

– Und dann?

Er hebt die graue Lederjacke auf, schlüpft hinein. Draußen hört man Türen zufallen, Schreie aus dem Schankraum, Gepolter und Gefluche, aber er ist jetzt in der Geschichte gefangen,

– Was war dann?

– Der Bauer is natürlich hingelaufen zum Stall – aber das dauert, bis er dort is …

– Und dann?

– Er is rein, hat den Habicht hochgehoben und rausgetragen. Der Vogel war komplett steif, wie in Trance, er war wie hypnotisiert. Also so hat's halt der Bauer erzählt ...

– Und was war im Stall los?

– Das is ja des Verrückte, weil im Stall, da--

WAMM

Jemand drischt wütend von außen gegen die Tür.

WAMM – WAMM

– *Wo bist du, du Wixer, haaaa?! Komm raus da und hol dir deine Watschen ab!*

Ein dumpfer Schlag hebt die Türe fast aus den Angeln, die Klinke fällt ab,

– Oh, scheiße- ... Hau ab!

– Was war im Stall?

– Des sind die Taxler!

– Scheiß auf die Taxler, ich will wissen, wie's ausgegangen is!

WAMM

Holz splittert, noch ein Schlag und die Türe wird nachgeben, er springt auf, schnappt sich seinen Lederkoffer.

– Pass auf dich auf, okay?

Die Kellnerin reicht ihm die Hand. Er drückt sie, nickt. Draußen malträtieren sie die Tür mit ihren Fäusten,

– *Hast du glaubt, du kannst uns verarschen, oder was?!*

– Wie heißt du überhaupt?

– Ich bin der Mike.

Er lässt ihre Hand los, läuft zum Fenster, reißt es auf, sie stemmt sich mit aller Kraft gegen die Türe, schindet entscheidende Sekunden raus,

– *Schwabo! Mach auf die Tür! Sonst schlagen wir dein' Schädel ein!*

Ein Donnern, die Türe hält noch einmal stand ...

WUMM

... dann bricht das Schloss, ein Schwall von Drohungen, Flüchen und Gebell schlägt herein ins kleine Zimmer.

Mike springt übers Fensterbrett und ab geht die Post, Flucht nach hinten, er rennt, was er kann, wichtig, dass die Zimmer ebenerdig liegen, das hat er gecheckt, der Koffer springt an einer Schnalle auf, er schließt ihn sofort wieder, klack, er steckt sich das Shirt in die Hose, so viel Zeit muss sein, während er durch den Innenhof läuft. Leere Kanister, verrostete Kessel und allerhand Abfall liegen da, blutige Fellreste neben halbleeren Sprite-Flaschen, von Mülltrennung sind wir hier wohl sehr weit entfernt, der Albtraum jedes Hygieneinspektors.

Da vorne ein Metalltor, ziemlich hoch, dahinter die Gleise, er sprintet los, hinter ihm klettern die ersten Taxler aus dem Fenster, schreien, als ob sie ihn abstechen wollen, der Langhaarige führt die Meute an, dahinter der Ägypter, und überraschenderweise der Glatzkopf mit dem kurzen Fuß als Dritter, Bronzemedaille! -wer hätte das gedacht?

– Bleib stehen, Arschloch, wir kriegen dich!

Sie sind jetzt schon im Innenhof, aber er ist ihnen entscheidend voraus, wirft den Koffer übers Tor, hechtet übers Gitter, der Absprung gelingt – white leather boots! – er haut sich die Eier an, Auaa – Aber er hat's geschafft, landet auf der anderen Seite und läuft auf die Gleise zu …

PFFFFUUU PFFFUUUUUU

Der Zug lässt seine Sirene heulen, sicherlich hat der Zugführer gesehen, dass ein Lebensmüder da vorne über die Gleise galoppiert, kurz bevor er durchfährt, aber der Lebensmüde hat es geschafft, er ist jetzt am Acker, hinter ihm donnern die Waggons vorbei, schneiden den Verfolgern den Weg ab, er streckt den Arm hoch, Mittelfinger raus-

– Fuck you!

Die Taxifahrer sind am Tor gelandet, sehen, wie der Typ es geschafft hat, sie abzuhängen und schreien sich die Seele aus dem Leib,

– DU WIXER! WIR KRIEGEN DICH! IN ZWEI WOCHEN BIST DU TOT, MAUSETOT, DU ARSCH!

Der Zug fährt vor ihnen vorbei, sie hängen am Tor fest, während er übers Feld läuft, da – kurz haut's ihn auf die Schnauze, er rappelt sich auf, steht schon wieder und rennt … Er rennt wie ein Irrer, er hat sie gefickt, er ist ihnen entwischt, läuft über den Acker, die Windräder spielen ihre stumme Musik zu diesem Schauspiel, das zweite 200-Meter-Finale an einem Tag, das haut rein, das schlaucht, aber dafür lohnt es sich zu leben, so macht die Sache Spaß. Das ist es doch, wonach wir uns alle sehnen, oder?

Er sitzt in seinem Auto, vornübergebeugt und raucht. Schweiß tropft von seiner Stirn aufs Lenkrad. Er atmet durch. Draußen hängt die Finsternis, drinnen fällt die Anspannung von ihm ab.

Er greift an seine Schläfen, hebt die blonde Perücke hoch und legt sie ab. Er schaut in den Rückspiegel. Dunkle Haare, dunkle Augen.

– Is alles a Frage vom richtigen Timing …

Seine Augen im Rückspiegel. Er zwinkert sich zu. Er zwinkert uns zu. Dann dreht er den Zündschlüssel um, haut den Gang rein und steigt aufs Gas. Good luck, Onkel Mike!

AIM LOW
FLY HIGH

DRIVE

Rote Punkte im schwarzen Meer, pulsierend und hypnotisch. Langsam werden sie kleiner, verpuffen im Seitenspiegel. Die Windräder sinken in den Schlaf. Musik aus dem Autoradio. Noch einmal leuchten die Punkte auf, wie die müden Augen der Zyklopen, blinken ihre Warnung in die Nacht. Kein Hubschrauber soll in sie krachen, kein Raubvogel sie bestürmen, langsam gehen auch sie zur Ruhe.

Mike kämpft gegen die Müdigkeit, steckt den Kopf aus dem Fenster, atmet die Nachtluft, der Fahrtwind hält ihn wach. Kilometer um Kilometer versinkt die ländliche Welt, versinkt alles, was da war, die letzten Monate im Ausland, die letzten Jahre away, away, away from home, Was ist geschehn all die Zeit?… Was ist Zeit? Was ist Zeit?… Seine Erinnerungen verblassen, alles ist verloren und verkauft, die Relationen sind verschoben, wenn die Erinnerung stirbt, stirbt auch die Zeit… Tausend Jahre sind ein Tag… Er weiß nichts mehr von früher, er radiert sich aus, in dieser Fahrt wird er neugeboren aus dem Dreck and into the Light… into the Light…

Er zündet sich eine Zigarette an, bläst den Rauch gegen den Wind, ein Stück Glut fällt in den Wagen, der Escort verzeiht solche Faux-pas, gottseidank.

Kaum Verkehr, das ist gefährlich nach vielen Stunden der

einsamen Fahrt. Sein Kopf ist an die Sitzlehne gestützt, die Kurve dehnt sich ewig langsam aus und wird wie in Zeitlupe zur Geraden, das ist genug Zeit, um ruhig zu werden, der Sekundenschlaf legt seine weichen Arme um ihn, Mike schmiegt sich in die Kurve, er sieht sich als Kugel auf einer abschüssigen Kegelbahn, gleitet sanft nach unten, dieses Gefühl ist wohlig und verführerisch warm – da, ein Lkw blendet auf, Mike öffnet die Augen-

TÖÖÖÖÖT!!!

– drückt der Lkw die Hupe durch und Mike korrigiert elegant, zurück ins Leben, fokussiert auf die Straße vor ihm, den Mittelstreifen, weg ist die Kegelbahn, verschwunden die ruhige Kugel, nur noch ein Hauch von Tod weht um seine Schläfen.

Er befreit sich von der Lederjacke, greift zum Zigarettenanzünder, steckt das Kabel ein und beginnt sich zu rasieren. Weg mit den Bartstoppeln, weg mit dem kleinen Bärtchen an der Unterlippe, weg mit den überstehenden Haaren – es geht nichts über den gepflegten Schnurrbart und die glatte Wange. Rasierwasser drauf. Die Haare zurückfrisiert und gegelt, gepflegter Vokuhila, kräuselnd unterm Ohr, ein Look unendlich passé und doch nie ganz verkehrt. Er fährt ab, dann fährt er auf.

Orange Lichter jetzt, schwarzblau die Straße, die Häuser werden höher, die Silhouette der Stadt zeichnet sich ab.

Mit dem linken Knie das Lenkrad festgeklemmt, fischt er nach hinten und schnappt sich sein Sakko mit Nadelstreif, dazu das passende Gilet, ein Kleiderwechsel bei 120 km/h, zauberhaft, wie eine oft geprobte Zirkusnummer, dann sitzt er im neuen Outfit am Steuer, blickt in den Spiegel: So wird er nun ankommen. So wird er auftreten. Das wird sein Weg sein.

Er blinkt, fährt ab, die Tangente schmiegt sich an die Stadt, sie ist eine Anschmiegsame, die Tangente, sie ist eine Gerade mit weichem Kern, eine Grande Dame, er spürt ihre Anziehung, ihre Wärme, sie leitet ihn, er gleitet sie entlang, immer weiter, immer näher, immer weiter, immer näher, sein Kinn kippt zur Brust, Ah!, aus Reflex drischt er auf die Hupe, als Vorwurf an die Finsternis, die ihn für einen Augenblick umhüllte, wie zarte Bitterschokolade die helle Nuss.

DAS HAUS

Die Augenbrauen zusammengezogen, die Nase ein Haken, die dunklen Augen konzentriert auf sein Ziel, er war im Anflug.

Er scannte die Straßen, er scannte die Häuser. Er scannte das Revier. Hier war er noch nie, diesen Teil der Stadt kennt man nicht als junger Mensch. Hierher zieht man als erfolgreicher Erwachsener.

Es war nicht schwer gewesen, die Adresse herauszufinden. Wer nichts zu verstecken hat, kann auch gefunden werden. Promi-Anwalt mit Familie samt Traumhaus in bester Lage. *Windradgasse* – er bog ein, Windradgasse, wo früher ein paar Kinder mit ihren Windrädern gespielt hatten, standen jetzt Villen um 3 Millionen. Er fuhr die Straße hoch, links und rechts schwere Brummer vor und in den Garagen, mächtiges Gehäuse. Es war eine Sackgasse, an deren oberem Ende ein Umkehrplatz war, dahinter der Wald. Der dunkle Wald.

Er fuhr im Schritttempo, suchte die Hausnummern, die Straßenlaternen leuchteten ihm gelblich den Weg... Da, das letzte Haus rechts oben. Keine Nummer, nur ein Name stand da, «Fam. Bittini». Er rollte am Schild vorbei, dann wendete er und stellte sich auf die Straßenseite gegenüber. Fluchtwege freihalten.

Einen Moment lang saß er im Wagen, betrachtete die glitzernden Lichter dort unten, weit unten am Horizont. Wehmut, Zorn und Glanz der großen Stadt. Hier heroben wehte der Wind der Wehleidigkeit.

Er überprüfte seine Taschen, Zigaretten, Feuerzeug, Geld, dann griff er in die Ablage unter dem Armaturenbrett, die ganze Zeit war da etwas gelegen, erst jetzt rückte es in den Fokus, eine schwarz-orange Kassette, BASF, selbst überspielt. «Gloria» stand handgeschrieben drauf, dann ein paar unleserliche Buchstaben, «--ist mein Lieb----», der schwarze Fineliner war verwischt, «Sommer» konnte man wieder entziffern. Er betrachtete das Ding aus einer anderen Welt. Was ist Zeit? Was ist Zeit? … 1000 Jahre sind ein Tag. Er ließ die Kassette ins Jackett gleiten, dann stieg er aus.

Ein Mann im Nadelstreif, ein weinroter Lederkoffer, ein Ziel. Ein unbekanntes Haus mitten in der Nacht.

Mike marschierte durch die Einfahrt, visierte die Eingangstüre an – eine Außenlampe ging an, er wich zurück, wie ein durch den Lichtkegel des Autos verschrecktes Reh stand er da, angewurzelt. Er blickte sich um, ging an der Garage vorbei zu einer kleinen Steinstiege. Der Jäger nimmt den Hintereingang.

Er stieg die kleinen Stufen empor, betrat den Vorgarten, links die Wiese und der Wald, rechts das Haus, gemähter Rasen, sportlich, gemütlich, die Gartenarchitektur irgendwo zwischen Buddha und Rhabarber, fein ziselierte Steinumrandungen der Beete, dabei doch immer wieder Sträucher und Hecken frei und wild, wie man das gerne hat, wenn man auch selber gerne frei und wild wäre als Mensch in seinem Garten.

Er müsste sich schon sehr täuschen, wenn sein Bruder jemals Hand angelegt hätte in diesem Garten, vermutlich war das die Sache der *Gattin*, sich wirklich um alles zu kümmern, Hier bist du Herr, wird er ihr nahegelegt haben, Hier kannst du schalten und walten, wie du willst, mach was Verrücktes, tob dich aus, das hier ist dein Reich … So werden sie abkommandiert, die Gattinnen dieser Erde, ab in den Garten mit euch, dort dürft ihr sein, erdig, ungestüm und doch kontinuierlich am Werken, den Elementen nah, Feuer, Wasser, Blumen und Dünger.

Es gab eine schmale Glasschiebetür seitlich am Haus, aber

sie war verschlossen. Er hielt die Nase ans Fenster, erhaschte einen Blick durch die Vorhänge hinein in die Küche: Metall und Glas aber nicht im Übermaß, alles schien leer, keine Lichter im Haus, nur Schatten, die fast unmerklich ihre Farbe veränderten, irgendwo mussten da Leuchtröhren sein, vermutlich hinter Blenden oben im Plafond versteckt. Dutzende Schalter an einem Board, wetten, dass sich da keiner auskennt, auch noch nach Jahren nur Trial and Error, Was ist das jetzt nochmal, Ahja, die Jalousie, und das, vermutlich das Küchenrücklicht, Ah, nein, das war doch der Spot überm Herd ...

Blaues Licht umrahmte die Fassade, tauchte den Beton in Farbe, er schritt übers Gärtchen hin zur Terrasse, in den Ecken standen Sockel, die rot leuchteten, da hatte ein Architektenbüro sicher wochenlang drangesessen, um etwas *ganz Spezielles auszuklügeln* ... Er hatte mal einer Sekretärin in so einem Büro über die Schulter geschaut, er hatte ihr in einer verzwickten Lage *etwas unter die Arme gegriffen,* als die Frau Chefin sie feuern wollte, da sie mit ihren 52 Jahren offensichtlich nicht mehr die angesagte Number One war bei ihrem Mann, dem Herrn Chef-Architekten, denn der hatte gerade mehr Lust auf eine 26-jährige Hilfsfachkraft als auf seinen langjährigen Lebensmenschen.

In dieser vertrackten Lage hatte die Sekretärin ihn um ein wenig Unterstützung gebeten, er sollte versuchen die Chefin zum Fremdgehen zu verführen, denn dann hätte man was in der Hand gehabt. Er ließ sich nicht lange bitten, der Ausblick auf die Dame schien vielversprechend. Aber jedes Rendezvous schleppte sich zäh dahin, ein Knochenjob, weil sie sehr viel von der Arbeit erzählte und von ihrer *Riesenverantwortung* als Chefin, ein *Riesenbüro,* 14 fixe Mitarbeiter-INNEN, 6 Freelancer-INNEN, *riesige* Probleme auch mit der kurzen Ausschreibungsdauer und der Planung und allem.

Und als er sie fast so weit hatte, nach sechs Mischungen und vier Wodka, und seine halbe Hand schon hinten in der Hose steckte und sich ihre feuchte Bluse mit seinem schweißnassen Hemd bereits angefreundet hatte, ihm nur noch Zentimeter fehlten, da biss sie ihm beim Schmusen auf die Lippen, als wollte sie sich rächen für alle *Riesengemeinheiten* dieser Welt. Es gibt Frauen, die wollen nicht küssen, die wollen nur beißen und sie war eine davon. Sie ließ ihn verschwitzt am Parkplatz stehen und fuhr mit dem Auto besoffen nach Hause.

Jedenfalls hatte er der Sekretärin geraten, in diesem Saftladen zu kündigen. Die Chefin würde nicht aufgeben sie rauszubeißen und der Chef war ein ewiger Zauderer, der nichts entscheiden würde, bis die Sache sowieso den Bach runterging.

Die Sekretärin hatte zugestimmt, und er war drei Wochen bei ihr geblieben, bis sie ihn wieder auf die Straße setzte. Sie könne nicht mit einem Raucher leben, außerdem schnarche er lautstark, selbst nachdem sie ihn ausquartiert hatte auf die Couch im Wohnzimmer würde sie ihn hören, es raube ihr den Schlaf, den sie doch *so dringend* brauchte, und *der viele Alkohol* und das *täglich*, Was die weißen Spuren am Küchentisch seien? Ob er etwa Drogen konsumiere in ihrer Wohnung, vielleicht auch noch zum Frühstück?!

Auch gut, er ging, nicht ohne sich ihren Vorrat an Beaujolais zu krallen, als kleines Dankeschön. In Wahrheit war wohl wieder der Chef angekrochen gekommen. Und hatte ihr seine krummen Architektenfinger unter die Nase gehalten, Riech mal da dran! … Gut, dass er sich geschlichen hatte, die Architektur war ein emotionales Fass ohne Boden.

Er überquerte die Terrasse, zwei Liegen säuberlich gen Süden ausgerichtet, ein großer Gasgriller, direkt aus dem Prospekt.

– Nicht schlecht, Herr Specht …

Er stand am Poolende und betrachtete die Kulisse. Hier war er am Olymp heroben, ein Zeus mit Lederkoffer. Er atmete die warme Nachtluft ein. Die Lichter der Stadt funkelten hoch wie kleine Erinnerungssplitter an eine fremde Welt, die Welt der Menschen. Der Himmel war schwarz und die Wellen des Pools schaukelten als Schatten auf einem kleinen Zier-Mäuerchen. Fein gearbeitet. Er tippte auf einen Polen. Warschauer Spachtelstrich.

Er ging zum Haus, fand die Terrassentüre einen Spalt weit offen, steckte den Kopf durch. Alles ruhig. Das Wohnzimmer war finster. Er trat ein.

Er durchquerte den Raum, Sofas, Couchtisch mit kleinen Accessoires drauf, eine gebogene Stehlampe, Plattenspieler, Stereoanlage mit Kassettendeck, gut, sehr gut sogar … Bilder an der Wand, ein Bücherregal, metallene Statuen von Flamingos, ein paar Pflanzen, alles in Blau getaucht, weitläufig und geschmackvoll elegant, nicht voll geräumt, aber auch nicht leer.

Ein Esstisch mit Stühlen, fließender Übergang in die Küche. Alles geputzt, kein Glas auf dem Tisch, kein Geschirr in der Abwasch, kein Kratzer am Herd, keine Spur der Menschen, die hier wohnten.

Er ging zum verbauten Kühlschrank, man erahnte ihn durch sanft kühlendes Surren, er tastete ihn ab, da öffnete sich die Türe mit einem leisen *Bhhaaa*, ein sanfter Luftstrom, der den Blick freigab aufs Innenleben der Maschine. Das Übliche, nichts Spannendes, nichts von Belang, kaum Zutaten zum Selberkochen, das fiel ihm auf, er selber war da anders, immer den Gaskocher im Gepäck, wer keinen fixen Wohnsitz hat, ist Selbstversorger.

Er entschied sich für eine dünne Scheibe Extrawurst, verschlang sie mit einem Schnalz, die Geschmacksknospen sprangen an und gingen auf, eine Wurstblüte am Gaumen, so stand er im Licht des Kühlgeräts, schmatzend, dann nahm er noch eine Scheibe, schob sie in den Schlund. Raubtierfütterung im Küchenzoo.

Er stieg die Treppen hinunter, direkter Zugang zur Garage, davor der schmale aber gut gefüllte Weinkeller, Rot, Weiß und Rosé, Champagner und Crémant, der eine oder andere Prosecco, natürlich nur das Beste aus Italien, diverse Whiskeys, Cognacs und Brandys, einige noch in Kisten verpackt, sicher Geschenke an die Kanzlei, ein *Kleines Dankeschön von der Landesbank,* der Herr Generaldirektor wollte auf diesem Weg seiner Freude Ausdruck verleihen, dass das Bauprojekt so einwandfrei abgewickelt worden war über die Kanzlei Bittini & Partner, mit Herzlichen Grüßen aus der Direktion! … Er schnappte sich einen Rémy Martin, öffnete den Schraubverschluss und trank einen kräftigen Schluck, stellte die Flasche zurück ins Regal.

Die Garage hielt dann doch einige Überraschungen parat. Ein Rennrad, Alu-Rahmen, zwei Citybikes, vier Mountainbikes, eine KTM Maschine, ein Bubentraum in Orange und Schwarz, während die Garage ebenso wie der Weinkeller in kühles Blau getaucht war, mit einem Schuss Rosarot, eventuell ein Zeichen an die Gattin, doch auch teilzuhaben an den Träumen des Gatten, die sich hier herunten verwirklicht hatten.

Saufen und Schnellfahren, das hatte ihre Jugend mehr bestimmt als jede Schule, jedes Mädchen oder jeder Erwachsene, der sie *auf den richtigen Weg* bringen wollte. Er und sein Bruder hatten mehr Zeit auf dem Motorrad verbracht als im Klassenzimmer. Immer stritten sie darum, wer fahren durfte und wer hinten oben sitzen musste, meistens wurde die Münze befragt, oft geknobelt, und da Mike fast immer der Sieger war in diesen Duellen, wurde sein Bruder immer mehr davon besessen, selbst so eine Maschine zu haben, anstatt eine zu klauen. Besitz war ihm schon immer wichtig gewesen, darin unterschieden sich die beiden Bittini-Brüder. Diese Rauf- und Trunkenbolde, Hab- und Taugenichtse, Tag- und Nachtträumer.

– Mhhhmmm …

Er stand vor dem Range Rover, drückte sein Becken sanft gegen die Seitentüre, streckte die Arme seitlich aus und glitt mit den Handinnenflächen über die silbergraue Lackierung, wie ein Schmetterling, der seine Flügel sanft der Sonne entgegenstreckt, sie öffnet, um alles in sich aufzunehmen, was das Leben zu bieten hat. Schwarze Sportfelgen, keine Frage.

Das obere Stockwerk versprach alles, was das untere bereits gehalten hatte. Elegant schwebende Holztreppen führten hinauf in den privaten Bereich. Ein riesiges Porträt des Hausherrn prangte im Stiegenhaus, zwischen Keller und Obergeschoss, eine Foto-Übermalung im Stile von Arnulf Rainer. Er betrachtete seinen Bruder. Die Augen geschlossen, die Mundwinkel runtergezogen, als wäre er traurig, aber diese Trauer könnte auch gespielt sein, Stirn und Augen waren mit dicker roter Farbe übermalt. Sein innerer Kampf nach außen getragen, seine blutroten Gedanken nach außen gestülpt, sein Todeskern sichtbar gemacht. Mutig, dachte er, und ging weiter.

Er erwartete schlafende Insassen in ihren Zimmern, doch alle Räume waren leer. Das Lichtkonzept: Orange ins Rot gehend im Gang und im offenen Arbeitszimmer, mit Blick über die Stadt, die Zimmer hinten hinaus waren mit Blick aufs Grün, aufs letzte Grün dieser Straße. Als oberstes Haus war einem der Neid der anderen gewiss.

Ein Neureicher in Toplage, gut aussehend, erfolgreich, immer wieder las man von ihm, ein Seitenblicke-Gesicht. Mike hatte es sogar aus dem Ausland verfolgen können, wie er reüssierte, sein Bruder, der Windhund, unter all diesen *Adabeis*. Kein Wunder, er war den Wixern sicher in allem überlegen, weil er nichts zu verlieren und alles zu gewinnen hatte.

Die richtigen Namen im Portfolio, die Connections zum alten Geld brachte die Schwiegermutter mit und schon war der Parvenü ein gerngesehener Gast auf allen Empfängen der Stadt. So hatte er sich gemausert, vom Schmutz in die Sauberkeit, ein Putzfrauenmärchen, geträumt von allen Gedroschenen dieser Erde. Vom Tellerzerdrescher zum Speichellecker. Und weiter, immer weiter auf der Hühnerleiter.

Die Nachbarn waren sicher auch ein wenig neidisch auf die Gattin, deren Mann der Freund der Schönen und der Reichen war. Aber Mike wusste, wie er dorthin gelangt war, er kannte seinen Bruder wie kein anderer Mensch, eine Zeitlang waren sie wie ein Körper durch die Welt geirrt, immer auf der Suche, immer hastig, immer rastlos und verwegen.

Er betrat ein Ankleidezimmer, anders konnte man es nicht nennen, damenseitig links die Schuhe, Hüte, Taschen, Blusen, Kleider, herrenseitig rechts die Anzüge, Krawatten, Halbschuhe, Ledermokassins, ganz offensichtlich hatte der Teufel Besitz von seinem Geschmack genommen, und sein Bruder war abgedriftet in die Welt der *Mokassinträger außerhalb der Prärien*, und das war eine tote Welt, eine Welt, wo man den weichen Gang suchte, da man über so viele Leichen gegangen war, deren Knochen hart und kantig knacksten unter den Schritten.

Er schnappte sich den Ärmel eines Hemdes, Paisley, betrachtete es, ließ den Ärmel zurückfallen, der gesellte sich zu seinesgleichen: Businesshemden, hellblau, graublau, weiß, dazwischen ein Dutzend Poloshirts, sauber gestapelt, blau, gelb, grün, rosa. Austrian Psycho.

Die weißen Lederstiefel geparkt am Badezimmerboden. Hose, Hemd und Gilet über den Hocker gelegt. Ein wenig Wasser spritzte über die Boots. Er saß in der Badewanne, nackt wie Gott Jahwe, der Unausprechliche, ihn schuf, und duschte sich ab. Achsel, Rücken, Bauch, Beine, Po und die Füße, auch die

Sohlen. Eine Wanne dieses Ausmaßes stand ihm selten zur Verfügung. Er war in letzter Zeit eher den Waschraumflair von Raststätten und ihren übertünchten Uringeruch gewöhnt. Kein Ort, an dem man gerne ausgedehnte Bäder nimmt.

Das Interieur hier war modern-marokkanisch, kleine Fliesen in Braungelb, dazu ein Stapel überdimensionierter Badetücher, die ganze Familien gewärmt hätten. Der Duschschlauch machte ihm leider grobe Schwierigkeiten, steckte fest, Mike versuchte ihn zu überlisten, indem er heftig an ihm riss, dann schoss das Ding heraus aus der Versenkung und wurde eine handzahme Schlange. Doch plötzlich bockte es wieder und ein Schwall Wasser spritzte über den Wannenrand.

– Scheißdreck …

Von Zeit zu Zeit fiel ein Lichtstrahl von der Straße herein ins Badezimmer, der Baum vor der Laterne machte Geschichten, wollte keine Ruhe geben, wiegte die Blätter im Wind, peitschte sie hin und her und vor die Lampe, so dass sie vorwurfsvoll flackernde Schattenblicke herauf zum Badezimmerfenster warfen. Er schaute hinunter. Das Haus hinter der Laterne, genau gegenüberliegend, war eindeutig älter und ärmer. Aus einer anderen Zeit. Ganz sicher war der Grund von einem Bauern an seine Kinder weitergegeben worden und die hatten dann irgendwann einmal verkauft, sicher schon in den 60er, 70er Jahren, wahrscheinlich an einen Gemeindebediensteten, der um diesen Grund wusste und rechtzeitig zugeschlagen hatte. Das Haus war um einiges niedriger als die umstehenden, noch ein klassisches Haus, Spitzdach, wie es der österreichischen Seele entsprach, Ziegelbauweise und nicht zu große Fenster. Er sah, dass nur ein einziges beleuchtet war, eine winzige Öffnung, wo die kleine Seele rausgucken durfte in den ewig weiten Himmel.

Wem gehörte wohl dieser exklusive Platz mitten unter den Reichen? Wem der abgehalfterte Octavia dort drüben in der

Einfahrt? Wer würde tagtäglich erniedrigt werden durch den Anblick des teureren Autos gegenüber, des leistungsstärkeren Rasenmähers und der besser gekleideten Ehefrau?

Er schloss die Jalousien, zog sich das Hemd über. Er gustierte auf der Ablage vor dem Spiegel alle Herrendüfte, entschied sich für EUPHORIA, nahm drei kräftige Sprühstöße, Brust, Unterarm links und Gemächt, die Hose am Bund weggezogen, das ging leicht, er hatte seit zwei Tagen kaum gegessen. Er roch unter der Achsel nach, entschied sich für ein garantiert alufreies Produkt aus der Reihe «Naturally», schnappte sich Gilet und Jackett und verließ das Badezimmer, frisch gesäubert. Jetzt war er ein neuer Mensch, ein Comeback Mike.

FAMILIE

Ein Mann, blonder Kurzhaarschnitt, dünner Schnurrbart, milder Blick, entspannt, thronte gönnerhaft in der Bildmitte, über allen anderen. Rechts vor ihm ein Mädchen, um die 17 Jahre alt, vor ihm ein Junge, 13 oder 14, er schaute seinem Vater offensichtlich ähnlich, zwei gutaussehende Kinder aus gutem Hause, offene Blicke, offene Gesichter, nichts schien ihre Zuversicht zu trüben, sie lebten in einem zeitlosen Tal der Ahnungslosen, wo die Vergangenheit nur als Anekdote existierte, die ihre Eltern im besten Licht erstrahlen ließ. Der Vater als Sonnyboy, und die Mutter … sie war links im Bild arrangiert, als Gattin. *Gattin seines Bruders.* Sie lachte als Einzige auf dem Foto, lange dunkelblonde Locken umspielten dieses Gesicht, vertikale Wellen auf einem See aus weicher Haut.

Mike stockte, hielt inne, dann kam er näher und näher, sein Gesicht spiegelte sich im gerahmten Foto, sein Gesicht legte sich über das seines Bruders, spiegelte sich in diese Familie hinein. Er führte seinen Mund ans Foto, seine Zungenspitze kroch wie eine kleine Kobra aus dem Korb und berührte die Glasoberfläche.

Traumwandlerisch schritt er rückwärts, er konnte das Bild kaum aus den Augen lassen, ein innerer Spinnweben verband ihn mit dem Anblick dieser gerahmten Idylle. Er stolperte fast über das Ledersofa, touchierte den Couchtisch, eine Vase fiel um, er war wie in Trance, ein taumelnder Schatten im dunkelblauen Haus. Er tastete nach seinen Zigaretten. Sein Blick fiel auf die Minibar.

COMING HOME

Noch bevor die Eingangstüre geöffnet wurde, hörte man ihre Stimme,

– ... Nein, nein ... Ich will nicht, dass du vorbeikommst ... Nein, Mutter! ... Wir schaffen das schon-

Sie stieß die massive Türe auf, das Handy ans Ohr gepresst, dirigierte die beiden Kinder ins Hausinnere, ließ die Tür ins Schloss fallen,

– ... Und komm auch bitte nicht unangekündigt! ...

Der Sohn zog im Hereinkommen seine Jacke aus, warf sie ohne hinzusehen in Richtung der Kleiderablage. Dem Ganzen auch nur einen Blick zu widmen, schien unter seiner Würde. Das Blouson landete am Boden, seine Mutter deutete ihm, es aufzuheben, hielt dabei das Handy zu-

– Niklas!

Der Junge drehte am Absatz um, auch seiner Mutter schenkte er keinen Blick, hob die Jacke hoch und warf sie auf die Ablage,

– Nein ... Das musst du wirklich nicht! ... Ich komm schon zurecht ...

Die Tochter hatte sich am elegantesten entzogen, wenn ihre

Mutter mit der Oma telefonierte, bedeutete das grundsätzlich Stress und so war sie bereits auf der Treppe und am Weg nach oben, während ihr Bruder das dunkle Wohnzimmer durchquerte.

Die Mutter legte Tasche und Schlüssel ab, noch immer klebte ihr Handy an der Wange, sie ging an der Multitude an Schaltern vorbei, zögerte kurz, entschied sich dann, nicht hinzugreifen, und ging weiter. Sanft wechselndes Licht auf der Decke empfing sie, wie ein Scherenschnitt zwängte sie sich durch den Flur in Richtung Küche, sie sprach im Flüsterton ins Handy,

– Stefanie? …

Sie blickte über die Schulter, ob sie ungestört die Wahrheit sagen konnte,

– Naja, Stefanie is, wie sie is, lässt sich nichts anmerken, tut auf cool, aber- … Was? …

Sie verdrückte sich in die kleine Abstellkammer, hinter den Einbauschränken, auch ihr Sohn war bereits außer Hörweite,

– Niklas wollte nicht zu seinem Vater ins Intensivzimmer gehen … Was? … Ja, was soll ich denn da machen, ich kann ihn doch nicht zwingen.

Sie presste den Hörer aufs Ohr.

– Ja … Ja … Nein! … Ich muss jetzt- … Wir sind zuhause … Gut …

Sie ließ ihren Arm fallen, lehnte sich an die Innenseite der Abstellkammertüre. Ein Moment Pause, ein Moment. Sie genoss die Finsternis der Kammer, den leicht säuerlichen Geruch von Spülmittel und Marmelade. Ihr Refugium.

Der Junge saß im dunklen Wohnzimmer am Ledersofa und betrachtete den Beistelltisch. Die kleine Vase war umgefallen, er betrachtete diesen Stilbruch, und ohne sich dessen bewusst zu sein, griff er hin und stellte die Vase auf, führte den Gegenstand an seinen angestammten Platz, aber eigentlich starrte er durch die Gegenstände hindurch, durch die wandhohen Fenster in die Nacht hinaus, alles war egal, es war sowieso schon egal, aber so egal wie in dieser Sekunde war es noch niemals gewesen, ALLES IST VÖLLIG SINNLOS, er dachte es nicht nur, es überwältigte ihn die Einsicht, es war eine körperliche Erfahrung, die ihm die Luft nahm, UNSER LEBEN MACHT KEINEN SINN, er starrte durch die alltäglichen Dinge des Lebens hindurch hinaus in die Nacht-- Was? … Was war da?

Ein Fleck da draußen schien unbekannt. Er stand auf, sah, dass die Terrassenschiebetüre offenstand, sie mussten vergessen haben, sie zu schließen, als sie ins Krankenhaus gefahren waren, er ging zur Türe, dann schritt er durch den Spalt hinaus ins Freie.

Eine Silhouette beim Pool, ein Mann saß da … sein Vater? Kurz keimte die irrwitzige Hoffnung auf, es wäre gar nichts passiert und der Vater säße nun wieder an seinem angestammten Platz am Pool, aber nein, das konnte nicht sein, ein Unbekannter war jetzt da, mit Sonnenbrille, auf dem Lehnstuhl, die Beine hoch gelagert, als würde er sich sonnen, aber es war mitten in der Nacht. Er hielt eine Zigarette in der Hand und in der anderen ein Glas.

– Hallo … ?

Der Junge blickte zur Gestalt. Ein Moment Stille.

– Is die Gloria da?

Fast zerbrechlich wirkte diese Stimme, aber vielleicht war das auch nur gespielt. Der Junge versuchte ruhig zu bleiben, musste sich entscheiden zwischen Panik und Gelassenheit.

Der Mann dämpfte die Zigarette im Glas aus, stellte es ab und stand auf, der Sessel wippte nach. Die beiden standen einander gegenüber, das Licht vom Pool mischte sich mit dem der roten Leuchten.

– Mit wem redest du da?

Die Mutter kam auf die Terrasse, erblickte den Mann und erstarrte.

Der Mann kam ein paar Schritte näher, setzte dabei langsam die Sonnenbrille ab.

Sie betrachtete den Eindringling und nahm diesen Moment als schicksalhaft an, sie wehrte sich nicht, weil er stärker war als sie. Jetzt also, dachte sie, jetzt also ist es geschehen, hier mit meinem Sohn stehe ich und bin ausgeliefert.

Sie schloss für eine Sekunde die Augen, als wollte sie erlöst werden, doch es gab keine Erlösung, es gab nur diesen Augenblick und diese Begegnung, es hatte sein müssen und jetzt war es verdammt nochmal so weit, dass sie nicht weglaufen konnte, Mike stand auf ihrer Terrasse, nach all den Jahren.

– Ich hab's in den Nachrichten g'hört …

Er kam einen Schritt näher,

– Ihr müssts jetzt ganz stark sein …

Das riss sie aus den Gedanken, sie nahm Haltung an,

– Der Sandro is nicht gestorben!

– Ja …

Er senkte den Blick, hob die Augenbrauen,

– Ja … Vermutlich …

Er kam näher, fast zögerlich und reichte dem Jungen die Hand,

– Servas, i bin der Mike …

Und dabei verbeugte er sich leicht, eine «Mein Beileid»-Geste eher als eine Begrüßung, *als wäre Sandro doch gestorben*, Gloria wollte protestieren, aber da hatte er sich ihr schon zugewandt, stand nun einen halben Meter entfernt, in Kussweite, und ergriff ihre Hand, schaute zu Boden, murmelte Unverständliches,

– Mh … ja … ds … da … kann i …

Dann machte er noch einen Schritt auf sie zu, sie wich etwas zurück, doch er umarmte sie. Er umarmte sie innig, wie einen alten Verwandten, den man nicht mehr erwartet hätte lebendig wiederzusehen und sie erwiderte diese Umarmung. Er legte seine Wange auf ihre Schulter, duckte sich ein wenig hinein in diese Umarmung, sie hielten einander, jetzt drückte er sie an sich, sie spürte eine kleine Erregung, oder war es das Portemonnaie in seiner Tasche?

– Komm rein ...

Sie löste sich, gab den Weg frei und Mike übertrat die Schwelle des Hauses, diesmal aufgefordert und offiziell. Der Junge folgte den Erwachsenen ins Wohnzimmer.

Mike stützte die Arme in die Hüften, beobachtete Gloria. Sie zog die Terrassentür zu.

Das Bild färbt sich ROT, dann SCHWARZ, dann BLAU--

THE RETURN OF THE ONKEL

GESPRÄCHE

– Sie haben ihn in künstlichen Tiefschlaf versetzt … Also, er liegt jetzt im Koma.

Mike nickte, trank einen Schluck Wasser aus einem großen Wasserglas, das man zuhause hat, wenn Kinder da sind, damit Kinder möglichst viel Wasser trinken, dafür kauft man so große Gläser.

– Mhm, na ja, sicher …

– Er is einfach zusammengebrochen im Garten.

Im Garten, kein Wunder, da gehörte er auch nicht hin. Mike beobachtete den Sohn. Seine Augen wurden immer kleiner. Brav saß er da und lauschte den Ausführungen seiner Mutter. Sie erzählte das Unaussprechliche in klarer Sprache. Fakten, Tatsachen, Abläufe. Eine Deutsche.

– Man hatte es ihm auch nicht angesehen, also er sah jetzt nicht irgendwie anders aus als sonst, ein wenig abgekämpft vielleicht und blass, aber er war–

Ihr Handy läutete, sie blickte aufs Display, fast schuldbewusst drehte sie es zu Mike, um ihm zu zeigen, wer da so spät noch anrief,

– Sein Partner aus der Kanzlei … Den brauch ich jetzt nicht.

Sie ließ das Handy sinken, Mike floskelte vor sich hin,

– Na ja, des is der ganze Stress wahrscheinlich …

– Er war eigentlich schon zuhause, dann is er nochmal weg … Er ist nochmal schnell zur Post gefahren …

Sie dachte nach,

– … und als er dann zurückkam, da hat er mit dem Niki im Garten Fußball gespielt, gell, Niki?

Sie lächelte ihren Sohn an, Niki hieß er also, Niki, das passte gut für einen zwischen Groß und Klein, er beobachtete den *jungen Mann* aus den Augenwinkeln. Was war da los? Seine Mutter versuchte aufmunternd zu agieren, aber der Sohn blockte alles ab, ein harter Brocken, der *kleine Niki*-

– Ja, und dann is er zusammengebrochen …

Niki hatte den Kopf gesenkt, als wollte er verschwinden in seinem Nikiloch, aber Mike hatte noch was auf Lager,

– Na ja, «Sport is Mord», was, Niki?

Er zwinkerte ihm verschwörerisch zu, und Niki musste lächeln, ja, er lächelte über diesen schlechten Witz, er war überrumpelt worden, sofort riss er sich wieder zusammen und schaute weg. Doch es blieb gar keine Zeit sich vor der Mutter zu schämen wegen dieser absolut inakzeptablen Reaktion auf diesen absolut inakzeptablen Witz, denn seine Schwester war erschienen, leicht genervt und aufgebracht,

– Mama, im Bad oben war der Fußboden total nass, und ich bin reingestiegen!

Sie hob ihr rechtes Bein, um die feuchten Socken zu zeigen, so eine Frechheit, das war sooo nicht ausgemacht, wir haben gesagt, jeeeder wischt den Boden auf, nachdem er slash sie geduuuscht hat, die Teenager-Seele sehnt sich eben auch danach, dass – WENN EINMAL REGELN AUFGESTELLT WERDEN, dass sich dann BITTE AUCH ALLE DRAN HALTEN, okay, weil wofür denn das alles sonst, diese tausend Vorschriften, wenn sie eeehhh sinnlos sind und –

– Ah?!

Das Mädchen erblickt den Mann am Esszimmertisch. Ein

Fremder im Nadelstreifanzug. Beide hatten schon bessere Zeiten gesehn.

Gloria sieht die Überraschung in den Augen ihrer Tochter und bevor der Fremdling sich vorstellen kann, springt sie ein, fast zu schnell,

– Das is Stefanie und das, äh, das is Mike, der-

Sie zögert,

– ... der Bruder vom Papa.

Stefanie winkt ihm, Hallo. Mike schüttelt ungläubig den Kopf in Richtung der Mutter,

– Chapeau! ... Die is ja fast schon ausg'wachsen ... !

Mike steht auf, nimmt sich Zeit,

– S' is a Wahnsinn ...

Er deutet «Große Busen» mit den Händen, oder vielmehr «Schwere Busen», indem er die Handflächen wie zwei hohle Kokosnusshälften in Brusthöhe wippt – eine Geste ausgestorben in den späten 80ern, aber nein, nicht bei Mike. Er blickt anerkennend zu Stefanie,

– Bhoa ... Gratuliere!

– Danke.

Stefanie nimmt es als Kompliment, Na und, sie hat halt große Busen, aber alle drucksen blöd herum oder sagen gar nichts und starren nur idiotisch hin, auf CRINGE. Der Typ eben nicht, nein, er bietet ihr, ganz nebenbei, auch noch an, doch bitte Platz zu nehmen. Ganz Gentleman tippt er ihren Stuhl an, mit einem kleinen Gschamps-der-Diener.

Gloria senkt den Blick, haucht,

– Bitte nicht ...

Warum ist diese Bitte nur geflüstert? Warum kein Aufschrei? Was steckt hinter der mütterlichen Zurückhaltung?

Stefanie ist das egal, whatever, ihre Mutter sieht sowieso nur das Negative an ihr, sie fühlt sich wahrgenommen, endlich, nicht mehr nur die Göre, die hier nicht hereinpasst.

Hier geschehen offensichtlich Dinge, die nicht zusammenpassen, aber Niki hat keine Augen dafür, er hört das Klopfen an der Schiebetür als Erster, dreht sich um und sieht sie durchs Glas. Sie beugt sich etwas runter, um besser reinlugen zu können, ihr blonder Pferdeschwanz drückt sich neben ihrem Gesicht an die Scheibe … knock knock …

Seine Mutter ist zur Türe und hat sie geöffnet. Niki schaut schnell weg, vielleicht hat sie seinen Blick bemerkt, heute wäre das nicht gut. Gloria umarmt die blonde Frau,

– Jenny, ich mach mir solche Sorgen …

– Gloria, das is eine super Station, die Schwestern sind ganz toll dort, ich kenn die alle. Der Sandro is in besten Händen.

– Ich mein, ich weiß auch nicht, was man machen kann. Ich wär ja bei ihm, aber der Chefarzt hat gesagt, ich soll jetzt auf mich schauen.

– Ja. Du musst jetzt auf dich schauen. Das is jetzt das Allerwichtigste!

Stefanies Blick wandert zu Mike, dem langsam die Augen zufallen. Sie grinst, dem Mann is alles egal, der schläft sich eins, während ihre Mutter die Nachbarin bequatscht und ihr Bruder so tut, als wäre er nicht vollkommen aus dem Häuschen, weil Jenny plötzlich aufgetaucht ist, auch wenn er das niemals, NIEMALS, zugeben würde, der sweet little liar! Und da hört sie nun auch ein leises Schnarchen am Sessel neben ihr, WTF!, jetzt is er tatsächlich eingepennt!

– Du, tschuldige, aber der Udo is ganz außer sich, irgendjemand hat sich vor unsere Einfahrt gestellt. Hast du Besuch … ?

Jennys Blick wandert zur Mitte des Raumes. Ein Mann sitzt da. Erinnert er an jemanden, den man kennt, oder ist das hier ein fremder Mann, es is jedenfalls keiner, der hierhergehört. Das ist ein Neuer. Sie geht auf Mike zu, neugierig, ein Kind, das sich einfach fragen traut, die Jenny,

– Wer isn das?

Unisono antworten die Kinder, im Zweiklang der Stimmen …

– *Unser Onkel!*

… als sei es das Selbstverständlichste auf der Welt und Mikes Kopf hebt sich, das Kinn schnellt einen Zentimeter zu hoch, damit's nicht auffällt, woher er gerade auftaucht, aber er überspielt es gekonnt und sagt,

– Mike, angenehm.

Er nickt Jenny zu, die schaut ihn an mit großen Augen, den Typen, Aha, so redet der also, ein Mann, der schläft am Tisch, und jetzt redet er mit mir,

– Jenny, ich bin die Nachbarin.

– Jaja, is a recht gute Gegend, da würd ich auch herziehen …

Mike führt eine fachmännisch gepflegte Unterhaltung, quasi aus dem Nichts startet er da rein ins Geschehen, Jenny blickt runter auf den Mann, sie hat einen Jeans-Minirock an und eine Bluse und darüber ein dünnes Jäckchen, das nimmt sie gerne, wenn's einmal kühler is in der Nacht oder nur zur Sicherheit hat sie's heute an, weil man weiß ja nie.

In diesem Moment tritt noch jemand ein ins Haus, vom Garten her betritt er die Küche, ohne zu fragen und steht plötzlich neben Gloria, und hält ihre Hand.

Niki hat es beobachtet, Stefanie hat es genau gesehen, und auch Mike nimmt es wahr, das muss der Udo sein, er hat so einen Udo-Gang und er trägt ein hellblaues Hemd mit Polizeiabzeichen drauf, man weiß nicht, ist der im Dienst oder zieht er so was privat an, drüber eine Art Military Weste, da steckt wahrscheinlich der Pfefferspray drin und die Handschellen, und vermutlich ein Nagelzwicker, man kennt diese Typen, und der hier hält die Hand der Hausherrin extrem lange fest, während er alle anderen ignoriert im Raum,

– Gloria, ich bin immer für dich da, wennst was brauchst, jederzeit. Aber das weißt du eh …

– Ja, danke, Udo.

Gloria ist kurz angebunden, vermeidet den Blick zu Jenny,

aber alle haben es gesehen. Niki, Stefanie, Mike, nur Jenny schaut gar nicht hin, sie betrachtet den Mann am Tisch noch immer, was er anhat und wie er riecht, das versucht sie herauszufinden, sie kennt den Geruch von jemandem, aber von wem?

– Jenny, gehst du rüber?

Udo reißt sie aus ihren Gedanken, sie senkt den Blick.

– Aber geh, die zehn Minuten …

– Ich glaub, wir haben was ausgmacht.

– Was?

– Des weißt du eh.

– Sie wacht nicht auf.

– Woher weißt du das? Hast du das Babyphone mit? … Hast du es mit?

Jenny antwortet nicht, aber der argumentative Sieger Udo kann seinen Sieg nicht genießen, weil Gloria inzwischen ihre Hand aus der seinen befreit hat und weil Jenny ihm nicht die Unterlegene spielt. Sie spielt gar nichts, sie steht einfach da und schaut sich ihren Mann an, der da Männchen macht. Was Udo dazu bringt, den nächsten Schritt zu setzen.

– Is das Ihr Escort da draußen?

– Jawohl, Herr Inspektor!

– Sie stehen in meiner Einfahrt.

– Ah, okay.

Mike wirft einen höflichen Blick hinaus aus dem Küchenfenster in Richtung seines Autos, aber das reicht nicht, Udo ist noch nicht fertig,

– Fahren S' ihn weg?

Mike betrachtet ihn ruhig, seine Gelassenheit lässt Udos Motor weiter auf Touren kommen, es schreit nach einer Drohung als Draufgabe,

– Sonst lass ich Sie abschleppen!

Udo wartet auf eine Reaktion, aber Mike weigert sich zu reagieren, er betrachtet ihn einfach schweigend, was ihm ein Schmunzeln seiner Sitznachbarin Stefanie einbringt. Gloria hat es bemerkt und wird leicht unrund, aber auch Niki kann jetzt erstmals offen hinschauen, weil er wissen will, was passiert, wenn einer nicht spurt beim Udo.

Jenny schaut sich den Fremden an, jetzt gleich kommt sie drauf, der Duft, das ist ein Männerduft, ganz oft hat sie den gerochen bei jemandem, ganz oft, aber sie kommt nicht drauf-

– Und passen S' auf, der Rasen, der wächst grad frisch!

Udo münzt die Situation in einen behaupteten Sieg um, als hätte Mike zugestimmt, den Wagen wegzuparken, er ist auch ein Profi, der Udo, und Mike kalmiert scheinbar,

– Ja ... *hoffentlich.*

Das nachgenuschelte Wort am Ende haben nicht alle gehört, das war ein kleiner Nachsetzer, wie ein Pubertierender frech ist zu seinen Eltern, ohne dass sie es checken. «Hoffentlich» heißt, Das werma noch sehen, ob der frisch anwächst, dein Scheißrasen, du Koffer. Aber nur die Kinder haben es gehört, weil Gloria noch immer überwältigt ist von so viel emotionalem Verkehr in ihrer Wohnessküche und das um die Zeit, und weil Jenny ständig dran denken muss, ob sie denjenigen früher kannte oder gerade erst vor kurzem so intensiv gerochen hatte, und Mike beobachtet dieses Wespennest, in das er gerade gestochen hat. Das Nest liegt auf einer Schaukel und Mike sitzt am Baum, hält sie fest, und wenn er diese Wespenschaukel losließe, dann würde da ein Haufen blutrünstiger Viecher aufeinander losgehen.

So ein Bild hatte er im Kopf, aber er war auch schon recht müde und fast fielen ihm wieder die Augen zu, als Udo seine Jenny an der Hand nahm und sie abführte, raus in den Garten. Jenny warf Niki noch einen freundlichen Blick zu, der schien überrascht und dankbar dafür,

– Baba ...

Leise hörte man Jennys Gruß, bevor der aufkommende Wind die Stimme weggeblasen hatte, als sie über den Kies abmarschierten, zurück über den Buddha-Rhabarber-Garten heim ins Zwergenreich, mit den kleinen Fenstern und dem Spitzdach und dem Octavia, den ein Bulle fuhr, ein verdammter Bulle war das also.

Mike sah Udo vor sich, wie er heimkam und die Stiegen hochstieg, ins Zwergenbad ging und das Blaulicht mit ins Bett nahm und die Decke übers Kinn zog, während Jenny vor ihm stand und ihn anstarrte, wie er im Bett lag. Aber *er lag da jetzt plötzlich,* Mike, und er spürte, wie Jenny sich über ihn herunterbeugte und ganz langsam und tief die Luft einsog durch die Nase und ihre Hand ausstreckte und sie unter seine Bettdecke schob. Da ging das Blaulicht unter der Tuchend los und das Folgetonhorn, aber es piepste wie eine Maschine, PIEPS PIEPS PIEPS – aaahhhhh, er war am Einpennen, schon wieder, fuck!, sein Kopf fiel auf die Brust, Gloria schloss die Schiebetüre-

WRAMM.

SONG

Mike schenkte sich ein Glas ein, der Cognac aus der Minibar war angemessen. Er hatte sich ein frisches genommen, ein Kristallglas, es lag gut in der Hand. Eine Karaffe gefüllt mit Cognac, daneben edle Brände, gute Schnäpse, feine Liköre. Wie im Film.

Er ging durchs Haus, schlenderte fast, versuchte es so aussehen zu lassen, als sei er *en passant* hier. Er betrachtete die Gemälde, die Bücher in den Regalen, aber er sah nichts, er merkte sich nichts. Er spürte nur, wie sie ihn beobachtete. Sie stand in der Küche vor dem Herd, auf dem nie gekocht wurde, schenkte sich einen Wein ein, tastete ihn mit Blicken ab und wartete auf eine Erklärung.

Aber er sagte nichts. Schweigen war eine Waffe, oft die einzige, die noch im Köcher ist, wenn du alles andere verloren hast, dein Speer im Feld, das Schwert verbogen, der Schild zerschlagen, dein Panzer gebrochen. Er wollte sich jetzt keine Blöße geben, er war im Haus, und langsam wurde es spannend.

Die Nachbarn waren gegangen, die Kinder oben in ihren hierfür vorgesehenen Schlafräumen. Nur die Hausherrin und er schlichen im unteren Stockwerk herum. Auf leisen Sohlen, auf samtenen Pfoten. Pumadame verfolgt Pumaherrn. Ein Berglöwendrama. Blickkontakt galt es zu vermeiden. Er ging zur Sitzecke, den Ledersofas, dort, wo das Familienfoto stand,

– Warum bist du zurückgekommen?

Er hielt kurz inne, gab den Anschein, antworten zu wollen, sagte nichts.

– Hmm? … Warum kommst du zu uns?

Ja, warum, kommt man zurück? Gleich eine der schwersten Fragen zu Beginn, verdammt, es gab nur eine noch schwerere, eine oder maximal zwei, aber diese hier war-

– Du hast dich 17 Jahre nicht gemeldet … 17 Jahre! … Du hast nicht angerufen … Du hast keine Postkarte geschickt …

Ja, Fragen über Fragen, sicher, aber was können schon Worte sagen, nach all der Zeit, er schloss die Augen, Words don't come easy to me, how can I find a way to make you see … Er öffnete die Augen, gerade einen Spalt breit, gerade weit genug, um den Raum wahrzunehmen, in Cinemascope. Er stand mit dem Rücken zu ihr, zog die Kassette aus der Tasche und legte sie ein. Er schloss das Kassettendeck und drückte auf PLAY.

Sag es mit Musik …

BLING BLINGBLINGBLING

Die ersten Takte kamen leise, schlichen sich an, wie ein kleiner Pelz, der sich ausrollt. Gitarre, ganz sanft, ein bisschen Klavier dazu, er drehte lauter,

– W-Was? … Du hast das noch?

Sie zeigte aufs Kassettendeck, und meinte das Gefühl.

Mike nahm sein Glas, ging ein paar Schritte, ein stolzer Vater, der sein Baby herzeigt, ja, er war stolz, dieses Kind war 17 Jahre an seiner Brust gelegen, in seinem Auto, im Kassettenteil gesteckt, und jetzt durfte es wieder raus, ans Licht der Welt, und sie sagte,

– Wie lang is das her? ...

Er setzte sich hin aufs Lederfauteuil, ein Teenager, der endlich zeigen darf, was er gesammelt hat, wie lange er gespart hat, wie viel er auf der Habenseite hat, obwohl ihn alle schon abgeschrieben hatten, den verlorenen Hurensohn, but he was back! Und mit diesen Klängen stieg er wieder ein ins Familiengeschäft, der Pelz wurde ein Bärenfell, weich und warm, eine helle junge Stimme sang da, ein Mädchen noch,

Über den Berg ist mein Liebster gezogen
Weit übers Meer ist mein Falke geflogen
Wenn er gedächte der heimlichen Nächte

Das sang er mit, *Nächte,* und er duckte sich rein in den Ton, so wie in der Schule, wenn man nicht hundertpro die Melodie konnte, aber man zeigt Einsatz, und der hatte sich gelohnt, denn jetzt sang Gloria auch mit,

Dann kehrte er zurück ... Dann kehrte er zurück

Da! Da war das wieder! Sie veränderte sich irgendwie, wenn sie sang, oder nein, sie wurde noch vielmehr sie selbst, das war's, im Singen war sie alles, was sie sein konnte und sie wurde nur noch schöner und-

– Das gibt's doch nicht ... Du hast die Kassette noch! ...

Wieder zeigte sie aufs Kassettendeck und meinte ... die Erinnerung. An die Liebe.

Er ging ihr entgegen, immer wieder mitsummend ging er auf sie zu, freute sich an jedem Ton, er war der Postillon d'Amour, er blies das Posthorn ihrer Liebe, während sie sang,

Lang schon erzählen die Leute das Märchen,
Er hätte ein Liebchen, sie wären ein Pärchen,

Jetzt standen sie einander gegenüber, bewegten sich zur Musik, sie die Augen geschlossen, er lächelnd, weil er das alles nicht glauben konnte, was da grad passierte,

Doch wenn er gedächte der heimlichen Nächte,
Dann kehrte er zurück … Dann kehrte er zurück …

Sie hielt den letzten Ton, *zurüüüück,* stellte dabei ihr Weinglas auf den Couchtisch, eine einzige fließende Bewegung, ihre Hände berührten seine, zärtlich, fast wie unabsichtlich, so ist es am schönsten, wenn beide das Gleiche wollen und es doch nur verhalten tun. Ihre Finger streiften über seine, das Glück wurde wieder spürbar, er hatte das alles nur geträumt, die letzten 17 Jahre, denn sie waren für immer beisammen gewesen und jetzt war es endlich wieder klar, sie hatten es ja schon vom ersten Moment an gewusst, warum immer herumtun, wenn der Bauch JA sagt? In den Eingeweiden spielt die Musik, die wissen Bescheid, Darm und Gehirn sind verbunden, die gleichen Nervenzellen da wie dort, da muss man doch nicht ewig herumreden.

– Schön.

Stefanie stand am anderen Ende des Raumes. Im Pyjama, oder besser im Nachtgewand, kurze Hose, T-Shirt, wie es die jungen Leute heute machen, anything goes, wie der Jazzer sagt. Und da lag alles drinnen, in Stefanies Blick und in diesem *schön,* Kompliment und Vorwurf in einem, das ist auch selten. Wie lange mag sie da schon gestanden haben?

Ihre Mutter Hand in Hand mit dem Onkel, der gerade erst aufgetaucht war, noch vor einer Stunde war da nichts gewesen, und jetzt BÄMM, ein Onkel und eine Mutter, singend und händchenhaltend?

– Das … äh, das … haben wir früher gehört.

Gloria bemühte sich, so normal wie möglich zur Stereoanlage zu gelangen, sie griff sich sogar noch das Weinglas, um sich ein wenig dran festzuhalten und sie schaltete die Anlage aus, würgte alles ab, was da war, ein STOPP legte sie ein, erstaunlich, wie gefasst sie wieder war, nach dem Schock, die Jahre als Anwaltsgattin hatten da sicherlich geholfen,

– Das is deine Mutter …

Mike machte eine ausladende Bewegung in Richtung Gloria, noch immer der stolze Entdecker, der Goldgräber, der proletoide Archäologe verschütteter Talente,

– Das Lied hat sie gesungen … Sie is a Spitzen Sängerin!

Stefanie hat die Arme übereinandergeschlagen, sie betrachtet ihre Mutter, eine gewisse Härte in ihrer Stimme,

– Das hab ich gar nicht gewusst.

– Na ja, ich weiß ja auch nicht alles über dich.

Not bad, Mummy, guter Konter, auch überraschend irgendwie, respect!

Gloria lehnt an der Stereoanlage, das Weinglas in beiden Händen. Sie will wieder Oberwasser haben. Sie ist hier die Herrin über Lied und Leben. Aber Mike funkt dazwischen, er ist ein paar Schritte auf Stefanie zugegangen.

– Wo isn der Kurze? Der Ab'zwickte?

– Der is schon im Bett.

– Mhm.

– Magst du noch was essen?

Gloria betrachtet die beiden, sie reden, als wäre sie gar nicht da, als würden sie einander ewig kennen.

– Du, na, danke, aber weißt was, morgen koch ich euch was …

Mike dreht sich zu Gloria, nonchalant,

– … Oder übermorgen …

– Ja, oder gar nicht und du haust einfach wieder ab!

Gloria lächelt ihn an, süffisant, nimmt einen Schluck Wein,

– Ja, aber die Stefanie nehm ich mit, passt?

– Klar!

Stefanie versucht das Spiel zu drehen, aber es ist zu spät, eine is da ausgestiegen. Gloria schüttelt den Kopf, er hat es wieder gemacht, er übertritt alle Grenzen, und ihre Tochter ist die gefährlichste und die höchste Grenze von allen, und auch die respektiert er nicht!

Aber Mike hat noch einen auf Lager,

– H-Humor ist, wenn man trotzdem lacht.

– Ich fand's nicht lustig.

Boing. Serve and Win Gloria. Aber Mike bleibt dran,

– Die Runde geht an dich, ja, ... morgen koch ich euch was!

– Nein. Morgen fahren wir ins Krankenhaus, zu Sandro. Zum Papa. Also, Abmarsch!

Boing Boing. Deckel drauf und zu.

Mike schnappt Lederkoffer und Jackett, bereit, alle Zelte abzubrechen, Stefanie traut ihren Augen nicht,

– Äh, hallo?! Wir haben ein Gästezimmer!

Sie blitzt ihre Mutter an, ein Amazonenpfeil als Blick, aber Mike gibt sich galant, denn erst im Rausschmiss mausert sich der Gedemütigte zum Gentleman.

– My car is my castle!

Ein Zwinkerer zur Tochter, eine leichte Verbeugung zur Frau Mamá und ab tritt der Onkel, ab ins Auto, dem fahrenden Schloss der einsamen Ritter, dem einsamen Schloss der fahrenden Ritter.

– Das is aber nicht dein Ernst jetzt?!

– Doch. Und du jetz auch hier, ab ins Bett-Castle!

Gloria zeigt nach oben, Abmarsch! Stefanie rollt die Augen, ECHT JEEETZ? – Ja, echt jetzt, Bedtime. Bonne nuit.

Mike überquert die Straße, er geht dahin zurück, von wo er gekommen ist, ein Mann, ein Lederkoffer, ein Ziel, knapp verfehlt, er wurde aus dem Stall geworfen, der Hühnerdieb, er landet wieder bei seinem Auto, steigt auf den gerade angesäten Rasen, schließt die Wagentüre, dann startet er, lässt den Escort ein paar Meter nach vorne rollen, dort, wo die frisch angehäufte Erde im Mondlicht glänzt und sich die ersten Halme vorsichtig aus dem Untergrund wagen, ihre kleinen Hälse ausgestreckt der Sonne entgegen … Dann gibt er Gas und zieht die Handbremse dabei an, die Reifen quietschen, drehen durch, die Erde spitzt nur so weg, er schmeißt den Rückwärtsgang rein – das selbe Spiel nochmal, da fliegen sie durch die Luft, die kleinen Halme – und dann lässt er die Handbremse aus und setzt zurück, in einem Schwung wendet er und parkt auf der anderen Seite der Straße, bei Glorias Haus, ganz nah an der Gartenmauer, dreht den Zündschlüssel, würgt den Motor ab. Ruhe jetzt.

GRRRRMMM

Zwei Brüder und ein Gedanke.
Zwei Jäger und ein Ziel.
Ein Sieger, ein Verlierer.
Ein Mann, zwei Wege.
Jäger und Gejagter.
Beide Seelen brennen in deiner Brust.
Zwei Männer und ein Körper.
Zwei Körper und ein Gedanke: Flucht.
Zwei Seelen und ein Körper: Schizophrenie.
Zwei Brüste und eine Frau: Flucht.
Zwei Gedanken und ein Ziel: diese Frau.

MAGIC MIKE

Wer träumt, der bearbeitet oft das, was ihm zu schaffen macht. Wer kennt das nicht, etwas verfolgt dich im Traum, du wirst gejagt und musst abhauen und drauf kommen, was es auf sich hat mit deiner Angst und warum du abgehauen bist. Aber dann passiert plötzlich etwas, wo du spürst: das trifft jetzt genau den Punkt, um den es geht, aber du kannst den Finger nicht drauflegen, weil du keine Zeit hast, weil du ein Gehetzter bist. Und weil du vergessen hast, worum es wirklich geht in dieser Geschichte, weil dich ein wirres Detail aus der Bahn geworfen hat, zum Beispiel warst du die ganze Zeit über ein Cowboy auf einem Pferd und bist geflohen und alles läuft auf ein Duell hinaus, das du bestehen musst, aber statt zwei Colts in der Linken und in der Rechten hast du *zwei Flaschen Weißwein aus Langenlois* als Waffen, und das ganze Duell ist eine Farce, weil sich dein Gegner nicht zeigt.

Und genau so ist das Leben, nicht nur der Traum. Du rennst davon und versuchst etwas zu finden und du versteckst dich und kommst nicht drauf, was es war, was du suchst und wer dein Gegner ist, denn vielleicht bist du's nämlich selber. Aber sich mit sich selbst zu duellieren ist verdammt schwer, und so ist das ein ziemlich beschissener Zustand, weil der Punkt, wo du den Finger auf deine eigene Wunde legen willst, weil dieser Punkt immer weh tut und deswegen lenkst du dich dauernd ab und rennst kopflos davon, oder tust so, als wärst du der Jäger, aber es ist eigentlich scheißegal, wer du bist, Jäger oder Gejagter, alles eins, du rennst und rennst und erreichst dein Ziel nie.

Nur ein Ziel erreichst du immer. Ob du willst oder nicht.

Und es ist immer ein Schicksalsschlag.

INTENSIV

PLATSCH!

Das Wasser aufs Gesicht, und nochmal, PLATSCH! Das kalte Wasser und seine Handflächen auf den Wangen brachten ein wenig Leben zurück ins System. Er schnaufte, wie ein Boxer, der angezählt ist, so stand er übers Waschbecken gebeugt und versuchte langsam auf Touren zu kommen. Er vermied es, sich im Spiegel anzuschauen, er wusste, was er dort sehen würde und das wäre gefährlich. Jetzt keine Angst zeigen, sich keine Blöße geben, ab in die nächste Runde.

Er zog den Kamm aus der Popschtasche, zückte ihn wie der Schulmeister den Stift, kämmte Schnurrbart und Haupthaar. Da, jetzt sah er sich selbst, ein blasser Vogel im kalten Licht der Herrentoilette, während die anderen draußen am Gang warteten. Krankenhäuser verbreiten immer ein Unbehagen, weil der Tod immer auch ein Mieter is, auf Intensiv sogar der Hauptmieter, deswegen waren auch alle artig und ruhig und angemessen, und das hatte er nicht durchgehalten, er war schnell mal abgebogen und rein hier.

Langsam kehrte das Leben zurück, er hielt sich fest am Rand des Waschbeckens, ein leichter Schwindel, das war neu, er versuchte zu fokussieren und nochmal drüberzukämmen, den Vokuhila in Fasson zu bringen. Im Schwung der Bewegung entkam ihm der Kamm, segelte in hohem Bogen durchs WC, landete zwei Meter weiter hinten am Boden. FUCK! Er ging auf die Knie, robbte am Toilettenboden, bis er ihn wiederfand, den kleinen Ausreißer. Er war unter eine Kabinentür gerutscht und Mike zwängte seine Schulter unter dem Türschlitz durch, tastete nach dem Kamm, den Hintern in die Luft gereckt.

Ein Mann trat aus der Kabine nebenan, offensichtlich ein Arzt, er betrachtete den am Boden Kriechenden, entschied sich dann aber, so zu tun, als wäre es kein Grund, ihn zu beachten, und ging Hände waschen.

Dass der das Stethoskop beim Scheißen nicht abnimmt, wundert mich doch, dachte Mike, und rappelte sich auf. Vielleicht hört er ja seinen Herzschlag ab, während er auf der Muschel sitzt, wer weiß, was dieser Beruf mit dir macht. Dauernd nur Elend, Leid, unheilbare Krankheiten und völlig aufgelöste Anverwandte, die nicht wissen, wie sie mit der Situation umgehen sollen, man kennt das ja. Er steckte den Kamm zurück in die Tasche, beobachtete im Vorbeiwischen sein Gesicht im

Spiegel, dann trat er hinaus aus der Toilette, und schon war er ein anderer.

Als Slowmotion-Mike schritt er den unendlich langen Gang entlang, seine weißen Lederboots trugen ihn übers Linoleum, und nur er hörte die Musik dazu, er ging im Takt, er hatte sich aufgeschwungen, souverän schwebte er an allen vorüber.

Stefanie saß auf einem Plastikstuhl, ihre Mutter stand davor und redete mit einer Ärztin, und wo war Niki? Etwas abseits, er hatte sich verdrückt und stierte aufs Handy, AirPods eingepflanzt wie weiße Keramikohrmuscheln, Mike winkte ihm zu, Niki blickte kaum hoch.

Eine dunkelhaarige Intensivkrankenschwester kam auf ihn zu, deutete auf den Spender an der Wand, Mike nahm es zur Kenntnis und spendierte sich, ohne die Schwester aus den Augen zu lassen, eine gepflegte Ladung Desinfektionsmittel. *Muy elegante* wie er sich die Hände von allen Viren und Bakterien befreite, eine manuelle Choreografie, eine Mischung aus Vogueing und Pantomime, dann schnappte er sich eine Maske, streifte sie über und öffnete die Tür zum Intensivzimmer.

Sein letzter Blick galt Gloria, die ihn beobachtet hatte, die ganze Zeit über hatte sie ihn aus den Augenwinkeln verfolgt, Nadelstreif auf Intensiv-

– Wir können gerne zu mir ins Büro gehen … Frau Bittini?

Die Stimme der Ärztin riss sie aus ihren Gedanken,

– Ja, gerne, natürlich …

Gloria deutete den Kindern zu warten und folgte der Frau, während Mike die Türe hinter sich schloss, er war jetzt drinnen bei …

SANDRO SANGUINE

Kaum hatte sich die Türe mit einem dumpfen SCHLP geschlossen, saugte ihn der Raum ein und hielt ihn fest umklammert.

Das Zimmer war weiß, mit hellblauen Fliesen, die Fenster waren geöffnet, obwohl es draußen heiß war. Zwei Betten standen in dem Raum, das linke war frei und das rechte … das rechte war belegt. Jemand lag da. Eine Gestalt. Vielleicht war sie schon tot?

Wieder wollte er nicht hinsehen, wollte sich da nicht liegen sehen, im Ebenbild seines Bruders, man beweint ja in solchen Situationen immer sich selbst. Mike stolperte fast, aber anstatt hinzufallen, machte er eine 360 Grad Drehung und lehnte sich mit dem Rücken gegen die Wand. Er atmete schwer unter seiner Maske, kämpfte um seine Haltung, aber er musste hinschauen. Es war wie im Horrorfilm. Man weiß, was kommt, aber man schaut trotzdem hin.

Reglos lag er im weißen Bett. Zugedeckt bis zur Brust, die Arme über der Decke, eine Maske zur Beatmung, Schläuche vom Arm zur Maschine. PIEPS … PIEPS … PIEPS … Fleisch und Blut und Haut und Knochen und Wasser und Knorpel und Sehnen mit Muskeln und Faszien und alle Gefäße und Zellen und winzige Teilchen, die herumschwimmen und sich vermehren und verändern und absterben.

Mike wankte aufs Bett zu, zielte auf den Stuhl, der da stand für Besucher.

You walk into the room
With your pencil in your hand
You see somebody naked
And You say, «Who is that man?»
You try so hard, but you don't understand
Just what you will say when you get home

Du kommst in einen Raum und das Ganze fängt an, mit dir Ringelspiel zu fahren und abzuheben und dich runterzuziehen und dann wieder hochzuspülen. Am Ende kennst du dich selber nicht mehr und hast das Gefühl, du bist der nackte Mann in diesem Raum. Mike dachte an seinen Traum, wer war der Gejagte und wer der Jäger?

Er öffnete die Lade des Beistelltisches. Drinnen lagen die Habseligkeiten des Komatösen, alles, was er noch an sich gehabt hatte, als man ihn eingeliefert, ausgezogen und verkabelt hatte. Er nahm den Ehering heraus, drehte ihn zwischen den Fingern. Er hatte es also geschafft und war *eine Ehe eingegangen*. Und hatte gedacht, er hätte *die Chose in trockenen Tüchern*, alles geregelt und besiegelt. Und jetzt lag der Ring in dieser Lade, unausgefüllt und leer, der Ring of fire.

Er betrachtete seinen Bruder. Etwas wirkte künstlich an ihm. War es die blonde Haarfarbe oder die unnatürlich helle Haut? Der Schnurrbart gefärbt?

Er ließ den Ring zurückfallen in die Lade, tastete die Sachen ab. Die Uhr, teuer und edel, Longines oder Breitling oder irgendsoeine Scheiße, er griff sich das Portemonnaie, klappte es auf, dicke Geldtasche, sicher 600 in bar, alles dick da, alles geschafft, alles fein geordnet, drei Kreditkarten, zwei Autofahrerclubs, Mitgliedskarte fürs Fitnesscenter, aber da lag er jetzt im Nirwana, nur manchmal zuckte sein Kehlkopf …

Mike tastete nach seinen Zigaretten, rechts oder links in der Sakkotasche, ja, links, Ah!, Was war das?.. Er fingerte danach, zog es heraus, betrachtete es, Schwarzweiß, ja, perfekt, ein Geschenk des Himmels, er zögerte keinen Augenblick, dann steckte er es in die Geldtasche und legte sie zurück in die Lade.

Er ging zum Fenster, zündete sich eine an. Er sog den Rauch ein, tief rein in die Lungen, so tief wie möglich, gemma, ab damit und runter, Teer abgeben, Nikotin einspritzen und wieder zurück raus, Kehlkopf anrauen und ab durch die Lippen ins Freie.

WWWWHHHHHHHH-

Er blies den Rauch aus dem Fenster, so gut es ging.

Er drehte sich um zu seinem Bruder, dem Gejagten, den es zerbröselt hatte, der gestolpert war und sich den Schädel angeschlagen hatte und jetzt im ewigen Time-out gelandet war. Vom Jäger zum Opfer. An Schläuchen und an dieser nervigen Maschine, PIEPS ... PIEPS ... PIEPS ... Dann fiel ihm Jenny ein, wie sie ihn angeschaut und sich über ihn gebeugt hatte. War das echt gewesen? Oder hatte er sich das vorgestellt? *Hatte er das auch geträumt?* Irgendwas war da jedenfalls ganz weird, weirdest shit ... Er zog an der Zigarette, als wäre sie ein Glockenseil, und alles begann zu bimmeln, schwere Glocken im Raum, und er ging hinüber zum Bett und beugte sich ganz nah hinunter zu seinem Bruder.

Er blies ihm den Rauch ins Gesicht und wartete. Keine Reaktion. Er führte seine Lippen ganz nah ans Ohr und flüsterte,

– Wer nimmt jetz dem Bruder die Frau weg?

KOMA KOMPETENZ

– Es gibt Komapatienten, die erzählt haben, dass sie jedes Wort verstanden haben, das im Zimmer gesprochen wurde.

Gloria nickte, ja, ja, das hatte sie schon mal gehört, aber -

– Andere können sich an nichts erinnern. Die Zeit im Koma erscheint als ein großes Loch, in das sie gefallen sind, eine Dunkelheit, die sie verschluckt und plötzlich wieder ausgespuckt hat.

– Aha, ja. Aber wie, wie kann ich ihn ... unterstützen?

Gloria wollte alle Verantwortung in die Arme dieser Frau legen, einer kompetenten Ärztin, einer Spezialistin. Aber sie konnte sich nicht ganz befreien von der Last. Die junge Ärztin war sicher darauf trainiert, diese Gefühle in handlebare Bahnen umzuleiten. Gloria beobachtete sie beim Sprechen. Sie tippte die Fingerspitzen aneinander. Ihre Haare zum Dutt nach hinten gebunden, adrett und kompetent und auch nicht unsexy auf eine sehr strenge Art. Wenn sie dann zuhause vor dem Fernseher saß und am Hometrainer radelte, waren sie sicher auch im Dutt gefestigt, die Haare, auch beim Einkauf in der *Shopping Mall* der Dutt, Dusche mit Dutt, Dinner mit Dutt … Vermutlich entduttete sie sich erst am Rücken eines Pferdes und ihre rote Mähne würde entfesselt um ihren Hals wehen, während sie ihre Finger in die weiche Mähne des Pferdes krallte, eine rotbraune Stute-

– Alles gut, Frau Bittini?

– Ja, natürlich, klar. Sorry, ich war kurz-

Gloria räusperte sich.

– Ich bitte Sie, das is absolut verständlich.

– Ach so, ja, gerne, ich meine, würden Sie einfach nochmals …

– Ich sagte, wenn Sie sich mit dem Komapatienten im selben Raum befinden, besprechen Sie möglichst keine intimen Dinge, die den Patienten betreffen. Tun Sie nicht so, als wäre er nicht vorhanden. Wenn Sie im Raum sind, beziehen Sie ihn immer wieder ein, man weiß tatsächlich bis heute nicht, was Komapatienten mitbekommen.

– Manche sagen, dass sie alles verstanden haben, was um sie herum geschah, ja?

– Manche, ja.

– Wenn sie wieder aufgewacht sind?

– Ja.

Gloria senkte den Blick, Ich will jetzt nachhause, ich packe die Kinder ein und setz sie ins Auto, wir sind mit meinem Audi da, wo steht eigentlich Sandros Wagen?, hatte er ihn wieder in die Garage gestellt, ja, sicher, dort war er, sie erinnerte sich nicht mehr, wo der Range Rover stand, irre, der war doch kaum zu übersehen, und schon wieder passte sie nicht auf, was die Ärztin sagte, schon wieder abgelenkt, *konzentrier dich verdammt nochmal*, sie starrte auf den Dutt und sagte,

– Herrlich.

– Bitte?

– Ich meinte die Haare.

– Welche Haare?

– Den Dutt.

Die Ärztin griff sich an den Kopf, um zu checken, ob da was war, etwa unsachgemäß gebündeltes Haar, aber es war alles straff.

– Ich war nur fasziniert vom Dutt, entschuldigen Sie ... Meine Gedanken sind so, phhff ...

– Ja, das ist ganz normal.

Ihre Stimme versprach Trost, aber die Augen der Ärztin sagten etwas anderes. Sie sprachen Bände. Der Dutt war noch nie gekommen. Die Frau war durch mit den Nerven, das war klar.

JENNY

Mike kommt aus dem Intensivzimmer, schaut sich um. Keiner mehr da. Stefanie und Niki weg, Gloria weg, die Ärztin auch. Die Türe fällt hinter ihm ins Schloss, er lässt die Beklemmung hinter sich, weg vom Sterben hin zum Leben.

Einige Meter entfernt am Ende des Ganges entdeckt er die Intensivschwester von vorhin, die dunkelhaarige, und daneben ein blondes Wesen mit Zopf, auch im Schwesternoutfit. Jenny, die Nachbarin steht da, an die Wand gelehnt.

Die beiden trinken Kaffee, sie schauen sich den Typen an, wie der auf sie zukommt. In seinem blauen Nadelstreif, den Stiefeln und so. Jenny deutet mit dem Kopf,

– Das ist der Bruder.

– Ich weiß, ich hab ihn reinlassen ...

Die Intensivschwester lächelt, geht an Mike vorbei, er schenkt ihr einen Blick, aber das war's auch schon, er zielt nämlich auf Jenny.

Jenny stellt ihre Tasse ab, geht einen Schritt auf Mike zu.

Da stehen sie, die beiden. Mike gustiert ihre Arbeitskleidung, weißer Schwesternkittel, klassisch, straight up.

– Gut schaust du aus … beruflich.

Sie beugt sich leicht vor,

– Hast du geraucht?

– Ich muss.

Eine kleine Stille. Mike versucht Jenny in die Augen zu sehen.

– Bitte nicht.

Sie blickt zu Boden, aber Mike hat eine klare Botschaft, das Spektakel gestern Nacht hat ihm genügt,

– Heast, ich weiß, was abgeht bei euch daheim. Wenn was is, sag einfach Bescheid.

Sie blickt ihn an, ganz offen. Blaue Augen, die schon viel gesehen haben. Viel Schönes. Und vermutlich auch die Geschlossene von innen. Hat sie's verstanden oder ist sie woanders gerade?

– Ich bin's.

– Was?

– Nicht er. Ich bin's.

Mike betrachtet ihr Gesicht, alles liegt da drin, in ihrem Blick. Er sagt,

– Man isses immer selber.

Satz für die Ewigkeit. Jenny schaut ihn traurig an, fast könnten jetzt Tränen kullern, dann beginnt sie zu lächeln.

– Sag amal, was isn mit dir los?

– Es is in einem selber immer alles los, das is mit mir los. Immer alles gleichzeitig.

Sie freut sich fast über diese schmerzliche Erkenntnis, nimmt Mikes Hand und begutachtet die Handfläche. Dann lässt sie die Hand wieder los. Mike betrachtet das Schauspiel. Wollte sie seine Hand lesen oder wonach hat sie gesucht? Aber er ist hier nicht der Richter, er ist in Geberlaune,

– Schau vorbei heute Nachmittag. Ich koch Würschtel.

– Die Woche hab ich Nachtdienst. Da kann i net.

– Passt.

Alles klar, also. Mike schaut und steht und Jenny geht, sie geht rückwärts. Als wäre sie im Retourgang. Dabei lässt sie Mike nie aus den Augen.

BAMM!

Sie ist gegen die Schwingtüren geknallt, aber sie kennt die Strecke wie ihre Westentasche, mit einer eleganten Bewegung der Hüfte schlüpft sie durch den Türspalt und weg ist sie.

Mike schaut ihr nach. Das ist alles ein ziemlich großes Puzzle, findet er. Und lässt eine Zigarette aus der Schachtel springen. Er steckt sie sich hinters Ohr. Und da hört er wieder Musik, eine andere diesmal. Wenige Akkorde vom Klavier, einfühlsam und schön. Aber zur Erhellung trägt sie nichts bei.

Because something is happening here.
But you don't know what it is
Do you, Mister Jones?

NEW WORLD ORDER

STEFANIE

Gloria versuchte, ihre Tochter irgendwie zur Rede zu stellen, mit ihr einmal *mehr als ein paar Worte zu wechseln,* sie versuchte, *in ein Gespräch zu kommen* – vergeblich. Die ganze Fahrt über hatten sie einander angeschwiegen. Niki war ohnedies zu keinem Statement zu bewegen, geschweige denn bereit darüber zu reden, wieso er seinen Vater nicht sehen wollte. Aber okay, so was kann man respektieren, immerhin war er derjenige gewesen, der dabei war, als er zusammenbrach und da muss man natürlich Rücksicht nehmen, ja. Aber Stefanie *ignorierte sie* konsequent.

Das mütterliche Verständnis war da schon strapaziert, aber es endete dann eindeutig an der Stelle, als Stefanie sie gefragt hatte, als sie *ernsthaft* gefragt hatte, ob sie heute Abend noch weggehen durfte. Kaum war sie ausgestiegen aus dem Audi, und kaum war Niki im Haus verschwunden, Gloria hatte kaum den Wagen abgeschlossen, kam diese Frage. Es war der blanke Hohn, es war doch nur, um sie zu provozieren! Das konnte doch nicht ihr Ernst sein, oder? *Der Vater auf Intensiv und die Tochter auf Party* – sie lachte bitter, ein Fressen für all diejenigen, die ihr vorwarfen, ihre Kinder nicht unter Kontrolle zu haben. Wenn das ihre Mutter hören würde … Aber wie bitte hat man eine knapp Achtzehnjährige unter Kontrolle?

Stefanie schmiss die Badezimmertüre zu, Gloria stand davor, Tonfall streng und unbeeindruckt,

– Komm, mach auf! Jetzt sei nicht deppad!

Aber von drinnen kam nichts. Nur das Klappern der Schminkstifte.

– Du kannst deine Freunde auch ein andres Mal treffen!

Da öffnete Stefanie die Türe und schaute sie an, den Kajal in Händen, schnippisch, aber entschlossen, eine neue Qualität der Auflehnung.

– Dem Papa hilft es sicher nichts, wenn ich zuhause sitz und weine!

– Ach so, es hilft, wenn du jetzt ausgehst, feiern und einen saufen gehst, oder was … zum Spaß?!

– Das is dein größter Stress, oder, was sich wer denken könnte!? Aber den Mike lässt du draußen im Auto schlafen? Super! Ganz toll!

– Ich weiß genau, was ich tu. Ich-

– Geh, du weißt gar nix!

WUSCH, die Türe zugedrückt und abgesperrt, die Konversation beendet, aus basta Schluss. Die Regeln schrieb jetzt Stefanie. Gloria kämpfte um die richtigen Worte,

– Du brauchst nicht glauben, dass du dich so aufführen kannst, nur weil *er* jetzt hier ist … Hast du verstanden? … Ja? … Stefanie?

Kein Antwort aus dem Badezimmer. Ein leises KLICK, das war wohl das Puder-Döschen.

– Der Wald ... der Wald ... Ich mog eam ... Der is magic.

Mike hat den Buben eingepackt, es war sowieso sinnlos, mit ihm zuhause herumzusitzen, seine Mutter und seine Schwester stritten den ganzen Tag und der Kleine war blöd herumgestreunt ums Haus, und da hatte er ihn einfach eingepackt und war mit ihm losgegangen, hinauf in den Wald bei ihrem Haus, und er hatte gemerkt, dass Niki den Wald nicht mal kannte, der sich da kilometerweit erstreckte. Der Wald ist dein Nachbar. Und du lernst ihn jetzt kennen.

– Der Wald is irre ...

Mike reißt den Jungen mit, sie laufen zu einer kleinen Lichtung hinunter, durch Bäume hindurch, springen über abgestorbene Stämme und Wurzeln, rennen, bis sie an der tiefsten Stelle des Waldbodens angekommen sind.

Mike umklammert einen fetten Baumstamm, sicher 200 Jahre der Baum, eine Eiche oder Buche oder Erle, so was in der Art, majestätisch. Dann geht er ein paar Schritte, fällt auf die Knie und legt ein Ohr auf die Erde. Er legt sich flach hin, scheiß auf Anzug und Stiefel,

– Da drunter geht ganz schön was ab ...

Niki blickt sich um. Sieht da wer zu, bei diesem befremdlichen Schauspiel? Dann legt er höflichkeitshalber auch ein Ohr auf den Waldboden. Mike setzt nach,

– Hörst du des? ... Gigantisch ...

Was? Was soll er hören? Niki liegt ausgestreckt auf dem Waldboden, neben seinem Onkel, der offensichtlich selbst irgendwie *magic* ist und irre.

– Horch hin! ... Da sind irrsinnige Verflechtungen, unterirdisch ...

Mike drückt den Kopf des Buben ins Laub, in die feuchten Nadeln. Niki will protestieren, aber Mike hat seine eigene Nase auch in den Waldboden gepresst und saugt den Geruch ein, gierig. Niki legt Ohr und Wange auf die Erde … Ist da wirklich ein Gurgeln, Brummen und Surren zu hören?

– Das ist ja alles verbunden im Wald. Brauchst nicht glauben, dass da ein Baum steht und dort einer, und es is wurscht.

Niki schaut herum, da ist ein Baum und dort steht ein Baum, ja und?

– Die Wurzeln verbinden sich irgendwann alle miteinander und tauschen Infos aus, capisce? Und am ärgsten sind die Pilze. Pilze sind die größten lebenden Organismen auf der Erde, da kann der Blauwal baden gehen oder der Tyrannosaurus Rex.

– Der lebt ja schon lang nicht mehr.

– Da geht's nicht um Haarspalterei, wann wer gelebt hat. Es geht um die Pilze, die Schwammerl, die hundsordinären, die sind in Wahrheit a Mischung aus Tier und Pflanze und haben eine ganz spezielle Verbindung zum Menschen, Stichwort narrische Schwammerl. Magic Mushrooms. Das Fleisch der Götter, wie der Azteke sagt.

– Ahso …

Aber Mike ist schon aufgesprungen und rennt wie ein Besessener den Abhang wieder hinauf, feuert Niki an mitzulaufen, ein Wettrennen!

Mike schwitzt sich den Hang hinauf, Niki überholt ihn, Sieger! Aber Mike zieht an seinem Ärmel, Niki rutscht ab.

– Erster!

Mike reißt die Faust hoch, triumphiert! Von einem Erwachsenen um den Sieg geprellt, das ist auch neu für Niki, normalerweise wollen sie einen ja immer gewinnen lassen, vor allem die Eltern, damit das Selbstbewusstsein gestärkt wird, damit das Kind sein Potential ausschöpft, der ganze bullshit, wenn sie dich mit einem überheblichen Lächeln gewinnen lassen und glauben, man freut sich drüber. Nur der Onkel hier prellt einen um den Sieg.

– I hab a Zeitlang im Wald g'lebt, nachdem i abghaut bin …

Sie gehen den Waldweg entlang, forsches Tempo.

– Wieso-, wieso bist du abghaut?

– Drei Wochen war i im Wald. Dauernd im Hockerln scheißen, geht dir irgendwann auch auf die Eier, verstehst.

Er zeigt es vor.

– Dafür hab ich Oberschenkel-Muckis ghabt wie der Schwarzenegger! Greif an, da! ... Ich hab dann a Auto 'knackt und bin nach Holland gfahren ...

Mike geht weiter, auf Tempo.

– Ein halbes Jahr hab ich in Amsterdam auf einem Hausboot gewohnt. Mit vier Weibern und zwei Kilo Koks. Da brauchst kan Fernseher ...

Mike hebt einen Tannenzapfen auf, steckt ihn in die Sakkotasche, Niki fällt nichts ein darauf zu sagen. Was genau sind zwei Kilo Koks und was tut man damit auf einem Hausboot?

– Warum?

– Weil man einfach z'ammenwächst, verstehst, auf so einem Boot. Wie eine kleine Familie. Und wenn's Spannungen gibt, dann wird 'pudert. Des entspannt.

– Waren da oft Spannungen ... also bei euch?

– Dauernd. Auch wegen dem Stoff. Der macht natürlich schon auch aggressiv, ganz ehrlich. Deswegen war des immer ein Auf und Ab. Wie so a Gummibandl, des man anzieht und des dann losschnalzt. Und irgendwem schnalzt's halt amal ins Gsicht.

– Mhm. Des- des kann ich mir vorstellen.

Sie kommen jetzt zu einem Bach, Mike springt, ohne Vorwarnung, und Niki springt nach, fast wär er umgeknöchelt. Mike ist schon wieder zwei Meter vorne, Niki schließt auf. Sie gehen eine Zeitlang schweigend.

– I will net zum Papa rein.

Sie marschieren strammen Schrittes über den schmalen Forstweg,

– Ich will nicht in das Zimmer hineingehen. Zum Papa.

– Versteh ich gut ... Des is net ohne, wenn ma so was sieht ... Dabei war dei Papa immer a lässiges Haus, wir zwei waren früher ein Dreamteam, unschlagbar, was wir alles aufgführt haben! Die Bittini Brüder, gefürchtet und geliebt. Die Katholiken haben einen Bogen um uns gmacht ...

Mike macht einen schnellen Karate-Move. Niki kämpft mit sich, aber er hat das angefangen und jetzt, jetzt wär die Chance,

– Ja, also, wir haben nur Fußball gespielt und ... und ...

– Und?

– Er ... also, er is umgfallen.

Mike betrachtet den Buben, seine Wangen sind rot, er würgt herum an seinen Worten, da steckt noch was in der Röhre, Mike spürt das, aber es kommt nichts raus. Der Junge geht schweigend weiter, das war's also. Mike bremst ein, greift in seine Innentasche und zieht einen Revolver raus.

– Das is a .357er Magnum. Gut fürn Gnadenschuss.

Niki betrachtet die Waffe, hebt sie, ganz schön schwer das Ding, er zielt auf ein imaginäres Ziel. Dann gibt er sie Mike zurück.

– Das darf die Mama nie wissen.

– Wieso?

– Ich darf keine Waffe haben.

Mike blickt ihn eine Sekunde lang an.

– Pass auf ...

Er hebt die Waffe, streckt den Arm rechts weg und schießt in den Wald.

PPPFFUUUAAAAOOOO

Das Echo des Schusses hallt nach, der ganze Wald singt.

– Jetzt du.

Mike übergibt ihm die Waffe, Niki ist überrumpelt, HAT DER GERADE IN DEN WALD GEBALLERT?! OHNE HINZUSCHAUEN ... Ist das jetzt eine Mutprobe? Er hebt zögerlich den Arm ...

– Na, vielleicht net grad auf die Wanderer!

Mike stellt sich hinter ihn, dirigiert die Waffe weg vom Forstweg in Richtung Dickicht, jetzt einen Waldspaziergänger niederzustrecken, wäre das falsche Zeichen, wobei so weit geht der Gedanke gar nicht, Mike ist im *Shooting Mode*, er zieht den Hahn, schiebt seinen Finger in den Abzug, die beiden Finger aneinandergepresst, Nikis und seiner, eine fleischliche Verbindung-

– Mach's leer! Des ganze Magazin, gemma!

Und bevor der Junge irgendwas machen oder auch nur denken kann, drückt Mike ab, schießt, solange er kann, ballert das Magazin leer, verzieht sein Gesicht in Ekstase, YES YES YES, er lacht einen Lacher, der aus den Eingeweiden kommt, dort, wo wir noch Viecher sind und die Instinkte uns gelehrt haben, zu schreien und zu lachen und am besten alles gleichzeitig--

Außer Atem senken sie den Revolver.

– War des geil?!

– Weiß net ...

Niki hat Schiss, er hat richtig Schiss gehabt und noch immer zittert er. Er hat feine Ohren, zarte jugendliche Öhrchen, die airpods haben eine geeichte Dezibelgrenze, die Magnum nicht.

– Geh, sicher war des geil! Is dir wahrscheinlich einer abgegangen, was? A Gnadenschuss in die Hosn ...

Mike deutet auf den Hosenschritt.

Niki lacht auch, jetzt traut er sich. Der Onkel redet vom Wixen, indirekt.

– Is des jetzt grad passiert?

Mike hebt Nikis Hand hoch, da ist ein Schnitt in der Handfläche, die Wunde blutet.

– Weiß nicht ...

Niki zieht die Hand zurück, zuckt mit den Schultern. Er ist jetzt auch Opfer, ein Verletzter am Schlachtfeld des Lebens, und dadurch ist er ein Held. Helden jammern nicht. Aber er hat keine Zeit, sich dem wohligen Gefühl hinzugeben, Mike zieht sein Hemd hoch, deutet auf eine große Narbe an der Leiste,

– Fischmesser, Hamburg. 2006.

Niki checkt nichts. Hat ihm da einer reingestochen oder was?

– Der hat den Blinddarm a bissl zu tief gsucht … Arzt war des keiner!

Okay, das war ein Witz, einer wollt ihn abstechen. Niki betrachtet Mikes Narbe, dann seine eigene Hand. Blut.

– Geht's?

Mike deutet auf die Wunde.

– Ja, kein Problem.

Niki schaut ernst, schweigt, der jugendliche Held, aber lieber würde er schreien vor Stolz. Mike stopft sich das Hemd in die Hose, tatscht ihn ab, wie beim Fangenspielen und rennt los …

– Komm! Gemma! … Machma Meter … !

Niki rennt los, er ist schon wieder hinten nach, er wird den Onkel einholen, das ist klar, aber Mike macht es ihm nicht leicht, er stößt ihn an der Schulter, Niki stolpert und fällt fast hin, Mike brüllt,

– Touch down!

– Never!

Das schreit Niki und rennt an ihm vorbei, zieht vorbei wie Usain Bolt und Mike gibt alles, dabei hat er schon schweres Seitenstechen.

CHARME

Mike sitzt in seinem Escort und betrachtet den Tannenzapfen, er riecht nach frischem Wald. Dieser Zapfen. Er legt ihn aufs Armaturenbrett und öffnet das Handschuhfach. Der Revolver lacht heraus, als wäre er der Chef in dieser Bude.

Er zieht einen Stapel Fotos aus dem Fach. Eine junge Frau am

Balkon, analoges Foto. Zwei Freundinnen in ihrer Küche, verschwommen, eine prostet in die Kamera, die andere wirkt verstimmt. Ein nackter Bauch mit Busen, auf den mit Lippenstift ein Gesicht gemalt ist. Eine stark geschminkte Frau, lachend, offensichtlich schwer betrunken. Eine junge Frau im Sommerkleid sitzt am Steinrand eines Springbrunnens und schiebt die Beine auseinander, so dass ihre Muschi sichtbar wird, behaart, das war schon ein paar Jährchen her. Eine Telefonnummer ist am weißen Rand des Polaroids hingekritzelt. Ein Foto zeigt eine Frau im Bett, sie zieht sich die Decke bis zum Kinn, streckt einen Fuß in Richtung Linse, als wollte sie die Kamera wegtreten. Eine Frau, schlafend am Küchentisch, die Arme ein Nest, der Kopf das brütende Vöglein. Eine Studentin beim Lernen, eine Hausfrau beim Kochen, et cetera et cetera …

So verfliegt die Zeit, so kommen und gehen die Menschen, Streunerjahre sind Herrenjahre, Mike hat sie im Handschuhfach, analoge Zeitzeugen, Erinnerungsbrücken in Gefühlswelten, die man vergessen würde ohne diese *Schnappschüsse verflossener Liebschaften*, jener Damen, die ihm über die letzten Jahre Unterschlupf gewährten, dem Streuner und Tagedieb, immer unterwegs, immer suchend. Hertha und Marie, Kost und Logis.

Dann mehrere Automatenfotos, meist in Viererbögen ausgedruckt. Viermal zungezeigende, betrunkene, überdrehte Gesichter. Er stoppt kurz bei einem Fotobogen, schwarz-weiß, eine hübsche Frau mit Brille lächelt schüchtern, von den vier Fotos ist eines ausgeschnitten.

– Eben.

Er schiebt die Schwarz-Weiß-Fotos zurück unter den Stapel, blättert weiter: eine krähenhaft wirkende Dame in ihren 50ern raucht neben ihrem Ford Mondeo. Dann hält er inne.

Das Bild wirkt abgegriffen, die Ränder sind schmutzig. Eine junge Frau sitzt am Steuer, sie blickt in die Kamera. Ihre Haare zur Mähne getürmt, Lippenstift, der Blick frei und klar, wagemutig. Sie lächelt als Einzige auf dem Bild. Neben ihr am Beifahrersitz ein blonder Mann, die Haare fallen ihm verwegen ins Gesicht, Schnurrbart, Lederjacke, Jeans.

Am Rücksitz ein dunkler Typ, die Haare fallen ihm verwegen ins Gesicht, Schnurrbart Lederjacke, Jeans. Eine Zigarette hängt im Mundwinkel. Er hat seine Hand auf die Lehne des Vordersitzes gelegt, gleich neben die Schulter der Frau. Er schaut anders in die Kamera als die beiden vorne. Ein Raubvogel, im Moment des Angriffs.

– Ja …

Mike streichelt über das Bild, über diese Frau, neben ihr sitzt sein Bruder, Mikes Daumen bedeckt jetzt dessen Gesicht, er will ihn nicht sehen, wie er vorne thront und seinen Platz scheinbar schon gefunden hat an der Seite der Frau, während er, Mike, hinten sitzt, wie ein Anhängsel. Ein Anhängsel mit Sprengkraft und Wut und einem Schwadron an aufgestauten Gefühlen, die nicht aufzuhalten sind … *Das bin ich*, denkt Mike und erkennt sich nicht wieder, aber er spricht es in Gedanken aus. Das da am Bild war ich und das bin ich immer noch, ich bin derselbe Mensch. Wir werden das, was wir sind, aber niemals werden wir es kapieren …

Er hört schon wieder so eine Musik, wie letztens im Krankenhaus, nachdem er aus Sandros Zimmer kam, dieses Klavier, sehr ruhig, aber dadurch umso fordernder, als würde sich eine geballte Ladung aufbauen, aber nicht entladen, sondern nur entschweben. Er lässt das Bild sinken.

– Is das die Gloria?

Jenny lugt herein durchs offene Fenster am Beifahrersitz, ein Baby im Arm. Sie deutet auf das Foto. Mike lässt die Bilder in einem Flutsch verschwinden, swiftly unter die Knarre geschoben, er schließt das Handschuhfach, TACK, und öffnet die Beifahrertüre, indem er sich gut stretcht.

– Bitte sehr …

Jenny setzt sich ins Auto. Das Baby ist blond gelockt, ganz die Mama, es plappert immer wieder ein paar unzusammenhängende Dinge, JA, und NA, und DIDAI und DA, und es kann schon sitzen, also, wie alt ist es dann, so ca. was, ein Jahr oder-

– Schlafst du im Auto?

– Ich schlaf gern im Sitzen.

– Man kann die Sitze auch flach legen.

Sie gibt Mike diesen Blick und der ist nicht zu deuten.

– Mhm.

Mehr fällt Mike dazu jetzt nicht ein, das Kind sagt MAAH!, Jenny dreht sich nach hinten um. Auf der Rückbank liegen alte Decken, ein Polster, an einer Kleiderstange hängen Hemden und Jacken, ein Feuerlöscher, ein Aschenbecher aus dickem Glas, verschiedene Hals- und Armketten an einem samtenen Board, eine Schatulle mit Ringen, diverse Accessoires, ein irgendwie in sich geordnetes Durcheinander, ein Sammelsurium der alten Schule. Eingerollte Socken stecken in einer Kartonwand, zwei Reader's Digest und ein Krimi, daneben kauert ein Prospekt – «Eine Kollektion prachtvoller Messer». Jenny blickt zu ihm,

– Wann sehma uns?

Mike zuckt mit den Schultern.

– Wir sehn uns eh.

Jenny testet die Weichheit des Sitzes, indem sie leicht mit dem Rücken wippt.

– Nein, ich mein, wann kochst du für uns?

– Jetzt?

Es ginge jetzt gleich, im Moment, why not, er hat nichts zu tun. *Was ist Zeit?*

– Jetzt kann ich nicht, ich geh glei Nachtdienst.

Mike betrachtet ihr Outfit.

– Ich hab gedacht, du hast des immer an?

Sie lächelt, schaut an sich herab, Schwesternkleid mit Jäckchen. Ein bisschen Wind weht durchs Beifahrerfenster, ihre Locken heben sich wie auf Kommando.

– Schaust aus wie ein Engerl, mit goldenem Haar …

Die Elemente haben wieder einmal mitgespielt ... mit dem Poeten Mike. Jenny rückt ihre verwehte Strähne zurecht.

– Gfallens dir also, die Krankenschwestern?

– Besser als die Rauchfangkehrer.

Stille. Mike schaut in Jennys Augen. Offen weit und blau. Er blickt aufs Handschuhfach. *Schnappschüsse verflossener Liebschaften ... Eine Kollektion prachtvoller Messer.*

Jenny sieht ihn weiter an. Weiß sie, was er denkt?

– Dir täten Kinder sicher gut ...

Sie setzt das Baby auf Mikes Schoß, öffnet die Tür und steigt aus.

Mike setzt das Mädchen auf den Beifahrersitz. Es schaut sich um, irgendwie spannend wirkt die Sache, die Mutter scheint für den Moment vergessen.

– I bin da Mike ... I wohn da herinnen.

Eine kleine entschuldigende Geste.

– Es tut mir leid, wenn's net so wahnsinnig schön zusammengeräumt ist, aber- ich hab jetzt nicht mit einem Besuch gerechnet ... Einem Damenbesuch.

Das Baby wirkt unbeeindruckt, untersucht die Handbremse des Escort, schaut hoch, wo noch vertrocknete Sektspritzer kleben wie Sterne am Ford'schen Firmament. Hier herinnen wird nicht nur geschlafen, es darf auch mal gefeiert werden.

– Machma Spritztour, ha? ... Fahrma Spielplatz?

– Naaah.

– A Runde schaukeln ... hast Lust?

– Naain.

– Nein?

Mike gehen langsam die Pläne aus, er war auf vieles vorbereitet, aber eine Einjährige im Fahrzeug stellt ihn vor völlig neue Herausforderungen.

– Falls du Hunger hast, i hab nur ein paar Nusserln ... Aber die darfst du sicher net.

Die Kleine schaut ihn einen Moment an, als würde sie verstehen. Dann streckt sie den Arm aus, wenn man da von einem Arm überhaupt sprechen kann, es ist vielmehr ein *Ärmchen,* und zeigt auf die Hupe,

– Da!

– Des hättest gern? Soll i hupen? … Des gfallt dir sicher, was?

Die Augen des Mädchens leuchten, Ja! Ja! Ja!

Mike drückt auf die Hupe,

TEEEET

Die Freude ist groß, Mike drückt nochmal durch,

TEEEEEET – TEEEEEET

Die Kleine lacht, legt eine Hand schützend über die Augen. Ja, da möchte man am liebsten verschwinden, bei so einem Krach. Die ersten Fenster gehen auf, ein Hund bellt. *Was is denn da los? Frechheit eigentlich. Hupverbot im Stadtgebiet!*

– Scheiß drauf!

Mike hupt nochmal, die Kleine lacht.

DER KOLLEGE

Das Krankenhaus. Heiße Luft flirrt vor dem riesigen Koloss. In seinem Inneren spielen sich Dramen ab, vorne heraußen ist kaum jemand zu sehen. Hie und da werden Wäschekörbe aus dem Hintereingang geschoben, ein Rettungswagen parkt sich ein. Ansonsten, dead trousers.

In der Stadt herinnen brütende Hitze, keine kühle Brise wie bei ihnen am Waldrand. Aber zuhause war es unerträglich, sie musste weg. Mit Stefanie würde das sonst in der Katastrophe enden und Niki, na ja, der war mit seinem Onkel weg, auch gut.

Gloria steigt aus dem Audi, geht aufs Krankenhaus zu, Ah, sie hat vergessen den Parkschein auszufüllen, Handyparken geht derzeit nicht, irgendwas mit PayPal oder so, aber sie hatte doch Scheine im Handschuhfach, sie klettert in den Wagen, das Kostüm zwickt, sie richtet den Rock. Ihre Stöckelschuhe schauen bei der Fahrertüre raus, ein Radfahrer kann knapp ausweichen, ein Kottan Moment, denkt sie, das war ihr Kottan Moment, ihre stärkste Bindung zu diesem Land kam durch einen bescheuerten Fernsehdetektiv und vielleicht war sie überhaupt nur deswegen geblieben, dieser Humor, und- na gut, die Mutter und ihre Geschäfte, aber sie hätte ja wieder zurückgehen können, aber NEIN – Verdammt, der Stift geht nicht. Sie fingert nach einem anderen Kuli. Ein Ohrring geht ab und fällt auf die Fußmatte des Beifahrersitzes. Im Auto hat es an die 40 Grad, gefühlt, die Klimaanlage kühlt nur, solange man sie nicht ausschaltet. Und jetzt steht der Wagen schon geraume Zeit, sie hat nämlich vorhin noch versucht, die Versicherung anzurufen, aber der Zuständige war auf Urlaub, und jetzt hat sie das Datum falsch ausgefüllt, so ein Mist ein elendiger!

Sie zerknüllt den Parkschein, nimmt einen neuen, füllt alles aus, da läutet ihr Handy, sie kommt nicht ran, es ist nämlich in der Handtasche, die war auf den Rücken gerutscht und sie noch auf allen vieren am Fahrersitz. Sie lässt es läuten, legt den Parkschein hin, klettert rückwärts aus dem Wagen, marschiert auf den Eingang der Klinik zu, dann bleibt sie ruckartig stehen. Irgendwas war? Irgendetwas war? Ah ja, sie hatte vergessen abzusperren. Sie dreht sich um, zielt aufs Auto,

BIEEP

Fertig, abgeschlossen, so.

In Sandros Büro hängt Glorias Porträt, Lady in Blue. Ein riesiges Foto von ihrem Kopf, sie strahlt, wie immer auf Fotos strahlt sie in die Kamera, aber ihr Kopf und ihre Augen sind übermalt. Eine dichte blaue Wolke. Es ist das Pendant zu Sandros rotem Porträt im Haus.

Darunter, auf Sandros Schreibtisch, werden Unterlagen durchwühlt, Notizen und Laptop durchforstet und Laden geöffnet. Das Familienfoto mit Sandro, Gloria (lachend), Stefanie und Niki verteidigt den zentralen Platz am Desk gegen einen Glaskubus mit darin eingefügtem Hologramm (es sind Sandros Initialen, SB).

Ein Mann greift sich ins Haar, er hat die Nacht zuvor nicht geschlafen, so wie er ausschaut, er hat durchgemacht, er versprüht den Morgenduft der Ungeduschten. Sein Anzug hängt verschwitzt am Körper, Bartstoppeln auf den Wangen. Er rüttelt an einer Lade, sie springt auf, nix drinnen von dem, was der Mann sucht.

Am Gang düsen Damen zielstrebig von links nach rechts, Herren schreiten gerne zu zweit vorüber, die Akten am Arm wie kleine Kinder, die sie im Papamonat betreuen könnten, aber es geht nicht, denn hier wird dick Kohle gemacht, hier sind sie unabkömmlich. Sie sind Leistungsträger und Großverdiener, ihre Arbeit macht sich schließlich nicht von selber. Der 14-Stunden-Tag ist keine Selbstverständlichkeit, er ist eine Selbstverpflichtung. Was können sie dafür, dass die Frau zuhause am Sofa Hand an sich legt aus lauter Langeweile.

Im Büro der Anwaltskanzlei «Bittini&Partner» läuft alles seinen gewohnten Gang, in den zwei Stockwerken der üppig ausgestatteten Räumlichkeiten herrscht Betriebsamkeit. Nur in einem Büro, dem des Chefs, brennt der Hut. Der verschwitzte Mann hebt drei dicke Bündel Akten aus einer tiefen Lade, blättert sie oberflächlich durch, er weiß, hier wird er nichts finden, dann wirft er sie zurück in die Ablage, schwankt kurz. Er lässt den Kopf kreisen, nickt leicht, rollt mit den Augen. Eine Übung sicherlich, die ihm jemand gezeigt hat, *stress relief* oder *anger management*, es könnte aber auch der Beginn einer psychosomatischen Implosion sein. Der Mann zückt sein Handy und wählt.

Gloria steigt aus dem Lift und biegt ein in den Gang, Intensivmedizin, 3. Stock, da läutet es wieder. Sie öffnet die Handtasche im Gehen, das Handy springt ihr entgegen, sie ist am

Weg zu Sandro, in Ruhe diesmal, ohne Kinder, ohne Mike, ohne Ärztin, ohne-

«Sandro Kanzlei» steht am Display, schon wieder die, sie rufen sie sicher schon zum achten Mal an, sie überlegt kurz, dann hebt sie ab,

– Hallo?

– Gloria, bist du das?

– Ja, ich bin's-

– Endlich, du, ich habs schon hundertmal probiert, wieso hebst du nicht ab?

– Entschuldige, aber ich hab nicht reden können, also- Du weißt ja eh, was passiert ist?

– Ich weiß, ja, Wahnsinn, vollkommen klar, das tut mir unendlich leid, und wir sind jederzeit für dich da, Gloria, jederzeit.

– Danke.

– Wir sind im Büro nur auch geschäftlich etwas unter Druck geraten, wegen der ganzen Sache, verstehst du? Wir sollten uns treffen, dringend.

– Der Sandro liegt im Koma!

– Ich schick heute jemand vorbei bei euch, auf einen Sprung.

– Ich, ich bin im Krankenhaus-

Gloria nickt der Intensivschwester verstohlen zu, deckt das Handy ab, dreht sich weg. Mit einer gewissen aggressiven Haltlosigkeit pumpt sie sich Desinfektionsmittel auf die Hände, zermalmt die feinen Tröpfchen zwischen ihren Handflächen, als wollte sie die Begehrlichkeiten des Mannes an der Leitung dadurch in Luft auflösen,

– Er liegt auf Intensiv …!

– Ja, Gloria. Das ist ganz furchtbar, auch für die Kanzlei ist das furchtbar. Deshalb hab ich dich ja so dringend versucht zu erreichen, verstehst du? Der Sandro hat nämlich, du weißt ja eh, wie er is, ein paar Sachen mitgenommen, die wir brauchen würden, Unterlagen etcétra etcétra, da würden wir bei euch vorbeischauen und die holen …

Gloria versucht sich wegzudrehen und leise zu reden, sie will hier NICHT ALS ZICKE gelten, die AUSFLIPPT, wenn in einem Moment HÖCHSTER NERVLICHER ANSPANNUNG und ANGST UM DAS LEBEN IHRES MANNES jetzt so ein ARSCHLOCH KANZLEI KOLLEGE sie mit irgendwelchen UNTERLAGEN belästigt, es bricht aber dann doch aus ihr heraus, weil sie lange genug ihren Mund gehalten hat und jetzt IST DAMIT SCHLUSS!

– Sag einmal, was muss eigentlich noch passieren, dass es irgendwann einmal wurscht is, was in dem scheiß Büro passiert, und sich irgendwer drum kümmert, wie's dem Sandro geht oder mir oder meinen Kindern ... ?!

– Gloria, pass auf ...

– ... Und dass es einmal nicht mehr wichtiger ist, welche scheiß Unterlagen er wo liegen hat. Das is mir jetzt einfach einmal so was von egal, ich will mit dem Ganzen nichts zu tun haben, verstehst du! Nichts!

– Versteh ich, Gloria, ja, beruhig dich-

– Ich weiß nicht mal ... ob mein Mann jemals wieder gesund wird!

Gloria haut aufs Handy, sie will diesen Anrufer verschwinden lassen, lässt alles fallen, ihren Druck und ihre Anspannung und gleitet hinunter, mit dem Rücken entlang der Wand bis auf den Boden. Da sitzt sie jetzt. Da kauert sie, fassungslos. Die Intensivschwester kommt, dunkle Haare, ruhige Ausstrahlung, eine reine Seele.

– Frau Bittini? Alles gut bei Ihnen?

– Äh, ja ... Ja.

Gloria schlägt die Beine übereinander, eine Geste der Beiläufigkeit, wie wenn man beim Fünf-Uhr-Tee die Beine überkreuzt, während man die Cremeschnitte bearbeitet.

– Darf ich Ihnen aufhelfen?

– Äh, nein. Das geht schon ... Danke.

Gloria hat sich bereits behände aufgeschwungen, die Knie

parallel gen Boden, wie ein schön ausgeführter Parallelschwung beim Schifahren, damit der Rock nicht verrutscht und ihre Innenseite freigibt, ihre vulnerable Seite, und HOPP, da steht sie schon wieder. Kostümröcke sind dazu da, beherrscht zu werden.

Sie greift zur Türklinke, Intensivzimmer, die Schwester deutet ihr-, Was? Ah so, JAAAAAA, Gloria nimmt die Maske, streift sie über, Blick zur Schwester, GUT SOOO?! – und ZACK, rein ins Zimmer.

Der Kollege steht da und betrachtet das Handy. *Es wurde ihm aufgelegt.* Ein Schweißtropfen hat sich über eine Strähne der Nase genähert und überlegt, wohin er sich fallen lassen soll. Er entscheidet sich fürs Sakko, tropft ab.

Ein dicker Mann tritt zu ihm an den Schreibtisch, offensichtlich hat er das ganze Gespräch mitangehört. Die beiden Männer schauen einander an. Sie wissen, was sie davon zu halten haben.

– Hinfahren?

Der dicke Mann wirkt wie ein Fremdkörper in diesem stylishen Büro. Er trägt ein kariertes Sakko aus Wolle, undefinierbares Hemd, Schnürlsamthose, braun. Die zeitlose Uniform des Mannes vom Land, der in der Stadt sein muss. Nicht weil er will, sondern weil es ihn hierher verschlagen hat. Etwas hat ihn aus seinem natürlichen Habitat vertrieben. Sein Dasein fristet er nun als Dienstnehmer für Schnösel, die nur die Stadt kennen und dadurch einen Vorteil haben. Aber auch einen entscheidenden Nachteil: Sie können nicht zupacken, sie wissen nicht, wie man jemandem mit dem Ellbogen in den Magen haut oder mit dem Schädel eine mitgibt, dass er ohnmächtig wird. Auch der Nierenschlag zählt nicht unbedingt zu den erlernten Tugenden des Städters in Führungsposition. Das können nur mehr wenige, und zumeist kommen sie aus dem ländlichen Raum. Die Männer fürs Grobe. Sie wissen, ganz tief in ihnen drinnen, da wissen sie, dass sie mehr sind als Handlanger. Sie sind die, die die Branche am Leben halten. Kein klarer Sieg ohne Bodentruppen. Das Immobiliengeschäft ist kein Pädagogikseminar.

Der schwitzende Mann nickt. Ja. Hinfahren. Der dicke Mann dreht sich schweigend um die eigene Achse und geht. Ganz schön behände für so einen Wanst.

KOMA KONKURRENZ

Man ist immer respektvoll, bevor man sich nähert, man sagt,
Ich bin jetzt da, ich berühre jetzt die Hand,
ich wechsle die Infusion, oder
Jetzt kommt die tägliche Hygiene, das Zähneputzen.
Man begrüßt den Patienten, man verabschiedet sich,
wenn man den Raum verlässt, man sagt,
Ich gehe jetzt und dann sagt man ihm,
wann man wiederkommt.
Das alles hilft, dass er sich im Hier und Jetzt zurechtfindet
und orientiert.

Gloria saß am Besucherstuhl bei ihrem Mann. Das linke Bett war frei, er war als Klassepatient alleine in diesem Raum, bis-ja, bis man das Bett benötigen würde. In Zeiten der Pandemie konnte das jederzeit sein, aber Patienten kamen auch wegen ganz normaler Unfälle auf Intensiv. Herzinfarkte, Magendurchbrüche, Schlaganfälle, Darmverschlüsse, Aortarisse, der übliche Kram, der bisher schon die Stationen ausgefüllt hatte.

Die Maschinen piepsten, als wäre es das Selbstverständlichste auf der Welt. Die Sauerstoffmaske lag flach am Gesicht, eine Unterstützung nur der Atmung, hatten die Ärzte gesagt, er brauche nur eine Unterstützung. Sie betrachtete die Schläuche. Waren einige davon gelockert? Hatte man etwas vergessen, ordnungsgemäß einzustecken? Hatte jemand absichtlich ein Kabel getrennt …

Was hatte Mike hier herinnen gemacht? Welche Verbindung hatte er noch zu seinem Bruder? Hatte er ihn jemals in den siebzehn Jahren angerufen? Hatten sich die beiden Brüder heimlich getroffen? Waren sie jemals miteinander in Kontakt getreten? Sandro hatte nie etwas erwähnt, kein Wort über ihn, der Bruder war tabu seit damals. Davor waren sie unzertrennlich gewesen, bis zu jener Zeit. Als alles explodierte. Als ihr Leben neu begann und der eine ging. Und der andere blieb.

Sie können nichts für diese Situation,
Sie dürfen sich keine Vorwürfe machen,
Keiner ist schuld daran, dass er ins Koma gefallen ist

Sie starrte aufs Gesicht von Sandro, bis es verschwamm und eins wurde mit der Umgebung. So muss Sterben sein, dachte sie, und bestrafte sich für den Gedanken mit einem Knurren. Was für ein lächerliches, wölfisches Geräusch. Ihr Körper gehorchte ihr kaum mehr. Draußen am Krankenhausgang war sie zusammengeklappt. Sie hatte die Nerven geschmissen. *Darf ich Ihnen aufhelfen, Frau Bittini?* – Nein, hau ab, du Kuh!

Jaa, jaaaaaa, sie war ja nett und aufmerksam und freundlich, eine vorbildliche Schwester, hübsch und taktvoll, sicher migrantischer Background oder wie sagt man jetzt besser, ein *freundlich dunkler Typ?…* Eine *gechillte Farbige?* Nein, nein, das sagt man sicher auch nicht, wie hirnrissig, sich darüber den Kopf zu zerbrechen. Alles drängte sich in ihren Schädel, das GERADE JETZT ÜBERHAUPT KEINEN PLATZ haben sollte, weil es um ganz andere Sachen ging.

Draußen hörte man den Donner grollen und die Luft wurde schwer, ein Windstoß durchbrach die Vorhänge, ein Lüftchen echte Welt schwappte ins Intensivzimmer.

– Was is los mit mir …

Das war rausgequollen. Aus dem Mund in den Raum.

Sandro lag im rechten Bett. Das linke war leer.

Es ist besonders wichtig, Ihren Mann miteinzubeziehen.
Haben Sie keine Scheu, offen auf ihn zuzugehen.

Gloria betrachtet den stummen Mann an ihrer Seite. Regungslos liegt er da wie eine Puppe. Die Sprechfunktion kaputt. Nur die Atmung funktioniert, die Brust hebt und senkt sich, und innen fließt das Blut. Die Maschinen piepsen, die Schläuche werden gefüllt und geleert, die Anzeige des Monitors leuchtet, Sauerstoff Sättigung Herzschlag …

Was hatte diese Ärztin nochmals gesagt? Den Patienten *miteinbeziehen*? Ja, aber in was? In den Stress, die Sorge, die Wut und die absolute Hilflosigkeit?! Man soll ihm immer sagen, was man gerade macht, damit er sich orientieren kann. Okay. Sie zieht die Lade des Beistelltisches auf.

– Ich nehme jetzt dein Portemonnaie …

Sie nimmt es heraus und hält es kurz in Händen, schaut es an wie ein Jausenweckerl, das man entweder weglegen oder in das man bald beißen wird. Dann öffnet sie es, linke Seite Karten, rechte Seite Kleingeld, Wurscht und Käse, drinnen das Bargeld, die Gurkerl. Sie will es schon zuklappen, da bemerkt sie ein Ding. Ein kleines Eck steht heraus, hinter der grünen Blutgruppenkarte lugt es hervor, schwarzweiß. Sie fischt es heraus mit zwei Fingern. Ein kleines Bildchen, ein Automatenfoto. Eine junge Frau mit einer schwarzen Brille. Sie lächelt ganz zart und zurückhaltend. Eine hübsche junge Frau. Gloria geht alle Damen in Sandros Büro im Kopf durch. Wenn, dann müsste das eine Neue sein, eine, die sie noch nicht kennt, sie wirkt jedenfalls sympathisch, sicher zu jung für Sandro, aber was heißt das schon.

Sie dreht das Foto um, nichts. Keine Nachricht, kein kleines Herz, kein Hinweis. Sie steckt das Foto ein.

Wenn Sie auf Ihr Bauchgefühl hören, auf Ihre Intuition, dann wissen Sie ganz genau, wie Sie mit Ihrem Mann umgehen müssen.

Gloria nimmt Sandros Handy aus der Lade. Sie hält es mit der Rechten, mit der linken Hand zieht sie seinen Arm unter der Bettdecke hervor und presst seinen Daumen aufs Display. Nichts geschieht. Sie adjustiert ein wenig die Position des Daumens, wie ein Handwerker, der den Schraubstock und das Werkstück richtet, sie verändert den Winkel des Daumens, und BLLUMM – Sesam öffne dich! Wie ein offenes Buch liegt es nun da, das Handy, Tor zum Himmel und zur Hölle, intimes Tagebuch und Verwalter aller Gedanken. Dein Reich komme, dein Wille geschehe.

Sie geht in *Einstellungen*, hebt die Displaysperre endgültig auf. Sie scrollt die Anrufliste durch, eine Reihe von Anrufen kurz vor-, kurz bevor er- ... Büro Festnetz, Gloria Handy, ... Mutter Gloria Mobil, da nochmals, Mutter Gloria Mobil, Wieso ruft er meine Mutter dauernd an? ... Dann da, eine Nummer ohne Namen ... Da wieder diese Nummer ... Am Tag davor, drei, vier, acht, zehn und mehr Anrufe an diese bzw. von dieser Nummer ... Immer wieder diese Nummer ohne zugeordnetem Namen.

– Wer ist das? ... Zu wem gehört diese Nummer?

Sandro atmet weiter ruhig. Keine Reaktion mimischer Art. Nada. Wenn er etwas hören könnte, dann würde er seine Gefühle jetzt extrem gut kaschieren. Gloria nimmt seine Hand.

– Und wer ist die junge Frau auf dem Bild?

Silence. Sandro Pokerface. Sie streichelt seine Hand, zärtlich.

– Was weiß ich sonst noch alles nicht?

Sandro schweigt. Der Donner grollt. Auch aus ihm wird man heute nicht schlau.

Mike saß im Mädchenzimmer am Fußende des Betts und schaute auf den großen schwarzen Müllsack in seinen Händen. Stefanie räumte ihren massiven Kleiderschrank aus, entsorgte Gewand, Mike stopfte es in den Müllsack.

– Die Textilbranche is für ein Viertel der gesamten Umweltverschmutzung verantwortlich … Und das sind hauptsächlich ein paar Riesen-Konzerne.

Sie warf Mike ein rosarotes T-Shirt zu.

– Wenn die Leute einen Monat lang nur das Nötigste kaufen würden, dann würde die Wirtschaft komplett zusammenbrechen. Da sieht ma, wie viel Schwachsinn wir besitzen.

Mike hielt das flockige Girlie-Shirt hoch, präsentierte es wie ein stolzer Boutique Besitzer,

– «Von Kindern für Kinder … »

Der Witz landete nicht ganz, Stefanie war in Fahrt,

– Die Umwelt wird zerstört, die Armen werden ausgebeutet, und die Reichen werden immer reicher.

Mike stopfte das rosarote Shirt tief hinein in den Sack, er war jetzt doch schon einige Zeit hier. Langsam wurde er etwas unaufmerksam.

– Ein Prozent der Menschheit besitzt die Hälfte des weltweiten Reichtums …

– Ein Prozent … mhm.. na ja … Wahnsinn.

Mikes Blick fiel auf ein Akkordeon, das neben dem Bett stand. Er wollte sie fragen, ob sie irgendwas Französisches drauf spielen konnte, aber Stefanie nahm ihr Handy und setzte sich neben ihn aufs Bett.

– Und der Papa is da voll dabei. Seine Kanzlei verkauft grad ein Grundstück am See … an so reiche Fuzzis. Da, schau!

Sie zeigte auf ein Foto, ein idyllisches Seegrundstück. Davor ein Bauzaun mit einem Schild: «Privat. Zutritt verboten».

– Das is da in Langbach draußen. Die wollen dort alles zubauen, dabei war das immer ein super Platz zum Schwimmen.

– Mhm …

Mike erkannte den Ort sofort, und sofort waren alle Erinnerungen zurück. Für einen Moment war er aus diesem Zimmer verschwunden und dreißig Jahre zurückgereist. In eine Zeit, wo alles bedeutsam war, weil man nichts verstand. Da war er wieder, der Geruch von Sonnencreme auf einer Wiese, wo gegrillt wird, nasse Badehosen, die am Hintern klebten. Sein Bruder und er waren früher oft dort hingefahren,

– Ich kenn den See …

Aber Stefanie swipte schon weiter am Handy, sie war nicht zu bremsen.

– Schau, das is ein Haus, das wir besetzt haben …

Eine Abbruchbude, nicht uncharmant aufgemotzt mit Tüchern und Lichtern und alten Sofas im verwilderten Innenhof. So eine Hippiebude, Mike kannte den Vibe, für ein paar Wochen ging das meistens gut, dann fackelte irgendein Punk auf schlechtem Acid den Scheiß ab und die Bullen kamen und das Hippie-Paradies ging den Bach runter.

– Dort bring ich auch meine Sachen hin. Es gibt so viele Leute, die das brauchen können. Und ich hab sowieso viel zu viel …

Sie deutete auf den gut gefüllten Müllsack, ein Eldorado für alle Obdachlosen, keine Frage.

Mike lockerte seine Schultern, schaute sich im Zimmer um. Ein beeindruckendes Sammelsurium an Postern, Bildern, Schminkzeug, Kappen, Federn, Gläsern, Bechern, Stiften, Handyhüllen.

– Hmmja.. was du da für ein Graffel hast, unpackbar.

– Ich will was abgeben von dem, was ich habe. Es ist so einfach. Wenn die Menschen, die zu viel haben, was abgeben würden, dann gäbe es genug für alle.

– Mhm, sicherlich …

Stefanie hatte Mike das Handy überlassen, sie zog sich jetzt ihr Shirt aus und stopfte es in den Sack. Mike sah es aus den Augenwinkeln, war aber gerade anderweitig beschäftigt. Er war an einem Foto hängengeblieben. Ein junger Kerl, Anfang zwanzig, blond, Rastalocken, umarmte Stefanie, hielt sie ein wenig zu dicht an sich gedrückt. Sie streckten beide die Zungen raus, fürs Foto, in Wefucktheworld-Manier, aber sehr gut eintrainiert die Pose, auch für Insta tauglich und so Scheiße. Er swipte weiter, nochmals dieser Typ, wieder ganz nah an Stefanie, okay, alles klar-

– Wer is der Dillo?

Stefanie schaute gespielt neugierig auf das Foto, natürlich wusste sie längst, wer gemeint war. Aber jetzt war sie in charge hier im Raum, shirtless spielte sie ihre kleine Komödie.

– ... Ah, das. Das is der Arne.

– Der *Arne*?

– Ja, der organisiert das alles.

– Ah, ja, tut er alles organisieren, der Arne?

– Ja, er hat schon einmal, also so ein besetztes Haus geleitet ...

– Da kommt er aus Wixhausen her zu euch, der Piefke, damit er a bissl Chef spielen kann, was? Aber in Wahrheit will der dich doch nur tupfen. Darauf wett ich an Hunderter!

Er hält ihr die Hand hin: schlag ein!

– Ich hab keinen Hunderter.

– Dann machma auf Pump. Wenn er's bei dir probiert, schuldest mir einen Hunni!

Stefanie zögerte. Tat sich da trotz aller Widrigkeiten eine Chance auf? Sie deutete auf den Müllsack.

– Heute wär eine Party im besetzten Haus. Und ich würd die Sachen voll gern hinbringen ... Aber ich darf halt nicht.

Mike traute seinen Ohren nicht, *Ich darf halt nicht?!* Sprach hier dasselbe Mädchen, das da im BH neben ihm saß und Weltumsturzpläne schmiedete?

– Gehst halt heimlich hin.

Er konnte es nicht glauben, aber ja, das war eben das Kreuz mit der endenden Pubertät und dem beginnenden Erwachsenwerden, wo man auch mal einstehen muss für seine Sehnsüchte. Für verwöhnte Vorstadtkinder ungleich schwerer als für ihn damals, der mit Freude von zuhause abgehaun war.

– Und der Hunderter steht.

Er hielt ihr die Faust hin, murmelte «Do it!» mit den Lippen. Sie zögerte kurz, dann schlug sie ein, Faust an Faust, besiegelt!

Stefanie atmete durch. Sie hatte einen Plan, das erste Mal seit Wochen passierten Dinge, die in ihrem Sinn waren in diesem Haus. Nur der Mann neben ihr schien ein wenig außer Tritt geraten. Frisches Hemd, aber müde Augen.

– Kannst du im Auto eigentlich schlafen?

– I schlaf net gern.

Sie betrachtete ihn. Und einen Moment lang schien es so, dass Stefanie ihre Hand auf seine Wange legen könnte und ihn trösten oder ihm beim Einschlafen helfen. Dass sie sich auf dieses Bett zurückfallen lassen würden und dem Raum entschweben. Einen Moment lang herrschte in diesem Zimmer ein Zustand, der in alle Richtungen abheben konnte. Siebzehnjährige Mädchen, deren Gefühlswelt aus den Angeln gehoben wurde, sind nicht dafür verantwortlich, was sie tun in solchen Schwebezuständen.

– Stimmt das, dass du mal mit der Mama zusammen warst?

Mikes Augen waren darauf nicht vorbereitet gewesen, er senkte den Blick. Was sollte er jetzt sagen? Diesem Mädchen da neben ihm, das nichts wusste, das offensichtlich keine Ahnung hatte vom Feuerdrama, das damals alles verschlungen und aufgefressen und vernichtet hatte und-

Es läutete an der Haustüre. Schwebe unterbrochen. Mike blickte hoch, sah ihr in die Augen. Sein Gesicht machte, *Naja, zusammen, naja, also* – aber sein Mund sagte,

– Vor siebzehn Jahren.

SMOKE

Gloria stand auf dem Dach des Krankenhauses, in schwindelerregender Höhe. Sie wagte kaum, sich über die Brüstung zu lehnen, die Höhenangst war enorm, aber nur hier konnte man ungestört rauchen. Sie wollte nicht gesehen werden, nicht gefragt, nicht *abgeholt werden in ihrer Sorge,* sie wollte in Ruhe gelassen werden und eine Zigarette rauchen. Aber das war gar nicht so leicht, der Wind pfiff und das Feuer ging immer aus. Nicht einmal eine Kippe anzünden geht noch! Ihr Ärger war noch nicht verflogen, sie wollte ihn sich wegpaffen, Lungenzug optional. Woher plötzlich diese große Lust wieder zu rauchen? Wieder zwanzig zu sein und alles zu machen, was ungesund und destruktiv war? Woher das unbändige Gefühl, runterspringen zu wollen? Über das Geländer zu klettern und laut zu schreien?!

– Ja, ja, ich weiß schon woher …

Fing sie jetzt tatsächlich an, mit sich selber zu reden? War es so weit? Nur mehr ein Schritt zur Demenz! Unten parkte sich ein Notarztwagen ein, Leute kamen aus dem Krankenhaus gelaufen. Ihr wurde schwindlig, jetzt zog dieser Glimmstängel endlich richtig, sie warf den Kopf in den Nacken, pustete den Rauch in den Himmel. Irgendwie ein erhebendes Gefühl, hier heroben zu stehen und alles falsch zu machen. Endlich! Ja, so könnte es gehen, einfach loslassen und schauen, was passiert … Ihr Handy läutete. Schon wieder?! Wenn das nochmals dieser Vollidiot aus dem Büro war … Sie riss das Telefon aus der Tasche. Shit. Ihre Mutter. Nein, jetzt nicht. Nicht jetzt. Danke nein! Sie schloss die Tasche, das Klingeln verstummte. Die Asche fiel ihr auf die Bluse. Na und? Sie zog an der Zigarette und schaute hinaus auf die große Stadt. Straßen, Hochhäuser, alte Palais, Parks, Kirchen, ein paar Hügel, weit hinten der Fluss. Weit weit weg.

MUTTER

Mike kam aus dem Hauseingang, ließ die Tür langsam hinter sich zufallen, tänzelte die Stufen hinunter in den Hof. Vor einem Tag als heimlicher Dieb angeschlichen, heute schon der Mann im Haus. Derjenige, der aufs Klingeln antwortet, Gäste empfängt. Gestern noch rausgeschmissen, heute der Maître de Maison! Elegant nahm er die letzten Stufen, als er sie erblickte.

Ihr Taxi rollte lautlos davon, Elektro. Sie drückte das kleine Tor auf und betrat den Vorhof. Glorias Audi war nicht da, Sandros Rover stand in der Garage, der Hof war leer, bereit fürs Duell.

Nur einen Sekundenbruchteil hatte es ihn geflasht, dann war er wieder er selbst. Diese alte Schabracke hatte ihn schon einmal fast zum Kentern gebracht, vor langer Zeit, diesmal wollte er sich keine Blöße geben.

Die Frau erstarrte ebenso für einen Augenblick, dann warf sie hinter sich das Tor ins Schloss und schritt auf ihn zu. Langes schwarzes Haar, gelockt, und wie es ihm schien, schwarzer Lippenstift,

– Mike?

Ihre Verwunderung über den Auftritt des Neohausherrn machte einer tiefen Enttäuschung Platz, die ihre Aura sofort publikumswirksam umspülte wie die Gischt das steinerne Meer. Sie könnte direkt aus einem dieser Piratenfilme sein, dachte er, die böse Gegenspielerin des mutigen Seeräubers, eine Meeresmedusa mit Schlangenhaar!

– Wo is Gloria?!

So schmetterte sie ihr Horn! WOOO IST GLOOOORIA?! Ein Frage wie ein Befehl. Von der Kommandobrücke aus geschmettert, gegen Wind und Wellen und die hohe See. Wer ans Befehlen gewöhnt ist, tut sich schwer mit einem halbwegs normalen Umgangston. Die Bürde des Großbürgertums.

Das Bestimmen über andere war in die Wiege gelegt, die Rechenschaft darüber gab man sich untereinander ab, aber das Fußvolk wurde gebührend mit Füßen getreten.

– … Einkaufen, Friseur, Nägel machen? Wieso?

Mike blieb locker, fast gelangweilt, er wollte ihr den Triumph seiner Wut nicht gönnen.

– Dass du dich noch hertraust …

Höhnisch stand sie da, blickte ihn abschätzig an. Ein Dreck, ein Nichts, ein Wurm. Ihre Haare bliesen zum Angriff. Der aufkommende Wind tat das seine dazu.

– Und du? Was machst du eigentlich hier?

Er ging ein paar Schritte auf sie zu. Teures Kostüm, in Rot und Schwarz, protzige Perlenhalskette, fast ein Amulett!, fetter Schmuck, die obligatorische Dolce & Gabbana-Reisetasche in der Hand, alle Insignien des Geldes. Mike deutete auf die Tasche,

– Hast dir was zum Übernachten eingepackt? Einen Pyjama? Des kannst dir schön einrexen! …

Sie standen einander jetzt in Schussdistanz gegenüber. Wer zieht zuerst?

– … Weißt du, warum? Du hast nämlich hier HAUSVERBOT!

– Sag mal, wie redest du eigentlich mit mir, hmm?!

Der Wind wurde zum Sturm.

– Du solltest dich schämen.

– Wofür? … Dass sie glücklich war mit mir? Dass du das nicht ausgehalten hast?

Mike ging auf sie zu, jetzt brach der Damm und das Schiff stach in See, die Schlacht hob an, sie standen keinen Meter mehr auseinander,

– Du wolltest doch, dass ich *dich* puder! *Das* war der Plan für die Tochter, oder?

– Du stinkst nach Bier. Säufst du immer noch so viel? Dass du überhaupt noch lebst …

Ihre Pfeile flogen heute tief, WUSCH WUSCH WUSCH, und jeder einzelne saß. Geschuldet nicht nur ihrer jahre-, nein, jahrzehntelangen Kampferfahrung, sondern auch der Tatsache, dass Deutsche es einfach schaffen, alles besser und härter auf den Punkt zu bringen.

– Schade, gell. Als Leiche hättest mich gerne heimkommen sehen, aber den Gefallen tu ich dir nicht, des musst du schon selber erledigen!

Die Frau richtete sich auf, atmete durch. Der Drache zog den Hals noch einmal kurz zurück, bevor er Feuer spie,

– Lass die Gloria in Ruhe. Du drängst dich nie wieder in ihr Leben!

– Sie kann ficken, wen sie will. Das geht dich einen Scheißdreck an.

Sie kam nun noch näher, ein halber Meter. Was würde das werden, ein Infight auf Tuchfühlung, dann der Magenstrudel? Oder wollte sie ihn küssen, ja, eher das, einmal hatte sie das schon versucht,

– Alles hast du ruiniert, alles! Mich hast du verleumdet vor allen. Und nur Lügen hast du erzählt … Gemeine Lügen …

Sie säuselte jetzt, als wollte sie ihn rumkriegen, aber Mike kannte die Taktik,

– Du kannst doch nicht genug kriegen in deinem Leben. Die Gier frisst dich doch auf, schau dich an!

– Du gehörst ins Gefängnis, da gehörst du hin, du Verbrecher! Glaubst du, dass ich dich nicht durchschaue! Wie du dich einschleichst und wie du dann das Herz rausreißt … wie du das Herz rausreißt!

Stefanie hatte sich einen Schluck Wasser geholt, sie wollte eigentlich ja keine Pause machen beim Räumen, die Zeit nutzen, bis ihre Mutter zurückkam, angeblich war die nochmal zu ihrem Vater gefahren, WHATEVER, sie wollte ihre Kleidersäcke packen und in der Garage verstecken, aber irgendwie wollte sie schon auch sehen, wer da geläutet hatte und jetzt stand ihre Großmutter da draußen und sie konnte durchs Küchenfenster nicht alles verstehen, was im Hof geredet wurde, aber freundlich ging es nicht zu, das war klar. Und sie hätte noch länger gelauscht, wenn nicht Niki in die Küche gekommen wäre, sein Mathezeug unterm Arm, und sich zum Tisch gesetzt hätte. Aber da hatte sie jetzt keinen Bock drauf, ihm gratis Nachhilfe zu geben und dann noch dafür ANGESCHWIEGEN ZU WERDEN oder bestenfalls ANGEMAULT. Und bevor er noch irgendwas in die Richtung sagen konnte, stellte sie ihr Glas ab und war nach oben verschwunden.

Mike hatte begonnen, wild zu gestikulieren, seine Contenance war beim Teufel, wie immer, wenn ihn die Wahnsinnige zu demütigen begann, das hatte sie drauf wie niemand sonst.

– Das wär euch recht gwesen, wenn ich nie wieder aufgetaucht wär, was? Die Tochter unter Kontrolle, der Schwiegersohn eine gute Partie, da hat er schön reingepasst bei deinen gstopften Freunderln, was? Ausm Sandro hast an Wurschtl gmacht, aber net aus mir! AUS MIR NET!

Er schrie sie an, sie lachte ihn aus, aber etwas in diesem Lachen war zittrig, das spürte er ganz genau.

– So kommst du mir nicht davon! SO NICHT!

Sie ging auf ihn zu,

– Du kleines Stück Scheiße.

Dann drehte sie am Absatz um, Tasche fest im Griff, und ging quer über den Hof zurück. Sie räumte das Feld, aber nicht, ohne ihm noch eine Spritze Gift ins Gesicht geschossen zu haben. Er trabte ihr nach,

– Putz dich! Du böse Zwiderwurzen du! Kannst dich glei schleichen! Ich bin jetz da! Und komm nie wieder da her, NIE WIEDER ... !!!

Sie war schon draußen beim Tor, auf der Straße, da schaute sie sich noch einmal um,

– WIXER!

Und fort war sie, Godzilla hatte das Schlachtfeld verlassen. King Kong war angeschlagen, hatte aber ordentlich dagegengehalten für seine Begriffe …

– Herr Bittini?

Ein gelber Postmann auf leisem Motorroller hatte sich angeschlichen, wahrscheinlich stand er schon die ganze Zeit da bescheuert herum, anscheinend fahren jetzt alle lautlose E-Autos und E-Roller und E-Bikes und schleichen sich beschissen an,

– Was is?

– Einschreiben für Herrn Bittini …

– Das bin ich, gib her!

Mike riss ihm das Ding aus der Hand, ein Kuvert aus Karton, er war immer noch im Saft, *Wixer* hatte sie ihn genannt, *Wixer* … Der Postmann hielt ihm ein Ding zum Signieren unter die Nase, er krakelte irgendwas hin, der Typ starrte ihn an,

– Was schaustn so g'stört? Is was?!

– Na, nix.

– Na dann, schleich di, aber dalli!

Der Gelbe stand immer noch herum wie unter Schock und schaute blöd. Mike griff in seine Hosentasche, zauberte 5 Euro heraus,

– Wart, da …

Er drückte ihm den Schein in die Hand,

– Also. Komm gut heim. Kaufst dir an Eislutscher oder was. Tschüss! Habe die Ehre! Und schön «gsund bleibm»!

Der verdutzte Bote brachte den Mund nicht mehr zusammen, Mike war schon am Weg hinein. Die Gartenarbeit war erledigt, jetzt ging's ab ins Haus, ein bisschen NACH DEM RECHTEN SCHAUEN.

Er marschierte durch den Flur, ins Wohnesszimmer, man kann sagen, dass sein Zorn in keiner Weise verflogen war, er brauchte jetzt dringend Entspannung. Er zielte auf den Kühlschrank, das Kuvert pfefferte er mit einem einzigen Wurf in den Papiermüll!

Er öffnete den Kühlschrank, zupfte sich eine Dose Bier heraus, PFFT, und goss sich das Zeug hinter die Binde, wie man so schön sagt, Ahhhh, und noch einen Schluck, auf den Etappensieg gegen die Schabracke-

– Onkel Mike?

Er schloss die Kühlschranktüre, er hatte nicht drauf geachtet, dass da noch jemand war in der Küche.

– Hm?

– Kennst du dich aus bei Klammerrechnung? Und bei Vorzeichen?

Mike nahm noch einen tiefen Schluck, ging zum Jungen. Die Mathematikunterlagen lagen verstreut über den ganzen Esstisch, ein trauriger Anblick.

– Vorzeichen muss ma schnell erkennen, vor allem schlechte.

Mike setzte sich neben Niki.

– Davon kann dein Leben abhängen.

Niki schaute ihn leicht entgeistert an,

– Ich weiß nur, dass Malrechnen stärker is als Plusrechnen.

– Ja, des versteht niemand, is aber so. Also, pass auf …

Mike zog die Bücher zu sich her und das Heft, nein, es waren zwei Hefte, okay, das auch noch. Er war fahrig, versuchte sich aber zu konzentrieren. Er fuhr mit dem Finger über die Beispiele, versuchte eine ORDNUNG zu erkennen in diesem Chaos, aber es war wie immer, sie ließen die Kinder völlig im Unklaren über alles, diese Henker, vor allem die Mathematiker waren ja keine Menschen, das waren als Menschen verkleidete Roboter, die meisten sicher schlecht im Bett, besonders die Männer. Er starrte auf die Gleichung,

– Okay, du rechnest ... Wer will das überhaupt wissen?!?

Niki schaute ihn an, ein gewisses Unverständnis im Blick,

– Also, wir brauchen's für die Schularbeit?

Mike gab sich keine Blöße,

– Ja, ja, ja. Is eh immer das Gleiche ... Lass dich da bloß nicht narrisch machen.

Mike zupfte noch einen ordentlichen Schluck Bier. Ja, links stand etwas, und das «x» war da dabei und rechts war- ... Er war sicherlich nicht mehr ganz sattelfest, keine Frage, aber so schwer konnte das nicht sein, der Junge rechnete mit seiner Hilfe, also würde er sie auch bekommen, gar keine Frage. Das Bier schmeckte hervorragend.

– Also, wichtig is nur: PLUS und MINUS – des ergibt MINUS ... Anscheinend weil's im Leben auch so is: wenn du gut drauf bist, du bist des PLUS, und dann kommt ein Arschloch, des mies drauf is, ein *Obizahrer*, der is des MINUS, und der bearbeitet dich, dann wirst du auch ein MINUS.

– Mhm.

– Das is der Lehrsatz der schlechten Laune. Die wirkt ansteckend ... Merk dir des, Luigi Cabanossi ... !

Niki hatte den Ausführungen gelauscht, gewartet, ob da noch etwas kam, aber stattdessen rief Stefanie vom Stiegenhaus,

– Oooonkel Miiike?!?

Mike stand auf, nicht ganz undankbar für die Unterbrechung, er war mit seinem Latein- nun ja, nicht am Ende, aber eine kleine Pause war jetzt gar nicht so schlecht.

– Sodawasser, und jetzt tust rechnen!

Mike tippte aufs Heft und weg war er.

Niki schaute ihm einen Moment lang nach, dann sah er die Bierdose am Tisch. Draußen im Flur hörte er Stefanie und

Mike reden. Er zog die Dose zu sich, nahm einen kräftigen Schluck. Sein erstes Bier. Grauslich und gut. Er nahm noch einen Schluck.

Stefanie stand mit zwei großen Müllsäcken voller Wäsche am Fußende der Treppe.

– Was war da grad los? Mit der Oma?

– Nix war los. Die hat dringend weg müssen.

Diskussion beendet, danke.

– Okay …

Stefanie packte die Säcke und ging damit hinunter in den Keller. Eine Zeitlang stand Mike da und starrte ihr nach. Er war für einen Moment in ein ZEITLOCH gefallen. Oder er hatte einfach keine Lust, etwas zu tun – was so ähnlich war, vom Ergebnis her. Sicher hätte er ihr jetzt helfen können, diese Wäschesäcke irgendwo zu verstecken. Und dann hätte sie sich überlegt, wo es wohl gut wäre und dann hätte er was sagen müssen, hin und her, und auf so einen Scheiß hatte er keinen Bock. Das war ihr Job, sie war alt genug. Mit achtzehn war er seit drei Jahren von zuhause weg und wohnte bei irgendwelchen Freunden in der Stadt. Mit seinem Bruder.

Er betrachtet das feuerrote Porträt Sandros an der Wand. Seine Stirn, seine Augen, alles übermalt in einem blutigen Wirbelsturm. Kunst kommt von Künsteln, dachte er. Sein Mund wurde langsam trocken.

Mike kam zurück in die Küche, wo Niki über sein Handy gebeugt saß.

– Und?

– Also … Es stimmt kein einziges Ergebnis bei mir. Ich hab's verglichen im Klassenchat.

Mike tat, als würde er die Sache mal begutachten …

– Ahso, im *Chat*-

What the hell war das für ein *Chat*? Er tat so, als kannte

er sich aus mit diesen *Chats* und merkte nur, wie durstig er schon wieder war, setzte sich hin und griff zur Bierdose. Sie war irgendwie leichter, kam ihm vor und bei solchen Dingen täuschte er sich selten. Er schaute Niki an, aber der blieb staubtrocken, Unschuldsmiene, Was denn? Is was? Mike ließ ihn gewähren, den Lügenbold, und zog die Hefte näher zu sich.

– Na ja, wenn das so is … Dann wird sich der Onkel Mike das Ganze noch einmal genauer anschauen müssen, was?!

Und in diesem wunderbaren Moment gesellte sich Stefanie zu den beiden. Ihre Arbeit war getan, der erste Teil ihrer Mission erledigt, check!

– Kochst du uns heute was, Onkel Mike?

Sie stand hinter den beiden Mathematikern, ein Triptychon der häuslichen Harmonie.

– Die Mama bringt was mit.

Mit diesem Satz reichte Mike die halbleere Bierdose an Stefanie weiter, aber nicht ohne nochmals Niki einen wissenden Blick zuzuwerfen. Und jetzt musste der auch schmunzeln. Okay, der Onkel wusste alles, aber es war fucking egal, man verlor keine unnötigen Worte darüber, unter Männern. Stefanie leerte die Dose in einem Zug.

Mike schaute sie sich an, diese Kinder. So schön kann Familie sein.

WAS DAMALS WAR, PART ONE

Gloria hasste nichts mehr, als beim Autofahren zu telefonieren. Die einzige Zeit, wo sie nicht erreichbar sein wollte, war im Auto, weil sie das Fahren einfach gerne mochte. Gut, wenn es sein musste, dann schnell ein paar Termine klären, aber ansonsten lieber Musik hören und herumschauen und abschalten. Das war ihr immer abgegangen, wenn sie mit Sandro mitgefahren war, er telefonierte quasi durchgehend, meistens auf Lautsprecher, und alle mussten die Klappe halten, auch die Kinder, wie unfassbar langweilig. Nur die wirklich wichtigen Klienten hatte er dann am Ohr.

Wer ist die Frau auf dem Bild? Konnte es sein, dass diese wichtigen Gespräche im Lauf der Jahre immer häufiger geworden waren? *Zu wem gehört diese unbekannte Nummer?* Oder bildete sie sich das nur ein? Nein. In der letzten Zeit hatte er kaum mehr mit Freisprechanlage telefoniert neben ihr, obwohl er gefühlt unablässig am Handy war. Das Telefonieren nahm absolut überhand in der Gesellschaft, alle jederzeit erreichbar, trotzdem alles irgendwie geheim und undurchschaubar, die Kinder nur mehr am Handy – sie hörte sich an wie eine Achtzigjährige. Und jetzt hatte sie auch noch den großen Fehler begangen, ihre Mutter zurückzurufen. Aus schlechtem Gewissen vermutlich.

– Das weißt du also?

– Ja, Mutter, ich weiß das …

– Ja? Du erinnerst dich, wie der sich aufgeführt hat? Und dann lässt du ihn in dein Haus?

– Er, er schläft draußen im Auto, Mutter, er-

– Er kam aber aus dem Haus, Gloria! Mir verbietest du, dass ich vorbeikomme, aber ihn lässt du rein!?

– Ich, ich lasse ihn nicht ins Haus-

– Du weißt hoffentlich noch, wie der dich damals behandelt hat!

Gloria schaltete einen Gang hinauf, zog an einem 2CV vorbei, Audi beats Hippie Ente, schade fast, sie seufzte.

– Ja, Mutter …

– Und du weißt vielleicht auch noch, wie er mich behandelt hat, dieses Arschloch!

Ihre Mutter klang über die Freisprechanlage wie ein Stadionsprecher. UND JETZT STEHEN WIR ALLE AUF FÜR DIE HYMNE! Sie hätte nicht zurückrufen sollen.

– Und er wird es wieder tun, Gloria! Menschen wie der kennen kein Zurück, das weißt du doch! Der Mann ist eine Gefahr, nicht nur für dich, auch für deine Kinder, lass sie nicht mit diesem Tier allein! Er wird sie gegen dich aufbringen.

– Mutter, bitte! Ich bin erwachsen und kann sehr gut auf mich alleine schauen und auch auf meine Kinder.

Eine Lüge, gar keine Frage, aber eine Mutter wollte angelogen werden, das war Teil der Mutter-Tochter-Beziehung ... Und Stefanie? Log die auch?

– Er wird dem Mädchen den Kopf verdrehen und den Jungen wird er verderben, ganz einfach!

– Stefanie ist siebzehn, Mutter, sie- sie ...

Ja, was? Was wollte sie sagen? Stefanie und Mike verstanden sich hervorragend, war das jetzt gefährlich oder-?

– Gerade in dem Alter sind Mädchen besonders empfänglich für solche Typen! Du warst vielleicht eine Spätzünderin, aber dafür hab ich dich dann unter Einsatz meines Lebens von dem Wahnsinnigen befreien müssen!

– Du hast mich nicht befreien müssen, ich konnte sehr gut selbst entscheiden, mit wem ich-

– Hast du das alles verdrängt oder was?

– Nein, bitte-

– Der hat den Wagen genommen und ist damit in den Garten gekracht! Alles niedergemäht hat der, is über alle meine Beete gefahren, über alle meine Sträucher drüber, und dann hat er Benzin genommen und das Auto abgefackelt, Gloria, und hat angefangen, meine Rosenstöcke alle einzeln auszureißen, mit den bloßen Händen, der war völlig zerschunden und hat geblutet wie ein Schwein, wenn ich nicht die Polizei gerufen hätte, wäre ich jetzt tot!

Es war zu viel, zu viel Mutter, zu viel Mike, zu viel Verkehr, zu viel von allem, irgendwann musste doch Ruhe sein.

– Mutter, ich bin jetzt gleich zuhaus ...

– Komm bloß nicht wieder angekrochen, wenn alles zu spät ist.

– Ich bin jetzt daheim, ich muss jetzt. Und bitte komm nicht wieder vorbei, ja? Ich kümmere mich darum.

– Das werden wir ja sehen!

– Ja.

Gloria legte auf. Uff. Sie bog äußerst rasant ab und parkte den Audi im Hof vor der Garage. Stand da ein Mann am Waldrand? Schaute der gerade her? Ein dicker Typ mit kariertem Sakko. Wahrscheinlich so ein Trottel mit Hund. Egal, es war jetzt alles scheißegal. Sie stieg aus dem Auto und schmiss die Türe hinter sich zu.

WAS DAMALS WAR, PART TWO

Gloria zerrt Mike am Ärmel aus dem Haus, er folgt wie ein bockiger Junge, der weiß, dass er was angestellt hat.

– Du hast meine Mutter nicht ins Haus gelassen?! Du musst nicht noch einen Krieg anzetteln!

– Fut und Beidl sind Geschwister und deine Mutter Kriegsminister.

Gloria schüttelt den Kopf, Schon wieder! Schon wieder kommt er mit diesen scheiß Sprüchen! Sie fasst sich ein Herz, JETZT MUSS ES SEIN, JETZT – oder es wird wieder zu spät sein,

– Danke für deine Hilfsbereitschaft. Ich weiß das wirklich sehr zu schätzen …

Die Pause ist gefährlich lange,

– … Aber du musst wieder gehen.

Das hat gesessen. Lebertreffer. Gloria spürt, dass er angeschlagen ist, sie muss jetzt nachsetzen, klar, aber sie muss es ihm auch erklären, das schuldet sie ihm, irgendwie.

– Ich weiß ehrlich nicht, was ich dem Sandro sagen soll, wenn er aufwacht …

– Sag ihm die Wahrheit.

– Welche Wahrheit denn?! Dass sein Bruder jetzt bei ihm im Haus wohnt?

– Ja! Vielleicht freut er sich … Ich hab ihm verziehn.

– Du hast ihm verziehn? …

Da war es wieder! Da kam er wieder daher mit solchen unfassbaren Argumenten, er gab einfach nicht auf,

– … Nach allem, was du aufgeführt hast?!

– Was hab ich aufgeführt?

– Das weißt du ganz genau!

– Was hab ich aufgeführt?

– Du, du hast den Garten meiner Mutter verwüstet!

– Pff …

– Was Pfffff?

– *Deine Mutter …*

Er sagt das, wie die Zwölfjährigen das sagen, *Deine Mutter*, er weicht aus, wie immer,

– Was? Was is mit meiner Mutter?

– Nix.

– Bitte?

– Nichts ist mit ihr.

– Aha!

– Ja.

– Warum hast du das getan?

– Was?

– Warum hast du damals alles kaputt machen müssen?

Sie versucht ihn aus der Reserve zu locken, aber er fährt sein eigenes Programm, mit dem Rücken zur Wand,

– Du wolltest doch in Wirklichkeit mich.

Sie starrt ihn an,

– Was? Ich, ich hab den Sandro gehabt? Wieso glaubst du so was?

– Warum hast du dann was mit mir angefangen?

Ja, das, das war eine gute Frage, Gloria wurde leiser.

– Wir waren jung.

– Wir waren verliebt.

Eine kurze Stille.

– Ich war schwanger …

– Ich hätt' ein andrer werden können mit einem Kind!

Ach, damit kommt er jetzt also, Gloria packt ihn am Arm, dreht das *volume* auf,

– Warum bist du dann abgehaun?!

Mike schaut sie an. Er könnte antworten, aber er tut's nicht.

– Warum? Wenn du mich so wahnsinnig geliebt hast?

Stefanie und Niki standen am Küchenfenster und schauten hinunter in den Hof. Für Stefanie war es die zweite Streitszene am Tag, starring Onkel Mike. Sie konnten nichts verstehen, aber die Tendenz war ziemlich klar. Das würde nicht gut ausgehen für den Onkel. Oder konnte er sich da irgendwie raustanzen aus diesem Grande Finale?

– Warum schlaft er eigentlich im Auto?

Stefanie war das ein Achselzucken wert.

– Weil die Mama so hysterisch is? Schau sie dir an …

Gloria verfolgte Mike geradezu, man konnte sehr gut sehen, wie sie versuchte, ihn in eine Ecke zu treiben. Aber Niki gab nicht auf.

– Er hat eine Pistole.

Niki wartete auf eine der Wichtigkeit dieser Information angemessene Reaktion seiner Schwester. Sie kam nicht. Einen hatte er noch.

– Ich weiß, wo er sie versteckt hat.

Was sollte das jetzt werden? *Onkel bashing?* Stefanie wollte den Streit beobachten und er kam jetzt damit …

– Ja, und?

Niki schnaufte. Er war kein Trottel und seine Schwester konnte das ruhig mal zugeben, auch wenn sie wieder auf SUPERIOR machen musste.

– Ich mein, warum hat er eine Pistole?

– Er wird schon wissen warum …

Langsam begann der Kleine zu nerven. Sie schaute ihn herausfordernd an,

– Was soll das? Willst du, dass er wieder geht? … Hmm?

Niki sah seine Schwester an. Nein, das wollte er sicher nicht, aber-

– Na also.

Gloria steht vor Mike, er hat den Kopf gesenkt, Kinn zur Brust, und schweigt konsequent.

– Warum bist du abgehaun, ha? Du kannst ja nicht mal was sagen dazu! Da fällt dir plötzlich nichts mehr ein, was?

– Nja, ds … mn … is …

Mike murmelt unverständliches Zeug, weil die Sache ja auch nicht zu verstehen war, da muss man jetzt durchtauchen, mit jeder Antwort wäre er in die Falle gegangen, er kannte das Spiel.

– Und ich soll so tun, als wär nix passiert. Der Sandro war da für mich, Mike! Siebzehn Jahre lang war er jeden Tag da für mich! Und wir haben Kinder, wir haben ein Haus, Verantwortung …

– Vielleicht is er grad deswegen ins Koma gfallen?

Gloria glotzt ihn an, verständnislos, Mike legt nochmal nach,

– Vielleicht will er gar nicht zurück von dort, wo er jetzt is …

– Sag mal, spinnst du? Natürlich will der zurück! Er wird auch wieder gesund …

– Jaaa, ja, Hoffnung ist der Wanderstab von der Wiege bis zum Grab!

Gloria schüttelt den Kopf.

– … Du bist hoffnungslos …

Mike entfernt sich ein paar Schritte, es kommt wieder ein bisschen mehr Wind auf, die Büsche und Bäume blähen sich auf, und da steht ein dicker Typ am Waldrand, schaut der ihnen zu oder interessiert er sich für seinen Escort?

– Is das … Is das nicht ein Hemd von Sandro?

Gloria kommt näher, zupft ihn am Revers, Mike schaut an sich herab, tut überrascht.

– Tatsächlich …

Na ja, er hat sich einfach ein frisches Hemd angezogen, und dieses Paisley-Muster passte ganz gut zum Anzug, also hat er sich bedient, mein Gott. Das Sortiment ungenutzter Hemden war schließlich groß genug.

– Mike!

Gloria knurrt, schon wieder ein Knurren, sie schiebt es Mike zwischen den geschlossenen Zähnen durch.

– *Onkel Mike … !*

Das Küchenfenster geht auf und die beiden Kinder schauen herunter, wie Hänsel und Gretel stehen sie da am Fenster und winken den Eltern. Noch sind sie fröhlich, noch wissen sie nichts vom dunklen Wald. Niki trällert,

– Ich hab die Lösung! Man muss nur zuerst die Klammern auflösen, dann stimmt's!

Mike grinst, ein Trumpf wird gerade ausgespielt, schwebt aus der Küche zu ihm herunter … Und auch Stefanie wirft sich ins Zeug,

– Hey, Mama … Kommst du? Wir haben schon aufgedeckt.

Gloria blickt hoch zu ihren Kindern, dann zu Mike. Es steht 3 zu 1 gegen sie.

– Ja, äh, wir, wir holen nur das Essen aus dem Auto …

– Okay, bis gleich!

Stefanie schließt das Fenster mit freudvollem Schwung.

Gloria will ansetzen, aber Mike ist schneller. Er versteht es sehr genau, den Tonfall aus Resolutheit und Verständnis zu finden, mit dem er schon bei so mancher Dame über vierzig eine Woche Kost und Logis herausgeschunden hat.

– Schau. Solang's dir schlecht geht und die Kinder mich brauchen, bleib ich da ... Aber wenn du sagst, ich soll gehen, dann hau ich ab. Ich hau ab ... Versprochen.

Und er meint es auch so, der Mike. Es ist nicht gespielt. Er spürt das Verlangen und gibt nach. Gloria betrachtet diesen Typen, er hat es wieder irgendwie geschafft. Sie schüttelt den Kopf, überfordert und verwirrt, als sie zum Wagen geht ...

Da war es wieder. Es war wieder alles da, und beide spürten es. In Wahrheit war die Sache noch lange nicht gegessen. Ja, es mussten noch Scheingefechte ausgefochten werden, weil einiges zwischen ihnen im Argen lag, einiges, aber die Kinder hatten das ausgedrückt, was doch jeder dachte. Wir können ihn doch jetzt nicht gehen lassen!? ... Jetzt doch noch nicht!

BRING HOME DINNER

Von außen sah die Lage recht eindeutig aus. Wenn man durchs große Küchenfenster hineinschaute, dann war da eine Familie am Abendessen. Vater, Mutter, Tochter und Sohn. Eine abendliche Alltäglichkeit. Aber wenn man näher kam und ihnen zusah, dann spürte man eine gewisse Verunsicherung auf Seiten der Frau. Sie hatte das Essen mitgebracht, in recyclebaren Papiertaschen. Zugegeben, sie kochte nicht sehr gerne, und die veganen Tagesmenüs waren wirklich exzellent, etwas überteuert, aber richtig gut, auch geschmacklich. Sie hatte alles ausgewählt und gekauft, aber der Mann an ihrer Seite hatte die Aufgabe übernommen, das Essen zu verteilen. Er nahm eine riesige Portion Nudeln und tat so, als würde er alles verschlingen, dann warf er den ganzen Nudelball dem Jungen auf den Teller. Die beiden Jugendlichen lachten dazu. Normalerweise machte man keine Witze mit dem Essen, SCHON GAR NICHT mit den teuren veganen Sachen, aber der Mann hier, der zwickte sich zwei Falafelhälften in die Augenhöhlen und hielt einen Lauch als Nase in die Luft. Die Frau saß da und ließ das alles über sich ergehen, als wäre sie gerade erst aus einer Nervenheilanstalt entlassen worden und als sei ihr dieser Alltag noch ein bisschen too much.

– Hast du der Mama schon erzählt, was du heute vergessen hast?!

Mike zwinkerte ihm zu und Niki wusste schon, was jetzt kommen würde und er wollte schnell antworten, aber er hatte den Mund voller Nudeln,

– … dass man IMMER ZUERST DIE KLAMMERN ausrechnen muss, bevor man das andere rechnet …

Niki protestierte lachend, Stefanie nahm sich noch eine Lemongrass-Ginger-Limo und Gloria schmunzelte, ein wenig aus Höflichkeit. Sie traute dem Braten noch immer nicht, nein, nein, nein. Aber alle anderen waren stärker als sie. Und ihre Mutter hatte wieder einmal recht behalten. Shit.

Wenn man nun von außen in das hell beleuchtete Fenster blickte und die Wiese in Richtung Wald immer weiter hinaufging, dann sah man das Haus langsam in der Dämmerung versinken und die große Stadt ganz weit unten am Horizont in den schönsten abendlichen Farben funkeln, und kein Krieg, kein Leid, kein Klimanotstand konnten der Idylle etwas anhaben.

Und oben, ganz oben, da zog sich der Himmel langsam seinen Schlafanzug an. Und die Sternlein kamen heraus aus ihren Verstecken und auch der Mond schaltete sich hilfsbereit dazu – KLICK!

THE NIGHT OF THE ONKEL

SECRETS

Mikes Escort parkte verwaist auf der Straße vor dem Haus. Glorias Audi und Sandros Rover hatten in der Garage des Hauses Bittini endlich wieder zueinander gefunden. Der Octavia von gegenüber stand pflichtbewusst unter dem selbst errichteten Carport, die Schnauze ragte vorne einige Zentimeter zu weit heraus, ein Makel im Auge des stilsicheren Betrachters, ein Debakel für diese Gegend. Die Straßenlaterne sah das sicher ähnlich, flackerte kurz auf – und ging aus. Dunkelheit umhüllte die Sackgasse für einen Atemzug, dann sprang die Lampe wieder an. Ein Zwinkern aus der oberen Etage hinunter in die Windradgasse. Take it easy, folks! Die Elektrik kommt und geht, nichts ist für immer, alles hat ein Ablaufdatum. Und irgendwann wird die Nacht unendlich sein, wenn sich das Weltall so weit ausgedehnt hat, dass die Atomkerne ihre Anziehungskraft verloren haben werden und alles den kosmologischen Bach Thanatos hinuntergeht.

Langsam näherte sich ein Wagen dem Wendeplatz vor dem Wald. Das Auto schaltete die Scheinwerfer aus, rollte am Haus vorüber und blieb stehen.

Mikes Nachtquartier war das Sofa im Wohnzimmer. Er hatte seinen Nadelstreifanzug an, Hemd und Gilet, ausgehfertig lag er am Rücken und hörte hinaus in die Nacht. Er ließ zwei Würfel in der Handfläche kreisen. Nicht aus der Übung kommen, das hatte ihm der Karli immer eingebläut. Das kannst du in jeder Situation üben, da gibt's keine Ausreden.

Im Haus war es ruhig, alle schliefen. Hie und da drang ein flackernder Lichtschein von draußen ins Zimmer, einmal ging auch die Laterne aus, das Licht kam aber sofort wieder. Er setzte sich auf und lauschte. War da jemand gekommen und hatte eingeparkt? Er hörte, wie ein Motor ansprang, der Rückwärtsgang eingelegt wurde und der Wagen die Straße verkehrt hinunterfuhr. Komisch, dass sich jemand in dieser Gegend und um diese Uhrzeit verfuhr. Er nahm den letzten Schluck Cognac, ließ die zwei Würfel aus der Hand aufs Tischchen gleiten, tak tak, ganz smooth, und beugte sich über die kärglichen Reste seiner Amphetamine. Die armseligen Reste. Er klopfte noch ein wenig raus aus dem Papierschiffchen, es erinnerte ihn immer an die gefalteten Hauben der Holländerinnen, und schob das gelblich weiße Pulver zusammen zu einem Häuflein Elend. Dann zerteilte er es mit der Zimmerkarte eines Ibis-Hotels, die er mitgehen hatte lassen. Diese Ibis-Kaschemmen waren eine Weile the hottest shit gewesen, jetzt waren dort drinnen nur mehr Vertreter aus den schlechtgehenden Branchen anzutreffen. Versoffene Handelsmänner und Hausfrauen auf der Flucht. Er rollte einen Zwanziger zusammen und zog durch. AHHHH! Immer brennt der Speck, das war halt das … Speed kills, sagt man, nicht zu Unrecht … Aber was sollte man erwarten, das war kein 94%iges kolumbianisches Coca, es war ein gepunchter Dreck aus einem tschechischen Labor, seine Wirkung hatte es dennoch selten verfehlt. Mit einem Ruck stand er auf, wie frisch geduscht und abgewatscht. Herrlich.

Mike ging durchs dunkle Wohnzimmer, vorbei an traurig leeren Pappbechern und den einsam verklebten, veganen Resten am Esszimmertisch, hinaus in den Flur und zur Treppe. Auf leisen Sohlen erkundete er sein neu gefundenes Reich, behände nahm er die Stufen empor, nickte dem feuerroten Porträt kurz zu, bevor er ins obere Stockwerk entschwand.

Alles schien still und ruhig, die Mitternacht war lange vorbei. Jetzt entdeckt zu werden, wäre gefährlich und nicht gut für seine Pläne hier im Haus. Aber ein gewisses Risiko musste man eingehen, das Scheitern war miteinkalkuliert, der leichte Nervenkitzel steigerte die Lust. *No risk no fun*, sagt man landläufig. Und *Vorfreude ist die größte Freude*. Aber das war falsch. *Die Freude im Moment der Freude ist die größte Freude.*

Er stand vor der Zimmertüre und tippte sie an. Sie öffnete sich einen Spalt. Drinnen sanftes Atmen. Vierzehnjährige schnarchen noch nicht, außer sie leiden an schweren Polypen oder Asthma. Niki schien gesund.

Mike schloss die Türe wieder und ging weiter, durchs Ankleidezimmer, bis zu Glorias Schlafzimmer. Dem elterlichen Gemach. Dem Hort der Ehe, dem Nest der Eintracht … Seine Gedanken spielten ein wenig verrückt, er musste sich einbremsen, der Speed begann, seine Ganglien etwas übereifrig werden zu lassen. Er stand vor dem Zimmer und ließ die Umgebung auf sich wirken. Die Stunde war schon fortgeschritten und er war sich ziemlich sicher, dass der Schlaf sein blaues oder, okay, sein samtenes Tuch über ihren Kopf geworfen hatte und sie bereits in Orpheus', nein, Morpheus' Armen weilte. Oho … Es war wohl die symbolische Blütezeit angebrochen in seinem Schädel, HOLD YOUR HORSES! … Sachte schob er die Türe auf. Er erhaschte einen Blick auf Gloria, im großen Bett lag sie, ganz alleine und schlief. Er schloss die Augen und genoss ihr tiefes Atmen … War da ein Gurgeln, Brummen und Surren zu vernehmen, eine Verflechtung aller Wurzeln, die sich bis in sein Gehirn weitergepflanzt hatte und die nur er hören konnte, weil sie beide für immer verbunden waren?

Er öffnete die Augen, wagte es nicht, die Schwelle zu übertreten. Obwohl er nichts lieber getan hätte, als sie in den Arm zu nehmen und ihr zu sagen, dass jetzt alles gut war. Denn er war jetzt da bei ihr, im Haus, der Mann, der sie beschützte. Es brannte lichterloh in ihm, seine Brust wurde zerrissen von diesem Gefühl. Seine unstillbare Sehnsucht war das! Oder eventuell auch der Speed, der hatte auch diesen beißenden Nachgeschmack im Abgang. Vermutlich eher das, ja. Er zog die Tür leise zu.

Letzte Türe auf, und … Stefanies Bett schien zerwühlt, aber er wusste, dass es eine Finte war. Er machte einen Schritt ins Zimmer, wie ein Vogelstrauß bog er sich hinein in den Raum und lugte. Das Bett war leer, verwaist. This bird has flown. Alles lief nach Plan. Er schloss die Türe.

UDO

Udo hielt den Atem an, drückte sich mit dem Rücken in die Hecke, wartete. Dann beugte er sich hinunter, ging in die Hocke und blickte dem Wagen nach, wie er rückwärts die Straße hinunterfuhr. Das Auto, ein dunkelblauer bzw. dunkelgrüner, so genau konnte man das in der Finsternis nicht definieren, Fiat, Baujahr geschätzt Anfang 2000, das Kennzeichen würde er morgen im Kommissariat überprüfen lassen, aber vermutlich würde das nichts bringen, keine nachvollziehbaren Erkenntnisse, er machte sich dennoch Notizen auf seinem Block, da brach die Bleistiftmine ab, KRACK, er hatte erst die halbe Nummer aufgeschrieben und memorierte murmelnd den zweiten Teil des Kennzeichens, 973 UJ, 973 UJ, 973 UJ, dann steckte er Stift und Block in die Jackentasche.

Das Auto war bis zum Wendeplatz heraufgefahren, hatte dann abgebremst, die Lichter ausgemacht und war stehen geblieben. Es war demnach die letzten Meter ohne Licht gefahren. Warum?

Udo ließ die Geschehnisse kurz Revue passieren: Als dieses

zweite KFZ kam, hatte er sich bereits auf seinem Observationsposten befunden, denn er war gewarnt gewesen, als er das *erste* KFZ von innerhalb des Hauses wahrgenommen hatte, einen ca. 30 Jahre alten VW Bus T4, blonder Mann, langhaarig, am Steuer. Das war aus dem Badezimmerfenster deutlich erkennbar gewesen, leider war er um knapp 5 Sekunden zu spät dran gewesen, was ein Jammer war, sonst hätte er den Fahrer genauer beschreiben können. Er hatte beobachtet, wie Stefanie, mutmaßlich um niemanden im Haus zu wecken, einige Meter weiter unten in der Straße in den Bus eingestiegen war, von der Beifahrerseite her, davor hatte sie jedoch zwei nicht genau identifizierbare schwarze Säcke, der Vermutung nach MÜLLSÄCKE, nach Öffnen des Kofferraums dort hinein abgeladen und war dann mit dem unbekannten langhaarigen Chauffeur weggefahren.

Und auch dieses Fahrzeug hatte nicht oben in der Sackgasse gewendet, dort, wo eine Wendemöglichkeit geschaffen worden war – es war ein Teil seines Grundstücks dafür benutzt worden, er hatte es der Gemeinde abgetreten und natürlich ärgerte er sich im Nachhinein, wie billig er es hergegeben hatte und wie oft nun andere Fahrzeuge dort parkten, was ihm nicht nur die Einfahrt verstellte, sondern auch absolut illegal war.

Keines der beiden in den Wendebereich eingedrungenen Kraftfahrzeuge hatte also von dieser Umkehrmöglichkeit Gebrauch gemacht, was darauf schließen ließ, dass sie nicht durch ein langwieriges Wendemanöver auffallen wollten.

Und an dieser Stelle hatten seine Alarmglocken wirklich geläutet, ein BIMMELBIMMEL der lauten Sorte, denn er war kein Anfänger, er wusste, wann etwas NICHT DEN GEWOHNTEN GANG GING und wann ein Kulminieren diverser Ereignisse nicht mehr zufallhaft, sondern *von jemandem* in die Wege geleitet bzw. ausgelöst worden war. Und er wusste auch, *wenn jemand etwas zu verbergen hatte,* dann war es dieser Typ, der mit seinem Escort hier die Straße okkupiert und sich in Glorias Haus eingenistet hatte, und diese nächtlichen Autofahrten waren nur allzu klare Vorboten all dessen, was sich hier unter seinen Augen zusammenbraute!

Udo verließ seinen Observierungspunkt in der Hecke, blickte hinauf zum Waldrand, alles ruhig, überquerte dann die Straße wie ein Navy Seal, leicht geduckt, Oberkörper nach vorne gebeugt, kleine Schritte, Gummisohlen ohne Lärmerzeugung. Er stand nun neben dem Escort, ging zu Boden, auf den Fingerspitzen hielt er sich knapp über dem Asphalt, warf einen Blick unter die Karosserie, dann richtete er sich wieder auf. Er wartete einen Moment, dirigierte den Schein der Taschenlampe ins Wageninnere. Decken, Feuerlöscher, Socken, eine Kleiderstange, kein Anzeichen des Besitzers. Der musste sich also tatsächlich im Hausinneren aufhalten.

In diesem Moment öffnete sich die Haustüre und ein Schatten trat aus dem Haus Bittini. Udo blieb keine Zeit zu überlegen, er musste handeln. Der Weg zum Wald war zu weit, der zu seinem Haus beleuchtet, und eine andere Option hatte er nicht zur Flucht. Er drehte sich um die eigene Achse, bis er hinter dem Escort war, duckte sich und ging abermals flach zu Boden. Der Asphalt war feucht, Benzin war aus dem Auspuff getropft. Udo spürte seine Waffe, die sich in den Bauch drückte, er spürte das Adrenalin in seinem Körper und der fühlte sich an wie aus Stahl und Sehnen. Da schoss es ihm ein. Er hatte das Babyphon oben im Badezimmer stehen lassen. Wenn irgendetwas sein sollte mit dem Kind, dann trüge er die alleinige Verantwortung. Er biss sich auf die Lippen.

Er hörte, wie Schritte immer näher kamen, anscheinend steuerte die Gestalt auf ihn zu. Er drehte sich minimal, shiftete sein Körpergewicht auf die linke Seite, um besser an seine Waffe zu gelangen, hob den Kopf und in diesem Moment sah er, wer auf ihn zukam.

Mike holte den Schlüssel aus der Hose, sperrte den Escort

auf und setzte sich hinein. Zwei Sekunden später startete er den Motor.

Udo lag nur wenige Zentimeter vom Auspuffrohr entfernt am Boden und hielt die Luft an. Eine Minute und zweiundzwanzig Sekunden waren sein persönlicher Rekord, aber so lange würde er vermutlich nicht durchhalten müssen, außer der Fahrer fände den Gang nicht oder entschiede sich, noch den Seitenspiegel zu adjustieren oder Ähnliches. Sollte der Fahrer jedoch den Retourgang einlegen, würde er sich seitlich wegrollen, dabei die Waffe ziehen und – Da fuhr das Auto los, die Straße hinunter und WRUMM weg war es.

Mike schaute kurz in den Rückspiegel, ein dunkles Etwas huschte vom Auto weg. War da wieder ein Marder dran gewesen? Diese Scheißviecher hatten schon mehrmals seine Elektrik lahmgelegt … In dem Moment zuckte die Straßenlaterne auf, ZFZZZ, fiel aus, dann kam das Licht wieder, die Laterne war für eine Millisekunde eine Giraffe geworden, ihr langer Hals über die Straße gebeugt, als wollte sie die Blätter der Nacht fressen, aber das, das war sicher ein Effekt der Rauschmittel, die er sich aus gutem Grund einverleibt hat. Denn heute Nacht hatte er noch einiges vor und er war auch nicht mehr der Jüngste.

NIGHTSHIFT

Jenny stand vor dem Intensivbett und betrachtete die Werte am Monitor. Sie nahm ihre Maske ab und zog die Einweghandschuhe an. Ein weißer Engel, mit roten Lippen und blondem Haar. Kein Lärm von der Straße, keine Sirenen, kein Krach auf den Gängen, keine Menschen in Wartestühlen, keine Hektik. Die Nacht hatte alle vertrieben. Nur einige wenige Gestalten hielten dem Schlaf stand und den Klinikbetrieb aufrecht.

Sie blickte auf Sandros Gesicht, beugte sich über ihn, schloss die Augen und genoss sein Aroma, sog es ein. Ja, ja, trotz der Desinfektionsmittel, trotz all der Gummischläuche und dem spezifischen Geruch der Krankenhauswäsche war sie sich sicher. Sie hatte es sofort gespürt. Der Duft war es gewesen. Derselbe bei beiden Männern. Mike und Sandro. EUPHORIA.

Rotes Licht fiel durchs Fenster einer Durchreiche ins blaue Zimmer und mischte alles neu zusammen, ließ die Farben verschwimmen. Rot, rosa, hell- und dunkelblau. Gemalt auf weißen Fliesen. In der Nacht waren die Intensivzimmer anders als bei Tag. Wann immer sie konnte, wählte sie die Nachtschicht. Das Gefühl einzutauchen in eine andere Sphäre, wo die Kranken in ihren Betten schimmerten, als würden sie irgendwo schweben zwischen Himmel und Erde. In diesen Nächten war ihre Empfindsamkeit am höchsten. Sie fühlte sich leicht und dennoch geerdet, ihr bipolares Equilibrium. Keine Therapie hatte das je geschafft. Sie hatte sich selbst ausbalanciert. Daher wusste sie auch ziemlich genau, was ihre Patienten brauchten. Sie konnte sich auf sie einlassen, weil sie eins wurde mit ihnen. Es war so einfach. Sie war sich selbst nahe und konnte etwas für sie tun. Nichts durchbrach dieses Band zwischen ihr und den Menschen in ihren Betten.

Sie beugte sich tiefer über Sandro, schloss kurz die Augen, und dachte an Mike und wie sie sich am Küchentisch über ihn gebeugt hatte und Mikes Augen geschlossen waren und sie es beide gespürt hatten, ja, er musste es gespürt haben und sie auch, ein leichtes Ziehen zwischen ihren Beinen, etwas wollte aufgehen und das Licht der Welt erblicken.

Sie öffnete die Augen, näherte sich mit ihrer Handfläche Sandros Gesicht, fuhr ohne ihn zu berühren den Oberkörper entlang, hinunter, ein manueller Auracheck. Wie ein lebender Geigerzähler knisterte die Hand über seinen Körper, dazwischen blickte sie auf den Monitor, überprüfte die Werte … Dann schob sie die Hand unter die Bettdecke, unter sein

Nachthemd und begann ihre Arbeit am Mann. Auf und nieder, immer wieder. Die Decke hob sich im Rhythmus ihrer Handbewegungen. Ah, ah, ah, ah, ah, wie Laurie Anderson, Ah, Ah, Ah, Ah, Oh, Superman … Keine Regung in Sandros Gesicht … Doch! Da, ein Augenlid zuckte im Takt, nur erfahrene Schwestern konnten solche minuskülen Bewegungen wahrnehmen … Sie betrachtete das Auge, arbeitete konzentriert weiter … Rot blau rosa auf weiß und schwarz, das Herz der Finsternis fing an zu pulsieren … und dann begannen auch die Maschinen zu singen, das immerwährende Piepsen und Pumpen und Glucksen wurde zu einer Melodie … Sein Puls ging höher … 98 … 100 … 104 … steigerte sich, dorthin, wo sie ihn haben wollte … Sie war die Dirigentin dieses Konzerts, eine kleine Nachtmusik, zärtlich und bestimmt führte sie das Orchester zum Finale Furioso – PIEPSPUMPQUETSCH-AH-AH-AH-AH-AH – das Lid zuckte nun schneller, wir sind auf 112 … 114 … 120 … AHHFFFFHHHHHH …

Jenny ging ganz leicht in die Knie, sie musste sich kurz anhalten, Ahhhh, dann ging's wieder. Atmung kontrollieren, ausgleichen, stabilisieren. Sie zog ihre Gummihandschuhe aus und steckte sie ein. Sie richtete die Decke, setzte ihre Maske wieder auf und betrachtete Sandros regungsloses Glück. Ruhepuls 102 … 98 … 96 … 90 … Komapatienten sind Menschen, deren innere Bedürfnisse mit denen der Wachen vergleichbar sind. Und wenn sie ihm seine Wünsche am Körper ablesen konnte, dann würde sie ihm diese Wünsche auch gerne erfüllen. Sie würde dasselbe auch für sich wollen. Niemand sollte der Richter sein über dein Innerstes. DU alleine stehst hier in diesem Leben und trägst alles, was du bist, in dir.

Jenny lächelte. Sandro starrte in die Nacht. Mit geschlossenen Augen und erquicktem Unterleib. Sie waren eins geworden in diesem Moment, und jetzt löste sie dieses Band, denn es gab noch einiges zu tun auf der Station. Sie setzte ihre Maske auf und ging zur Tür.

– Baba …

Und bevor die Tür ins Schloss fiel, sprang ein schmaler Lichtstrahl vom Gang noch flugs hinein ins Zimmer und aufs Gesicht des Mannes in seinem Bett … Sein zittriges Auge öffnete sich … Ganz kurz! Oder war es nur Einbildung? Denn es war auch schon sehr spät und irgendwann wissen wir alle nicht mehr, ob wir uns etwas nur gewünscht haben oder ob das Leben es tatsächlich manchmal gut mit uns meint, und Märchen wahr werden lässt.

DROGEN UND GOTT

Mike saß im Wagen, manövrierte ihn durch die Straßen wie einen Cadillac in Downtown L. A. Er war die Autobahn regelrecht entlang geflogen, hinunter in die Stadt, hinein ins Leben. Er überholte rasant, der Escort zog, als hätte er 200 PS, die Rücklichter der Autos schossen an ihm vorüber. Er fuhr wie auf Schienen, und obwohl er schon so viele Jahre nicht mehr hier gewesen war, kannte er die Stadt noch wie seine, seine sprichwörtliche Westentasche.

Er hatte so viele Fahrten auf Speed absolviert, dass er irgendwann vergaß, damit aufzuhören. Speed half in vielen Lebenslagen. Wenn du eine 11-Stunden-Botenfahrt hast, wenn du ein Auto überstellen musst oder eine Ware abgeben, dann hast du eine klare Aufgabe, die muss erledigt werden, in möglichst kurzer Zeit, aus basta. Und Speed lässt dich nicht nachdenken. Du setzt dich hinters Steuer und genießt es … Die Musik aus dem Radio, aus dem CD Player, ON THE ROAD AGAIN, ein bisschen Creedence Clearwater Revival, I PUT A SPELL ON YOU … BECAAAUUUUUUSE YOU'RE MINE … Und warum nicht alle 20 Number One Hits der Beatles auf repeat? Jede Nummer eine Offenbarung, verdammt, THE LONG AND WINDING ROAD THAAAT

LEADS TO YOUR DOOOOOR ... verdammt nochmal, waren die gut und wie schön, zur Draufgabe das ganze Abbey Road Album, BECAUSE THE WIND IS HIGH IT BLOWS MY MIND, du genießt jede Sekunde dieser Fahrt, wirst nicht müde und kommst gut gelaunt an. Viva el Speck! Merci Marschierpulver!

Auch das Zusammensein mit Frauen war anders auf Speed. Es war von großer Ausdauer geprägt, unendliche Sessions, schweißtreibend und völlig unklar, in welche Richtung sie gehen würden. Für die Damen ging es häufig gut aus, zumindest war das sein Gefühl, weil er unendlich lang lustvoll arbeiten konnte. Aber vielleicht waren sie auch genervt von ihm. Ja, vermutlich schon, eine fragte ihn einmal, mitten während des Vorspiels, das sich seit guten vier Stunden hinzog, ob er denn nun auch mal mit ihr schlafen würde. Und das war, wenn wir uns ehrlich sind, eine Art von Kritik. Sicherlich milde und zurückhaltend formuliert, aber dennoch konnte man da einen Hauch von Kritik vermuten. Man könnte es aber auch als eine Art *Anfeuerung* verstehen, als *Aufforderung* NOCH MEHR DES GUTEN abzukriegen. Anyway, beide Sichtweisen waren legitim, und in diesem Moment wollte man sicher nicht nachfragen wie ein beschissener Streber, Äh, entschuldige bitte, ich bin mir jetzt nicht 200-prozentig sicher, ob du diese Frage POSITIV oder NEGATIV gemeint hast?! Das war kleinlich und lächerlich, Worte konnten sehr viel zerstören in diesen intimen Phasen der Ekstase. Am besten war da immer ein kleiner Joint, zum RUNTERFAHREN, das war gut, da konnte man dann einmal schauen, *wohin die Reise ging* und mal durchatmen gemeinsam. Oder man konnte auch besser einschlafen, weil auf Amphetaminen war das gar nicht so einfach, auch wenn das Ficken generell recht erschöpfend war. Beeindruckend, wie lang man dabei durchhielt, das dachte er sich jedes Mal, daher wahrscheinlich auch der große Erfolg von Speed in sämtlichen Altersgruppen. Nämlich auch von hinten, was ja besonders schön war und auch besonders anstrengend, da nicht zu kommen, das war eine durchaus tolle Leistung, wenn da nicht, ja, wenn da nicht, der *leichte Zweifel an ihm genagt hätte,* ob – wie gesagt – seine erstaunliche Performance eventuell etwas *einseitig,* sprich *männerlastig* ausfiel, wobei genau das *er ja nicht dachte.*

Er hatte sich in diesen sexuellen Stunden auch dem Genuss der Dame verschrieben, weil es ihm einfach nichts ausmachte zu rackern. Das war eine Arbeit, die lohnend war für den Gerechten, und, okay, er erwartete jetzt keinen Applaus oder so, aber vielleicht ein wenig Dankbarkeit und Zuspruch. Und wenn es nur in schieren Zahlen ausgedrückt wurde, vier zu eins zum Beispiel, viermal sie und einmal er, dann war das schon ein greifbarer Erfolg. Zahlen sagen oft mehr als Worte. Er war dann eben am Schluss dran, der letzte Schuss, weil danach war sicherlich Sense, und da schmeckte der Joe auch besonders gut, kurz vorm Letzten Akt. Danke Heiland, dass du uns das Gras geschenkt hast. Es steigert die Libido beim Wixen ebenso wie beim gemeinsamen Verkehr, es regt den Appetit stark an und es lässt uns fein schlafen. Danke Maryjane, du edle Hure, du liebstes Kraut, du wilde Braut! Speed und Gras, das kann wirklich was. Wo waren die Werbetexte für den angemessenen Drogenkonsum? Doch nur auf dreckigen Klowänden. GOTT ZIEHT ALLES. So einfach und wahr. Wenn Gott in uns allen ist, dann zieht er auch alles. Der alte Genuss-Specht.

Ja, Gott, der musste manchmal auch angefleht werden, vor allem, wenn Suchtmittel im Spiel waren. So wie er einmal durch dieses fremde Kaff in den Bergen flaniert war nach einer Neunstunden-Fahrt und scheißen musste. Wahnsinnig dringend, weil er immer scheißen musste, wenn er MDMA nahm, denn der Darm wollte frei sein, frei!, um abheben zu können in den Irrwitz des Daseins und die Unendlichkeit der Liebe. Und er war in eine kleine dunkle Gasse abgebogen und hatte zu Gott gebetet, dass jetzt niemand um die Ecke schlendern würde, und er hatte es sich fein eingerichtet, gute Hocke, Kleenex, tipptopp, und hatte alles abgeworfen an innerem Ballast. Am nächsten Morgen würde dort jemand vorbeigehen und sich fragen, was dieses Drecksvieh von Hund wohl gefressen haben muss, damit es so einen Haufen machte.

Er pfiff ein Liedchen und spazierte am Heimweg an einem kleinen Gebirgsbach vorbei, kniete sich hin, wusch seine Hände in Unschuld und genoss das klare Wasser als Gabe des mächtigen Berges, an dessen Fuße er sich wie durch ein Wunder befand. Danach ein Einkehrschwung auf Bier und Averna Sour, in eine Abrissbar, wo einem die Holzvertäfelung vom Plafond schon entgegenkam, da hatte er noch dieses Mädchen kennengelernt, das jemand zum Kiffen gesucht hatte, und da wollte er beileibe kein Spielverderber sein und war mit ihr auf den Friedhof gegangen zum Ausgreifen.

Mike bog ab, hier musste es sein, eine *gottverlassene* Gegend. Eine Schnellbahnbrücke, ein Parkplatz, einsame Gassen ohne Geschäfte, ab 20 Uhr war hier alles tot, ein Paradies für den engagierten Stadtentwickler. Er fuhr jetzt im Schritttempo, öffnete sein Fenster. Der Jäger arbeitet immer mit all seinen Sinnen.

Zuerst hörte er die wummernden Bässe, DUMPF DUMPF DUMPF, dann wurde der Sound lauter und härter, und dann sah er die Lichter. Ein paar wackelige Gestalten am Gehsteig davor. FREIES WOHNEN FÜR EINE FREIE STADT stand da auf einem selbstgemalten Banner, das schief über dem Eingangstor hing. Jemand hatte versucht, einen Anarcho-Kreis beim «A» von STADT drüberzumalen, war aber vermutlich zu stoned dafür gewesen und daran gescheitert. Ein schwarzer Farbstrich fräste nun vom A hinunter über die Mauer zum Trottoir und verband so hochtrabende Ansprüche mit dem harten Boden der Realität. Außerdem war es ein wenig hässlich anzusehen auf der schönen gelben Hausfront. Er konnte sich die maulenden Anrainer gut vorstellen, Sachbeschädigung war kein Kavaliersdelikt!

Mike parkte sich ein, zwei Räder am Trottoir, Lichter aus, Tür auf, raus, Tür zu, BAMM!

NÄCHTLICHES TETE-A-TETE

Jenny stapfte die Straße entlang, die Windradgasse hinauf. Sie fuhr gerne mit dem Nachtbus nach Hause, das letzte Stück zu spazieren, das war ein würdiger Ausklang der Nacht. Die Straßen waren leer, und man sah die Sterne sehr klar.

Sie hatte den Haustorschlüssel schon in der Hand, da fiel ihr auf, dass Mikes Auto nicht da war. Sie machte einen Schritt in Richtung der leeren Stelle.

– Sie sind ausg'flogen!

Udos gepresste Stimme drang aus dem Dunkel zu ihr, sie drehte sich um.

– Wer?

Eine Silhouette löste sich aus der Hecke neben dem Carport. Ein Sheriff auf nächtlicher Mission.

– Zuerst die Nichte, dann der Onkel.

Jenny blickte ihren Mann an: Es schien, als hätte Udo seine Uniform schon länger nicht mehr abgelegt. Als wäre er seit einiger Zeit auf Streife. Sie fand auch ein paar Flecken am Ärmel, etwas Öl am Hosenbein. Schweißperlen klebten auf seiner Stirn. In diesem Moment fiel die Straßenlaterne aus und ging eine Sekunde später wieder an. Sie hatte kurz gedacht, Udo würde verschwunden sein und ein anderer Mann an seiner Stelle vor ihrem Haus stehen. Aber nein, nichts war geschehen, alles war wie vorher. Udo stand vor ihr. Die Uniform klebte an ihm wie eine Haut, die er nicht mehr ausziehen konnte.

– Tust du spionieren?

Am Fuß der Gasse bog ein Auto ein, Udo packte Jenny am

Arm und zog sie zu sich in die Hecke. Er deutete ihr, leise zu sein, flüsterte,

– Ich glaub, da is was im Busch …

Das Auto fuhr die Straße herauf, wurde langsamer, drehte die Scheinwerfer ab und rollte näher. Als es auf Höhe der beiden nächtlichen Gestalten war, blieb es für einen Moment stehen, der Motor wurde ausgeschaltet. Der Chauffeur musste nun wahrgenommen haben, dass der Escort fehlte. Wie würde er reagieren? Udo hielt den Atem an, eine Hand drückte Jenny tiefer in die Hecke, die andere war am Halfter.

– Was-

– PSCHT!

Udo presste sich und seine Frau noch tiefer in die Hecke, aber da war es auch schon zu spät – der Wagen rollte zurück, der Fahrer ließ nach einigen Metern den Motor wieder kommen und schaltete die Scheinwerfer ein. Dann fuhr er im Retourgang bis ans Ende der Straße, um danach zu verschwinden. Udo riss seinen Block heraus, murmelte, was er zu notieren versuchte,

– KFZ 2, gleiches Prozedere, Uhrzeit- *Scheiße!*

Er hatte vergessen, dass die Bleistiftmine abgebrochen war, hatte nur das Papier eingeritzt, verdammt, er wäre so knapp dran gewesen, den Mann am Steuer zu sehen, wäre er einige Zentimeter weiter oben in der Hecke gestanden, hätte er ihn mit Sicherheit so beschreiben können, dass er ein Phantombild hätte anfertigen lassen können. Der Konjunktiv war der Erzfeind des ermittelnden Beamten!

Er steckte den Block weg, wischte sich den Schweiß von der Stirn und betrachtete seine Frau. Jenny schaute irgendwohin, wahrscheinlich in den Himmel. Der gefiel ihr um diese Uhrzeit immer besonders gut. Er hatte aufgehört nachzufragen, das ganze Warum und Wieso war bei ihr sowieso sinnlos. Sie war auf einem, tatsächlich, auf einem anderen Planeten.

– Ich war heut beim Sandro. Im Zimmer.

Udo wartete auf die Details, seine Hose zwickte im Schritt, er war ungeduldig.

– Ja …?

– Die Maschinen haben durchgedreht.

Sie wischte sich eine Hand an ihrem Kleid ab. Udo quetschte ein Lachen heraus, oder er wollte, dass es sich wie ein Lacher anhörte, aber es war dann doch eher ein Vorwurf geworden, er setzte nach,

– Der spürt doch auch, dass da was nicht stimmt.

– Was soll nicht stimmen?

– Das weißt du ganz genau.

Udo starrte seine Frau an, aber sie schien nicht verstehen zu wollen. Er machte eine Kopfbewegung in Richtung Escort, der zwar nicht da war, aber immer noch der einzig klare Bezugspunkt, was Mike anging.

– Seit der da is, bist du wieder so!

– Wie «so»?

– Ich merk doch, wie du den anschaust!

– Und wie schau ich ihn an?

Sie tat also wieder auf naiv, aber irgendwann war es auch genug, irgendwann platzte ihm auch der Kragen, obwohl er sicher nicht laut werden wollte, vor allem wegen des Kindes, er checkte kurz nach, Ja, er hatte das Babyphon in der Jackentasche. Er ging ein paar Schritte hinaus auf die Straße und deutete auf den Escort, der dort nicht stand.

– Du hast ihm unser Kind lassen? Heute? Stimmt des?!

Jenny schaute ihn an … Kam da noch was? Nein, *keine Antwort ist auch eine Antwort!*

– Du hast dem unser Kind gegeben? … Du hast diesem abgefuckten Loser unser Kind gegeben und bist einfach weggegangen?!

Jenny schaute ihn weiter schweigend an, mit diesem leichten Schmollmund, den man von Vierzehnjährigen kennt, und Udo war außer sich, er konnte sich doch bitte eine Antwort auf seine Fragen erhoffen, das war doch wohl bitte nicht zu viel verlangt!

– Du bist bei ihm im Auto gesessen, in dieser DRECKSKISTE bist du gesessen, und hast ihm UNSER KIND GEGEBEN?! Stimmt das?!

Jenny betrachtete das Schauspiel, sie kannte ihren Udowitsch, sie war Krankenschwester, und er war Polizist. Das hatte sie gelernt. Jeder macht seine Arbeit, so gut er kann. Und manchmal gingen die Schüsse eben nach hinten los. Das war ganz normal.

– Ein erwachsener Mann wird sich ja wohl um ein Kind kümmern können ... ?

ES WAR ZUM AUS DER HAUT FAHREN! Alles prallte an ihr ab. FAKTEN konnten ihr nichts anhaben, es war wie verhext! Er musste mit neuen Geschützen auffahren.

– Die Nachbarn reden schon. Über dich!

– Aha. Und was sagen sie?

Udo raufte sich das Haar oder das, was noch davon übrig war, er zerkräuselte sich die letzten Reste, der Schwitz tat sein Übriges dazu, dass diese Frisur heute nicht mehr saß,

– Willst du alles aufs Spiel setzen? Alles, was wir gschafft haben?!

Er ging auf sie zu, nahm sie am Arm,

– Jenny! Du brauchst Struktur!

Sie betrachtete ihn. Später würde sie ihm noch die Haare trocknen, vielleicht sogar ein wenig schneiden. Sie waren an der Seite eine Nuance zu lang und hinten begannen sie sich zu kräuseln, wenn der Hemdkragen hochrutschte.

– Ich bin nicht dein Eigentum.

Udo blieb die Spucke weg. Sie war einfach von einer anderen Welt. Er zermarterte sich den Schädel, irgendwie, irgendwie musste er doch AN SIE RANKOMMEN?!... Sah sie denn nicht die Gefahr?

– Aber wir wissen nicht, was der da will, Jenny!

– Dann finden wir's halt heraus.

Damit drehte sie sich um und ging ins Haus. Und Udo stand da und konnte nur das tun, was ihm immer schon am schwersten fiel. Nichts.

PARTY HARD

Die Gestalten, die sich hier herumtrieben, kamen ihm bekannt vor. Es waren die, die er in jeder halbwegs größeren Stadt getroffen hatte, auf abgefuckten Party Locations in Abbruchhäusern, leeren Bahnhofshallen, Technostadeln in der Pampa, auf Goa und Trance Festivals inmitten von Schafen und Mohnfeldern, irgendwo zwischen Tschechien und Leipzig. Absolut ausgefreakte Typen, völlig neben der Spur und daher auch irgendwie angenehm unaufdringlich. Und sogar, wenn einer der Gechillten sich am Ende einer langen Nacht in die Unendlichkeit seiner eigenen blitzenden Wahnvorstellungen verabschiedete, konnte man es akzeptieren, weil dieser Typ, der mit seinem langen Strickpullover den Boden aufwischte, indem er sich am Rücken liegend kreiselnd um die eigene Achse drehte, sich mit den Füßen anschob, um immer schneller in das ewige Mandala des Ringes zu verschwinden und zu Staub zu zerfallen, weil dieser Typ damit doch nur die absolut gerechtfertigte Ablehnung dieser Welt vortanzte, eines Systems, mit dem er nicht mitkonnte und das war, wenn man sich so umschaute, auch angemessen, denn die Welt da draußen hatte uns allen eine schallende Klatsche verabreicht, anstatt uns sanft in ihrem Schoß zu wiegen.

Aber egal, wie man es betrachtete, die Partys waren immer gut gewesen, das lag wohl daran, dass man nicht herummeckerte und die anderen eher sein ließ, als sie zu begaffen und abzukanzeln, wie er das aus den einschlägigen *Innenstadtdiscos* kannte. Dort hatte Mike leichtes Spiel, aber das war dann auch irgendwie Arbeit für ihn, die verrichtet werden musste, diese geschniegelten Arschgeigen wollten verarscht und ausgenommen werden, aber es war eine ungustiöse Angelegenheit trotz allem, während man sich hier einfach recht ungestört wegbeamen konnte. Und hätte er keinen Auftrag gehabt, dann würde er wohl schon längst an der Bar stehen, unter freiem Himmel, die sah wirklich sehr einladend aus, ein paar Bierkisten aufgetürmt, eine gelbe Dokaplatte drüber, zack fertig, ein Kühlschrank, edle Kargheit im Design, aufgepeppt durch eine gefinkelte Lichtinstallation, die einer der Goaisten in diesen Innenhof gebastelt hatte, damit er seinen LSD-Rausch gediegen befeuern konnte. Die ersten Tanzwütigen wedelten auch schon mit Armen und Beinen, nahmen die Rhythmuswechsel des DJs mit freudigen AAHHHHHS und UUUUUHHHHS zur Kenntnis, er aber schlüpfte vorbei an einem Tiger mit aufgebogenem Wedelschweif, der neben einer Frau mit Pferdekopf am Sofa saß und ihr seinen Joint weiterreichte, und betrat das abbruchreife Haus.

Die Wände am Gang waren gepflastert mit neonfarbenen Bändern, hie und da Silberfolie, Tücher vom Hippiemarkt machten aus den Zimmern, die vermutlich in einigen Monaten weggerissen und zu stylishen Schnöselapartments umgewandelt würden, kleine schummrige Bumshöhlen, wo zugedröhnte Teenager ihre Unschuld an zugedröhnte Teenager verloren. Er durchquerte einige Räume, schaute sich um, Nobody, er ging tiefer hinein ins Labyrinth, zog einen Vorhang zur Seite, zwei Halbnackte fummelten auf einer Matratze aneinander rum, als gäbe es kein Morgen, die Hose war schon unten, sie griff nach den Eiern, aber erwischte sie nicht, sie griff nochmals nach, so, jetzt hatte sie die zwei Flüchtlinge in Händen und begann sie zu kneten, aber Mike war sich noch immer nicht hundertprozentig sicher und schob die Schulter des Typen etwas zur Seite, Nein, das war sie definitiv nicht. Er nickte dem überraschten Girl höflich zu, die quittierte es mit einem Lächeln, dem Hombre haute Mike im Abgang anfeuernd auf den Hintern, dass es klatschte – lass die *cojones* klingeln, muchacho! – und verließ den Raum.

Sie musste schon längst hier sein, und er wollte sich zwar keineswegs stressen lassen, aber so wie er die Sache einschätzte, war der blonde Loser schon intensiv dabei, ihr *seinen Zugang zu den Dingen* mit Händen und Füßen zu beschreiben und ihr klarzumachen, wieso man sich *keineswegs mit den Verhältnissen abfinden durfte* und wieso sie ein absolut *essentieller Teil seines Plans zur Veränderung der Welt* war, was nichts anderes heißen sollte, als dass er sie *heute hier und jetzt* bumsen wollte. Und als Erziehungsberechtigter, und das war Mike zweifelsohne zu diesem Zeitpunkt in ihrem Leben, als Erziehungsberechtigter hatte er die heilige Pflicht, da Nachschau zu halten und zu überprüfen, mit welchen Mitteln gearbeitet und vorgegangen wurde.

Er war inzwischen in einem hinteren Teil des Areals gelandet. Hier war alles in ein kühles Neonblau getaucht, ein paar Gestalten wiegten sich zur Musik, an der Wand dieses halbverfallenen Raumes hing ein Gemälde, das eine alte Straßenbahnlinie zeigte, so um die Jahrhundertwende, daneben stand eine Pferdekutsche, und auf einem verstaubten Fensterbrett lag der Jesus am Kreuz, als wäre er vom Himmel gefallen und eine treue Seele hätte ihm zumindestens einen Platz am Fenster gewährt. Mike hob das Kreuz hoch und hielt es ins Gegenlicht, ein abstruser Kontrast zu den abtanzenden Goa Hippies – oder auch nicht, denn vielleicht hatte der Heiland einfach auch ein paar Shroomies zu viel erwischt und ihm war klar geworden, was für einen Hexensabbat diese Pharisäer und Römer mit seiner Erde veranstalteten und dann war er radikal aus dem Spiel ausgestiegen und hatte eine kleine Prozession bewusstseinserweiterter Jünger den Berg hinauf und in die Erleuchtung geführt, *camino luminoso*, bevor sie sich, wie es sich natürlicherweise immer abspielt, gegenseitig verrieten und auslieferten und eine dickköpfige Kohorte von Todgeweihten wurden, um schlussendlich als *leuchtende Vorbilder* pädophiler Priester zu enden.

Er kam zurück in den Innenhof, der Typ an den Turntables gab sich wirklich alle Mühe, ein Langhaariger, der eher an einen hardcore Cure Fan erinnerte als an einen Trance DJ. Er war seiner Aufgabe augenscheinlich gewachsen, denn die Leute goutierten seinen Einsatz, die Stimmung war gut, es lag das gewisse Knistern in der Luft, das bei guten Partys immer spürbar ist, bevor sich die Dinge anfangen rapide zu entwickeln. Auch die Bar zog Mike magisch an, er klopfte sich eine Zigarette aus dem Päckchen, ZACK, und zündete sich eine an, dann pfeilte er aufs Bier zu, doch da! DA! tanzte sie am anderen Ende der Menge, ihr gegenüber das blonde Bürschchen, *Arne aus Wixhausen*, er konnte die beiden deutlich erkennen, obwohl ihm seine Sinne immer wieder kleine Streiche spielten. Er hätte vielleicht nur einen Zug nehmen sollen, als ihm der Tiger den Joint anbot, stattdessen hatte er ihn fast fertig geraucht, ehrlicherweise hatte er ein wenig drauf vergessen, dass er ihn in der Hand hielt, und erst als ihn die Pferdefrau ermahnte, dass der Joe kein Mikro sei … zum Reinquatschen … hatte er ihn weitergereicht. Das musste er jetzt *visuell* ausbaden, seine *Vision* war leicht getrübt, aber er fokussierte immer noch gut genug, und hatte sie also endlich ausgemacht im Dickicht der Leiber und der Seelen.

Er zog an seiner Tschick, ging ein paar Schritte auf die beiden zu, sie schienen ihn noch immer nicht wahrzunehmen, er ging näher, riss die Hand hoch, zum Zeichen seiner Ankunft, wie der Prolo seinen Saufkumpel begrüßt, quer über die Tanzfläche, und das war wohl Zeichen genug, und sie erkannten ihn, das heißt, Stefanie erkannte ihn, warf ihrem Blondi einen peinlich berührten Blick zu, aber Mike war das egal, sein Auftrag war erstmal erledigt, Stufe eins seiner Rakete war gezündet und jetzt stand er schon an der Bar, bestellte ein Bier und ließ die beiden dabei nicht aus den Augen.

Stefanie hatte ihre Wäschesäcke an einer eigens dafür eingerichteten Stelle abgegeben, sie war erstaunt, wie gut das alles organisiert war, angeblich wurden die Sachen jeden Samstag von bedürftigen Familien abgeholt, beziehungsweise konnte sich jeder, der wollte, einfach was davon nehmen, so ganz hatte sie das System nicht verstanden. Arne blickte da durch und hatte ihr das so kommuniziert, als er sie hergeführt hatte zum besetzten Haus, und jedenfalls hob das ganze Fest gut an, es waren viele EXTREM COOLE Leute da und sie war EXTREM HAPPY, dass sie sich aufgerafft hatte und hergekommen war.

Vorhin hatten sie noch einige Kisten Bier aus dem VW Bus ausgeladen und zur Bar gebracht, dabei hatte Arne immer wieder gesagt, dass hier alle alles machen würden und dass man nur so wirklich wissen könne, was gemeinschaftliches Arbeiten bedeute und was Teilen heiße, denn das erfährt man erst, wenn man es selber auch macht und lebt und nicht nur in der Schule davon hört oder in Büchern liest. Und da hatte er schon recht, es war *eine* Sache, sich verbal aufzulehnen, und eine *andere,* auch tatsächlich von zuhause abzuhauen und in einer Kommune zu arbeiten oder hier Party zu machen.

Und als sie gerade über nichts nachdachte und sich am Rand der Tanzfläche ein wenig unterhielt, da war ER aufgetaucht und hatte sie anvisiert. Sie schaute sich um und hätte gedacht, dass es sicher allen aufgefallen war, wie er sie über alle Köpfe hinweg begrüßt hatte, wie ein Landei, mit Zigarette im Mundwinkel, aber augenscheinlich war hier niemand sonst peinlich berührt, und der weirde Onkel war nicht mal aufgefallen in dieser Bande von CRAZIES und das beruhigte sie ein wenig. Und jetzt stand er an der Bar, mit leichter Schieflage, und schielte immer rüber zu ihnen, während er eine Zigarette nach der anderen rauchte.

– *Is das dein Alter?*

Arne schrie an gegen die Beats, aber Stefanie hatte nichts verstanden,

– *Waaas?*

– *Dein Vaaater?*

Er deutete rüber zu Mike, der tippte den imaginären Hut zu Arne und grinste sie an. Das Grinsen hieß «Du schuldest mir den Hunderter!» und Stefanie musste jetzt auch schmunzeln. Sie betrachtete den Onkel im Anzug, wie er dort stand und extra gekommen war, um auf sie aufzupassen oder WHATEVER zu tun, das war IRRE PEINLICH und trotzdem war sie SOMEHOW TOUCHED BY THE MOVE und in diesem Moment kam es ihr richtig vor und sie nickte Arne zu,

– *Mhm.*

– *Okay …*

Arne lächelte, das war irgendwie SWEET, er hätte auch angepisst reagieren können, aber er fand das auch cool scheinbar, dass da plötzlich *ihr Vater* stand mitten unter den Ausgehängten und einen zwitscherte.

Und sie schaute ihn sich an, wie er tanzte, der blonde Bubi, leicht neben dem Takt, aber sympathisch sein Gehampel, während Mike sich drüben an den Typen hinter der Bar wandte,

– Habts ihr an Schnaps?

– Wir haben nur Wodka.

– Welchen?

– Stoli.

– Passt. Gib mir zehn!

Und als der Barmann ihm die zehn Stolis rüberschob, winkte Mike. Und Stefanie kam und Arne kam und ihre Freunde kamen, anscheinend waren auch zwei Schulfreundinnen von Stefanie aufgetaucht, die kriegten auch einen ab und dann standen neun Leute rund um Mike und sie prosteten einander zu und stürzten den Wodka runter, Stefanie mittendrin, und dann kamen schon die nächsten zehn, alle hielten die Gläser hin und waren schon recht entspannt, und dann kamen noch ein paar Typen, auch die Pferdefrau war darunter, und Mike bestellte Wodka für alle, riss einen Fünfziger raus und knallte ihn auf die Theke, die nur eine Spanplatte war, und alle lachten und jetzt kam eine Bardame dazu und half beim Ausschenken, sie war sehr adrett und Mike fühlte sich wohl, schob noch einen Zwanziger nach, und auch einen Zwinkerer, aber der ging ins Leere, weil die Dame beim Austeilen der Wodkas war und auf die Flasche schaute und nicht auf Mike, aber dem war's egal, er hob sein Glas,

– Der Onkel Mike gibt noch a Runde aus, sagts ihr *Danke, Onkel Mike* … !

Und da die Runde bereits die zweite und der Funke absolut übergesprungen war, stiegen sie alle ein und riefen,

– DANKE ONKEL MIKE …

Und sie stürzten die Stolis runter und Mike hatte schon die nächste Runde in Auftrag gegeben und zuerst trank er Bruderschaft mit einer der Schulfreundinnen und dann mit Arne, weil er Wert legte auf ein gutes Verhältnis zu den Anwärtern seiner Erziehungsbedachten und kein Kleingeist war. Und Arne lachte, als Mike ihm sagte, er sollte mal schleunigst einen Joint checken, wenn er schon auf Zampano macht hier, und dann kam die Pferdefrau und wollte wohl einen Pferdekuss, aber dafür war Mike nicht zu haben, sein Auftrag war ein anderer. Raketen-Stufe zwei war gezündet, er schob Stefanie sein Bier hin, sie hatte sich gerade eine Kappe schief aufgesetzt, weil jemand einen Kleidersack zur Bar gezerrt hatte, und alle bedienten sich daran und rissen die Kleider raus. Zwei gepiercte Mädchen zogen einander gegenseitig alte Felljacken von der Oma an und küssten sich dabei, der Tiger hatte sich eine Jethose aus den Siebzigerjahren übergezogen, wo hinten der Schweif raussprang, und sah aus wie der Leibhaftige, als er um sie herumhampelte, und jetzt hatte die Pferdefrau ihren Kopf verloren und suchte ihn im Getümmel, und irgendjemand hatte Mike eine Schweißerbrille aufgesetzt, er sah alles mit einem Rotstich, der ihn dazu inspirierte, sich ein wenig zu recken und zu strecken, und das sahen die anderen wohl als Aufforderung, noch mehr Gas zu geben, und Stefanie nahm einen kräftigen Schluck vom Bier, und Arne kam mit dem Gerät zurück, das Mike nach zwei guten Lungenzügen weiterreichte, und da begann sich das Ganze ein wenig *zu verselbständigen* und er fand sich plötzlich inmitten all der verrückten Leute wieder, die komplett abgingen zum Beat und DANCING war angesagt oder was immer das war, was man zu Goa-Trance-Mucke machte … BADZAMM BADZAMM BADZAMM BADZAMM BADZAMM BADZAMM … im Kreisel verschwindet die Zeit und die Richtungen und was oben ist und was unten, und wir verfallen dem Schwindel, bei dem wir uns nicht mehr an dem festhalten können, was uns sicher erschien, und wenn wir aussichtslos verloren und alleine sind und glauben, gegen die Welt kämpfen und uns gleichzeitig an ihr festklammern zu müssen, dann haben wir schon verloren, denn dieser Kampf ist nur in dir selbst zu gewinnen, inside is outside is inside is outside, diesen Kampf gewinnst du nur gegen dich selber, kein anderer trägt ihn für dich aus, und wenn alles aus dem Ruder läuft, musst du alles loslassen und losspringen hinein in die Musik und den Strom und den Strudel der Gestalten und alles vergessen, was du vorher warst und dein Totemtier sehen und das Licht und die Tür, die sich öffnet und wenn du am Rücken liegst und dich in den Boden schraubst, als würdest du zu Staub zerfallen, dann gibt's nichts mehr außer diesem stampfenden BADZAMM BADZAMM BADZAMM BADZAMM BADZAMM BADZAMM

Im ganzen Viertel wackelten die hängenden Straßenbeleuchtungen und tänzelten im Takt der Raver, und das Wackeln und Vibrieren erfüllte die Straße und die Häuser und vielleicht zum letzten Mal sollte es sich für ein Häufchen von Menschen so anfühlen, als könnte man die Stadt bezwingen und in ihr ausgelassen sein und Liebe machen und Räusche zelebrieren und gratis wohnen und sich mit Gleichgesinnten verbinden und von einem Leben träumen.

BAUWAUW BAUWAUW BAUWAUW

Der DJ hatte die Beats auf *more mellow* runtergeschraubt, er ließ die Ekstase ausklingen, die Pferdefrau hatte ihren Kopf verkehrt herum aufgesetzt und ging rückwärts nach Hause, und Stefanie hing in den Seilen, die letzte Runde Wodka hätte sie vermutlich auslassen sollen, aber zum Jammern war's jetzt zu spät. Mike zog sie hoch, ihr Käppi verrutschte und sie kippte ein wenig weg, aber auf der anderen Seite hakte sich Arne unter und von hinten schob der Tiger mit dem Schweif an und so manövrierten sie die Schwankende in ein völlig derangiertes Badezimmer, wo Mike ihr den Kopf mit einer Brause abduschte und als Arne sich vorbeugte, um zu schauen, ob alles klar ging mit ihr, da visierte er ihn an und spritzte ihn ordentlich ab, direkt ins Gesicht.

IMMER ÜBBERRASCHEND SEIN, das hatte der Karli stets gefordert und Mike wollte diesem Leitspruch heute nachkommen, während Arne prustete und Stefanie spuckte und Mike lachte.

GLORIA

In dem Traum hab ich einen Job. Ich hab ein Kostüm an, die Bluse passt farblich nicht dazu, denk ich mir noch, zu grelle Farben. Ich sitze in einem alten Bus, wie ein Sprinter oder ein Teambus, und der «liegt in einem Fluss vor Anker», das heißt, er schwimmt irgendwie im Wasser und steht aber auch. Und dort sind auch zwei Kinder, ein Bub und ein etwas älteres Mädchen, beide mexikanisch, die sind nicht im Bus, die müssen einige Meter vom Ufer entfernt tauchen. Und ich muss drauf schauen, dass sie nicht ertrinken. Ich denke, «Wahnsinn, ich soll da ruhig sitzen in meinem Bus und immer wieder mal schauen – aber es geht bei denen um Leben und Tod, das ist der Rio Grande und sogar noch mehr als das ...» Ich denk mir das im Traum und schaue auch immer hin zu den beiden, weil die Strömung sehr stark ist an der Stelle.

Es ist mitten im Lockdown, und alle sind in Quarantäne, und meinen Kindern geht's gottseidank gut, es ist home schooling, aber weil ich ja ohnedies zuhause bin, ist das kein Problem für mich. Und ich denke mir, es ist meine Verantwortung, auch auf diese beiden anderen Kinder zu achten, und während ich es erzähle, wird mir klar, dass diese beiden mexikanischen Kinder ja meine Kinder sein könnten, also Stefanie und Niki, die da ertrinken, und dann stell ich mir das vor und es überfällt mich eine riesige Traurigkeit und die lässt mich nicht mehr los. Ich fühle mich schuldig, aber ich kann auch nichts dafür, dass ich hier in diesem Haus sitze und nicht in einem Bus im Rio Grande.

AUFBRUCH

NEW DAY DAWNING

Manche Nächte enden im Nirwana, und manche Tage sind schon vom ersten Atemzug an unerträglich schwer. Du öffnest die Augen und siehst nichts, weil alles verklebt ist, und es gelingt nicht, scharf zu stellen, der Schwindel hat dich noch immer fest im Griff. Die Blicke wandern die Wände entlang, aber es gibt kein Festhalten, alles schwuppt weg, und das Auge fällt auf die abgestreifte Hose und bleibt am Socken hängen, der wie ein kleiner Molch aus der dunklen Röhre spechtelt. Wie man heimgekommen ist – ein Rätsel. Die Zeit vor dem Umfallen ausgelöscht. Was bleibt, ist ein Sammelsurium an Irrlichtern und die tiefe Erkenntnis, dass man sich alles selbst zuzuschreiben hat. Und wer noch nie die unheilschwangeren Träume des Betrunkenen geträumt hat, der weiß davon kein Lied zu singen. Der Selbstvernichtung als Verdichtung des Daseins hält nicht jeder stand.

Im Gegensatz zur Völlerei der Vornacht, der sich Onkel und Nichte hingegeben haben, beginnt Udos Morgen mit einer kleinen Routine. Crocs an, Haustür auf und raus in die frische Morgenluft, der Rasenanwuchs will kontrolliert werden. Gestern hatte er das Stückchen Erde vor der Hecke noch eingezäunt, um weitere Sachbeschädigung von vorneherein zu unterbinden bzw. massiv zu erschweren. Es war aufgrund der Reifenspuren klar ersichtlich gewesen, wessen Wagen das Erdreich zerstört hatte. Dem Täter *absichtsvolles Handeln* nachzuweisen, wäre jedoch schwierig geworden. Deshalb hat Udo eine *vorauseilende Maßnahme* ergriffen. Die Einzäunung des betreffenden Erdabschnittes mittels eines rot-weiß gestreiften Baubandes.

Er betrachtet sein Werk, kniet sich hin, ein Stück zugeschnittene Isomatte unter den Druckpunkt geschoben, so bleiben Hose und Meniskus heil. Dann schiebt er das Rasenthermometer rund drei Zentimeter tief ein ins Erdreich und wartet.

Im Hause Bittini, schräg gegenüber, nähert sich eine Gestalt dem geöffneten Badezimmerfenster im ersten Stock, verharrt einen Moment, hebt dann den Arm. Die Faust umklammert eine Feuerwaffe. Eine FAUST FEUER WAFFE.

Niki schließt ein Auge, visiert Udo an, richtet die Mündung der .357er Magnum auf ihn, für einige Sekunden bleibt das Bild so eingefroren, die Waffe im Anschlag, steht Niki da. Das ist der Moment zwischen Ruhe und Sturm. Jetzt wird entschieden, jetzt können Entscheidungen gefällt werden. So fühlt sich das an, wenn man zwischen Leben und Tod wählen kann. Niki legt den Finger auf den Abzug, PULL THE TRIGGER, AIN'T NOBODY GONNA DO IT FOR YOU, PULL THE TRIGGER, Udo kniet, Niki zielt, sein Arm zittert,

– Ahh …

Er lässt den Arm sinken, betrachtet die Wunde in seiner Handfläche. Sie blutet jetzt stärker, wahrscheinlich, weil der Revolver wieder auf diese Stelle gedrückt hat, wahrscheinlich wird er sich seine Wunde weiter aufreißen, wenn er die Waffe nimmt und wenn er sie einsetzt. GEGEN WEN AUCH IMMER.

Niemand wusste vom Versteck, er schon, er hatte genau zugeschaut, wie sein Onkel sie ins Handschuhfach gelegt hatte. Vielleicht war es Mike auch egal gewesen, ob Niki das sieht und obwohl er da scheinbar weggeschaut hatte, wusste er sehr genau, dass die Waffe im Handschuhfach verschwunden war.

FUCKING HELL, da liegt eine geladene Waffe im Auto,

Niki kannte das aus den amerikanischen Serien, es war ein absolutes NO-GO, geladene Waffen herumliegen zu haben, und als er sich ganz in der Früh, *im Morgengrauen*, hinunterschlich, vorbei am schnarchenden Onkel im Wohnzimmer, und den Autoschlüssel vom Sofatisch nahm und hinausging zum Escort, die Wagentüre öffnete und die Waffe aus dem Handschuhfach nahm, da war ihm ein Geruch entgegengeschlagen, der unmenschlich war, ein Zigaretten-Alk-Gestank, den er so nicht kannte, und er hatte sich noch gewundert, woher der kam, aber eigentlich keine Zeit zum Wundern gehabt, weil JEDERZEIT jemand kommen hätte können. Und so schloss er das Fach, und die Autotüre, versperrte den Wagen und steckte den Revolver hinten in den Hosenbund und ließ das Lacoste-Shirt drübergleiten – FUCKING LACOSTE, er hasste seine Mutter dafür, dass sie ihn aussehen lassen wollte wie eine zu klein geratene Kopie seines Vaters. Er verschwand wieder im Haus und legte den Schlüssel zurück, ganz sachte auf das Beistelltischchen, wo ein angefangenes Glas mit Alkohol stand und Tabakreste am Tisch klebten, und Mike machte *KRRRRRKRRRR* und drehte sich um, er hatte ein ziemliches Loch in den Socken, aber er schlief weiter und jetzt war Niki schon am Weg zurück in sein Zimmer, und er hatte eine Waffe, jetzt hatte er die in der Hand. Und ohne einen Gedanken daran zu verschwenden, was er wem sagen würde, hatte er sie unter sein Kopfkissen gelegt und gewusst, dass jetzt etwas Neues begann. Endlich etwas Neues.

DIE NUMMER

– Mike?

Gloria betrat schwungvoll das Wohnzimmer. Ein Hauch von *Oberes Stockwerk* wehte mit ihr herunter ins Arbeiterviertel, wo der Onkel jetzt hauste.

Sie hatte Yoga gemacht bzw. das, was von Yoga übrig bleibt, wenn man mit den Gedanken ganz woanders ist. Man biegt sich durch und atmet *pro forma*, aber gewisse Gedanken brechen sich immer wieder Bahn, nehmen sich, was ihnen zusteht, den Raum, den sie brauchen und dieser Raum war über die Nacht hin immer größer geworden. Der Raum verlangte nun danach, *gefüllt* zu werden, mit eigenen Gedanken zum Thema *Sandro*. Zu viele Fragen waren in dieser Sache unbeantwortet, sie fühlte einen starken Tatendrang, das erste Mal seit Sandros Zusammenbruch war sie aufgewacht und wollte aktiv werden. Obwohl sie so eigenartig geschlafen hatte, dieser Traum vom Fluss und den Kindern, die in ständiger Gefahr waren zu ertrinken, und sie hatte nur zugeschaut dabei.

War sie keine, die handelte, sondern nur beobachtete und nichts wahrhaben wollte? Verschloss sie die Augen vor den Dingen, weil sie Angst hatte? Wovor hatte sie Angst? Vor dem Sprung in den Fluss, um ihre Kinder zu retten? Oder vor der Erkenntnis, wie es eigentlich *um sie selbst stand?* Wie sie in diesem Bus saß, mitten im Fluss, in Kostüm und Bluse, und nichts tat?

Ja und einmal da hatte sie sogar gedacht, jemand stünde an ihrer Schlafzimmertüre und betrachte sie im Schlaf, sie war sich sicher gewesen, seinen Atem zu spüren und seinen Blick, aber als sie für einen Moment die Augen geöffnet hatte, war da niemand, nur Dunkelheit und Stille und da war sie wieder zurückgeglitten in ihren Schlaf und hatte vom Wald geträumt. Von der Stille und dem Rauschen. Sie war durch den Wald gegangen, lautlos, aber das Rauschen der Baumkronen war- war, wie sollte man das sagen, in ihr drinnen spürbar gewesen und das war eigenartig und aufregend, scheinbar alles widersprüchlich, aber im Traum ganz selbstverständlich. Und mit dieser Klarheit war sie aufgewacht und ins Bad gegangen und dann in ihre geräumige Wardrobe, ihr *Closet,* wo sie die Matte hingelegt und sich ein gewisser Druck bemerkbar gemacht hatte in ihr, ein Gefühl, dass alles gleichzeitig hoffnungslos verloren und voller Möglichkeiten war.

Mike lag auf der Couch und schnarchte. Gloria betrachtete ihn, wie *friedlich* er da lag und schlief, völlig angezogen, in Hose, Hemd und Weste, nur Sakko und Stiefel lagen am Boden verstreut. Am Tisch ein Glas, eine Packung Zigaretten samt Feuer, eine ausgedrückte Kippe lag auf einem Deckel, das dazugehörige Gurkenglas stand geöffnet daneben – der Midnight-Snack des freien Mannes. Sie betrachtete das Stillleben. Ein einsames Gurkerl schwamm im Glas, der letzte überlebende Wal, Senfkornplankton schwebte im trüben Wasser.

Sie beugte sich über ihn. Ein gewisses Odeur war deutlich wahrzunehmen, es erinnerte sie an ihre Studienzeit, als man durchgemacht hatte und es egal gewesen war, wie lange gefeiert worden war und man in der Früh noch eine geraucht hatte und den Kaffee lachend getrunken, bevor die Letzten gingen. Als man mit mindestens einem in dieser Nacht Blicke ausgetauscht hatte und manchmal war da noch ein anderer, der auch in Frage kam, und wo man, selbst wenn daraus nichts wurde, beglückt aus der Nacht hervorging. Als man den Morgen noch nicht als Feind sah, den es zu bekämpfen galt, sondern als Verbündeten, der seine Arme öffnet und dich erwartet und umschlingt, als Liebhaber, als Freund.

Es war alles leichter damals, Punkt. Auch die Gerüche waren erträglicher gewesen. Eindeutig. Sie roch etwas näher hin, Phu, und Mike machte *HRRRRRKKK* und streckte sich ein wenig und jetzt sah sie das Loch in seinem Socken. Sofort war der Schwung ein wenig draußen bei ihr, dieses Loch hatte sie gebremst, sie gütiger gesinnt. Es besänftigte sie auf eine verschmitzte Art. Es löste etwas aus in ihr, etwas undefinierbar Warmes. Das Loch füllte sie mit einer Liebe, die sie sonst nur für ihre Kinder empfand, etwas rührte in ihrer Gebärmutter um, etwas zog sich dort zusammen, schmerzlich schön und das verwirrte sie für einen Moment und sie zwang sich, den Blick vom Socken zu nehmen und sich zusammenzureißen, weil sie ja mit einer klaren Absicht, einem Plan bzw. einer AHNUNG heruntergekommen war, der sie nun NACHGEHEN MUSSTE.

– Warst du noch weg gestern?

– Hhhmm ... ?

Er öffnete die Augen, versuchte den Kopf sachte zu heben, schaffte es aber offensichtlich nicht ganz. Ein Auge schielte leicht nach links, eines schräg nach oben,

– Ob du noch fort warst in der Nacht?

– Ermmhh.

War das jetzt eine Aussage gewesen? ... Sie sah, wie er mit dem Tageslicht zu kämpfen hatte und gab auf, egal, jetzt galt es, keine Zeit mehr zu verlieren, sie dachte ans Loch im Socken, das sie angestarrt hatte und gefüllt werden wollte- nein, weg damit! Nicht wieder den Dutt-Fehler begehen und abdriften,

– Schau, ich hab die Displaysperre ... aufgehoben ...

Sie hielt ihm Sandros Handy vor die Nase, er versuchte sich langsam aufzurichten, kam mit den Beinen in die Senkrechte, Füße am Boden, sehr gut, Kontakt aufnehmen, das Raumschiff setzt auf, touch down, bleibt stabil, der Oberkörper folgt, sachte, jetzt keine Geister rufen, die man nicht wecken möchte, er unterdrückte den Wunsch zu rülpsen, das wäre unschicklich gewesen, als Gast auf einer Couch gibt es eine gewisse Etikette, die es einzuhalten gilt, das war ihm als Couchsurfer der allerersten Stunde mehr als bewusst.

– ... gestern im Spital, also ...

Mike tat sich extrem schwer, das Handy anzufokussieren, aber er bemühte sich redlich, Gloria sah das und setzte sich neben ihn. Das Geständnis ihrer Tat hatte sie selbst überrascht, sie war jetzt fast schon ein wenig stolz drauf,

– ... mit seinem Daumen hab ich ... die Displaysperre, also so ...

– Top!

Mike riss sie aus ihrem Stolz, holte sie auf den Boden der harschen Realität zurück, er war einfach ein Idiot, er konnte ihr nicht mal diesen kleinen Triumph gönnen, nein, er musste sie verarschen, aber nun gut, bitte sehr, ein bisschen lustig war es ja auch gewesen, wie sie sich ihrer Untat rühmte, zugegeben. Sie deutete aufs Display,

– Da, schau ...

Er grinste sie an, sie musste jetzt stark bleiben und nicht vom Weg abkommen,

– Da, schau, da is immer wieder eine Nummer ohne zugeordneten Namen ...

Sie saß nun fast Schulter an Schulter neben ihm, klopfte mit dem Fingernagel aufs Display, zeigte ihm, wer alles angerufen hatte auf Sandros Handy. Langsam kam sie in Fahrt und Mike schien extrem konzentriert, da *ihre Mutter*, da *Sandros Büro*, mehrfach, und dazwischen immer wieder diese unbekannte Nummer, völlig klar, dass etwas nicht koscher war, sie hatte sogar einen Verdacht, und Mike folgte ihr, sein Kopf war übers Handy gebeugt,

– ... und heute Morgen hat das Handy wieder geklingelt und genau *diese ominöse Nummer* ...

TACK TACK TACK klackerte der Nagel auf die bestimmte Nummer, ohne zugeordneten Namen, sie war sich sicher, ja, ganz sicher ...

– ... *Zwölf Anrufe* allein in den letzten Tagen ... Hier ...

Sie blickte ihn verschwörerisch an, dann aufs Handy, doch daraus wurde ein Double-Take, weil sie es nicht fassen konnte, What the-?!

Mike war eingeschlafen, im Sitzen, mit halbgeöffneten Augen saß er da – und schnarchte?

– Hallo?!

Sie kniff ihn ordentlich in den Oberarm, er schreckte auf, AHHHH, haute ihr eine runter, BAMM! – und sie knallte ihm eine zurück, eine Backpfeife, PACK!, dass es nur so klatschte – Er schüttelte sich kurz, deutete aufs Handy,

– ... Zwölf, aähmm, zwölf Anrufe, hmm ... wann war was?

Gloria rang nach Luft, das hatte jetzt einmal raus müssen, sie fühlte sich ein wenig freier und mein Gott, zwei Ohrfeigen am Morgen, im guten Rhythmus ausgeteilt, *im Affekt,* da gab's Schlimmeres. Sie spürte ihre Wange, aber seine war eindeutig röter, das musste ordentlich gebrannt haben.

Die letzte Ohrfeige hatte sie von ihrer Mutter bekommen, mit *achtzehn*! Das wusste sie noch sehr gut. Da schlägt man sein Kind nicht mehr. Das war auch eine Art Bruch gewesen mit ihrer Mutter damals, die einfach übergriffig war und invasiv und allumfassend, aber jetzt ging es einmal nicht um ihre Mutter, sondern um sie und um ihr Leben und um ihre Ehe, und sie bemühte sich, Mike nicht anzusehen,

– Also, heute Morgen hat das Handy wieder geklingelt ... wieder diese *ominöse Nummer ...* Glaubst du ...

– Hmm?

– Glaubst du ... Sandro hat 'ne Freundin?

Sie wagte es kaum, Mike anzusehen, und er, er ließ diese Info auf sich wirken, er war etwas überwältigt von dieser plötzlichen Eingabe, die ihm durchaus gelegen kam und er setzte sein überrascht sorgenvolles Gesicht auf und blickte Gloria ernst an.

Sie versuchte jede Regung in seinem Gesicht zu deuten, und er wusste, wie sensibel solche Momente waren, wenn die Ehefrau einen Verdacht hegte und jeder, der ihn entkräften konnte, war ein Helfer, doch jeder, der ihn erhärten würde, war ein Verbündeter! Und so senkte er den Blick, seufzte tief und gab ihr zu verstehn, DASS DAS WOHL DIE EINZIG PLAUSIBLE ERKLÄRUNG SEIN KONNTE für so viele ominöse Anrufe.

Sie japste nach Luft ... *Oh, scheiße ... scheiße ...,* biss sich auf die Lippen, die Tränen schossen hoch, bis knapp unter die Lidlinie, noch waren sie nicht bereit, aus den Augen und über die Ufer zu treten … Da nahm Mike ihr das Handy aus der Hand, nahm ihr diese Last ab und scrollte hoch zu dieser fiesen Nummer,

– Dann schauma halt einfach amal …

– *NEIN!*

Aber es war schon zu spät, er drückte auf die Nummer und stellte auf LAUTSPRECHER, damit das alles einmal seinen Gang ging, und natürlich war das KEINE ÜBERRASCHUNG für den Onkel Mike, dass Gloria jetzt solche Gedanken hatte, denn immerhin hatte er schon das grüne Pflänzlein der Eifersucht gesät und ein Bildchen in Sandros Brieftasche geplantet. Aber dass sie nun mit einem weiteren Indiz für seine Untreue kommen würde, das war ein Wink des Schicksals und dem musste man jetzt einfach folgen, immer rein in die Sache.

Gloria wollte ihm das Handy entreißen, aber nur halbherzig, denn auch sie war neugierig – da hob jemand am anderen Ende der Leitung ab und eine tiefe männliche Stimme sagte,

– *Spanring?*

DOPPELTES SPIEL

Gloria starrt Mike an, damit hatte sie absolut nicht gerechnet, das war so ziemlich das Letzte, woran sie gedacht hatte, die Stimme eines älteren Mannes zu hören, sie schätzt ihn locker auf siebzig. Sie wetzt leicht nervös am Sofa, Mike versucht sich möglichst geräuschlos zu räuspern und die versoffene Nacht aus der Stimme zu kriegen, aber so richtig Zeit zum Nachdenken bleibt trotzdem keine,

– Bittini am Apparat … Ich hab gehört, Sie wollten mich sprechen?

Mike blickt gelassen zu Gloria, die hat keine Ahnung, wo

diese Reise hingehen soll, aber der Mann am Telefon anscheinend auch nicht, denn da entsteht jetzt eine lange Pause, in der er sicherlich nachdenkt, eine sogenannte *Nachdenkpause*,

– Ja, ... also, ich hab gedacht, dass Sie, sind Sie nicht-, also sind Sie das überhaupt ... ?

Gloria hört über den Lautsprecher mit, sie deutet Mike, JA, SAG JAAA, DU BIST ES! Mike nickt und tut das Gegenteil,

– Ich bin ... der Bruder, und ich ruf an im Auftrag der Gattin, der Gloria Bittini. Ich greif ihr in der ganzen Angelegenheit ein bissl unter die Arme ...

Mike blickt unverhohlen sexuell zu Gloria, die kann nur die Augen überdrehen. MEIN GOTT, ES IS SONNENKLAR, ER WIRD UNS WIEDER IN DIE SCHEISSE REITEN UND DABEI FLIRTET ER AUCH NOCH MIT MIR.

– Aha. Weil ich hab da eigentlich immer nur direkt mit, also, mit Ihrem Herrn Bruder-

– Wir haben alles, was Sie brauchen, keine Sorge.

Und was war das jetzt genau? Wir haben alles, *was wer braucht?!* Gloria deutet ihm den Scheibenwischer vorm Gesicht, aber Mike ist nicht zu bremsen, er legt sich voll ins Zeug, seine Zeit als Vertreter für Lederwaren aller Art kommt ihm da sicherlich zugute, Herr Spanring klingt dennoch etwas besorgt,

– Sie, also, ihr wissts Bescheid?

Gloria schüttelt den Kopf, Mike nickt – Dick und Doof am Sofa,

– Na ja, wir haben schon gemerkt, dass da einiges nicht ganz rundläuft ...

– Das is ja noch freundlich ausgedrückt. Also, was die sich da gerade mir gegenüber erlauben ...

– Jaaa, ja, das is wirklich ...

Mike muss bluffen, er weiß, dass er noch eine gewisse Zeit durchhalten muss, um zu kapieren, worum es hier überhaupt geht, deshalb hält er seinen Partner bei Laune, gibt dem Affen Zucker,

– Die sind, tja, was soll man da noch sagen …

– Ja, da fehlen einem die Worte.

– Ja, absolut …

– Die Kanzlei ist anscheinend gänzlich unfähig, das Ganze zu handeln. Gänzlich!

– Ja, leider. Gänzlich.

– Die melden sich einfach nicht mehr bei mir!

Es geht also um die Kanzlei, Gloria wird stutzig, deutet Mike weiterzumachen,

– Ja, das is so … Das is typisch.

– Wenn Ihr Herr Bruder da im Koma liegt, na klar, da kann ich schwer mit ihm reden, weil bisher lief das natürlich vertraulich zwischen ihm und mir-

– Ja, das Vertrauen is da einfach das Wichtigste-

– Freilich geht's da immer um Vertrauen und wenn die mich jetzt hängen lassen, dann ist das das Allerletzte.

– Absolut, letztklassig ist das … Von der Kanzlei …

– Dabei muss das ja bis Freitag erledigt sein und die melden sich nicht mehr bei mir!

Herr Spanring hat sich etwas in Fahrt telefoniert, doch das Rätsel ist nur teilgelüftet, Gloria und Mike schauen einander an, *Wovon redet der?*

– Äh, «Freitag»?

Eine kurze Pause.

– Bau-Ver-Hand-Lung.

– Bauverhandlung, ja ja, die sollte, soweit ich informiert bin, planmäßig diesen Freitag sein.

Gloria schaut fragend zu Mike, aber der ist schon wieder einen Schritt weiter, er überholt sich quasi selbst,

– Alles klar. Dann machen wir das direkt.

– Gut gebrüllt Löwe!

Zufrieden steht Mike auf, Gloria kann ihm nur staunend

folgen, steht auch auf, flüstert, *Was machen wir jetzt «direkt»?* Mike schaltet auf stumm und flüstert trotzdem, ein Lapsus, aber in dieser Situation will man lieber doppelt sicher sein,

– *Wo hat der Sandro normalerweise sein Geld?*

PLASTIKSACKERL

Gloria stand in der Garderobe, ihr Oberkörper halb verschwunden zwischen hängenden Blousons, Kleidern und Schals. Mike stand am Gang, guckte verstohlen ums Eck. Es ward ihm geboten worden, draußen zu warten, da war die Hausherrin strikt geblieben. Wenn sie den Haus-Safe öffnete, dann wollte sie dabei nicht beobachtet werden, schon gar nicht von einem *notorisch Geldlosen,* auch wenn er noch so treuherzig blickte. Denn hinter diesem Blick steckte immer eine Sucht. Und auf die Sucht folgte die Flucht und schon war er weg, mit dem Geld und dem Herzen, dem gebrochenen.

Gloria tippte, die Tür des Safes öffnete sich lautlos und gab sein Inneres preis. Ein paar Aktenmappen, die kannte sie, darin waren ihre Aktien, Anleihen, Pfandbriefe und dieser Kram, dahinter eine Schatulle mit Schmuck, ihre Familienjuwelen, Perlenketten, drei Diamantringe etcetera, sie kramte weiter, stieß auf die Mappe mit allen wichtigen Urkunden und Dokumenten, Ehevertrag inklusive, darauf hatte ihre Mutter bestanden, das war ihre Bedingung dafür gewesen, den Kredit fürs Haus teilzufinanzieren und die Bürgschaft für den Grundstückskauf zu übernehmen. Sie wollte den Safe schon wieder schließen, da fiel ihr ein Stück Plastik auf, das unter der Schatulle hervorlugte, sie zog daran, das Stück wurde immer größer, entwickelte sich zur Einkaufstüte, weiß ohne Aufschrift.

Gloria zögerte, aber Mike war auf Standby, Sandros Handy noch anrufwarm in seiner Hand, Herr Spanring wartete sehnsüchtig auf einen Rückruf,

– Mach auf!

Gloria wurde es kurz übel, dann öffnete sie die Tüte und sah das Geld, in dicken Bündeln saß es am Boden des Sackerls wie eine dicke alte Kröte, die darauf wartete, angegriffen und hochgehoben zu werden. Doch Gloria zog die Hand zurück, deutete hinaus auf den Gang,

– Kinder?

Mike schaute sich um, niemand in Sicht, Bahn frei. Er wusste, dass Stefanie noch schlafen würde. So wie er sie gestern Nacht ins Bett gebracht hatte, wäre es ein mittleres Wunder, wenn sie's vor Mittag aus den Federn schaffen würde und Nikis Tür war fest verschlossen, man spürte förmlich den Riegel, den er den Erwachsenen von innen vorgeschoben hatte, KEEP OUT – DANGER ZONE! Musik dampfte aus seinem Zimmer, quoll durch die Türritzen,

Mamacita, Mamamamacita
Ihr Body is hot und die Pussy klitzert
Ich weiß das, ich weiß, dass du mich jetzt willst
Schüttel mit deinem Popo
Baby, baby

Sie schlichen vorbei am feuchten Bubentraum, den Gang entlang ins Arbeitszimmer, dort wollte sie das alles klären, es konnte sich im Endeffekt ja nur um ein Missverständnis handeln.

Sie schlossen die Türe, Gloria beugte sich über den Tisch und leerte die Plastiktüte aus, die Kröten sprangen auf den Tisch und blieben dort sitzen, braun und grün und hässlich, nur Mike bekam beim Anblick glasige Augen.

– Im Plastiksackerl …

Mike nickte anerkennend, ja, eine österreichische Spezialität war das, so wie das Wiener Schnitzel oder die Marmelade-Palatschinke. Das Schwarzgeld im Plastiksackerl war das Wahrzeichen der alpinen Bestechlichkleit, nicht wegzudenken in der Korruptionsgeschichte der Nation. Das Sackerl wurde von Hand befüllt und weitergetragen, von Mensch zu Mensch, das war noch echte Handarbeit, auf Augenhöhe der Leute. Kein abgehobenes Lederportefeuille, keine edle Tasche, kein Koffer mit Geld. Nein, ein Supermarkt-Sackerl aus Plastik. Anonym, robust und sicherlich bald verboten von der Europäischen Kommission in Brüssel.

LAUFMETER

Nach der Höhe der Bündel geordnet lagen die Scheine fein säuberlich am Schreibtisch, Gloria wachte darüber wie eine Puffmutter, die wochenends den Sold ihrer leichten Mädchen einsammelt. Mike stand am wandhohen Fenster, der Blick ging weit hinunter in die Finanzmetropole des Landes, das Handy ans Ohr gepresst, Herr Spanring war wieder auf Lautsprecher geschaltet,

– Und, äh, Herr Spanring, von wie viel Dings, sagma «Laufmetern», sprechen wir da?

– Ja, das wären, äh, 120 Laufmeter, quasi …

Gloria nickte, das war auch ihre errechnete Summe, 120 000 lagen da, sie hatte zweimal nachgezählt.

– Sehr gut, sehr gut, wir haben Ihr Material, alles picobello …

Mike zwinkerte Gloria zu, aber die wollte nicht angezwinkert werden, sie wollte wissen, *was jetzt Phase war* und Mike setzte nach,

– … und liefern es Ihnen gerne frei Haus.

– Wunderbar. Ganz wunderbar. Dann würd ich sagen, heute um 13 Uhr, beim See, gleich bei der Einfahrt am Zaun, da kamma gut parken.

– Ganz hervorragend, Herr Spanring, wir sehen uns in Bälde, habe die Ehre!

Er legte auf. Gloria starrte ihn an,

– Was für ein See? Wovon redet der? Wieso hast du nicht gefragt?

– Das is ein Badesee, a gute Stunde von da, ich kenn den-

– Du-, du *kennst* den?!

– Ja, das is sicher der See bei Langbach, an der Bundesstraße. Super zum Schwimmen. Der Sandro verkauft dort des Grundstück …

Mike legte Sandros Handy auf den Tisch, Gloria konnte es nicht fassen, jetzt kam er mit solchen Infos daher,

– Und wieso weißt *du* davon?

– Ich hab so meine Quellen.

Gloria legte den Kopf in die Hände. Der Typ war außerirdisch. Unterirdisch außerirdisch. Sie raffte sich auf, man konnte doch die Sache argumentativ und logisch abarbeiten, mein Gott, es musste doch jetzt nicht jeder Berg eigenhändig versetzt werden, der vor die Haustür gerutscht kam. Da gab es doch schließlich Leute, die sich um so etwas kümmerten …

– Sollen wir die Kanzlei anrufen? Mike? Wir rufen jetzt die Kanzlei an und die sollen sich drum scheren!

Ein letztes Mal wollte sie den Dingen eine Chance geben, sich ordnungsgemäß zu entwickeln. Noch einmal versuchte sie sich als Hüterin einer Ordnung, die zusammenzubrechen drohte, aber sie hatte ihre Milchmädchenrechnung ohne Mike gemacht. Er stützte sich auf den Schreibtisch, beugte sich zu ihr herunter, verschwörerisch, weltmännisch,

– 120 000 Euro in einem Plastiksackerl … Das klingt nicht nach ehrlichem Geld. Also wird's gscheiter sein, der Onkel Mike fahrt amal dorthin und checkt, was Sache is!

– Waas? Ich lass dich doch nicht mit so viel Geld irgendwohin fahren, du kommst doch nicht wieder zurück!

– Ich komme wieder. Und wenn ich komm …

Er senkte den Blick, Charmeur et Chauffeur,

– … dann koch ich euch was.

Glorias Blick sagte LEERE VERSPRECHUNGEN, Mikes Griff galt dem Geld, er stopfte die Moneten zurück in die Tüte. Jetzt war er Glorias Verbündeter, ihr Kompagnon, sie hatte ihn am Hals, und er würde diese Kohlen für sie aus dem Feuer holen,

– Du kannst dich auf mich verlassen, Gloria.

Mike, würdig und gefasst, *sieht da ein Fensterchen sich öffnen,*

– Am besten, ich nehm den Wagen vom Sandro.

– Keine Chance.

BAMM. Diskussion erledigt. Gloria deutete ihm abzuhauen. Und Mike, der Offizier und Gentleman, wusste, wann er die Klappe zu halten hatte, schnappte sich das Plastiksackerl, spazierte aus dem Arbeitszimmer hinaus in den Gang und HOPPS die Treppe hinunter. Aus Nikis Zimmer wehte ihm ein Fetzen Cloud Rap nach …

Leck die Bitch wie ein Hund, wuff wuff
Leck die Bitch wie ein Hund, wuff wuff

HERZKLOPFEN

Mike kam aus dem Haus, den weinroten Lederkoffer in der Hand, ein Mann am Weg zur Arbeit, da öffnete sich gegenüber, im Zwergenhaus, das Tor und Udo trat in den Vorgarten. Forschen Schrittes zielte er auf seinen Octavia, detto Mike, der seinen Escort anvisierte. Der Blick der beiden Männer traf sich, unerwartet kamen sie einander entgegen, plötzlich wurde es ein Match der Rivalen, beide spürten es, instinktiv stiegen sie ein in dieses Rennen. War da ein leichtes Nicken zu erkennen bei Udo? Die Anerkennung des Duells?

Mike öffnete die Autotür, fast zeitgleich Udo, der das Blaulicht aufs Dach setzte, und dieser Move verschaffte Mike den Hauch eines Vorsprungs, den Udo nicht mehr ausgleichen konnte. TACK, auch er schmiss die Wagentüre zu, da war der

Escort schon losgeprescht, ein Kavalierstart, wie er im Buche steht.

Udo streckte seinen Gasfuß ebenso durch, aber da, das musste man ehrlicherweise sagen, war der Octavia keine große Hilfe, beim Start, da brauchte der Skoda, bis er auf Touren kam. Während der schepprige Escort abging und die Windradgasse hinunter beschleunigte, musste Udo nachsetzen und just in diesem Moment rutschte er ab vom Pedal und der Motor heulte auf, AAAUUUUUUUUU, ein übles Gejaule. Udo schimpfte, schaute sich um, ob jemand in der Nachbarschaft seinen Fauxpas bemerkt hatte, es wohnten hier etliche Ärzte, die in ihren Porsches nur darauf warteten, dass einer wie er einen Fehler beging!

Im Seitenspiegel war niemand zu erkennen, und auch im Rückspiegel nicht, gut. Doch da, da war etwas, ein Punkt, der zu einer Gestalt wurde, die aus dem Wald trat. Udo rollte langsam los und ließ doch den Mann im Spiegel nicht aus den Augen. Er ging im Kopf alle Nachbarn mit Hund durch, nein, die Fülle seiner Gestalt war eine andere, der Umfang des Bauches einer, den er mit keiner ihm bekannten Gestalt *abgleichen* und *matchen* konnte. Der Mann war dick, nicht wirklich fett, eher auffällig stämmig. Er sah nicht aus wie einer von hier, er war auch kein Städter. Und gerade als Udo den Rückwärtsgang einlegen wollte und der Sache nachgehen, erreichte ihn ein Anruf vom Revier. Und da es schon spät war und der Chef ungeduldig, war diese Recherche für den Moment keine Option mehr und er gab Gas.

Gloria stand oben am Schlafzimmerfenster und betrachtete Udos Wagen. Das Quietschen der Reifen und Aufheulen der Motoren hatte sie angelockt, und nun sah sie, wie Udo losfuhr und sie fragte sich, auf wen er wohl gewartet hatte im Wagen, der dann nicht gekommen war und sie ließ den Blick schweifen, als sie einen Mann auf ihr Haus zukommen sah. Er hatte ein Handy ans Ohr gepresst und trug ein kariertes Wollsakko, er kam ihr irgendwie bekannt vor, aber sie konnte ihn nicht einordnen, und wollte schon wieder gehen, da fiel der Blick des Mannes herauf zu ihr, und instinktiv machte sie einen Schritt zurück in den Schatten. In diesem Moment wurde ihr klar, dass da etwas nicht stimmen konnte. Dass sie etwas fürchtete, von dem sie nicht sagen konnte, was es war … *120 000 Euro in einem Plastiksackerl* … Ihr Herz begann so laut zu schlagen, dass sie sich an die Brust griff, keiner durfte ihre Angst hören, sie war alleine im Haus, ihr Mann im Koma, ihre Kinder ungeschützt, und Mike war weg …

Sie wagte sich wieder vor ans Fenster und suchte den Mann, aber der war verschwunden, vermutlich im Wald, vielleicht auch hinter dem Haus. Sie rannte durch den Gang zurück ins Arbeitszimmer, riss die Balkontür auf und lief hinaus. Schon als Kind hatte sie sich sicherer gefühlt, wenn sie außerhalb des Hauses war, als würden die Einbrecher sie dann in Ruhe lassen, da sie ihren Besitz nicht mehr verteidigen wollte, aber jetzt war da unten niemand mehr. Der Garten war leer, die Terrasse auch, niemand auf der großen Wiese, der Wald lag friedlich und still und die Blätter rauschten wie in ihrem Traum.

Sie blickte gebannt auf die Bäume, als ob sie ihr helfen würden, etwas zu entschlüsseln, aber wie so oft war die Natur einfach nur sie selbst – im Gegensatz zu Gloria, die außer sich war, ihr Herz pochte so stark, als wäre es ein Schnitzel, das geklopft wird, bevor man es paniert und frittiert. Und so ging sie gebeutelt zurück ins Arbeitszimmer, shaken and stirred, und setzte sich auf den Schreibtischstuhl und atmete tief ein und aus … AHHHH- AHHHH- OHHHM … Die traurigen Reste von Yoga. Ihr Blick fiel auf Sandros Laptop.

Es hatte sie keine zwei Minuten gekostet, die Homepage zu finden, «Langbachsee – Luxuswohnungen direkt am Wasser», angeboten durch die HELOST Immobilien KG, Bauen, Vermitteln, Verwalten. Sie scrollte weiter, da, neben dem Impressum der Homepage ein kleiner Verweis auf die Kanzlei, die das Projekt begleitete, «Bittini und Partner».

Sie wollten dort also Luxus-Apartments hinstellen, direkt am Seeufer, höchstwahrscheinlich ein sehr einträgliches Geschäft, denn wie viel freies Seeufer gab es noch, das man bebauen konnte, vor allem in der Nähe der Hauptstadt? Aber das war alles an sich nichts Ungewöhnliches. Ungewöhnlich war das, was sie im Browserverlauf gefunden hatte, einen Artikel der Bezirksnachrichten, in dem dieser Verkauf offensichtlich gepriesen und gefeiert wurde, man konnte die *«Bezahlte Anzeige»* geradezu riechen, obwohl es als gewöhnlicher Artikel getarnt war.

Was sie aber mehr als alles andere aus der Bahn geworfen hatte, war das Foto unter der Schlagzeile «Verkauf der Seeliegenschaft Langbach – großer Erfolg der Gemeinde». Es zeigte den Bürgermeister von Langbach, einen gut gefüllten Lodenträger, neben dem Käufer der Immobilie, einem schneidigen Industriellen, grau meliert und, und … sie hielt sich an der Tischkante fest … ihrer Mutter. Bestens gelaunt saß sie in dieser Männerrunde, fröhlich prostete man in die Kamera. «Wein-Tasting beim Stanitzelwirt – Hier wurde in geselliger Runde auf den Verkauf angestoßen!» lautete die Bildunterschrift, und Gloria erkannte den Blick ihrer Mutter, wusste, wann sie dieses verbindliche Lächeln einsetzte, erinnerte sich an all ihre verbindlichen Gesichter, den Banken gegenüber, den Anwälten, den Käufern und den Schuldnern. Man hatte sie immer hofiert, des Geldes wegen und weil sie wusste, wie man mit den Leuten umzugehen hatte, aus einer klaren Machtposition heraus. «Ich liebe diesen See, das Stück unberührte Natur. Was kann es Schöneres geben, als der Gemeinde die Chance zu geben, hier etwas Großes zu schaffen.»

Gloria schloss die Augen. Sie hatte also auch bei diesem Verkauf mitgemischt, wahrscheinlich kannte sie den Bürgermeister oder die Immobilienentwickler – das war an sich nichts Neues. Aber dass Sandro ihr nichts davon gesagt hatte, machte sie stutzig. Und dass auch ihre Mutter es nie erwähnt hatte, wo sie doch so stolz war zu betonen, wie viel Sandro ihr zu verdanken hatte und wie sehr er von ihren Verbindungen profitierte, das machte die Sache verdächtig. Wer sich nach Anerkennung sehnt und sie dann nicht einfordert, macht sich verdächtig. So einfach ist das. So funktioniert nun mal der Mensch.

Vor ihr lag Sandros Handy, sie griff danach, scrollte zur Nummer ihrer Mutter und drückte auf ANRUF, sie machte es jetzt wie Mike, nicht nachdenken, einfach pokern und sehen, was dabei rauskommt.

– Sandro … ?

Die Stimme ihrer Mutter klang überrascht, aber gefasst, kein Vergleich zu dem Herrn Spanring, der nicht recht wusste, wie ihm geschah,

– Ich bin's.

– Gloria, wieso rufst du mich jetzt von seinem Handy an? Is etwas passiert? Wie geht's dem Sandro?

– Nein, es is nichts passiert, ich meine außer allem, was schon passiert is.

– Geht's dir nicht gut, mein Kind?

– Ihr habt mehrfach telefoniert, hab ich gesehen, an seiner Anrufliste, ihr habt euch angerufen, sehr oft, also auch kurz bevor er kollabiert ist, und-

– Gloria, Schatz, du klingst sehr belastet, ich komm vorbei bei euch!

– Nein, Mutter, antworte mir einfach auf meine Frage!

– Gloria, Liebling-

– Ich will wissen, warum ihr euch angerufen habt! Ich will einfach wissen, was der Sandro von dir wollte, oder du von ihm.

– Was redest du daher, Gloria, ich höre da ganz viel Angst und Sorge.

– Warum redet er öfter mit dir als mit mir?

– Du bist stark belastet, Mäuschen, das is alles zu viel für dich! Ich komm zu dir.

– Nein, Mutter, das ist nicht wahr, ich kann sehr gut umgehen mit allem und ich will nicht, dass du kommst, ich will einfach nur wissen, was da los war die letzten Tage und warum der Sandro mit allen geredet hat NUR NICHT MIT MIR?!

Gloria merkte, dass sich ihre Stimme anfing zu überschlagen, kein gutes Zeichen,

– Gloria, hör mir zu jetzt, der muss weg, der macht dich verrückt!

– Was?

– Der ist Gift für dich, Gift! Und der reißt dich da mit in seinen Wahnsinn, der bringt dich auf gegen mich und gegen alle. Das war schon letztes Mal so, Gloria, merkst du denn nicht, was da geschieht?

– Mutter, was soll das, ich … Ich frage dich, warum ihr telefoniert habt und du-

– Soll ich wen schicken? Ich schick jemanden zu dir, der holt dich und die Kinder ab!

– Was, nein! Mutter, hör mir zu, HÖR MIR EINMAL ZU!

– Ihr könnt jederzeit bei mir wohnen-

– Ich will nicht BEI DIR WOHNEN …

Gloria schrie ihr Handy an, sie hielt es weg von ihrem Körper und schrie hinein,

– ICH WERDE NIE WIEDER BEI DIR WOHNEN, MUTTER!!!

Sie knallte das Handy auf den Tisch, wollte es nicht mehr ansehen, drehte sich um die eigene Achse, wie ein Derwisch, da hörte sie Stefanies Zimmertür und ihren schlurfenden Schritt am Gang und Gloria stürmte raus aus dem Arbeitszimmer und wollte alles erklären, aber da war es schon zu spät,

– Kannst ruhig weiterschreien …

Stefanie bog ums Eck, zog die Badezimmertüre hinter sich zu. Gloria stand am Gang und lauschte, wagte es nicht, einen

Schritt zu tun. Nikis Zimmer war verschlossen, was auch immer er da drinnen tat, die Musik war wohl laut genug gewesen, um das Schlimmste zu übertünchen,

Mama, ich mach alles wieder gut
Mama, ich mach alles wieder gut
Jede Träne von dir ist Blut
Mama, ich mach alles wieder gut

WATSCHENMANN

Mike fuhr beschwingt, ein bisschen Restspeed im Blut half ihm über den Kater hinweg, die Depression würde noch kommen, vom Alk und von den Drogen, aber das war im Moment nicht wichtig, denn er war auf einem *trip down memory lane.*

Bisher war er den Weg zum See meist mit dem Bus gefahren, sogar mit ihren Rädern waren er und Sandro rausgestrampelt zum Baden, die Erinnerung an diese Sommer wurde immer klarer, er kannte jede Ecke an dieser Bundesstraße. Klar, da und dort waren neue Schuppen aus dem Boden gewachsen und man konnte ruhig sagen, dass es durchwegs hässliche Bauten waren. Geschäfte für Fliesen, Badzubehör, Fahrräder, Baustoffe, Dächer und Garagentore, all das fand man in dieser Gegend, hie und da ein Gasthaus, das aber rein optisch auch ein Baufachgeschäft hätte sein können, bevor die Gegend einsamer wurde und grüner und die Sonnenblumenfelder weiter wurden und die Stimmung heller.

Er betrachtete den Lederkoffer am Beifahrersitz. 120 000 schlummerten darin. Er schaltete hoch in den Vierten, chippte das Kofferschloss auf und steckte eine Hand durch den Schlitz. Sie bahnte sich den Weg durchs Plastiksackerl hinein zum Cash. Er wühlte herum, genoss die Berührung, griff sich ein Bündel und zog es vorsichtig heraus. Grün leuchtete die Beute zwischen dem roten Leder hervor. Er seufzte, streichelte – hoppla, da war jetz dieser Radfahrer sehr ungelegen gekommen, Mike verriss das Lenkrad, wich aus und trötete ihm eins,

– Pass auf, Hawara!

Er streckte die Faust durchs offene Fenster, im Rückspiegel stieg der Radler ab, um sich von dem Schock zu erholen, Mike stieg aufs Gas, mein Gott, wer fährt auch so weit in der Mitte der Straße, so ein Arschloch, gut, dass da kaum Gegenverkehr war. Er schob die Scheine zurück in ihre Höhle, aber er merkte schon – und das musste er auch vor sich selbst unumwunden zugeben – er merkte schon, wie sehr ihn dieses Gefühl reizte, den Koffer zu öffnen und sich diese Pracht genauer anzuschauen. Wie lange war es her, seit er … so viel Cash …

Das erste Mal war's jedenfalls mit dem Karli gewesen, der die ganze Nacht hindurch gezockt hatte, Karten gespielt in einem Wirtshaus am Land. Mike war danebengesessen und hatte ihm den Rücken freigehalten, als der Karli den Lauf seines Lebens gehabt hatte. Alle waren am Ende pleite, nur der Karli war reich, 165 000 Schilling, ein kleines Vermögen hatte er im Morgengrauen rausgetragen. Und als sie da draußen vor der Bude eine geraucht hatten, sagte der Karli, Du wartest hier, ich komme wieder! – und weg war er. Weil der Karli wusste einfach, dass er nicht aufhören konnte zu spielen, zu stark war der Druck, sein innerer Druck, weil er ja doch sehr stark ein Süchtler war. Und so war er weggefahren und zwei Stunden später stand er wieder auf der Matte. Ein großes Empfangskomitee erwartete ihn, alles Spieler, die die Nacht durchgemacht hatten. Und da hatten sie nicht schlecht gestaunt, als der Karli in einem niegelnagelneuen Mercedes König antanzte und ausstieg und sagte, Also gut, Burschen, weiter geht's!

Weil er sich nämlich selber sehr gut kannte, war er zu einem Spezi gefahren, hatte ihn aus den Federn geklingelt und gebeten, ihm das Autohaus aufzusperren, damit er sich den Boliden kaufen konnte. Denn, wenn er es nicht in Hardware umgewandelt hätte, hätte er sein ganzes Geld wieder verspielt, der Karli, aber so hatte er jetzt einen Mercedes.

Den Rest der Kohle verspielte er in nicht mal vierzig Minuten. Das waren sicher auch noch an die 20 000 Schilling, wohlgemerkt, auch das war ein Vermögen gewesen damals, aber ein Fliegenschiss gegen die 165 000 und er, Mike, hatte sich geschworen, wenn ich jemals so viel Geld in der Hand haben sollte, werde ich es nehmen und mir ein Hurenhaus davon kaufen, weil der Mercedes kann eingehen, aber so ein Hühnerstall läuft immer – Tja, weit gefehlt, jetzt, wo die Bordelle den Bach runtergingen und die Laufhäuser boomten, waren die Gockel am Arsch und das Geschäft lief mies für die selbsternannten Peitscherlbuben.

Tja und jetzt? Jetzt hatte er 120 000 unter seinen Krallen, die er nicht anrühren durfte, weil-

WUUUUUSCH

Er fetzte vorbei am Schild, aber es war ihm nicht entgangen, was draufstand und deshalb drückte Mike die Bremse durch, setzte gut 100 Meter zurück und parkte sich ein.

«CASINO 77 – Ihr Wettlokal an der B77». Eine Kaschemme mitten im Rübenacker. Ein paar Taxis waren am Betonstreifen daneben geparkt und warteten wohl darauf, dass die Zocker aus dem Loch wieder auftauchten. Wenn sie besoffen waren, waren sie zwar bereit, ihr Hab und Gut zu verspielen, aber der Schein sollte ihnen nicht auch noch gezupft werden.

Mike schnappte den Lederkoffer, sprang aus dem Wagen. Zwei Taxler standen an ihre Motorhauben gelehnt und rauchten, ein Ägypter und ein Russe, schätzomativ. Er brauchte jetzt keine Zeugen, es war *keine Heldentat*, die er vollbringen würde, wohl aber der Versuch, sich *ein kleines Taschengeld* dazuzuverdienen. Denn schließlich tat er das ja alles um der Luft und der Liebe willen, aber davon alleine kann ein Mann nicht leben.

Er stieg aus, ging ein paar Schritte aufs Casino zu, da wurde die Türe aufgestoßen und ein Typ kam herausgefallen. Ein anderer stolperte hinterher, musste ihn stützen. Sie lallten und krallten sich aneinander fest wie zwei Tanzbären, die sich kaum auf den Beinen halten konnten. Sie schleppten sich bis zu einem der Taxis und verlangten, dass man ihnen öffnen sollte.

Mike blieb stehen. Die Mittagssonne brannte auf seinen Skalp, in seiner schwitzigen Hand der Lederkoffer. Die zwei Tanzbären trollten sich hinter die Taxis, öffneten ihre Hosenschlitze und brunzten auf den Beton, dass es nur so spritzte, gerade dass sie sich nicht gegenseitig anschifften. Die Taxifahrer rauchten weiter, ignorierten das grausame Gemetzel in ihrem Rücken.

«CASINO 77» leuchtete die Reklame und «OPEN» blinkte das Schild an der Türe, doch irgendwie hatte sich der Hebel umgelegt, war eine Schranke niedergegangen. Mike kämpfte einen immensen inneren Kampf. Es war der Kampf des Ungerechten, denn ganz tief drinnen wusste er doch sehr genau, dass er nichts Gutes im Schilde führte.

– Mach *einmal* was richtig im Leben … *Einmal* was richtig … *Einmal,* wennst schon die Chance hast …

Die Worte hatten sich aus seinem Mund gestohlen, und jetzt waren sie draußen und er hörte sie und erzitterte fast dabei und spürte, wie er umdrehen und wieder gehen sollte, aber nicht konnte. Weil sein ganzer Körper ihn mit aller Kraft in dieses Loch von Casino drängen wollte und er wusste, dass er nicht stark genug sein würde, deshalb nahm er all seinen Mumm zusammen, holte aus und schlug sich mit der flachen Hand ins Gesicht, dass es nur so schepperte-

PATSCH

… und noch eine ins Gesicht, PATSCH, und eine verkehrte Watsche, PATSCH, heute war anscheinend *Ohrfeigentag,* PATSCH PATSCH, immer fester watschte er sich ab und zurück auf den rechten Weg, von dem er fast abgekommen wäre, er taumelte rückwärts und dann stand er mitten auf der Straße, ein LKW brauste vorüber, der hätte ihn zermalmt, wenn er zwei Schritte weitergewankt wäre, aber Mike war in Trance, PATSCH PATSCH peitschte er sich weg vom Casino und zurück zu seinem Auto.

Die Taxifahrer beobachteten das Schauspiel mit großem Vergnügen,

– I glaub, der mag si net …

Das sagte der Ägypter mit der Maske quer über der Stirn, und der Russe daneben starrte ungläubig auf den Watschenmann und grinste. Und auch die zwei Besoffenen hatten ihre Freude an Mike und den fliegenden Ohrfeigen, dass sie sogar darauf vergaßen, wie betrunken sie waren, gedankenverloren wischten sie ihre brunznassen Finger am Revers des jeweils anderen ab.

In diesem Moment strampelte auch der Radfahrer vorbei, den Mike kurz davor fast ins Jenseits befördert hätte, und verrenkte sich den Hals vor lauter Ungläubigkeit ob des Spektakels, das sich ihm hier bot, Oh oh oh!, er trat in die Pedale, so fest er konnte, um hier *in nichts hineinzugeraten,* aus dem er nicht mehr herauskommen würde.

Da öffnete sich die Casino-Tür und ein dritter Taxifahrer betrat den Schauplatz, ein Langhaariger, seine Maske hing ihm vom Ohr, und er fragte sich, warum die alle auf die andre Straßenseite glotzten. Aber dann sah er den Typen, wie er sich eine letzte Backpfeife gab, PACK, hollerte es herüber zu ihm, und er beobachtete, wie der Typ seinen weinroten Lederkoffer auf den Beifahrersitz wuchtete, einstieg und den Motor startete.

Da riss der Taxler sein Handy aus der Hose und begann den Escort zu fotografieren, mit klarer Konzentration aufs Nummernschild, sodass der Russe ihn fragte,

– Kennst den Typ?

Und der Taxler nickte, strich seine Haare aus dem Gesicht und sagte,

– Schwabo … Hurenbeitl mit Vertreterkoffer …

Und als der Escort schon hinter dem Rübenacker verschwunden war, tippte der Langhaarige in sein Handy und wartete und zitterte dabei, dann hob jemand ab,

– Ajde, Goran, hab den Hurenbeitl gefunden … Schwabo … fahrt Escort metallisé grau, mit Rallyestreifen … Baujahr 90, 91 schätz ich … ajdeman, … kriegst du …

Der Taxler senkte sein Handy. Der Ägypter und der Russe stopften hinter ihm die Tanzbären in ihre Autos, und Mike war schon längst über alle Berge.

Seine Laune war hervorragend, er drehte das Autoradio auf, steckte den Kopf aus dem Fenster und sang mit, obwohl er den Schlager gar nicht kannte … *Waun mei Herz so schlagt wie zwa Tschinöööön …* Ha! Es war ihm egal. Er hatte gesiegt, die Sucht überwunden und war bereit aufzubrechen zu neuen Ufern der Liebe und der Verhältnismäßigkeit!

Mit elegantem Schwung überholte er den Radfahrer, winkte ihm aus dem Fenster und hupte ihn freudig an, TRÖÖÖÖÖÖÖT, doch der Radler dürfte die Geste missverstanden haben, verriss den Lenker vor Schreck und köpfelte geradewegs auf den Asphalt, der Aufprall nur leicht gemildert vom Plastikhelm, denn, wenn wir uns ehrlich sind, schauen diese Radlerhelme nicht nur aus wie ein bunter Haufen Scheiße, sie helfen dir auch relativ wenig, wenn du vergessen hast, das Kinnbändchen ordnungsgemäß zu verschließen. Aber all das hatte Mike schon lange nicht mehr im Blick, denn er war auf einer wunderbaren Mission in Richtung Sonne, Strand und See.

Und während Mike sich seines inneren Triumphes bewusst war und das erste Mal seit so langer Zeit spürte, dass er *auf dem richtigen Weg war* und ein anderer sein konnte, *wenn er es nur wollte,* während all dieser wunderbaren Gedanken, braute sich hinter ihm eine dunkle Gewitterwolke zusammen, denn der langhaarige Taxifahrer stand noch immer da und starrte ihm nach. Die Fotos des Escort hatte er längst verschickt, per Signal. Er hatte nämlich auch so seine Kontakte. Außerdem war er sich relativ sicher, dass der Typ hier nochmals auftauchen würde. Denn kaum jemand, der diese Straße rausfuhr aufs Land, fuhr sie dann nicht auch wieder zurück.

MUTTER TOCHTER

Gloria steht vor der Badezimmertüre und wartet. Wieder einmal. Sie wartet wieder einmal, dass ihre Tochter mit ihr spricht, ihr EINE AUDIENZ GEWÄHRT. Ja, ihr Nervenkostüm ist spürbar dünner geworden. Kein Wunder.

– Ich weiß nicht, wie ich heimkommen bin …

Stefanies Stimme dringt durch die verschlossene Tür, Gloria drückt ihr Ohr ran,

– Du wirst doch bitte wissen, wie du nach Hause gekommen bist?!

Da wird die Tür von innen aufgerissen, Gloria verliert die Balance, und Stefanie rauscht an ihr vorüber, will sich in keine Ecke treiben lassen von ihrer Mutter und verschwindet durchs Ankleidezimmer in Richtung Gang,

– Er hat mich abgeholt und heimgebracht, na und?

Gloria versucht sie zu erwischen, sie zu stellen, aber es gelingt ihr nicht ganz, sie muss gröbere Geschütze auffahren.

– Und dass du hier deine Sachen einfach herschenkst, das is jetzt wurscht, oder was?

– Ja … Ich scheiß aufs Geld!

– So, jetzt pass mal auf, Stefanie! Du scheißt aufs Geld, ja …

Gloria fasst sie an der Schulter, aber Stefanie reißt sich los, dreht ihr den Rücken zu, das schützende Zimmer ist nicht mehr weit,

– Dein Vater! Dein Vater, der hatte überhaupt nichts, als er aufgewachsen is, überhaupt nichts, verstehst du? *Die waren arm als Kinder!* Der hat gearbeitet, Tag und Nacht, der hat gearbeitet wie ein Irrer … auch für dich!

– Mit diesen Drecksgeschäften will ich eh nichts zu tun haben.

Stefanie steht im Türrahmen, fest entschlossen, ihr Revier zu verteidigen, Gloria japst nach Luft,

– Okay, dann gib mir doch einfach dein iPhone *Gold Bitch Edition* zurück …

– Du, du kapierst doch gar nicht-

– Ich nehm's gern, ich seh's dort liegen!

Gloria zeigt ins Zimmer, Stefanie versperrt ihr den Weg,

– Du kapierst doch nix! Du kapierst doch gar nix!

– Okay, was-?

– Du willst es nicht-

– Was bitte kapiere ich nicht?

– Du, DU LÄSST DIR ALLES GEFALLEN und dann willst du *mir* sagen, was gut für mich ist, und was nicht?!

– Sei, sei still-

– Dabei weißt du's selbst nicht mal!

Gloria flüstert,

– Sei einfach still-

– Groß reden und dann daheim sitzen und warten, bis der Papa heimkommt!

– Das bin ich, ja?

– Genau wegen Frauen wie dir geht die Welt in den Arsch!

– DU HAST KEINE AHNUNG, WER ODER WAS ICH BIN!

PATSCH *-It's slapping day!*

Die Ohrfeige hat gesessen. Stefanie starrt ihre Mutter an, greift sich an die rot glühende Wange. Dann schlägt sie ihr die Türe vor der Nase zu. Gloria betrachtet ihre Handfläche, die brennt auch ganz ordentlich. Sie hat ihrer Tochter damit ins

Gesicht geschlagen. Ihrer fast achtzehnjährigen Tochter. Es sind noch keine Schuldgefühle, es ist die reine Erkenntnis – da läutet ihr Handy –

«KANZLEI SANDRO» ruft an. Sie betrachtet das Display, unfähig, ungläubig – drückt den Anruf weg. Ihr Blick schweift zu Nikis Zimmer. Hat er alles gehört? Sie geht ein paar Schritte näher und lauscht.

Bin so zua, kann nicht gehen
Bin so zua, kann nicht stehen
Irgendeine Hur' will red'n
Ich sag nur: «Bla, bla, bla!»

Gloria schließt die Augen, für einen kurzen Moment, sammelt sich, dann klopft sie an die Zimmertüre.

HONIGSCHLECKEN

Der Escort bahnt sich den Weg durchs Grün. Die Weiden hängen über die Straße wie biegsame Carportdächer, im Hintergrund der See.

Mike rollt den Bauzaun entlang, «Privatgrund. Betreten verboten» steht da beim Einfahrtstor, eine fette Kette versperrt allen Mutwilligen den Weg zur potentiellen Sachbeschädigung.

Durchs Beifahrerfenster ist eine riesige Reklametafel zu sehen: «Luxuswohnungen – Direkt am Wasser», man kriegt sie sogar schon präsentiert, entworfen im Photoshop und hineingepflanzt in die Landschaft. Elegante weiße Apartments mit Seeblick. Die Reklame verspricht «Herrliche Morgen in strahlender Sonne» und «Milde Abende am Fuße des Wassers».

Mike parkt seinen Escort parallel zu einem stattlichen Wagen, einem silbergrauen Mercedes, Modell «Gutsituierter Pensionist», und lässt seine Scheibe herunter. Am Fahrersitz ein Mann mit weißem Haar und gegerbter Haut, er scheint viel Zeit im Freien zu verbringen, im Garten beim *Radieschensetzen* oder beim Wandern *an der frischen Luft,* vielleicht ist er auch *ein passionierter Fischer.* Überraschenderweise ist er nicht allein, eine Dame gleichen Alters hockt am Beifahrersitz, sicher zwei Köpfe kleiner als der Fahrer, dem grantigen Gesichtsausdruck nach zu schließen die Gattin. So hat Mike sich das alles nicht vorgestellt, aber bitte, dann muss eben improvisiert werden.

Er winkt mit dem Plastiksackerl. Herr Spanring lässt ebenfalls die Scheiben runter.

– Geben S' mir das Sackl einfach rüber!

Ja, einfach, was heißt da schon *einfach.* Und anstatt die Beute *einfach* auszuhändigen, steigt Mike aus dem Escort, in der einen Hand das gefüllte Plastiksackerl, in der anderen eine Flasche Schnaps. Und bevor noch irgendwelche Einwände kommen können, sitzt er bereits hinten im Mercedes, auf der Rückbank, wie das Enkerl, während vorne Oma und Opa thronen. Die Luft im Benz ist schon recht heiß ohne Klimaanlage, genau die richtigen Voraussetzungen, findet Mike und packt zwei Schnapsgläser aus.

– Die meisten sehn ja die Arbeit net …

Mike unterbricht sich, um nachzuschenken, Herrn Spanrings Schnapsglas ist gut gefüllt, und auch er selbst lässt sich nicht lumpen, sie prosten an – hopp und runter damit!

– Ganz genau, ganz genau …

Herr Spanring nickt, ihm schmeckt's, die Dame tut, als sei sie nicht hier. Perfekter Sonntagsausflug. Mike ist in Geberlaune,

– Die Leute glauben, dass des alles is, eine Unterschrift unter einen Wisch, aber in Wahrheit-

– In Wahrheit is das die Expertise von Jahrzehnten, die bezahlt man da mit!

Befindet Herr Spanring, schaut in sein Sackerl und zählt das Geld.

Und Mike bietet eine kleine Weisheit an,

– Naturschutz is kein Honigschlecken.

Frau Spanring nickt, vorsichtig zustimmend, während ihr Gatte aus dem Nähkästchen plaudert, denn nicht immer trifft man auf junge Leute, die einem auch interessiert zuhören,

– Naturschutz is ganz viel Ermessenssache. Und eine große Verantwortung.

Mike nickt, nachdenklich sinnierend, schenkt sich nach,

– Normalerweise mag ich keinen Nuss, aber der is exzellent …

Auch Herr Spanring ist zufrieden, nun ist das Geld fertig gezählt, alles vorhanden, *à la bonheur!* Er reicht Mike eine Mappe, der Gestus wirkt feierlich.

– Das hier, das is das Gutachten, eins für Sie, und ein Exemplar kriegt der Bürgermeister von mir … und damit is die Sache für mich erledigt.

Mike nimmt die Mappe entgegen, reicht der Gattin sein Schnapsglas,

– Prost, Luise! I bin der Mike, i hab net gwusst, dass ihr zu zweit kommts, sonst hätt ich dir ein eigenes Stamperl checkt …

Die Dame nimmt ein Schlückchen, Mike doziert,

– … is a angsetzter Nuss, eigentlich a Likör, is auch bekömmlicher …

Herr Spanring stopft sich das Geld in die Taschen seines *ärmellosen, beigen Pensionistenparkas,* langsam kommt er in Fahrt,

– Ich mein, das Grundstück da is jahrelang brach glegen, ein Witz, die Gemeinde hat ja nix gemacht damit. Der Quadratmeter am See, was war der? … Vielleicht bei 70 Euro?

Mike öffnet die Mappe, blättert im Gutachten,

– «Aufhebung des Naturschutzes … keine Gemeinnützigkeit … und kann somit … der Umwidmung von Freiland … in Bau- und Kurland stattgegeben werden.» Und was kostet der Quadratmeter jetzt?

Herr Spanring deutet rüber in Richtung See, während er einen Packen Hunderter in der Handtasche der Gattin verschwinden lässt,

– Ich sag amal: unter 3000 brauchst da nicht anfangen. Eher Dreifünf.

– Von 70 auf 3500? Das is a Batzengschäft!

– Genau das Gleiche hat Ihr Bruder auch gesagt! Ein *Batzengschäft*!

Die Dame nickt, wissend. Und Mike legt nach,

– Ein Batzengeschäft … und eine recht große Verantwortung. Weil einen Naturschutz aufzuheben, da ghört auch ein Mut dazu!

– Absolut. Absolut. Man schlaft nicht immer gut!

Da nickt der Mike, das kennt er,

– Ja, man schlaft schlecht … Ich schlaf auch schlecht.

Die Dame, sichtlich abgeholt vom Thema, schaltet sich nun zu,

– Ich auch.

Und da lächelt Mike, fröhlich, denn im Grunde seines Wesens ist er schon eine Frohnatur,

– Na siehst, schlafma alle schlecht. Prost, Luise!

Mike versucht mit ihr Bruderschaft zu trinken, was aber am Umstand scheitert, dass sie weiterhin vorne und er eben hinten sitzt. Herr Spanring kommentiert den gescheiterten Versuch mit einem *HOPPLA*, was Mike wiederum zu einer Frage führt, wegen der er eigentlich auch hierhergekommen ist heute.

– Und wer hat des Grundstück jetzt no mal gekauft, von der Gemeinde … ?

MUTTER SOHN

So etwas konnte eigentlich nur peinlich werden. Für beide Seiten. Die Mutter saß am Fußende des Betts. Der Dreizehnjährige – bald vierzehn! – in einigem Abstand von ihr, versuchte so zu tun, als wäre es stinknormal, was hier passiert. Dabei hatte er genau gehört, was draußen abgegangen war, jedes Wort, jeden Schrei. So laut konnte er die Musik gar nicht aufdrehen. Und außerdem *wollte* er das alles hören, ab nun war er jemand, *mit dem man rechnen musste* hier im Haus.

Dass sich die Dinge ganz schön WEIRD entwickelten, lag auf der Hand. Der Onkel weg, die Mutter flippte aus, die Schwester völlig durchgedreht, und er hatte eine geladene Waffe unter seinem Kopfkissen liegen, auf der saß er nun drauf. Und das Einzige, woran er denken konnte, war, ob die Knarre wohl irrtümlich losgehen würde bei einer falschen Bewegung seines Arschmuskels.

– Willst du eigentlich nicht wissen, wie's dem Papa geht?

Niki wollte ihr schon sagen, was für eine unfassbar bescheuerte MUTTERFRAGE das war, aber er riss sich am Riemen,

– Wie geht's dem Papa?

– Die Ärzte sagen, dass sie vorsichtig versuchen werden, ihn wieder aufzuwecken. Das wird schon wieder … Wirst sehen.

Niki rutschte ganz sachte nach links, bevor ihm der Hintern einschlief, das Kribbeln war schon zu spüren, und Gloria betrachtete ihr Kind. Ihren Sohn, der nun in einer schwierigen Phase war und der so wenig wusste über all die existentiellen Probleme … einer Beziehung, einer Ehe, eines Lebens in der Vorstadt, das man sich *so vielleicht nie ausgesucht hätte*, wenn da nicht Kinder wären und ein Mann.

– Wir können auch weggehen von hier.

Niki fielen fast die Augen raus, *what?* – und Gloria rückte näher an ihn heran, zog dabei die Bettdecke weiter zu sich. Niki drückte sie fest nieder, er spürte die Trommel des Revolvers unter der linken Arschbacke,

– Wir können alles hinter uns lassen … Neue Schule, neues Haus … Neuer Mathelehrer … Keine Nachprüfung, neue Freunde …

Wenn er nicht so eine coole Sau wäre, seit der Sache mit Mike im Wald und seiner Verletzung, dann wäre er jetzt aufgesprungen, um lautstark zu protestieren. Aber das hätte zu nichts geführt, weil – wie sollte er ihr das sagen, dass er nicht weg wollte, nicht weg konnte, weil, weil es da jemanden gab in seinem Leben, die er NICHT VERLASSEN konnte. Die ihm sehr nahe war und der er auch immer nahe sein wollte. Aber seine Mutter rückte ihm noch mehr auf die Pelle,

– … Ich kann wieder Gesangstunden nehmen, wir fangen wieder bei null an … Willst du das?

Gloria hörte sich selbst sprechen und es schien ihr, als sei sie nun eine andere. Endlich eine, die keine Rücksicht nehmen musste auf irgendwas oder irgendjemanden. Sie nahm seine Hand und drückte sie fest,

– Wir schaffen das!

Niki schaute seine Mutter an.

– Sag amal, was isn mit dir los?!

Er zog seine Hand zurück, no front, die Mutter war ja *komplett neben der Spur,* anscheinend war sie jetzt *völlig abgedriftet.* Aber er wollte sich nicht mehr wegducken und kuschen und ihre Lacoste-Hemdchen tragen und schaute ihr weiter in die Augen, und da wurde Gloria schlagartig bewusst, dass sie das Gespräch, das sie seit so vielen Jahren mit ihrem Mann hätte führen sollen, nun mit ihrem Sohn führte. Statt Sandro saß Niki vor ihr. Ein *Debakel.*

– Wo is eigentlich der Onkel Mike?

– Der, der … erledigt was. Für mich.

Und SCHWUPP da war sie wieder, die gute alte Gloria, zurück in alter Frische, denn so aussichtslos war das alles vielleicht gar nicht. Ein Mann war in ihrem Auftrag unterwegs. So konnte man die Sache auch betrachten. Ganz einfach.

Doch bevor sie sich allzu sehr selbst lobhudeln konnte, läutete ihr Handy und wie von der Tarantel gestochen sprang sie auf und das ganze Bett wackelte, so dass Niki dachte, *jetzt geht die Knarre unter meinem Hintern los!* Aber stattdessen hechtete Gloria in Richtung Zimmertüre, denn am Display stand «KANZLEI SANDRO ruft an», und diesmal wollte sie rangehen, vielleicht auch einfach nur, um denen einmal zu zeigen, wer sie wirklich war, und sie rannte aus dem Zimmer, und Niki dachte *FUCK MY LIFE* und rutschte runter vom Revolver.

– Ja?

Ihre Stimme klang resolut, ab nun nahm *sie* die Sache einfach in die Hand.

– So, Gloria, heute Abend um 8 Uhr, Café Amiga. Da bringst du uns das, was der Sandro uns schuldet, sonst kommen wir zu dir und nehmen dir die Bude auseinander, alles klar?

– Du, äh, was-?

ZACK, aufgelegt, basta.

– Hallo? ... Hallo?

Gloria lief die Stufen hinunter, in die Küche und schaute durchs Fenster, ob der dicke Mann wieder am Waldrand stand oder inzwischen bei ihr im Wohnzimmer, dabei drückte sie auf ANRUF und wartete – da hob der Kollege ab, ah, gottseidank!

– Hab ich mich nicht klar ausgedrückt?

– Ja, schon, aber, also ... Was soll ich euch denn bringen?

Ein kurzes Zögern, dann besann der Typ sich um und ließ sein Kätzchen aus dem Sack, MIAU

– Er schuldet uns 600 000.

Für einen Moment verschlug es ihr die Sprache, sie hatte mit den 120 000 gerechnet, aus dem Safe, aber das, das war eine neue Dimension.

– Äh ... Aber ... wo sollen denn die jetzt sein ... ?

– Die hat er sicher mit nach Hause genommen. Das hat er immer so gemacht.

– Was heißt, «immer so gemacht» … ?

– So was besprechma nicht am Telefon!

ZACK again. Aufgelegt.

Gloria starrte aufs Handy. FUCK HER LIFE.

MAU MAU

VORSPIEL

Mike hat den Escort schwungvoll geparkt und schlendert beschwingten Schrittes zum Vorgarten. Das inzwischen mit Einkäufen gut befüllte Plastiksackerl baumelt lässig in seiner Hand, die Gutachter-Mappe hat er unter die Achsel geklemmt, ein Baguette ragt mit französischer Eleganz aus der Tüte. Mike fühlt sich blendend, er ist in Top Form, er ist wiedergekommen, alles paletti.

Gloria kommt ihm aus dem Haus entgegen. Die Frisur hat etwas gelitten, ihre Locken fallen wilder als noch am Morgen …

– Wo warst du?!

– Hast gedacht, ich komm net heim?

Mike gibt sich betont nüchtern, strauchelt jedoch leicht, was die ganze Angelegenheit umso verdächtiger macht.

– Wo du warst?

– Jetzt bin ich ja wieder da!

Mike versucht sich nonchalant an Gloria vorbeizuschwanzeln, aber die setzt nach,

– Hauch mich einmal an!

Mike haucht sie an, Gloria atmet seinen Schnapsdampf ein.

– Phua …

Mike beschwichtigt,

– War nur ein Nusserl …

Er deutet auf seine Augen.

– Wegen dem Autofahren …

What?!

– Du säufst Nuss-Schnaps *wegen des Autofahrens*?

– Nuss-*Likör*, der is leichter und bekömmlicher …

Mike hat es nun bis zu den Stufen geschafft, ohne gröbere Schwierigkeiten, er ist nur zweimal leicht gestolpert, jetzt nimmt er Stufe um Stufe, so klettert er die Erfolgsleiter hinauf zur Eingangstüre, Gloria ist ihm dicht auf den Fersen,

– Du warst über fünf Stunden weg?!

– Du, ich hab mich schwer loseisen können, die Luise is eine Pickenbleiberin …

– Welche *Luise*?

– Die Gattin vom Hermann, der des Gutachten gschrieben hat … Der liebe Herr Spanring hat einfach den Naturschutz aufgehoben beim Seegrundstück, damit man jetzt Apartments drauf bauen kann, zack bumm, ein Bombengschäft für den neuen Besitzer, da, ich hab alles dabei …

Mike wachelt mit der Mappe des Gutachters, er ist offensichtlich sehr beschwipst, doch das macht nichts, weil er nun heimgekehrt ist, als Ritter der Gerechtigkeit, und da! Was macht er da? Jetzt bleibt er auch noch stehen und putzt sich die Stiefel an der Fußmatte ab, dieser Kavalier der alten Schule … Gloria hat keine Zeit für solche Mätzchen, zieht ihn unwirsch ins Haus, schaut sich um – Keiner hat sie beobachtet. Paranoia!

– So ein Großindustrieller namens Bösch, der hat des Seegrundstück kauft um einen Spottpreis, 10 000 m² billiges Freiland hat er sich gekrallt für schlappe 700 000, verstehst, du, ein Pappenstiel is das, und jetz widmens es um, zum Bauland--

– Ja, ich weiß das.

– Ah, des weißt du schon?

Mike versucht sein Jackett an einen Haken der Garderobe zu hängen, aber es will und will nicht hängen bleiben, er drückt Gloria die pralle Einkaufstüte in die Arme, strauchelt leicht,

– Kannst du mir bittschön des Sackl halten? Da sind die Einkäufe drin!

– Ja, ja, das mit dem Bösch wusste ich, aber das Gutachten is mir neu.

– Na siehst du! Also durch diese kleine Finte von unserem Herrn Spanring is des, des Grundstück statt 700 000 plötzlich 35 Millionen wert, verstehst, 35 Mille!

Mike hat sich das Sackerl wieder geschnappt und kämpft sich weiter hinein ins Haus, er stellt es ab am Küchenboden, doch bei diesem Manöver hat er leicht das Gleichgewicht verloren und ist mit dem linken Fuß dagegengestoßen, worauf sich nun der Inhalt des Sackerls über den Küchenboden ergießt. Zwei Gläser mit Essiggurken kullern davon, Mike versucht nachzuhechten, erwischt ein Glas Rollmöpse, er stößt mit dem rechten Knie nochmal an die Tüte, worauf das Baguette unschön abknickt und eine Flasche Ketchup auf seinen Daumen knallt-

– Au!

Doch Gloria ist das alles jetzt völlig egal, *Powidl,* wie der Wiener sagt, sie muss all die Infos verarbeiten und zusammenführen, sie muss die *Detektivarbeit* leisten,

– Dann ist mir das klar ...

– Hmm?

Mike hat sich halb aufgerichtet, kniet vor ihr am Küchenboden.

– Der Partner vom Sandro hat mich schon wieder angerufen. Er hat gesagt, dass ich ihn heute treffen soll, um acht.

– Vielleicht steht er auf dich?

– Mike, BITTE! Halt einmal deine Klappe!

– Sorry ...

Mike kniet unbeholfen am Boden und versucht in seiner anhaltenden Wächtn weiter die Sachen aufzuheben und in die Tüte zu stecken,

– Die sagen, der Sandro schuldet der Kanzlei noch Geld.

– Also ich hab die 120 000 abgeben, schwöre! Obwohl's nicht leicht war, ganz ehrlich-

– Mike, der Sandro schuldet ihnen mehr. 600 000.

– Phu …

– Und wenn ich's ihnen heute nicht bring, gibt's *Konsequenzen*. Ich mein, der droht mir am Telefon!

– Das wundert mi net. Da schneiden sicher alle ordentlich mit, ich mein, 35 Millionen … Da kassiert jeder a bissl was auf der Seite, verstehst? Der Spanring is da sicher net der Einzige.

Jetzt hat er's auf die Beine geschafft, schleppt die Tüte und die verstreuten Utensilien zur Küchenanrichte und lässt alles krachend fallen.

– Schau, da steht alles drin!

Mike reicht ihr das Gutachten. Es ist ein bissl angepatzt mit Nusslikör. Aber Gloria hat noch eine weitere Neuigkeit zu berichten,

– Sie sagen, dass der Sandro das Geld sicher mit nach Hause genommen hat … Er hat's angeblich *immer so gmacht* … Verstehst du, was das heißt?!

Mike betrachtet Gloria. Sie hat gerade erfahren, dass ihr Ehemann ein Schwarzgeldlieferant ist, und ein Wiederholungstäter. Dass er ein Doppelleben geführt hat, von dem sie nichts wusste. Sie ist ganz außer sich vor lauter Gefühlen, die sie nicht einordnen kann. Sie ist verzweifelt und aufgelöst. Und noch viel schöner als je zuvor! Wenn er sich nicht um seine Einkäufe kümmern müsste, würde er sie nun an der Hand nehmen und lange mit ihr einfach nur dasitzen und alles durchsprechen. Er würde ihr in die Augen schauen und erklären, was er heute für sie getan hatte, also, schon auch für sich selbst, aber mehr noch für sie, und welche Qualen er sich auferlegt hat, um als reine Seele zu ihr zurückzukehren. Er würde mit seinen nussbraunen Augen in ihre grünblauen schauen und dieser Blick würde mehr sagen als alle Worte dieser Welt. Er muss ganz leicht rülpsen, dreht dabei den Kopf elegantly weg, tut so, als würde er seufzend ausatmen. Gloria nimmt nichts davon wahr, sie steht unter Strom, offensichtlich,

– Was machen wir denn jetzt? Der will mich um acht treffen – Es is dreiviertel Sechs?!

Da läutet es an der Türe, DING DONG.

Mike zeigt auf die Fressalien.

– Ich geh amal was kochen. Des werden schon die Nachbarn sein.

Gloria traut ihren Ohren nicht,

– Was wollen denn *die* jetzt da?!?

– Ich hab sie zum Essen eingladen.

– Ohne mich zu fragen?

– Du fragst mich auch nicht wegen allem.

– Wie soll ich bitte 600 000 Euro Schwarzgeld finden – mit einem *paranoiden Polizisten* im Wohnzimmer?!

DING DONG läutet es nochmals.

– Du suchst einfach in Ruhe nach der Kohle – und ich unterhalte die Nachbarn. Hee, easy, wir sind jetzt ein Team.

– Aber-

– Ich bin der, der euch jetzt beschützt.

– Du bist der, der den Irrsinn anlockt!

DING DONG!

– Steffffaniiiiie! … Kannst du bitte aufmachen … !

Mike schmettert seinen Ruf in Richtung Obergeschoss, wie der Hausherr das Personal zu rufen pflegt. Gloria fällt die Kinnlade runter, doch schon – *Balamm, Balamm, Balamm* – hallen Stefanies Schritte aus dem ersten Stock die Stufen herunter in Richtung Eingang, bereit, die Gäste einzulassen.

– Ich komme schoooon …

Gloria stöhnt, Mike dreht die Herdplatte auf.

Am Vorplatz unten stehen sie, die Nachbarn. Im hellblauen Blumenkleid Jenny, an ihrer Seite, angezogen wie ein Firmling, ihr Mann Udo, roter Pullunder mit hellrosa Hemd, dazu Krawatte. Fein herausgeputzt hat er sich, an seinem freien Tag. Wie haben die zwei sich eigentlich kennen gelernt, mag man sich fragen? Bei welcher Feierlichkeit? In welchem Lokal? *Zu welchem Anlass*?

Doch Niki denkt an etwas anderes. Er hat das Badezimmerfenster geöffnet und tritt nun näher ans Fenster heran. Sein Blick liegt auf Jenny. Sie trägt einen Blumenstrauß, Udo einen Kochtopf. Niki hat den Revolver in der Rechten. Er hebt ihn, zielt auf Udo. Jenny macht einen Schritt weg von ihrem Mann, um nochmals anzuläuten – jetzt, JETZT! Dann tritt sie den Schritt wieder zurück an die Seite des Bullen in Zivil.

Seine Mutter hatte ihm einmal den Bogen aus der Hand gerissen und zerbrochen, weil er damit seine Schwester anvisiert hatte. Obwohl der Pfeil stumpf war und Stefanie keinen Schiss gehabt hatte, war das für seine Mutter ein *no-go* gewesen und seitdem war er waffenlos geblieben. Obwohl er sich gesehnt hatte, nach allem, was feuern konnte.

Er hielt den Arm ausgestreckt, schloss ein Auge und fokussierte mit dem anderen. Wieder machte Jenny einen Schritt zur Glocke und Udo stand alleine da, fast friedlich, wie ein rosarotes Bonbon stand er da vor dem Tor.

– Ahhh … Au …

Niki senkte die Waffe, betrachtete die Wunde an der Innenseite seiner Hand, die sich stärker entzündet hatte. Er hörte, wie unten der Buzzer ging, die beiden durchs äußere Tor traten und aufs Haus zumarschierten. Es war Zeit, duschen zu gehen.

Wenn er nur ein paar Augenblicke länger stehen geblieben wäre am Fenster, dann hätte er ein Taxi kommen gesehen, das die

Windradgasse herauffuhr. Was weiter nicht verwunderlich gewesen wäre. Doch das Taxi rollte am Escort vorüber, blieb kurz stehen, drehte dann um und fuhr wieder ab. Dass das Taxi bis auf den Chauffeur leer war, ließ darauf schließen, dass niemand hierhergekommen war, um sich um Fahrgäste zu bemühen.

Im Haus hatte Stefanie alles im Griff, Hostessen-ähnlich empfing sie die Gäste, bot die Garderobe an, die dankend abgelehnt wurde, da man jackenlos gekommen war – *Wir haben es ja nicht weit, ha ha* – ein einziger bourgeoiser Albtraum, der sich hier anzubahnen drohte, aber Stefanie machte gute Miene zum bösen Spiel, zumindestens so lange, bis ihre Mutter erschien, die *brutale Schlägerin.*

Ohne Vorwarnung drückte Jenny Gloria den Strauß in die Hände, wie man ein Paket abgibt und Gloria war schwer überfordert, denn auch Udo rückte nach und wollte sie irgendwie standesgemäß begrüßen, konnte aber nicht, da er einen Gulaschtopf in Händen hielt und deshalb nur gezwungen stammelte,

– Wir wollten keinesfalls stören.

– Wir wollten euch nicht so überfallen, aber die Kleine is heut bei Udos Mutter und wir haben gedacht-

– Wir haben ein Gulasch mitgebracht.

SO, das musste auch einmal gesagt werden, toll. Aber da Udo sich nicht bewegte mit seinem Gulasch und auch sonst keiner irgendetwas darauf zu sagen wusste, waren alle irgendwie froh, als Mike aus der Küche auftauchte. Er hatte sich eine Kochschürze umgebunden und ging schmatzend auf die sprachlose Runde zu, eine Würschtelzange in der einen, ein Essiggürkchen in der anderen Hand.

– Ich koch grad Würschtel.

Udo wusste geschickt zu parieren,

– Die kömma ja ins Gulasch reinschneiden.

– *Sacherwürschtel* schneidet man nirgens rein.

Mike und Udo taxierten einander. Das Duell ging in die

nächste Runde. Gloria war das alles unangenehm, Stefanie hielt den Atem an. Wer machte wohl den nächsten Move? Jenny versuchte es mit Smalltalk.

– Wenn ich Nachtdienst hab, koch ich immer was vor für den Udo.

Udo zeigte sich verbindlich, der *Privatmann* Udo sprach, *jovial*,

– Ich koch einfach net so gern.

Das war Mikes Stichwort jetzt,

– Ich war mal Koch.

– Ah so? Und dann kochst Würschtln?

Udo blickte in die Runde, wartete, wie seine Riposte aufgenommen wurde,

– Das Sacherwürstel is das Maß aller Dinge.

Treffer gelandet, touché. Mike steckte sich das Gurkerl in den Mund und kaute geräuschvoll. Das war zu viel für Udo,

– Ich stell das Gulasch einmal in die Küche …

Und ZACK marschierte er ab und ums Eck, um sich in der Küche einen gewissen Vorteil zu verschaffen, doch Mike war dicht an ihm dran, gefolgt von Stefanie.

Gloria rief ins Obergeschoss,

– Niiiiki, kommst du bitte Hallo sagen, wir haben Besuch!

Worauf Jenny ihre Stimme senkte,

– Gehts ihm schon besser? Dem Niki?

– Wer weiß … das Kind is ein Rätsel.

Auch die Damen hatten nun die offene Küche erreicht und Gloria stupste ihre Tochte an,

– Steffi, fragst du bitte, ob wer was trinken will …

Steffi rollte ihre verpennten Augen,

– *Will wer was trinken?*

Ihr Tonfall voll angewiderter Fadesse.

– Gern. Egal was.

Das war Jenny, und Udo setzte nach,

– Ich auch, egal was, am besten ein Bier.

– Er trinkt alles, wenn er frei hat.

Jenny lachte, Udo visierte Mike an.

– Ich hab nie frei.

Mike sah den strengen Blick, doch das war nun kein Thema, denn er glänzte in seiner Rolle als Maître de Cuisine, ließ fünf extra lange Paare Sacherwürstel ins siedende Wasser gleiten, schloss den Topfdeckel, führte seine Gäste gewissermaßen ein in sein Reich, um die Hors d'oeuvres zu besprechen.

– Da nehmts euch, bitte, als Vorspeise gibt's Schinken-Baguette mit Gurkerl …

Mike deutete auf ein paar bröselig aufgeschnittene Baguette-Stücke sowie einen Teller, auf dem Essiggurken im Kreis aufgefächert lagen, in der Mitte ein Batzen Senf, darauf ein Tupfer Mayo – *Création de la Maison!* Daneben lag, noch verschweißt, eine Vorteilspackung Schinken aus dem Supermarkt.

– Greifts zu! Bitte …

Gloria betrachtete das Desaster, ihre Nerven waren angegriffen, STARK ANGEGRIFFEN, sie hatte noch gut eineinhalb Stunden, um das Geld im Haus zu finden und hier stand ihr verrückter Schwager und versuchte, das Plastik aufzureißen, scheiterte jedoch kläglich … Und jetzt nahm er sogar die Zähne zu Hilfe, Gloria musste den Blick abwenden,

– Also, das is- … So ein Dreck!

Mike fluchte, schaffte es dann doch, nachdem er wild daran gerüttelt hatte – der Schinken sprang förmlich aus der Verpackung und landete auf dem Tisch – PLATSCH.

Udo starrte auf diesen unfassbaren Vorgang und auch Jenny war fasziniert von Mike, dessen Schwips sicher auch nicht dabei half, die Sache besser unter Kontrolle zu bekommen.

– Des is ganz ein zarter Putenschinken, kaum Fett …

Mike zwinkerte in die Runde und schmiss den Schinken auf ein Schneidbrett, desinfizierte sich – DANACH – die Hände am Spender … Stefanie kicherte, Gloria versuchte zu retten, was zu retten war,

– Ach Gott, na ja … Entschuldigts bitte die Unordnung … Mein, äh, Schwager is da jetzt zuständig für-

Sie überlegte, mit welchen Worten sie die sich anbahnende Totalkatastrophe beschönigend beschreiben konnte,

– … für den Ablauf der Feierlichkeiten …

Sie rang nach Luft,

– Ich, muss, ja, also ich schau kurz rauf, weil ich, äh, dringend was suchen muss …

– Kann ich dir helfen?

Jenny war eine Freundin, sie spürte doch, wie sehr Gloria unter Druck stand,

– Nein!!! Äh, danke, ich such nur, ich …

Mike ploppte die Ketchupflasche auf,

– Sie sucht die Lebensversicherung.

Gloria glotzte ihn ungläubig an, sie konnte ihm aber nicht widersprechen vor all diesen Leuten,

– Es schaut ja angeblich *nicht so gut aus beim Sandro …*

Verschwörerisch blickte er in die Runde, der Zündler Mike,

– … Oder was sagst du, Jenny?

– Ich … bin kein Arzt.

Jenny blickte zu Boden, als hätte er sie überführt, als würde er mehr wissen als alle hier im Raum, aber Mike stierlte einfach rein ins Nest und schaute, was passierte und Udo wurde heiß, sehr heiß, *Wo kam diese plötzliche Vertrautheit zwischen den beiden her?* Da musste er sein Revier klar abstecken, er visierte Jenny an,

– Du warst ja gestern Nacht bei ihm, hast du mir erzählt.

Jenny nickte, etwas unwillig,

– Ja, ja, ich war bei ihm …

– Und sag, was du bei ihm gmacht hast …

Udo gab nicht auf, es lag ein Knistern in der Luft, wo ging diese Reise jetzt hin, sogar Stefanie war ganz Ohr, und Jenny sagte,

– Ich glaub, er will zurück.

Nun war aber auch Gloria wieder mit im Spiel, das wollte sie nun einmal genauer erforschen, was ihre Nachbarin bei ihrem Gatten im Krankenzimmer erfahren hatte,

– Wieso kommst du da drauf?

Und statt Jenny antwortete Udo,

– Sie spürt so was …

Und dabei machte er Wixbewegungen mit seiner Hand, *hand job,* das sah aber nur Mike, denn die anderen hatten seine Hand nicht im Blick, und Jenny führte aus,

– Na ja, ich glaub halt, dass er zurück will, weil- weil er noch was erledigen muss … im Diesseits.

BOING! Stille.

Gloria konnte das alles nicht ganz fassen, sie musterte Jenny,

– Da schau her, was du alles weißt, aber ich versteh das durchaus, ich muss auch noch was Dringendes erledigen *im Diesseits* … Also bitte, setzt euch, trinkt was!

Gloria drehte am Absatz um und rauschte ab, und Mike fand, dass dieser Auftrag der Hausherrin möglichst schnell umzusetzen sei,

– Na dann trink ma halt was! Was Gscheites – ich hol was!

KELLER DUELL

Und während Gloria im Obergeschoss begann, systematisch alles zu durchwühlen und umzudrehen, alle Kästen und Laden auszuleeren, jede Kiste auf den Kopf zu stellen, um die schmerzlich vermissten 600 000 Euro aufzustöbern, machte sich Mike auf den Weg in den Weinkeller. Dort, das wusste er, schlummerten Schätze, die man heute bergen sollte. Denn, wie hieß es so schön, Was du heute kannst besorgen, das verschiebe nicht auf morgen!

Noch war er sich nicht ganz sicher, in welche Richtung er alkoholisch gehen wollte. Als Chef de Cuisine, als Master of Ceremony, war man ja nicht nur für das leibliche, sondern auch für das spirituelle Wohl der Gäste verantwortlich und die Spirituosen wollten feinfühlig ausgesucht sein. Da wollte er ein *gewisses Fingerspitzengefühl* in der Auswahl nicht vermissen lassen. Denn nicht immer war es ratsam, gleich von Beginn an schweren Rotwein aufzufahren. Dieses Geschütz beließ man lieber in der Festung, bis sich ein gewisser Schwipsschleier über die Gesellschaft gelegt hatte, der wiederum mit einem gespritzten Weißen oft besser zu erzielen war, oder auch mit ein paar Bieren, dazu oder danach, Bier auf Wein, hau's dir rein! Und doch – er studierte ein paar Etiketten der Flaschen, kein einziges sagte ihm etwas – war er nicht ganz sicher, ob nicht ein *Whiskey on the rocks* als Aperitiv die leicht verkrampfte Stimmung schneller heben würde.

– Ich hab mich ein bisschen schlaugemacht über dich …

Mike drehte sich um, er hatte ihn nicht kommen gehört, anscheinend lernte man in der Polizeischule *das Anschleichen* tatsächlich auf sehr hohem Niveau.

– Ah so?

Mike spielte die Sache herunter, schaute ihn an, auf Unschuldslamm, doch Udo hatte den Weg in den Keller mit Bedacht gewählt, hatte nur darauf gewartet, endlich so richtig loszulegen,

– Und weißt, was ich rausgefunden hab: Privat-Insolvenz. Unerlaubtes Glücksspiel. Versuchter Betrug. Sieben Vorstrafen. Von einer *Kochlehre* war da nie die Rede.

– Da sieht man wieder, wie lückenhaft die Polizei recherchiert.

Udo schnaufte, lachhaft verächtlich, Mike hielt seinem Blick stand,

– Es kreisen schon die Geier ums Haus, und du wirst dir des alles hier nicht unter den Nagel reißen …

Udo wartete auf eine Antwort, aber Mike schaute ihn nur an, er spielte auf Zeit, was hatte er noch so drauf, der Udo?

– Ich seh doch ganz genau, dass da was im Gange is …

– Ah so?

Udo rückte gefährlich näher, stand jetzt keine 20 Zentimeter von ihm entfernt und zeigte seine Zähne,

– Ich kenn solche wie dich zuhauf. Zuerst kommens, tun auf unschuldig und zündeln dabei. Und dann schauens neugierig, was passiert, während des Haus abbrennt, in dem sie stehen.

– Bist übermotiviert? Oder hast Angst? Hast Schiss, dass dir dein Leben um die Ohren fliegt? Ha?

– Wenn du nicht heute noch deine Sachen packst und abhaust, erzähl ich denen da oben, wer du wirklich bist!

Das war also sein Trumpf. Na gut. Mike zögerte, senkte den Blick, Udo setzte bedrohlich nach:

– Also was ist?

Mike nickte, kleinlaut.

– O. k., ich geh, aber …

– Aber was?!?

– Aber vorher zünd ich noch dein Haus an und puder dei Oide!

Da brannten die Sicherungen durch bei Udo, sich seine Jenny von dem Loser ficken zu lassen, hatte das Pulverfass zum Überlaufen gebracht – er schnappte Mike am Revers, zog ihn zu sich heran, krallte ihn sich, und auch Mike packte ihn am Kragen, und Udo schrie,

– WILLST DU STERBEN?!?

Er dürfte vom Gulasch gekostet haben, dachte Mike noch, da drang Jennys Stimme aus dem Treppenhaus hinunter in den Keller,

– *Uuuuddoooo? Bringst du Weißweeeeiiiiiin … !*

Mike nützte den Augenblick, befreite sich aus Udos Griff, tätschelte seine Brust, als wollte er sie abstauben,

– Reiß dich z'ammen heute, Sheriff … Relax.

Er zog zwei Flaschen Weiß aus dem Regal.

– Mach's für die *Gloria*. Der geht's grad net so gut …

Mike lächelte und Udo spürte, wie er rot wurde. Das war sein wunder Punkt und der Hauptgrund, warum er heute auch hier war, und dieser Typ wusste das. Denn Udo könnte es nicht zulassen, dass Gloria von diesem dahergelaufenen Penner angegrapscht würde. Niemals würde es so weit kommen. NIEMALS. Nur über seine Leiche. Auch er zog zwei Flaschen Weiß aus dem Regal.

Und so standen sie einander gegenüber, zwei Cowboys, die Weinflaschen wie Colts in den Händen und warteten darauf, wer den ersten Move machen würde. Mike erhaschte einen Blick aufs Etikett – ein Riesling aus «Langenlois». Das kam ihm jetzt doch alles irgendwie bekannt vor, ein Déja-vu, als hätte er sowas Absurdes schon einmal wo gesehen …

– *Uuuuddoooooo?*

Trillerte Jenny und Udo rief,

– Kooooomme!

INTERMEZZO

Und während Gloria immer tiefer im Chaos ihrer durchwühlten Zimmer stand, knietief in aus den Schränken gerissenen Kleidern, Röcken, Blusen, Mänteln, Anzügen, Hemden und zum dritten Mal den Safe durchwühlte, um wieder nichts zu finden und darüber hinaus keinerlei Lust verspürte, an der Gulasch- und Würstelverkostung im unteren Stockwerk teilzunehmen, die sich nun über Ess- und Wohnzimmer langsam begann auszubreiten – während all dieser höchst aufwühlenden Ereignisse vergaß Gloria doch nie, auf die Uhr zu sehen und festzustellen, dass ihr die Zeit zerrann zwischen den Fingern.

Im Wohnzimmer hatte sich die Stimmung merklich gelockert. Es war genügend Alkohol geflossen, auch Stefanie hatte sich ein Bier geschnappt und saß mit Jenny auf einem der zwei Sofas. Sie unterhielten sich wie Freundinnen, ihnen gegenüber hatte Niki Platz genommen. Er war im Yung-Hurn-Sweatshirt erschienen, und Mike hatte anerkennend genickt, als er das After Shave erschnuppert hatte, mit dem sich Niki die Aura des *Jungen Mannes* erduften wollte. EUPHORIA, gute Wahl, dachte Mike und auch Jenny dürfte das so gesehen und so gerochen haben, denn sie warf dem Jungen einen listigen Blick zu, der Niki dazu brachte, sich sofort hinter seinem Cola zu verstecken und die halbe Flasche auszuzuzeln.

Udo saß allein in einem Fauteuil, den Teller auf den Knien, und aß sein Gulasch. Die Sacherwürstel hatte er eigenhändig hineingeschnitten. Mike konnte nur milde lächeln über diesen Affront, begnügte sich damit, seine lange Wurst wie ein Schwertschlucker in den Hals zu schieben und wieder herauszuziehen, was ihm Gelächter von Seiten der Damen einbrachte. Udos eifernder Blick war ihm Rache genug. Er genoss es sogar. Ja, er fühlte sich sogar so weit, etwas vom Gulasch zu kosten. Er tunkte eine Semmelhälfte in den Saft und fraß sie mit einem Bissen auf. Keine Frage, es hatte ihm heute eindeutig die Unterlage gefehlt fürs Saufen. Er hatte ja komplett aufs Essen vergessen, bevor er am Nachmittag mit dem Schnapseln anfing und nun hatte er auch schon wieder sein drittes Bier und seinen zweiten Wein intus, während Udo sich nach einem großen Bier schlussendlich noch einen Rotwein geholt hatte aus dem Keller, weil ihm der Riesling aus Langenlois *zu sauer* war.

Ein Riesenfehler, Mikes Meinung nach, denn der Rote würde ihn träge machen und schwer von Begriff. Man kannte diese Rotweintrottel, die nichts mehr auf die Reihe kriegten, diese Merlot-Leichen, diese wandelnden Zweigelt-Zombies, die sogar bei den übriggebliebenen Weibern, denen die Verzweiflung quer über die Stirn geschrieben stand – TAKE ME! – keinen

Riss mehr machten. Weil sie einfach irgendwann in einer Ecke wegdösten und unbrauchbar wurden.

Immer wieder rief Udo hinauf in den ersten Stock, ob er Gloria beim Suchen nicht doch helfen könnte – Mike schwieg dazu. Udo sollte sich seine Abfuhr ruhig selbst abholen. Gloria antwortete in immer genervterem Ton, dass es ihr gar nichts ausmache, alleine hier heroben zu sein, und sie da unten RUHIG SCHON MAL ANFANGEN SOLLTEN MIT ALLEM. Man konnte sehen, wie Udo hin- und hergerissen war zwischen der Sehnsucht hinaufzugehen, um endlich, ENDLICH!, Zeit mit Gloria verbringen zu können, und der Angst, seine Frau hier in der Höhle des Löwen alleine zu lassen.

Mike musste in sich hineinlachen, und das hatte Niki mitbekommen und fragend zu ihm geblickt. Aber Mike winkte ab und öffnete sich ein Bier, nicht ohne Niki einen Schluck anzubieten. Der schüttelte den Kopf und schaute sofort zu Jenny, ob sie dieses frivole Angebot des Onkels gesehn hatte, doch die war tief im Gespräch mit seiner Schwester, deshalb beschränkte er sich darauf so zu tun, als würde er sie nicht die ganze Zeit anstarren.

Nachdem Gloria den kompletten oberen Stock durchsucht hatte, inklusive aller möglichen Verstecke in den Kinderzimmern, kam sie zu der Erkenntnis, dass sich das Geld entweder im unteren Stockwerk oder im Keller bzw. der Garage befinden musste. Wobei sie die Garage fast ausschloss, da sie dort regelmäßig umräumten, gerade erst kürzlich hatte sie Sandro gebeten, sein Motorrad umzuparken und die Rennräder endlich an der Wand zu befestigen, damit sie beim Einparken mit dem Audi nicht immer so knapp an seinem Rover parken musste, dass sie die Türen kaum aufbekam. Die Garage war demnach also außen vor, und im schmalen Weinkeller konnte man keine 600 000 Euro verstecken, das war schon eine ordentliche Summe. Allein die 120 000 hatten fast die Hälfte der Plastiktüte ausgefüllt. Auch den Garten schloss sie aus, da es mehrfach stark geregnet hatte die letzten Wochen, und der Gasgriller war sicher kein geeigneter Ort für so viel Geld.

Daher blieben eigentlich nur noch der Heizraum im Keller oder das große Wohnesszimmer als Versteckoptionen übrig, die Küche wäre schnell erledigt, da würde sie keine fünf Minuten brauchen, um alles durchzugehen.

Sie sah auf die Uhr. Ein Glas. Ein Glas Wein und sie würde weitersuchen, sie brauchte eine kurze Verschnaufpause, außerdem wollte sie einmal nach dem Rechten sehen. Eine verdächtige Stille drang aus dem unteren Stockwerk zu ihr. Sie sprang die Stufen hinunter, irgendwie hatte sie auch Lust eine zu rauchen.

SING-ALONG-SONG

Als sie im unteren Stockwerk ankam, empfing sie Udo bereits mit einem leeren Glas – er musste ihre Schritte gehört und sofort losgestürmt sein. Wie ein Lakai buckelte er vor ihr und goss ihr den Rotwein ein. Mike drehte sich am Sofa um und blickte fragend zu Gloria, die den Kopf schüttelte – *nichts gefunden* musste das wohl heißen. Mike betrachtete ihre Bluse, ein Knopf war offen und ein Ärmel hochgerutscht, sie schien etwas derangiert, was sie aber nur noch attraktiver machte für ihn, der eindeutig ein Faible fürs Derangierte hatte.

Jenny war auch nicht entgangen, wie sehr sich ihr Mann mit seiner Nachbarin beschäftigte, und Stefanie blickte ihren Bruder vielsagend an. Die beiden wussten, was gespielt wurde, in dieser Hinsicht waren sie sich einig. Mike lehnte sich zurück am Sofa und freute sich, was da los war im Haus, endlich wieder ein bisschen Leben in der Bude! Er fragte sich, warum noch niemand eine Platte aufgelegt hatte.

Doch da lachte Gloria, weil Udo mit ihr anprosten wollte und er ihr so viel eingeschenkt hatte, dass es ihm über die Finger lief. Und Mike merkte, dass ihm das nicht sehr recht war. Es ärgerte ihn sogar. Musste er sich allen Ernstes fragen, ob er jetzt plötzlich eifersüchtig war auf diesen Octaviafahrer im Zuckerlkostüm!? Er warf Gloria einen vorwurfsvollen Blick zu, sie sollte ruhig spüren, *dass ihm das nicht gefiel*, wenn sie hier vor den Kindern mit einem anderen Mann flirtete. Aber sie deutete ihm – wieder einmal – einen Scheibenwischer, Pfffffff?!? Udo bezog die Geste auf sich und lachte, als habe er etwas sehr Lustiges gemacht. Plötzlich schien er bester Laune, wie ein Teenager, dem die Freundin das erste Mal die Titten gezeigt hatte. Er lachte einfach zu laut, für Mikes Geschmack. Er nahm sich ein frisches Bier vom Wohnzimmertisch.

Und Stefanie sinnierte mit ihrer dritten Flasche in der Hand. Es waren eindeutig sogenannte *Reperaturseidl* für sie, denn sie reparierte sich von Bier zu Bier. Der Kater verflog, und ihre Stimmung stieg, und sie redete offen über ihren Vater,

– Ich weiß nicht, ob der Papa des spürt, wenn ich so Angst um ihn hab, und, also, was er checkt ...

– Komapatienten kriegen ganz genau mit, was um sie herum passiert.

Jenny plauderte aus dem Nähkästchen und Mike fand, dass auch sie heute äußerst bezaubernd aussah, mit ihren langen blonden Haaren, die zu einem Zopf gebunden waren, und ihrem goldenen Kettchen im Ausschnitt. Sicher war da ein Sternzeichen drauf, ein Widder oder ein Zwilling oder irgendsowas kümmerlich Banales, dass es schon wieder rührend war, und überhaupt waren Krankenschwestern besonders anziehend, wenn sie von ihrem Beruf sprachen,

– Die spüren viel mehr, als man glaubt.

– Ja, aber wie weiß man, was sie mitbekommen, also, ich mein ...

Stefanie war nicht ganz überzeugt und Jenny setzte nach,

– Wenn ich auf Intensiv bin, dann sing ich ihnen oft was vor. Da spürt man richtig, wie sie anspringen drauf.

– Na, dann, bitte …

Mike fand, dass es Zeit war, Nägel mit Köpfen zu machen.

– Was?

Jenny war verwirrt von Mikes Eindringen in ihr Gespräch, aber inzwischen war der Alkpegel entsprechend hoch und alle rund um die Sofas versammelt und hörten Jenny zu, also setzte Mike nach,

– Eine Kostprobe hätten wir gern. Von dem, was du da so singst!

Alle starrten Jenny an, der war die große Aufmerksamkeit zu viel,

– Nein … nein …

– Doch!

– Neeein …

– Ja, Jenny bitte!

Das war Stefanie und sogar Niki rang sich ein «Bitte!» ab, nur Gloria war verunsichert, aber Udo lächelte und Stefanie flehte nun fast,

– Komm schon, Jenny!

– Neeeein …

Jenny lachte, sie lachte immer mehr, sie lachte tief aus dem Bauch heraus, sie konnte kaum aufhören zu lachen,

– HUAAHAA HAAA HAAAA HAAAAA

Ein Lachen, das man ihr in dieser Länge niemals zugetraut hätte und alle hielten den Atem an, wie sie wohl aus der Sache wieder rauskommen würde, doch ganz plötzlich stoppte sie ab, stand auf und sagte,

– Na gut.

Es lag eine gewisse Spannung in der Luft, Mike machte sich auf alles gefasst, von Andrea Bocelli bis Abba war hier alles drinnen, aber er hätte sich auch nicht gewundert, wenn sie was von Metallica geschmettert hätte, «Enter Sandman» für die Komapatienten, oder auch «Another One Bites The Dust»! Das Feld war extrem weit, dachte er noch, da begann sie,

– Schau wie hoch am Himmel heut die Wolken zieh'n,
Wieder ist kein Flugzeug weit und breit zu sehen,
Lauf mit mir zum Wald, lauf mit mir zum See,
Musst mir noch versprechen, wein nicht, wenn ich geh!

Mike blickte sich um in der Runde, jedem stand irgendwie der Mund offen, offensichtlich ein Kinderlied, und der weirde Text nahm Anleihen an den Quarantäne-Zeiten, er wurde nicht ganz schlau aus der Sache, wahrscheinlich hatte sie sich das alles selber ausgedacht.

Sie wippte dabei und klatschte mit und machte eine Art Choreografie zum Gesang und wiederholte die Strophe … und nach und nach begannen alle einzustimmen und mitzusingen, und Stefanie hüpfte zum elektrischen Piano in der Ecke und begann sie zu begleiten, WOW, dachte Mike, jetzt beginnt's gut zu fliegen hier. Er drehte sich um, Udo lächelte fast selig und blickte voller Bewunderung zu seiner Frau, und selbst Gloria hatte die Augen geschlossen und sang mit,

– Schau wie hoch am Himmel heut die Wolken zieh'n,
Wieder ist kein Flugzeug weit und breit zu sehen

Und das war der Moment, wo er auch miteinstieg, denn, wo gesungen wird, dort lass dich nieder! Böse Menschen haben keine Lieder,

– Lauf mit mir zum Wald, lauf mit mir zum See!
Musst mir noch versprechen, wein nicht, wenn ich geh!

Ausgelassen sangen sie, vollkommen versunken in den Moment, Niki sang, Stefanie klimperte dazu, Gloria legte sich ins Zeug, Mike auch, und Udo machte kleine Bewegungen mit den Fingern, die den Text unterstreichen sollten, *Lauf mit mir zum*

Wald, da liefen die Fingerchen!, er war sichtlich hocherfreut ... Die Melodie hatte sie alle innerhalb weniger Augenblicke weggetragen aus diesem Wohnzimmer und in eine kosmische Verbundenheit katapultiert.

Da war es auch schon wieder vorbei, der letzte Ton gesungen und verklungen, Jenny blickte in die Runde. Alle verstummten, ein kurzes Räuspern da, ein Hüsteln dort und eine Art stiller Konsens legte sich über den spontanen Sängerbund, dass es womöglich nicht ganz angebracht und schicklich sein könnte, so ausgelassen zu trällern und zu feiern, während der Hausherr gerade im Tiefschlaf lag und mit dem Tode rang.

Doch gerade auch in solchen Augenblicken, wo die Menschen sich schwertaten damit, *das Richtige zu wollen* oder *adäquat zu handeln,* lag es an einem Mann, den Dingen eine Perspektive zu geben. Sie aus dem hinderlichen Korsett der Konvention zu befreien und ein bissl Stoff zu geben. Mike zog ein Päckchen Karten aus der Tasche, knallte es auf den Tisch,

– Und jetzt spielma was!

Man nickte einander zu, alle waren erleichtert, nur Gloria schaute auf ihr Handy, bekam einen Schrecken und wiegelte ab,

– Spielts ihr, bitte, ich muss ...

– Soll ich mitkommen?

Es brach einfach raus aus Udo, er konnte nicht anders.

– Nein! Nein ... Spielt ihr einfach ...

Und weg war sie, weg in Richtung Keller, und Udo blickte ihr nach, wie ein verlassener Hund an der Autobahnraststätte und Jenny sagte,

– Was is, Udo? Gehst mit der Gloria, oder gehst spielen mit uns?

– *Spielen mit uns.*

So kam das aus ihm rausgeschossen. Er war sichtlich noch nicht ganz bei sich, der liebestolle Bulle, und so lächelte Jenny ihn an, und eine Träne lief ihr die Wange herunter, eine einzelne …

Es is in einem selber immer alles los, immer alles gleichzeitig.

Mike dachte an ihr Treffen im Spital, und danach im Auto, sie war ein absolut verrücktes Huhn und deswegen um nichts weniger liebreizend, er hob sein Schnapsglas,

– Trinken wir auf den Sandro! Weil der würde jetzt hundertpro lieber mit uns Mau Mau spielen, als im Krankenhaus liegen … !

MAU SAGEN

Alle trinken und prosten und sind plötzlich wieder woanders gelandet und die Party geht weiter. Mike öffnet das Kartenpäckchen, ein wohliger Schauer huscht über seinen Rücken,

– Mau Mau? Das kann jeder … oder, Udo? Schon, oder?

Er provoziert ihn, Udo zuckt mit den Achseln, lächerlich. Niki und Stefanie zeigen sich abwartend, Jenny ist Feuer und Flamme fürs Spiel. Mike mischt die Karten, sie wirbeln durch die Luft, virtuos folgen sie ihrem Herrn, der sie aus dem Dornröschenschlaf befreit hat. Er beginnt auszuteilen,

– Drei … drei … ein Dreier für die Lady und drei für dich sind neun … Hat jeder neun Karten? … Also, Sieger is, wer zuerst alle Karten abglegt hat, es is im Prinzip wie Uno – nur lässiger …

Er dreht eine Karte um,

– Das zum Beispiel wäre jetzt die Herz Sechs. Da kamma jetzt entweder Herz drauflegen oder eine Sechs …

Mike visiert Jenny an,

– Jenny, Herz oder Sex?

– Ich nehm immer Herz!

– Ich auch.

Mike fixiert Jenny, ihre Blicke klicken sich ein, PENG! *Community of Hearts!* Dann schaut Mike zu Udo, um das Entsetzen in dessen Gesicht auszukosten,

– Alles klar? Udo? Für dich auch? Klar?

Udo starrt Mike an, dann seine Frau, er ist auf 180, will in den Saft gehen, aber jetzt hier vor den beiden Halbwüchsigen muss er runterschlucken, er muss eisern durchhalten,

– Und wenn man nur mehr eine Karte hat, muss man «Mau» sagen, okay? Das is wichtig! Sonst kamma nicht zudrehen. Is das allen klar? ... Udo?

– Ich kenn die Regeln.

Udo mimt den Abgebrühten, Niki und Stefanie nicken, jetzt muss es bald losgehen, das Spielfieber hat sie gepackt, auch Jenny rutscht nervös am Sofa rum, Udo kniet vor dem Wohnzimmertisch. Mike legt den Stapel in die Mitte, dreht eine Karte um, Pik Bube,

– Worum spielma?

Mike schaut in die Runde, kein Spiel ohne Einsatz, das ist klar. Jetzt macht Udo die Ansage,

– Wenn du verlierst, bist weg!

Das is eine heftige Ansage, keine Frage, aber auch gar kein Grund für Mike, den Einsatz zu hinterfragen,

– Passt. Und wenn ich gewinne, hätt ich gern, dass du mir Zigaretten holen fahrst, meine sind nämlich aus.

Und er wirft Jenny einen besonderen Blick zu, der natürlich auf Udo abzielt, der jetzt, nachdem er gesehen hat, dass auch seine Ehe hier am Spiel steht, auf Leben und Tod fighten wird. Niki atmet durch und auch Stefanie wird langsam klar, hier geht's um ein Duell und nur einer der beiden Männer wird es überleben können.

– Niki ... Was wünschst du dir, wenn du gewinnst?

Jennys Frage hat ihn völlig unvorbereitet getroffen,

– Ähhhh ...

Hilfesuchend blickt er zum Onkel, doch Jenny rettet ihn gleich selbst,

– Also, wenn ich gewinne, dann möcht ich mit dem Niki tanzen.

BAMM. Das hat ihm gerade noch gefehlt, Niki implodiert, spürt, wie seine Wangen heiß werden, er versucht an Mike zu denken, wie der reagieren würde an seiner Stelle, aber Mike grinst ihm nur ins Gesicht und Stefanie ruft,

– Und wenn ich gewinne, dann geh ich heute noch fort!

Sie schaut kokett, aber den anderen ist das völlig schnurzpiep, was Stefanie heute noch so machen wird, denn JETZT GEHTS HIER UM DIE WURSCHT.

Gloria marschiert durch den Heizraum, gebückt, dreht alles um, das Handy ans Ohr gepresst,

– … Ich schau ja überall oder was glaubst du?!

– Ich schick wen vorbei, der hilft dir beim Suchen!

– Nein, es kommt keiner hierher, meine Familie is tabu!

– Mach kein Theater.

– Ich mach kein Theater! Es ist ein Polizist im Haus …

– Ein echter?

– Ja natürlich EIN ECHTER! Was soll ich denn da jetz machen?

– Des is mir scheißegal! Wenn du's heute nicht bringst, dann kommt das Rollkommando! Die mischen dir die Bude so auf, dass du gleich neu einrichten kannst.

ZACK. Aufgelegt, zum x-ten Mal.

Gloria steht vor den Scherben ihrer Strategie. Anscheinend glauben die ihr nicht. Auch gut. Niemand glaubt ihr. Ihre Mutter glaubt ihr nichts, ihre Kinder glauben ihr nichts, und Mike glaubt, sie sei bescheuert und würde nicht sehen, was er hier veranstaltet, ein einziger Witz das Ganze! Sie geht auf die Knie, legt das Handy zur Seite. Dann beginnt sie, die Holzpellets zu durchwühlen.

Rund um den kleinen Wohnzimmertisch ist die Hölle los. Das Mau-Mau-Spiel ist im Endspurt, die Emotionen gehen hoch. Mike neben Niki am Sofa, ihnen gegenüber Jenny und Udo, Stefanie hat sich den Klavierhocker geschnappt. Sie haben alle nur noch zwischen zwei und drei Karten, bloß Udo hat nur mehr eine letzte Karte in der Hand, ist dementsprechend on fire.

Niki hebt ab, kann nicht ablegen, aber da legt Mike eine Karte ab, er hält nun auch nur mehr zwei. Stefanie muss passen, hebt vom Stapel ab, ebenso Jenny. Nun ist wieder Udo dran, mit aller Vehemenz knallt er seine allerletzte Karte auf den Tisch, springt auf im Siegestaumel:

– SIEG! SIEG! ... JAAAAAA!!!

Alle schauen ihn an, den siegestrunkenen Rübezahl, es dämmert ihnen langsam, dass das Mikes Abschied sein könnte von ihnen ... OH FUCK ... Nur Mike bleibt ruhig.

– Du hast nicht «Mau» gsagt, Udo, leider. Du musst eine abheben und weiter geht's.

– Was?

Udo stiert auf den Stapel, aber auch Stefanie und Niki pflichten dem Onkel bei,

– Stimmt, Udo!

– Du musst deine Karte wieder nehmen und noch eine abheben!

Niki hat ihm Paroli geboten, das erste Mal, er schaut zu Jenny, doch die wird gerade von ihrem Gatten in Beschlag genommen,

– Ich hab «Mau» g'sagt ... Ich hab sicher «Mau» g'sagt ... Oder Jenny? Hab ich «Mau» gesagt?

– Ich hab nix ghört.

PAFF. Das hat gesessen,

– Ich auch nicht. Ganz ehrlich. Du musst deine Karte wieder nehmen, noch eine abheben und weiter geht's ...

Das war jetzt Mike, und Udo, der kastrierte Bulle, fügt sich schnaubend seinem Schicksal.

– Ich weiß *ganz genau,* dass ich «Mau» gesagt hab, aber bitte!

Das Spiel läuft weiter, und jetzt ist Mike an der Reihe, er legt ab, sagt brav,

– «Mau».

Er hat nur mehr eine Karte in der Hand. Doch auch Udo hat – vermutlich da ihn das Liebesglück im Moment stiefmütterlich behandelt – Glück im Spiel, auch er kann seine vorletzte Karte ablegen, donnert in die Runde,

– «MAU»... «MAU»... Hats jetzt jeder ghört? «MAU»... Ich habe «MAU» gesagt und das da is meine letzte Karte!

Er wachelt mit seinem vermeintlichen Trumpf, doch es bleibt wenig Zeit sich zu freuen,

– Du musst net so schreien, Udo, es is nämlich eh schon vorbei...

Mike legt seine letzte Karte ab.

– «Mau Mau»...

Er schaut zufrieden in die Runde, allen steht der Mund offen, das ging jetzt aber verdammt zackig! Mike lehnt sich zurück, mit dem breitesten Grinser,

– I am the King of Mau Mau! ... Und ich glaub, du fahrst mir jetzt Tschick holen, Udo. Am besten *Lucky Strike*... fürn *Lucky Mike.*

Mike lacht ein kleines dreckiges Lachen und Jenny lacht auch, fröhlich und heiter, angesteckt vom Onkel. Nur Udo starrt fassungslos auf die abgelegten Karten, beginnt den Stapel zu durchforsten und nach Beweismitteln zu suchen,

– Du hast beschissen!

Udo tippt wie ein Besessener auf den Karten herum, dabei verrutschen sie alle, die Beweisführungskette ist unwiderruflich durchbrochen und dadurch zerstört, was Udo noch verzweifelter werden lässt und Mike noch lockerer,

– Oh, oh, oh, is da jemand a schlechter Verlierer?

– Ich lass mich doch nicht verarschen! Du hast doch grade vorher nicht ablegen können bei der-, was war das? – bei der Karo Dame und jetzt kannst plötzlich rot ablegen?

– Tja …

Mike thront triumphal am Sofa, der Sonnenkönig spricht und alle Argumente sind wie weggefegt,

– Der bescheißt sogar bei Mau Mau!

Udo deutet auf das Kartenchaos am Tisch. Er sucht nach Verbündeten, doch keiner springt auf seinen Zug auf,

– Ihr glaubts mir also nicht, jaaa? Dann werd ich euch einmal was sagen …

Udo rotiert wie ein Kreisel, ein rosa Kreisel wohlgemerkt, mit großen Schweißflecken unter den Achseln, vermutlich, weil der Wollpullunder sehr warm ist, auf dem Viskose-Hemd,

– Dieser nette Onkel da is ein *Trickbetrüger*! Ein *vorbestrafter* Trickbetrüger! Der hat sich da eingeschlichen, um alles zu ruinieren! Der will uns alle fertigmachen, vielleicht sollte man wissen, mit wem man es hier zu tun hat?

Udo hat sich gerade erst aufgewärmt, er ist bereit, ins Detail zu gehen, die Vorstrafen einzeln aufzuzählen. Er hat sie alle auf seinem Zettel notiert, den er eingesteckt hat, den könnte er jederzeit zücken und alle Vergehen dieses Verbrechers aufzählen, aber da fährt Jenny dazwischen,

– Hör sofort auf jetzt, Udo! Spielschulden sind Ehrenschulden, und du hörst jetzt sofort auf, dich so aufzuführen, wir sind Gäste da, hier sind Kinder im Haus, und du fahrst jetzt die Zigaretten holen, diese Dings, diese Lucky Strike!

– Fürn Lucky Mike!

Das waren die Kinder, unisono,

– ABER DALLI … !!!

Noch nie haben sie Jenny so aufdrehen gesehen, Stefanie und Niki können es kaum fassen. Mike beobachtet den Schlagabtausch mit eifriger Schadenfreude, so wie man einem blutrünstigen Boxkampf beiwohnt, wo der Unterlegene in der letzten Runde neue unerklärliche Kräfte entwickelt und aus dem Nichts den K.-o.-Schlag ansetzt.

Udo steht vor ihnen, zitternd – his *great balls on fire* – und frisst all seinen Frust in sich hinein, pfeffert seine vermeintliche Siegeskarte auf den Tisch, und mit Tränen der Wut in den Augen verabschiedet er sich von der Party,

– Gut, ich fahr dann!

Und schon rennt er hinaus beim Wohnzimmer, im gehopsten Stechschritt, denn jede gewonnene Sekunde ist eine Sekunde, in der DIESER GANGSTER kein Unheil anrichten kann. Ein würdiger Verlierer weiß, wann er zu gehen hat.

Aber ein würdiger Sieger geizt doch auch nie mit gutem Ratschlag,

– Am Bahnhof is die Trafik vielleicht noch offen ... Sonst tät ich zu einer Tankstelle fahren ...

Das posaunt Mike ihm noch hinterher, und Udo reißt die Haustüre auf und springt ins Polizeiauto. Sein letzter Blick aus dem Auto gilt Jenny und Mike, die nebeneinander am Küchenfenster stehen und ihm winken.

BRRRRMMM ...

Ein Mann und zwei Gedanken.
Ein Polizist zwischen zwei Frauen.
Ein Bulle mit der heißen Schnauze.
Ein Ziel, viele Wege.
Die Wege versperrt und das Ziel verraten.
Vom Jäger zum Gejagten.
Von der Pirsch auf die Flucht.
Alleine in seinem Wagen.
Ein Mann, ein Gedanke: Rache.

Er tritt das Gaspedal durch, der Wagen brettert davon, die Windradgasse hinab wie der Fliegende Holländer. Er setzt das Blaulicht aufs Dach, in der nächsten Kurve hört man, wie auch das Folgetonhorn anspringt. Udo, rasend vor Wut und Eifersucht, malträtiert das Lenkrad, während er wie eine gesengte Sau durch die Vorstadtstraßen prescht,

– Ich fahr doch net Tschick holen für den … Ich mein, ich werd doch nicht Tschick holen fahren für den? … Des mach i net! … Pfff! … D A S M A C H E I C H N I C H T !

Er schüttelt sich, sein Blick fällt in den Rückspiegel, *WER IST DAS?*, ein getretener Cop in der Defensive? … Er versucht sich zu kalmieren, der Schweiß steht ihm auf der Stirn,

– Du drehst jetzt um! … Genauso machst du des … Du drehst jetzt einfach um! … Du steigst jetzt auf die Bremse und drehst um! … Du fahrst zurück und gehst hinein ins Haus und du sagst ihnen, wer dieses Arschloch is- … Du kannst dich doch net zum Trottel machen …

Udo schaltet hoch, der Wagen zieht an, die lauschigen Weinberge rauschen an ihm vorüber, er nimmt sie aus den Augenwinkeln wahr,

– Ich weiß ja eh, was passieren wird … Ich bin doch nicht deppad! Der wird sich des nehmen, wofür er hergekommen is! Der krallt sich die Gloria und fladert, was er kriegen kann! … Des is ja völlig logisch! … Und des reicht dem Hund aber net! … Das reicht ihm nicht! … Der geht her und- und fickt deine Frau! … Deshalb hat er dich ja weggschickt! … Der fickt die Jenny … Der macht des, der fickt sie vor den Kindern- na, nein!- … DAS IST SO! Das ist dem SCHEISSEGAL …

Udo nimmt die Kurve extrem eng, ein Reifen springt über die Bordsteinkante – eine Frau mit Hut schiebt sich und ihren Mann eilig in eine Thujenhecke. Sie starren dem Wagen nach, die Flüche ersterben auf ihren Lippen, das war verdammt knapp. Udo ist das völlig blunzn, er kämpft seinen inneren Kampf lautstark mit sich selber aus,

– Ja, aber, aber … des, des is doch alles nur deswegen, weil *du selber die Frau von einem anderen ficken willst,* des spürt der doch, der weiß des, deswegen traut er sich sowas, diese Sau, dieser Filou, dieser Hurenbeitl! … Den krieg ich! … Wenn ich will, geht der in' Häfen! … DEN MACH ICH KALT … ICH MACH IHN KALT!!!

Er schneidet die Kurve, überholt, reiht sich ein, gibt Gas, Betonfuß Udo, überholt und – WUUUUSCH – Schon ist er an einer Trafik vorbeigedonnert, die offen gehabt hätte … Tja … Schade, wenn einem die Wut den Verstand trübt und unaufmerksam werden lässt. Wenn der Polizist den Spürsinn und die Achtsamkeit verliert, ist er nicht mehr weit vom gemeinen Bürger entfernt. Dann ist er ein *Normalo,* der wild durch die Gegend brettert. Ein *Wutbürger* mit Pistole im Halfter und Blaulicht am Dach. Und das waren eigentlich immer schon die Gefährlichsten.

MAGIC MOMENTS ECSTASY

Dein Haar weht im Wind
Von meinem Fenster aus
Da seh' ich dich gehen
Du winkst herauf und bleibst sekundenlang stehen
Ich denk': «Wie schön war es doch eben noch hier mit dir»

Sie war sich zuerst nicht ganz sicher, aber dann, ja, doch … Gloria hält inne, ein Holzbrikett in der Hand. Musik? Ja, das is eine Nummer, die kennt sie, die hat sie auf LP, da muss einer den Plattenspieler aufgedreht haben. Sie lässt das Brikett fallen, geht aus dem Heizungskeller die Treppen hinauf in Richtung

Wohnraum. Das is, ja!, das muss Udo Jürgens sein, eine ihrer Lieblingsnummern ... Ja, ja, sie hat die Scheibe immer aufgelegt, wenn sie wollte, dass endlich einmal alle tanzen und die Erfolgsquote war immer 100 %, sogar Sandro hat dazu das Tanzbein- also wenn schon nicht geschwungen, so doch geschüttelt und jetzt ist sie oben, hört den Refrain ...

Ich weiß, was ich will
Ich will dich fühlen, wenn der Morgen erwacht
Mit dir den Tag verbringen bis in die Nacht
Und glauben nirgends ist ein Ende in Sicht
Nein, für uns nicht

Das Bild, das sich ihr bietet, ist durchaus überraschend. Die Anlage ist fast auf Anschlag aufgedreht, aber der Sound ist immer noch hervorragend, da hat Sandro schon drauf geschaut, maßgeschneiderte Boxen für den living room. Stefanie steht in der Mitte des Wohnzimmers, die Augen geschlossen, und shakt. Mike wirft seine Beine in einer Art Boogie Woogie Trance, ein Derwisch Dance zwischen Elvis und Lindy Hop. Jenny – mit offenem Haar – springt zum Sofa und zieht Niki hoch. Er folgt nur widerstrebend, aber da hat Jenny ihn auch schon auf den improvisierten Dancefloor gelockt und wackelt mit ihrem Hintern. Sie hält Nikis Hand, die beiden beginnen ein zaghaftes Tänzchen. Udo ist nirgendwo in Sicht.

Keiner hat sie bisher entdeckt und Gloria ist kurz davor, wieder umzudrehen, sie hat schließlich und endlich Wichtigeres zu tun als hier *abzushaken*! – Aber da schnappt Mike sich Jenny und dreht sich wild mit ihr, die Kinder lachen und klatschen, Jenny beugt sich zurück und Mike wirbelt sie herum. Das Ganze geht über in eine Form von Discofox, Mikes Tanzstil erschließt sich ihr nicht ganz, jetzt macht er «Körbchen» und dreht sich ein, Jenny folgt seinem undefinierbaren Stil, als hätten sie das jahrelang geübt.

Im Schatten des großen Bücherregals steht sie da, die Hausherrin, und betrachtet das Spektakel in ihrem Wohnzimmer, beobachtet den Discofoxtänzer Mike und seine Eroberung Jenny, und da stellt sich seit langem wieder dieses Gefühl ein, in einem Tanzstadel zu stehen, in einer Tenne, in einem der unsäglichen Lokale am Stadtrand, wo der Held die Dame mit sperrigen Drehbewegungen und pseudogeschmeidigen Schritten über die ganze Tanzfläche geleitet, um Ansehen und Aufmerksamkeit seiner Artgenossen zu gerieren, ein Gockeltanz der peinlichen Art. Aber auch das Gefühl der Eifersucht ist eindeutig da, so wie früher, als sie am Rand der Tanzfläche stand und DER ANGEHIMMELTE VON EINER ANDEREN AUFGERISSEN WURDE, weil sie selber einfach zu feige war oder zu spät dran oder zu wenig betrunken.

Ich weiß, was ich will
Ich will die Leidenschaft
Mit der du mich liebst
Die sanfte Zärtlichkeit
Wie du sie mir gibst
Die Illusion
Du lebst allein nur für mich
Die brauche ich

Gloria hat sich ihr halbvolles Glas geschnappt, es ist noch immer da, wo sie es abgestellt hatte, und sie hat es SCHLUPP mit einem Zug geleert, und das hat Mike gesehen, ihre Blicke treffen sich. Er sieht es ihr ganz genau an, er sieht ihr ALLES GANZ GENAU AN. Sie kann sich nicht verstellen, konnte das nie gut. Wenn sie eifersüchtig war, musste es raus, und Mike blinzelt ihr zu, als *Verbündeter* – PFFF – wie lachhaft, nach allem, was er gerade aufführt, mit der Frau des Polizisten, was soll da noch kommen? Die Katastrophe war vorprogrammiert, nur gut, dass ihr das alles scheißegal war, sie hat genug gesehen, der

Typ is abgeschrieben bei ihr … Da nimmt Mike Jennys Hand und reicht sie Niki. Und Niki tanzt jetzt weiter mit Jenny, und Mike … Mike kommt zu ihr herüber, halb tänzelnd, so als wollte er den Schwung nicht ganz verlieren und schenkt ihr ein Glas Wein nach und fragt UND? – Und Gloria sagt – NICHTS! – und macht das Glas auf einen Zug leer und sagt ES MUSS HIER HERINNEN SEIN … IRGENDWO! Und da lacht Mike und will sie auf die Tanzfläche ziehen, aber Gloria hat die Schnauze voll, es ist FUCKING DREI VIERTEL ACHT, und sie dreht sich um, beginnt die Bücher aus dem Regal zu ziehen, eins nach dem anderen, dann immer mehr, jetz reißt sie den ganzen Haufen einfach runter, das Regal beginnt sich zu leeren, sie durchkämmt die Regalfächer. Mike springt auf den Beistelltisch und reißt gleich die ganze obere Buchreihe runter und schreit zu Stefanie, DREH LAUTER, GEMMA!

Und Stefanie tut es, die Boxen sind am Anschlag, der Sound ist noch immer fett wie Elke und das Regal schon fast leer, und jetzt steigt auch Stefanie mit ein und fetzt Sachen aus den Regalen, es beginnt ein freudiges Treiben, nur Niki und Jenny tanzen selbstvergessen in der Mitte des Wohnzimmers,

Ich weiß, was ich will
Ich will, dass endlich etwas Neues beginnt
Dass wir wie ein Gedanke, ein Körper sind
Das ist mein Ziel
Sag' mir nur eins
Will ich zu viel?

Gloria dreht jede Ecke des Wohnzimmers um und stellt alles auf den Kopf, in einer FRENZY und einem FUROR. Und ohne zu wissen, was ihre Mutter dazu bewegt, die Einrichtung auseinander zu nehmen, macht Stefanie mit bei diesem bunten Treiben, leert Kästen, schleudert Schallplatten auf den Boden und kickt Pölster durch die Luft. FREEEEEDOMMM.

Jenny und Niki stehen tanzend oben auf dem Sofa – Mike hat aus der Küche die restlichen Sacherwürstel geholt und auf die Hängelampe geworfen, wo sie wie Schießbudentrophäen über den Köpfen der Tanzenden baumeln, und Jenny hüpft hoch und versucht sie mit dem Mund zu erwischen. Mike spritzt das Ketchup an die Wand, ein Z wie in ZORRO, so markiert er sein Revier, während Gloria ein riesiges Gemälde von der Wand reißt und quer durch den Raum schleudert.

Stefanie tritt drauf aufs Bild, die Leinwand reißt ein und sie brüllt über die Musik *DIESES SCHIACHE SCHEISSBILD!* und zerfetzt es endgültig. Gloria nimmt das zum Anlass, eine goldene Designervase gegen drei auf Steinsockel stehende Metall-Flamingos zu schmettern, was nur einer von ihnen stehend überlebt, die beiden anderen krachen zu Boden. Amerikanisches Ahorn, allein diese Schramme sicher über 4000 Euro. Gloria stößt ein zufriedenes Brummen aus, kickt ihre Schuhe weg und beginnt mit einer Gabel die Leinwände der restlichen Bilder aufzuschlitzen, was ihr großen Applaus der anderen Zerstörungwütigen einbringt,

Ich weiß, was ich will
Dir alles zeigen
Was ich jemals gesehen
Was du auch immer tust
Verzeihen und verstehen
Was ich noch nie vorher im Leben getan
Fang ich jetzt an

Das Wohnzimmer verwandelt sich in ein Abbruchhaus, Einzelteile der Einrichtung werden durch die Gegend geworfen, als wäre das alles billiger Schrott und Plunder, die Utopie der Eigentumslosigkeit scheint hier Bahn zu greifen, Stefanie hat diesen Müll noch nie ausgehalten, diese *Pseudokunst* ihres Vaters und den *edlen Geschmack* ihrer Mutter, diese hundsteuren

Designstücke ohne Sinn, während ihre Hippiefreunde ohne fließendes Wasser lebten und von der Hand in den Mund, und jetzt geht dieser Edelschrott endlich den Weg alles Irdischen und wird vernichtet, zu Staub und Asche. Sie rennt Richtung Essküche, auf der Jagd nach weiteren Objekten der Zerstörung, ergreift den Papiermülleimer und pfeffert ihn in hohem Bogen durchs Wohnzimmer. Alle Augen folgen der Flugbahn, zu lautem Jubel verteilt sich der papierene Inhalt über das Schlachtfeld, dann trifft der Korb eine Lautsprecherbox, die von ihrem Podest kippt und zu Boden kracht und jetzt beginnt sie doch leicht zu wummern. Niki hüpft wie ein Irrer vom Lehnstuhl aufs Fauteuil und Jenny geht auf die Knie, um einen Teppich einzurollen.

Gloria hat schon jedes Sofakissen herausgezogen und aufgerissen, Sandros Brieföffner ist ihr dabei eine große Hilfe gewesen. Mike hat angefangen, auch die Sofas selbst umzudrehen und auf den Kopf zu stellen. Jenny und Niki haben den Perser jetzt gemeinsam zusammengerollt und drehen sich damit um die eigene Achse, dabei gehen alle noch hängenden Lampen zu Bruch, sie räumen die Kommode ab, rumsen an die Stereoanlage, die Nadel des Plattenspielers springt ein Stück zurück – SCCCRRRRATCH – es geht in die Verlängerung,

Was ich noch nie vorher im Leben getan
Fang ich jetzt an

Mike hat die Schiebetür zur Terrasse aufgemacht und zündet sich eine Zigarette an, HERRLICH, er beobachtet das wilde Tohuwabohu. Gloria springt auf und ab zur Musik und wirft die Arme in die Luft, Niki und Stefanie werfen sich alles an den Kopf, was sie zu fassen kriegen, Kissen, Bücher, Zeitschriften, Spielkarten, LPs … Genussvoll zieht Mike den Rauch ein, aaahhhhh, wie die Zigarette während des Sex, er bläst den Rauch höflich nach draußen. Natürlich hat er da ein wenig geschwindelt. Er hat noch Zigaretten, keine Frage, er hat IMMER noch Zigaretten irgendwo, aber er musste den Typen loswerden, damit es hier abheben konnte, und *wie es jetzt abhebt,* das ist schon wunderbar.

Glorias Haare fliegen ungestüm und wild durch die Gegend, die Frisur ein ins Trudeln geratenes Raumschiff. Sie ist das Mutterschiff, auf dem sich ein Virus ausgebreitet hat, der die gesamte Besatzung angesteckt hat, und dieser Virus heißt DESTRUCTION!

Da schnappt sich Jenny ein Buch und schleudert es auf ihn, Mike duckt sich, das Buch schlägt knapp ober ihm ein. Jenny lacht, nimmt noch eins und wirft – diesmal schießt es durch den Türspalt hindurch und hinaus in Richtung Pool, und das bringt sie auf eine neue Idee. Sie hebt einen ganzen Haufen Bücher auf und rennt damit an Mike vorbei hinaus auf die Terrasse und wirft sie in den Pool – PLLAATTSCH – und natürlich drängt sich da Mike die Idee auf, ein paar Schritte zu machen und seinen Arm auszustrecken. Und in dem Moment, als Jenny sich wieder umdreht, schubst er sie, nur ganz sanft, aber sie ist mitten in der Drehung und hat deswegen keine Balance und *PLATSCH again* – jetzt liegt Jenny im Pool, und alle kommen rausgerannt und biegen sich vor Lachen und Jenny lässt sich treiben am Rücken und schreit vor Freude JIPPPPIIIEEHHHH.

Gloria steht neben Mike, nimmt ihm die Tschick aus der Hand, macht einen Lungenzug und zieht Mike zurück ins Wohnzimmer,

– Wieso find ich dieses Scheißgeld nicht?

Sie zeigt auf die Verwüstung,

– 600 000 Euro können sich doch nicht in Luft auflösen, oder?

Ja, das ist tatsächlich eine berechtigte Frage, die Mike auch zum Nachdenken bringt, und wie er da so steht und sinniert und dabei die Einflugschneise des geschleuderten Papiermülleimers betrachtet, da kommt ihm eine Idee, die ihm eigentlich schon seit geraumer Zeit hätte kommen können.

– Wer sagt, dass das Geld ein Bargeld sein muss?

Gloria glotzt ihn an, *comprende nullo,* wie der Franzose sagt, und Mike marschiert durch die Ruinen und kramt herum, er sucht nach etwas, aber wonach? Gloria folgt ihm mit den Augen, aber sie kommt nicht drauf, was er da finden will. Doch Mike hat einen Plan und da!, eingeklemmt zwischen einem Kissen und einem umgestürzten Cognac-Schwenker, da liegt es, und er hebt es auf und zieht Gloria an der Hand nach draußen zur Garderobe, damit sie ungestört sind, er zieht sie heftig, weil er ahnt, was jetzt kommen wird und Gloria hängt an ihm dran wie ein Luftballon und schnappt sich im Rausrennen gerade noch ihre Schuhe, während Udo Jürgens schmettert,

… durch die Welt mit dir ziehen
Dem ganzen Zirkus dieses Daseins entfliehen …

Und jetzt öffnet Mike den eingeschriebenen Brief, den er seinerzeit, fast könnte man sagen *aus einer Laune heraus,* und das war eine *sehr schlechte Laune* damals, weil dieser Hausdrachen ihn mit Feuer bespuckt hatte, den er also damals ungeöffnet und mit einem unfassbar guten Wurf aus sicher vier Metern Entfernung zielgenau in den Papiermüll gepfeffert hatte.

– Er is doch noch zur Post gfahren an dem Tag, wo er kollabiert is, oder?

Gloria nickt, dreht den Brief, kann es nicht fassen, Empfänger und Absender sind ident, beide Male ist es «Dr. Sandro Bittini».

– Wo kommt denn das her?!

– Er hat sich das selber geschickt … aber ich hab's entgegengenommen.

Gloria starrt ihn an,

– Und- hast … NICHTS GESAGT?

– Du sagst mir auch nicht immer alles.

Mike hat jetzt keine Zeit, sich auf so kleinliche Argumente einzulassen, er weiß, dass er *das größere Ganze* im Auge behalten muss, reißt das Kuvert auf und zieht ein Sparbuch aus dem Päckchen, Gloria nimmt es, blättert es auf,

– Das is … ein Sparkonto namens «Stefanie» … Die Summe is 600 000.

Mike betrachtet die Eintragung, tippt aufs Sparbuch, ganz der Einlagenfachmann,

– Das is auf ihn persönlich ausgestellt, das heißt, des Geld kann nur der Sandro abheben.

– Scheißegal, darum soll die Kanzlei sich kümmern! Wir gebens denen, und dann sind wir das alles los, ein für alle Mal, verstehst du!

Gloria steckt das Sparbuch ein.

– Wir fahren jetzt einfach dorthin und geben ihnen das!

Sie atmet durch, schnappt sich ihre Handtasche, Mike tastet nach den Wagenschlüsseln, ein *signature move,* so wie sich andre an die Eier greifen, um zu checken, ob sie noch da sind oder gut hängen, PASST, und ab geht's, doch da stoppt Gloria, packt Mike an den Schultern,

– Wieso sagt mir der Sandro nix davon? … Wieso weiß ich eigentlich von nix?!

Da stehen sie also an der Haustüre, bereit abzuhauen und ihre Mission zu erfüllen. Über ihnen thront Sandros Porträt im Treppenhaus, eine rote Wolke verschleiert sein Hirn, so blickt er auf die beiden Erdlinge herab und Mike nutzt diesen hochemotionalen Moment, um eine grundsätzliche Weisheit loszuwerden.

– Man kann nie hineinschauen in die Menschen.

Gloria rollt die Augen, DANKE DAFÜR, sie schaut auf die Uhr, 19:52 Uhr.

– Fuck!

Sie rennen aus dem Haus. Die Musik weht nach.

Ich weiß, was ich will
Dass jede Nacht für uns zum Karneval wird
Und jeder Weg nur zueinander uns führt
Das ist mein Ziel
Sag mir eins: will ich zu viel?

SWIMMING POOL

Stefanie sagt, sie holt der Jenny schnell was zum Anziehen und verschwindet im Wohnzimmer, ZACK, die Treppen rauf. Jenny sitzt tropfend am Beckenrand, Niki reicht ihr ein Handtuch … UND NATÜRLICH STELLT SICH JETZT DIE FRAGE.

Niki steht neben ihr und, und die Sonne brennt auf die Augen und Niki schließt sie und Jenny sitzt da, trocknet die Haare, aber ihr Kleid klebt an ihrer Haut. Niki beißt sich auf die Lippen, es schmeckt salzig und bitter und …

Ich weiß, was ich will
Ich will dich ganz und gar und immer um mich

… jetzt könnte er es sagen. Jetzt könnte er den Mund endlich aufmachen und seine Last rauswerfen, rausschießen aus seinem Körper und dann würde sich die Hölle öffnen und er würde darin untergehen, aber SCHEISSEGAL, er hätte es ihr gesagt, NUR IHR, weil sie die Einzige ist, mit der er sein möchte, weil sie ihn verstehen würde.

Und als er die Augen öffnet, da hat sie sich aufgesetzt und ihr Kleid halb ausgezogen, er kann es nicht glauben, und jetzt steht sie ganz auf und streift das Kleid ab mit den Füßen und steht nackt vor ihm, nur die Sonne auf ihrer Haut und ein paar

Wassertropfen, er sieht ihren Busen, er sieht ... ALLES und hat vermutlich den größten Steifen seines Lebens, BOING! hat's gemacht, BOING! Alarm! Alarm!

Jenny trocknet sich ab an den Beinen und singt dabei die Melodie mit und meint, Jetzt könnte man einmal was anderes auflegen, also eine andere Musik, vielleicht eh sowas in der Art oder auch was Aktuelles, einen Hit, und fragt ihn, ob er nicht eine Nummer aussuchen will ... Dabei wischt sie sich den Rücken und den Hintern ab, weil das für sie nichts Besonderes ist, Mother Nature's Child, und Niki krächzt irgendeinen Laut, ein sterbender Schwanlaut, und er geht aus der Sonne, weil er sonst kollabieren würde, das weiß er, und Jenny denkt sich, dass das sicher schön wäre, hier am Pool einmal zu grillen, weil der Blick hinunter auf die Stadt ein ganz anderer ist als von ihnen drüben, wo man eigentlich nur auf die Garage vom Nachbarn sieht. Außerdem haben sie nur so einen aufblasbaren Pool aufgestellt im Garten, an dem Udo fast zwei Tage geblasen hat, weil ihm der Blasebalg gleich am Anfang eingegangen ist und es ein Samstag war, wo die Geschäfte schon zu hatten und Udo das schöne Wetter am Wochenende unbedingt ausnutzen wollte, *wenn er einmal frei hatte*, und so hatte er den ganzen Samstagabend und den ganzen Sonntag über geblasen und um halb neun Uhr abends war der Pool fertig, aber Udo auch, er war ganz gelb im Gesicht und musste sich hinlegen vor Erschöpfung und sich erholen, weil ihm richtig schlecht war. Und Jenny hielt dann nur kurz ihren Fuß rein, aber das Wasser war auch noch nicht fertig eingelassen und viel zu kalt zum Baden.

Niki taumelt ins Haus, durchquert das Wohnzimmer, eine Hand schützend übers Gemächt, und da springt auch schon Stefanie an ihm vorüber und durch die Schiebetüre hinaus und wirft Jenny ein weites T-Shirt zu und einen Minirock und sie lachen, weil Jenny nur im Handtuch vor dem Pool steht und sie beide daran denken müssen, dass man hier noch nie gemeinsam gebadet hat, obwohl sie schon so viele Jahre fast Tür an Türe wohnen, also gegenüber. Und jetzt, wo alles in Scherben liegt, genießen sie das schöne Wetter und Jenny sagt DANKE und SUPER, DAS PASST SICHER SEHR GUT. Stefanie lässt sie alleine, damit sie sich umziehen kann, und schon ist sie im Wohnzimmer bei der Stereoanlage, schaut die am Boden verstreuten Schallplatten durch und legt eine auf und das ist gar nicht schlecht, ehrlich gesagt,

If loving you is wrong
I don't wanna be right

Eine mächtige Stimme, zwischen Verzweiflung und Verzückung, das musste SOUL sein. Stefanie hebt das Cover hoch, Disco Hits der 70er und 80er, und das hier ist die erste Nummer, Millie Jackson, DAMN COOL, dass ihre Alten sowas in ihrer Plattensammlung haben, ist erstaunlich,

And am I wrong to hunger
for the gentleness of your touch

Jenny bindet sich die Haare zusammen, nimmt ihr das Cover aus der Hand und deutet auf die nächste Nummer, Auf die freu ich mich, sagt sie, Heute will ich tanzen! und sie rollt den Kopf, dass ihr frisch gebundener Zopf fliegt, und Stefanie meint, Ja, also, jetzt is echt schon alles wurscht, ich leg gleich die nächste Nummer auf, *ATOMIC* heißt die, von BLONDIE, und sie hebt die Nadel und schiebt sie unsanft weiter und meint, sie würde heute auch gerne SHAKEN, einmal so richtig ABGEHEN HIER IM HAUS. Und außerdem, meint Stefanie, werde sie jetzt diesen Scheiß Globus aus dem Fenster werfen, das wollte sie nämlich schon seit Ewigkeiten machen, und Jenny giekst vor Freude, als die ersten Takte der neuen Nummer anheben, BA BA BA BAMMM! BA BA BA BAMMM! B l o o o n d i e … !

Uh huh, make me tonight
Tonight, make me right
Uh huh, make me tonight

COMEBACK TSCHICK

Hier heroben, am Ende der Windradgasse, wo der Blasius, wie man den böenartigen Wind gerne nennt, wo der Blasius die Gasse auf und ab blasen würde, wenn er nicht behindert und eingedämmt würde von Häusermauern, Gartenhecken, SUVs und dem Wald, ist es relativ ruhig und still.

Dieser Wald waldet, wie er so steht und atmet. Er beruhigt die Seele und bietet dem Spaziergänger den notwendigen Auslauf und ermöglicht das *Herunterkommen* vom alltäglichen Stress und den Sorgen, die auf den Schultern des hier ansässigen Menschen lasten. Denn auch im wohlsituierten Vorstädter hinterlässt die Zeit ihre Spuren, und die großen Fragen der Menschheit machen auch vor ihnen nicht halt und belasten das zarte Seelengeflecht. Selbst wenn es im Alltag oftmals um scheinbar kleinere Probleme geht. Wie z. B. der Frage, ob es dem Anrainer gestattet ist, mehrere Fahrzeuge am Fahrbahnrand der Gasse abzustellen oder ob es der Zustimmung der Nachbarn bedarf. Ob es schicklich und zulässig ist, auch am Wochenende den Rasenmäher anzuwerfen, oder ob der Rauch des Grillers, der über die Hecke zur angrenzenden Immobilie überläuft, einen strafrechtlich relevanten Tatbestand darstellt oder nicht. Ob die zu laut aufgedrehte Musik bei einer *Grillage* als eine nicht hinzunehmende *Einschränkung der persönlichen Freiheit* zu bewerten ist und mit einer Anzeige bei der Polizei geahndet werden sollte.

Über all diese Fragen herrschen in der Nachbarschaft Uneinigkeit und oft schon musste Udo im Gesetzbuch nachschlagen, ebenso wie in der Straßenverkehrsordnung, wenn diese oder ähnliche Themen an ihn herangetragen wurden. Und auch der prominente Anwalt, der den wohl exklusivsten Platz am obersten Ende der Gasse ergattert hatte, Dr. Sandro Bittini, wurde immer wieder gerne im Vorbeispazieren darauf angesprochen, wie man mit solch störendem Verhalten denn umgehen solle? Doch dieser reagierte in solchen zwischenmenschlichen Momenten immer gerne ausweichend, verwies auf das herrliche Wetter und stieg – indem er aufs Handy deutete und es ans Ohr presste – in seinen Range Rover und entfloh diesen Unannehmlichkeiten.

Und so ist es auch nicht verwunderlich, als zwei Spaziergänger, ein älteres Ehepaar mit einem kleinen Hund, sich irritiert zeigen über das bunte Treiben im Hause der Bittinis. Denn plötzlich wird ein Küchenfenster aufgerissen und laute Musik und auch Gejohle dringen heraus aus diesem Haus, das doch – *wie die Gondeln* – Trauer tragen sollte.

– Die feiern, während der Mann im Sterben liegt!

Die Dame macht die Leine kürzer, der Hund japst auf, und auch der Herr schüttelt ungläubig den Kopf, da er sich im Kopf drinnen kein Bild machen kann von dem, was draußen gerade so abgeht, und vielleicht hofft er, durch das Schütteln auf etwas zu kommen. Doch dieser Vorgang wird jäh unterbrochen, denn ein großer, elektrisch zu beleuchtender Globus segelt aus dem Küchenfenster, das Kabel wie ein Kometenschweif hintendran, und kracht auf den Vorplatz des Hauses, zerspringt dort in tausend Teile.

– Wahnsinn.

Nun hebt die Dame das Hündchen hoch, und das ist auch gut so, denn zeitgleich schleift Udos Wagen auf dem Vorplatz ein, das Blaulicht am Dach, die Reifen quietschend.

Udo springt aus dem Wagen, den Fenstersturz der Welt muss er gesehen haben, direkt vor den Scherben hat er geparkt. Alarmiert reißt er seine Waffe aus der Innentür des Autos und will schon losstarten, als er die beiden Zeugen am Gehsteig bemerkt. Er hebt seine Linke, aber statt der Polizeimarke hat er ein Päckchen in der Faust,

– Ich bring nur die Zigaretten!

Und mit dieser für die staunenden Spaziergänger durchaus kryptischen Bemerkung läuft Udo mit großen Schritten die kleinen Stufen hinauf, um in Richtung Garten zu verschwinden.

– Was die Polizei heute alles übernehmen muss.

Die beiden Hundefreunde blicken einander an, das Unverständnis steht ihnen auf die Stirn geschrieben. Das Hündchen wird wieder abgelassen und es hechelt freudvoll die Gasse hinunter, heim zu, in Richtung der eigenen Hütte.

Dieser Abend könnte für sein Herrl und sein Frauerl ein erfreulicher werden. Man hat gemeinsam etwas erlebt, das skandalös und aufwühlend war, mit einem Schuss Mysteriosität. Man wird sich austauschen können darüber und eventuell auch einen Konsensus finden, der sonst, nach 38 Ehejahren, nicht immer leicht herzustellen ist.

Denn es ist oft die gemeinsame Empörung und die dadurch empfundene Geilheit, die uns Menschen zu dem macht, was wir sind: sich konstant unverstanden fühlende Individuen, die nach Zustimmung trachten und die es aus diesem Grund UND trotz besseren Wissens vorziehen, in trauter Zweisamkeit dahinzuvegetieren.

Und wer weiß, vielleicht wird es nach den Fernsehnachrichten auch zu einem sexuellen Austausch kommen, befeuert durch zwei, drei Gläser Sekt und die gemeinsame Erinnerung an eine Zumutung, die man mitansehen durfte und die sicherlich noch ihre Konsequenzen haben wird.

Und mit diesen oder ähnlichen Gedanken wird das Herrl sein Frauerl begatten, und sie wird es gerne hinnehmen und sich, wenn er sich keine gröberen Schnitzer leistet, dazu animieren lassen, das Schwänzchen einmal in ihren Mund zu nehmen und daran zu lutschen, als sei es *das Bonbon der Vergangenen Leidenschaft,* das ihre verschütteten Sehnsüchte wieder entflammen und sie einander wieder näherbringen wird.

OUTSIDE

Von all diesen Überlegungen unbelastet, pirscht sich Udo immer näher ans Haus, er hat einen ganz anderen Stress. Er hat zu ohrenbetäubend lauter Musik einen Globus aus dem Fenster fallen und zerschellen gesehen, er hat Schreie gehört. All das deutet auf eine *aus dem Ruder geratene Feierlichkeit* hin. Wer daran die Schuld trägt, ist für ihn sonnenklar.

Die Glock in der Hand läuft er, leicht gebückt, die Hausmauer entlang, durch die Küchenfenster kann er nichts erkennen, hier sind die Gardinen vor, doch bald schon wird er die Terrasse erreicht haben, von wo aus er sich einen Überblick über das Geschehen machen wird können.

Ein Schuss fällt.

Udo wirft sich sofort in Deckung, HOPP, knapp an die Hausmauer, steif wie ein Stock liegt er am Kies. So hat er das gelernt. Die Dienstwaffe in der Rechten, eng an den Körper gepresst, *Einundzwanzig,* dann springt er auf, drückt sich an die Hausmauer und schiebt seinen schweißnassen Körper immer näher ran an die Terrassentür.

INSIDE

Niki steht in seinem Zimmer und drückt die Hände gegen die Schläfen. Unten läuft jetzt wieder Musik, irgendeine Achtziger Discowumme, *Uh huh, make me tonight.* Er lässt die Arme hängen. Jetzt kneifen wäre das Allerschwächste auf dieser Welt, das Eingeständnis einer Niederlage, das Einziehen des Schwanzes. Er betrachtet seine Hose, alles wieder beruhigt und im Lot. Jetzt ist er bereit, er greift unters Kopfkissen, er spürt den Griff aus Holz, den Abzug aus Metall.

So fühlt es sich also an, wenn man kaltblütig ist. So spürt sich das also an, wenn man drauf scheißt, was andere denken und sein Ding durchzieht. Er geht aus dem Zimmer, er blickt nicht hinter sich, schreitet die Stufen hinunter, ruhig und gemessen, die Waffe knapp hinterm Körper, Stefanie rennt an ihm vorüber, eigentlich springt sie zum Takt der Musik und schleudert den Elektroglobus aus dem Küchenfenster, WHATEVER, Niki geht noch einige Schritte weiter in den Raum, niemand schenkt ihm Aufmerksamkeit. Jenny tanzt selbstverloren im Wohnzimmer, singt laut mit,

Oh, your hair is beautiful
Oh, tonight

Niki stellt sich in einem Meter Abstand zu ihr hin und wartet, bis seine Schwester wieder zurückgehüpft ist und mit Jenny weiter abshaked. Dann zieht er die Waffe hinter dem Rücken hervor und hebt den Arm leicht seitlich weg vom Körper. Er streckt den Arm durch, wie er das beim Onkel gesehen hat. Dann drückt er ab.

Oh, atomic
Oh

OUTSIDE IN

Udo nähert sich dem Haus am Boden kriechend. Er richtet sich geschmeidig auf, katzenhaft geschmeidig, die Waffe im

Anschlag, ein Gebüsch dient ihm als Deckung. Er ist bereit, jetzt einzuschreiten, er hat alle Kräfte mobilisiert und hochgefahren, visiert die offene Terrassentüre an.

Ein zweiter Schuss fällt.

Udo wirft sich nieder, ins Gebüsch, er will wieder hoch, aber er bleibt daran hängen, da sich seine Kleidung in den Ästen verfangen hat. Er will den Arm aus dem Buschwerk ziehen,

– Ahh--

Das war seine Dienstwaffe, die ist hängengeblieben im feingliedrigen Geäst und ihm entglitten. Udo duckt sich, sucht sie verzweifelt unter dem Buschwerk, tastet und schiebt, kommt da aber nicht durch mit der Hand, VERFICKTE SCHEISSE. Er weiß, dass es jetzt um jede Sekunde geht, es ist alles schlimmer gekommen, als er es erwartet hatte. Dass nun eine Waffe im Spiel ist, war nicht abzusehen, er hätte den Tatort NIEMALS VERLASSEN DÜRFEN, das würde er sich NIE IM LEBEN VERZEIHEN, und während er all diese belastenden Gedanken wälzt, verrinnt die Zeit und Udo gelingt es nicht, die Waffe zu erhaschen, diese DRECKSBÜSCHE hier sind EXTREM DICHT, er schindet sich die Finger wund, und DA, ENDLICH hat er die Pistole wieder und reißt den Arm aus dem Busch, springt mit einem gewaltigen Satz zur Terrasse, hebt die Glock hoch zur Nase, beide Hände am Abzug, und wirft sich mit einer Hechtrolle durch die offene Türe.

INSIDE OUT

POAAAAUUWWWW

Der Schuss fetzt durch den Raum, durchschlägt das Stützbein des Flamingos und bohrt sich dahinter in die Wand. Das vergoldete Bein des Vogels knickt ein und er stürzt kopfüber von seinem Sockel, wie ein gefallener Lenin, kracht auf den Boden. Niki betrachtet zufrieden sein Werk. Jenny und Stefanie stehen ihm fassungslos gegenüber, WHAT THE HELL? Dann macht Stefanie einen schnellen Schritt und knallt ihrem Bruder eine, dass ihm die Ohren wackeln, reißt ihm den Revolver aus der Hand.

Jenny, Niki, Stefanie – und ein Revolver hat die Seiten gewechselt. Stefanie hebt den Arm, zielt und schießt – ein zweiter Schuss,

POAAAAUWWWW-PLING!

Sie hat das Familienporträt getroffen, es war wie durch ein Wunder unversehrt am Rande der Kommode gestanden, nun ein Dorn im Auge der Chaoswütigen. Die Verglasung zerspringt und die Funken sprühen und der Rahmen wird zerfetzt und fliegt durch die Gegend. Eine zweite Kugel hat sich in die Wand gebohrt.

Stefanie lässt den Arm sinken und die Waffe fallen, und für ein paar Augenblicke wagt niemand, den anderen anzusehen.

Gottseidank ist Udo nicht dabei, denkt Jenny, als er durch die Terrassentüre hechtet, also fast geflogen kommt, mit einer Hechtrolle, der Udo, und sich hinter dem umgestürzten Sofa verschanzt, beide Arme hochreißt, die Waffe im Anschlag, bereit, jeden zu töten, der sich ihm in den Weg stellt.

Doch das Bild, das sich ihm bietet, ist ein schwer einordenbares. Inmitten eines verwüsteten Wohnraumes stehen Stefanie, Niki und Jenny – in einem ihm nicht bekannten engen Minirock und einem weiten Mädchen-T-Shirt – und mit nassen Haaren. Über der Hängelampe, und dieses Detail irritiert ihn in diesem Moment enorm, baumelt ein Paar Sacherwürste.

Am Boden vor dem Trio Infernale liegt ein Revolver, die *smoking gun*, offensichtlich eine .357er Magnum, mit höchster Bestimmtheit die Tatwaffe. Udo scannt den Raum, ansonsten ist hier ganz offensichtlich niemand zugange. Die von ihm anvisierte Zielperson, der oder die Schütze oder Schützin, lässt sich nicht ausmachen, da KEINER DER ANWESENDEN die Waffe in Händen hält.

Weder Mike noch Gloria sind irgendwo anzutreffen, und nun fällt ihm auch auf, was ihm vorhin entgangen war. Mikes Auto war nicht da, kein Escort in der Einfahrt, kein Onkel im Haus, nur am Boden, am Boden sieht er ein Foto, mitten in Glorias Kopf prangt ein Loch, und in diesem Moment merkt Udo, wie seine Arme, die er immer noch ausgestreckt hält, zu zittern beginnen.

Er nimmt die Waffe herunter, legt sie neben seinem Körper ab und zieht die Zigaretten aus der Tasche, reißt das Päckchen auf und klopft sich mit zittrigen Fingern eine Tschick heraus. Er spürt auch, dass er unfähig ist, mit der Befragung der Anwesenden zu beginnen, da er offensichtlich noch nicht ganz bei Sinnen ist.

Die extreme Hitze, der wollene Pulli, die rasante Fahrt, die geschlossene Trafik am Bahnhof, der Umweg zur Tankstelle, das Robben im Kies draußen, das Anpirschen, die verzweifelte Suche nach der Pistole im Busch sowie die anschließende Hechtrolle haben ihn physisch und auch mental an den Rand der Belastbarkeit geführt, überhaupt keine Frage. Dazu kommen zwei Bier und drei Gläser Rotwein, wenn nicht sogar vier. Er steckt sich die Zigarette zwischen die Lippen, seine erste seit 28 Jahren. Er tastet seine Taschen ab. Nichts. Er tastet weiter, Hose vorne, Hose hinten, Hemdbrust unterm Pulli, nichts.

Jenny, Niki und Stefanie betrachten das seltsame Schauspiel. Udo blickt hoch,

– Ich hab kein Feuer.

Und da muss Jenny lachen, sie lacht herzlich, während ihr dicke Tränen über die Wangen kullern. Jenny Bi-Polar, unser Engel in Weiß, heute in T-Shirt und Röckchen.

Niki greift zum Kamin, wirft dem müden Polizisten eine Packung Streichhölzer zu. Und Udo zündet sich eine an.

Eine Lucky Strike.

SKY HIGH

CAFÉ AMIGA

Die Uhr sagte 20:19, Mike steuerte den freien Parkplatz an, direkt vor dem Café, wendete, Fluchtwege etc., stellte den Motor ab. Einmal kurz durchatmen. Der Abend war schwül, Gloria klappte den Spiegel herunter, Lippenstift *check*, Locken gebändigt, sie fächerte sich Luft zu, ihre Bluse klebte am Körper, Mike verbiss sich den Blick, hielt seine leere Hand hin,

– Ich nehm's.

Gloria nickte. Sie hatten die ganze Fahrt über kaum ein Wort gesprochen, wozu auch, alles rund um sie herum war am Zerbröseln und jetzt war der Auftrag klar, was sollte man dazu sagen. Sie würde da reingehen, dem Kompagnon mitteilen, dass mit dem Gutachter alles geklärt war und dass sie ab jetzt NIE WIEDER ETWAS VON IHNEN HÖREN WOLLTE. Sie gab Mike das Sparbuch.

– Wenn ich dich anrufe, kommst du rein und gibst es ihnen. Okay?

Mike betrachtete das dünne Büchlein, blätterte es auf: 600 000. Sechshunderttausend. Er strich über die Zahl, zärtlich ...

– Klar?

– Klar.

– Dann ist das endgültig erledigt.

– Absolut.

– Ich ruf dich am Handy an.

Mike hob sein Handy, Gloria blickte aufs Sparbuch,

– Ich kann's auch gleich mitnehmen?

– Besser so. Falls was is.

Er klappte das Sparbuch zu.

– Ich bin da für dich.

Gloria verschluckte sich, fast hätte sie laut aufgelacht, Ja? War das so? SEIT WANN? Aber es war jetzt keine Zeit für solche Gedanken, für den Moment saßen sie im selben Boot, die Notwendigkeit hatte sie zusammengeschweißt. Sie stieg aus, ging aufs Café zu.

Mike sah ihr nach. Aus seinem Blick war nicht genau ersichtlich, was er dachte. Aber das war gut, denn ein Zocker, der sich in die Karten blicken lässt, hat bald keine Trümpfe mehr in der Hand.

Im Café Amiga war nicht viel los. Der obligatorische Automatenfreak verklopfte seine Leibrente, zwei Typen saßen da und spielten Slowmotion Schach oder Halma oder Domino, man konnte es nicht ausmachen, vermutlich waren sie auf Subsidol und genossen jede Sekunde, ohne zu wissen, was so schön dran war.

Ein Kellner schupfte den Laden alleine, in der Küche war höchstwahrscheinlich seine Tante zugange, oder seine Oma, das war schwer zu sagen, immer wieder erhaschte man einen Blick auf eine dicke kleine Frau, deren Schürze vor Fett strotzte. Zwei tätowierte Muskelprotze saßen an der Theke und tranken ihre Melange, einer blätterte in der Zeitung, der andere schaute in sein Handy.

Die Wände des Cafés waren in grellem Rot gehalten, von ein paar grünen Neonstreifen zerschnitten, Topfpflanzen standen wie Trauerweiden herum und versuchten zu absorbieren, was es an schlechter Luft aufzunehmen gab. Man hatte das Gefühl, dass man ihnen eher dabei helfen sollte, selbst Luft zu bekommen. Balkanpop verströmte einen Hauch von Meeresfrische aus dem Radio. Der Koberer betrat den Laden, Haare gegelt, weißes Hemd, teure Uhr – der Kellner nickte ihm kurz zu. Wenn der Chef kam, schaute er meist, dass er schnell nach hinten abhauen konnte, irgendwas im Lager räumen, um keine unnötigen Antworten geben zu müssen. Er versuchte sich also aus dem Staub zu machen, aber eine Stimme, die es gewohnt war, Befehle zu erteilen, pfiff ihn zu sich an den Tisch,

– Sagen S', haben S' keinen Toast?

Der Gast hielt die Speisekarte in der Hand, die extrem überschaubar war, da standen vielleicht fünf Gerichte drauf und sicher auch der Toast, aber der Typ fragte bewusst, ob sie *keinen* hätten. Und bevor der Kellner antworten konnte, fuhr er fort,

– Ganz klassisch, einen Schinken-Käse-Toast bringen S' mir … bitte.

Das schob er nach, aber es war keine Bitte, es war einfach, um dem Untergebenen zu zeigen, dass auch er freundlich sein konnte, wenn er wollte.

Der Kellner nickte, verzog sich zur Küche. Der Koberer hatte sich sein Feuerzeug von hinter der Bar geholt, ein riesiges Zippo, steckte sich eine Zigarre in den Mund, dann ging er wieder raus.

Der Mann lächelte Gloria an,

– Ich hab heut nämlich noch nix gegessen.

Als wäre das spannend, aber das war's nicht. Gloria blickte auf den dicken Mann neben ihm, der sie die ganze Zeit über wortlos fixierte, wie eine Schwerverbrecherin.

– Wie geht's dem Sandro? Was sagen die Ärzte?

Der Kollege gab sich freundlich einfühlsam. Sie kannte ihn kaum, hatte ihn vielleicht ein Dutzend Mal gesehen, es gab da kein *freundschaftliches Verhältnis*, Sandro sprach wenig von ihm, er war halt da, sein Kompagnon in der Firma. Sie fadisierte sich mit den Leuten. Aber für einen Moment nahm Gloria ihm sein Mitgefühl ab, einfach weil der ganze Schmerz wieder kam und sie aufwühlte und sie angreifbar machte,

– Die- die Ärzte sagen, also, die wissen nichts. Aber wir hoffen alle.

Sie versuchte Haltung zu bewahren, jetzt nicht einknicken, verdammt nochmal.

– Gloria, wir sind in Gedanken ganz fest bei ihm. Und bei dir. Und bei den Kindern.

Er legte seine Hand eine Sekunde lang auf ihre, sie konnte sie nicht mal wegziehen, es ging zu schnell, sie war zu perplex. Aus den Augenwinkeln nahm sie wahr, wie die Tür aufging und Mike ins Lokal trat, ihr verstohlen zunickte und sich neben einen der Tätowierten an die Bar setzte. Ihr wurde ganz heiß, er hatte nicht auf ihren Anruf gewartet, er hatte ihre Abmachung gebrochen. Das brachte sie in Rage, was auch gut war, denn jetzt wandte sie sich dem dicken Kerl im karierten Wollsakko zu,

– Sie stehen gerne vor meinem Haus, oder?

– Ich pass auf, dass nix verloren geht.

Der Dicke blinzelte nicht einmal für diese Antwort. Er betrachtete sie weiterhin als Schuldige, die unter seinem konstanten Starren schon irgendwann einbrechen würde.

– Es war jetzt alles leicht chaotisch, des kann man schon so sagen, es is alles ein bissl aus dem Ruder gelaufen …

Der Kollege schaltete sich sanft ein, das sollte wohl *eine Art Entschuldigung* sein für seine Terroranrufe der letzten Tage, er spielte den *Good Cop,* aber der dicke *Bad Cop* legte sofort nach,

– Es geht um viel Geld, da werden die Leute schnell ungeduldig.

– Geht's um … das Grundstück am See?

Gloria merkte, dass sie kurz gezögert hatte. Sie war für eine Millisekunde nicht ganz bei sich gewesen und bekam sofort die Rechnung präsentiert,

– Sie is gut!

Der Dicke lachte zu seinem Chef,

– Sie is echt gut.

– Is das Schmiergeld?

Das Wort kam ihr leichter über die Lippen als gedacht, SCHMIERGELD, sie war selbst überrascht davon,

– Des wollen S' gar net wissen, gnädige Frau …

– Doch!

Der Dicke ließ sich zu einem herablassenden Grunzen herab, blickte zu seinem Chef. Beide saßen vor ihren Spritzern. Zwei Männer bei der Arbeit. Sandros Kompagnon fiel mit seinem gepflegten Äußeren etwas aus dem Rahmen, wenn man sich hier so umsah. Nur sein Bartschatten und die fettigen Haare verrieten, dass seine Nächte nicht unbedingt die entspanntesten gewesen waren in letzter Zeit.

– Ich will das wissen.

Der Good Cop nahm statt einer Antwort einen Schluck vom Spritzer, schwieg.

– Und was wollen S' noch so wissen?

Das war der Bad Cop.

– Hat der Sandro 'ne Freundin?

Die beiden Männer warfen sich einen Blick zu,

– Im Ernst? … Sie is echt gut.

Der Dicke lachte. Glorias Wangen begannen zu glühen, sie war anders abgebogen, sie hatte nicht vorgehabt zu insistieren, aber jetzt war eben der Moment, ein paar Antworten einzufordern, MEINGOTT, sie wollte endlich EIN PAAR ANTWORTEN, und wann, wenn nicht jetzt, da sagte der Dicke,

– Horchen S' gut zu. Ob und wen Ihr Gatte gepudert hat, is derzeit Ihr geringstes Problem. Ihr Mann hat schon genug verdient bei dieser Angelegenheit. Aber andere warten auf ihren Teil …

Er lehnte sich zurück, Gloria spürte, wie ihre Felle davonschwammen, es war also alles WAHR, ihr Mann trieb SCHMIERGELD ein, sie wollte das nun alles nicht mehr wissen, aber der Fettsack legte eins drauf,

– Es kostet nämlich recht viel Geld, einen ganzen Gemeinderat umzustimmen …

Und der Kollege setzte nach,

– Ja. Und einen Gutachter. Aber das weißt du ja eh, Gloria. Weil anscheinend hast du gedacht, dass du das jetzt ohne uns durchziehen kannst? Du und dieser schwindlige Typ, der jetzt bei dir wohnt.

Gloria blickte unweigerlich zu Mike, der rauchte seine Zigarette an der Bar, Nichtraucherlokal Fehlanzeige, Gloria zwang sich, nicht hinzuschauen,

– Ich könnte natürlich sagen, danke, *erledigt*, super, Gutachter *check!* Okay. Aber ich frag mich halt, warum du mich nicht anrufst und stattdessen diesem Typen das Geld anvertraust und nicht mir, der sich ja eigentlich um diese Angelegenheit kümmert, Gloria. Oder hast du glaubt, dass wir das nicht mitkriegen? Hast du geglaubt, dass wir das nicht schnallen?

Gloria setzte an zu widersprechen, aber der Mann fuhr ihr über den Mund,

– Ganz deppad simma nicht. Also verarschen brauchst uns nicht. Weil so schnell kannst gar net schauen, is das alles beim Teufel, dein ganzes beschissenes Vorstadt-Tussi-Leben! Dann kannst wieder abtschappieren nach *Germany*, ois kloa?!?

– Sag mal, wie redest du mit mir?!?

– So wie man mit dir reden muss, wenn du renitent wirst! Jahrelang das gute Leben genießen und uns dann abzocken? Ich hab auch eine Frau und zwei Kinder, die wollen auch gut leben. Und das lass ich mir von dir sicher nicht kaputt machen, *du g'schissene bitch.*

Er zischte die letzten Worte wie eine Natter, er schoss ihr sein Gift über den Tisch und Gloria war benommen, diese Attacke war aus dem Nichts gekommen. Sie hielt sich an der Tischkante fest, da legte der Dicke nach,

– Geben S' uns die 600 000, und Sie werden mich nicht mehr sehen.

– *Und was, wenn wir das Geld gar nicht haben?…*

Mike knallte den Schinken-Käse-Toast auf den Tisch, KLACK, schnepfte den Teller hinüber zum Kollegen, setzte sich neben Gloria.

– Du bist des also.

Der Dicke blickte zu seinem Chef,

– Des is der *Schwindlige*!

Gloria sah die Verwunderung in den Augen des Kompagnons, und ihre Abneigung gegen die beiden Geldeintreiber steigerte sich fast schon zum Stolz auf Mike,

– Das is mein schwindliger Schwager.

Ein Statement wie zum Hohn, jetzt war er da, an ihrer Seite, Hilfskellner Mike. Lieber ein schwindliger Schwager als ein schmieriger Scheißkerl wie dieser Anwalt, sie HASSTE DIESE ZWEI SCHLEIMBROCKEN, sie würde ihnen das Sparbuch um die Ohren knallen! Doch Mike hatte jetzt über nommen,

– Wissen S', ich kann mir überhaupt nicht vorstellen, dass mein Bruder solche Dinge gemacht hat… Also von denen Sie da erzählen. Und ich denk mir halt, wenn er so viel Geld haben würde, mein Bruder, dann hätte er es sicher so versteckt, dass wir's nicht finden könnten. Weil er war…

Ein entschuldigender Blick zu Gloria,

– … er *ist* kein Trottel, mein Bruder. Also müssten S' ihn schon selber fragen, wo das Geld ist. Wir haben's leider nicht.

Fatboy beugte sich vor, sein Gesicht nahe an Mikes,

– Ich kenn so Nasen wie dich.

– Du bist mir zu gierig… Fatty George.

– Und du solltest möglichst schnell verschwinden. Vielleicht magst ja auf Urlaub fahren?

Mike nickte, als wäre das eine sehr sehr gute Idee,

– Okay… Ich schreib dir a Postkartn-

Und blitzschnell steckte er dem Fetten seinen Zeigefinger in die Nase-

– … wenn i oben bin!

Und PFLUPP! zog er den Finger wieder raus, tauchte ihn ins Spritzerglas des Dicken, rührte dort um und wischte ihn am Revers des Wollsakkos ab. Das alles hatte keine drei Sekunden gedauert, dann erwachte der Fettsack aus der Schockstarre, sein Puls fuhr rauf, er war kurz davor zuzuschlagen – doch sein Chef drückte ihm beschwichtigend den Arm. Es war Zeit zu DE-ESKALIEREN.

– Geh, hörma doch auf mit den Schmähs, hm? Gloria, sag du auch was …

Er zwinkerte Gloria amikal zu, aber dieser Zug war abgefahren, zu tief saß die *G'SCHISSENE BITCH* – er musste weiter seine Schleimspur ziehen,

– Am Freitag is die Bauverhandlung, der Bürgermeister ist dort, und der ganze Gemeinderat. Die kriegen alle noch ein bissl was. Die warten drauf. Und die Kanzlei soll auch nicht leer ausgehen. Es geht halt nicht, dass der Sandro alles einstreift und dann die Patschen streckt und abboscht ins Nirwana … Also gebts uns einfach das Geld und wir bleiben alle Freunde.

Der Kompagnon betrachtete sein Gegenüber. Er hatte alles gesagt, er war überzeugend gewesen und seiner Argumentation würden sich die beiden nicht entziehen können. Ein guter Anwalt eben. Mike blickte ihn an, dann den Dicken.

– Mein Vorschlag: ihr zwei bleibts Freunde und gehts gemeinsam zur Polizei und machts dort eine Anzeige. Die helfen euch sicher, euer Geld zu finden. Weil, wie heißt's so schön: *Die Polizei …*

Mike lud Gloria ein, den Satz zu vollenden,

– *… dein Freund und Helfer!*

Sagte sie brav wie in der Schule und Mike nickte,

– Also gut dann, alles Liebe! Und … Mahlzeit.

Mike zog Gloria mit sich hoch, sie war zu verdattert, um zu protestieren, schickte ein …

– Mahlzeit!

… nach und weg waren sie, raus aus dem Lokal, raus aus der Balkanmucke, Tür auf und ab in die Abendschwüle.

Der Kollege schaute zur Theke, die zwei Muskelprotze nickten, erhoben sich, auch der Dicke stand schnaubend auf und biss wütend in seinen Schinken-Käse-Toast. Er schmeckte zäh, unfassbar zäh, war kaum zu kauen – er klappte ihn auf. Der halbgeschmolzene Käse war grüngelb verschimmelt, und der Schinken war ein Vorkriegsschinken, BÖAH, er spuckte den Bissen zurück auf den Teller. Der Kellner schmunzelte, nahm einen Schluck vom Mokka und ging in die Küche. Die Alte empfing ihn mit einem diebischen Grinsen.

Mike und Gloria traten heraus aus der rot vergammelten Höhle in die warme Stadt, die Straßenbahn rauschte an ihnen vorüber, müde Menschen mit Masken betrachteten sie lustlos aus den fahrenen Waggons. Der Koberer saß an seinem Tisch an der Hausmauer, mit Sonnenbrille, und paffte seine Zigarre, beobachtete, wie der Mann die Frau hinter sich herzog, sie schwebten dahin wie auf Watte, alles schien in Zeitlupe abzulaufen, sicherlich weil es heiß war, noch immer fast 30 Grad, der Koberer blies ihnen den Rauch nach, und Mike drehte sich über die Schulter um, das veränderte seinen Gang, er wurde langsamer, drückte Gloria den Autoschlüssel in die Hand, deutete ihr schon mal, vorauszugehen und den Wagen aufzusperren – sie wunderte sich noch kurz, aber es war keine Zeit zu überlegen, alles leuchtete, Weichzeichner!, jede Bewegung schien abgefedert wie in einem Erotikfilm aus den 70ern, und Gloria war schon beim Auto, da schaute sie sich doch für einen Moment lang um und ihre Augen weiteten sich, die Kinnlade kippte ab, alles kam zum Stillstand, machte UUUUWWWWCH PACK – und Mike bekam den ersten Schlag in die Magengrube.

Die zwei Tätowierten hatten ihn an den Armen gepackt und der Fettsack durchsuchte jetzt sein Sakko, seine Taschen, riss ihm das Hemd aus der Hose – Mike blickte währenddessen zu Gloria, ein Lächeln auf den Lippen, sanft und frei. Da schlug ihm der Dicke zweimal schnell ins Gesicht, anscheinend war heute *WELTWATSCHENTAG*, und rammte ihm den Ellbogen in den Bauch.

Die zwei Typen ließen ihn fallen, die heiße Kartoffel, Mike klatschte auf den Asphalt und die Schläger verschwanden. Einer stieß ihn im Abgang noch mit der Stiefelspitze an den Arsch, der in die Luft gereckt war wie die Pyramide von Gizeh, so dass er umkippte und flach liegen blieb.

Gloria atmete aus.

RAUS AUS DER STADT

– WIESO HAST DU'S IHNEN NICHT GEGEBEN?

Gloria fuhr wie eine Wilde, riss das Steuer links, rechts, überholte, reihte sich ein, stieg aufs Gas, ihre Laune ließ sie eindeutig am Escort aus. Mike wollte kurz protestieren, aber das war sinnlos, er tupfte sich das Blut von der Lippe,

– SCHEISSE SCHEISSE SCHEISSE MIKE?!

Gloria ließ nicht ab, im Gegenteil, sie setzte noch einen nach, sie hatte es drauf, Hut ab, Mike betrachtete sich im Spiegel, sauber so weit,

– Die werden sich das Geld holen kommen, oder was glaubst du?! Wir müssen's ihnen geben!… Warum hast du's ihnen nicht gegeben im Café?… Wo ist es überhaupt?!

– Ich finde, das tut man nicht.

Gloria starrte ihn an, etwas zu lange für den Geschmack ihres Beifahrers, Mike deutete auf den LKW, der ihnen entgegenkam, aber sie lenkte den Wagen wieder zurück auf die richtige Seite,

– Was? Was meinst du?

– So redet man nicht mit einer Frau.

– Mike! … Die werden sich nicht so abspeisen lassen! Schau, was sie mit dir gemacht haben?

Zugegeben, er sah etwas ramponiert aus, der hochprofessionell ausgeführte *Magenstrudel* hatte bei ihm einen bitteren Nachgeschmack hinterlassen, Mike hatte sowas wie Sodbrennen davon bekommen, oder war das vom schlechten Kaffee im Beisl?

– Die werden sich das Geld holen … Wo is das Sparbuch überhaupt? Mike?

Sie appellierte an *seine Vernunft* – aber das war sinnlos, völlig sinnlos, genauso gut hätte sie sich an seine *permanente Wohnadresse* wenden können,

– Es sind schon Menschen umgebracht worden wegen 600 000!

Sie suchte seinen Blick,

– Tu nicht so groß! Oder glaubst du, die werden das jetzt so auf sich sitzen lassen? Hast du dabei schon mal an meine Familie gedacht? Meine Kinder! Jetzt sitzen uns diese Schläger im Nacken … MIKE?

– Aber geh. Ich kenn solche Typen. Die haben die Hos'n gestrichen voll. Wenn da irgendwas nach außen dringt, dann sind die geliefert. Dann könnens ihre Gschäftln schön vergessen. Davor haben die am meisten Schiss.

Mike öffnete seinen Gürtel, dann seine Hose, Gloria betrachtete den seltsamen Vorgang, er griff sich hinein in die Unterhose,

– Mike?

Da zog Mike das Sparbuch heraus und reichte es ihr.

Sie nahm es mit zwei Fingern, es war etwas verknittert und speckig geworden in seinem geheimen Versteck, und auch der GERUCH, na ja, sie ließ es schnell in der Handtasche verschwinden, ihr Chanel Nummer 5 würde sich der Sache schon annehmen,

– Glaubst du, dass der Sandro das Geld abzocken wollte?

Mike betrachtete sie, ein Mann klarer Worte,

– Das werma leider nie wissen.

Gloria überholte rasant,

– Sag mal, spinnst du??! Der Sandro is nicht gestorben!

Mike nickte, sein Zahn tat ihm weh, der Eckzahn, das war der Ring des Fettsacks gewesen,

– Er war immer schon ein Fanatiker. Der Sandro hat's schon in der Volksschul' nicht ausghalten, wenn ich mehr gestohlen hab im Supermarkt als er. Dann is er noch einmal zurück und hat noch ein Shampoo g'fladert … oder irgendwas Sinnloses. Er hat nie Zweiter sein können. Des hat ihn fertiggmacht.

Mike hatte während seiner kleinen *remembrance Suada* aus dem Fenster geschaut, die Bäume und Masten und Autos und Laternen und all das, was herumsteht entlang der Straßen der Stadt, war an ihm vorübergezogen wie in einer fernen Erinnerung,

– Total stressig.

Er blickte Gloria an und sie sah, wie weich er jetzt war, wenn er über den vermissten Bruder sprach, sie schaute ihn wohl zu lange an, Mike fuchtelte mit den Armen, SCHAU AUF DIE STRASSE, sollte das heißen, aber Gloria war die bessere Fahrerin als er, auf jeden Fall die lässigere,

– Ja … Ich weiß. Total stressig.

Und da waren sie plötzlich miteinander verbunden, die Erinnerung an Sandro hatte sie beide in einen Kreislauf gebracht, in eine Umlaufbahn geschossen, die Elektronen wirbelten und flossen im magnetischen Kreislauf ihrer Gedanken, speisten sich aus der Erinnerung an den Ehemann und Bruder und an dessen verrückte Art, seinen Ehrgeiz, der ihn zu zerfressen drohte und ihn trotz allem anziehend machte für so viele Menschen. Er war nicht immer dieser Schnösel gewesen, er war ein Fighter und er war ein Irrer, so wie Mike und wie auch Gloria, sonst hätten die drei sich damals nie gefunden und den wildesten Sommer ihres Lebens miteinander verbracht, als sie die

Liebe entdeckten und die Leidenschaft und dieses unbändige Verlangen, alles miteinander zu teilen und darin aufzugehen und dann, nachdem die Pole zu stark aufgeladen wurden und alle Teilchen übers Ziel hinausschossen und jeder Außenstehende sich auf die Stirn griff und sich fragte, wie die drei da wieder rauskommen sollten, da war es plötzlich aus und vorbei. Weil einer ausgestiegen war. Und es kam der Hass auf alles und auf jeden, und die Enttäuschung und all das Selbstmitleid, man kennt das, die Enttäuschten werden zu Enttäuschern und aus Brüdern werden Feinde und die Frau steht dazwischen und nimmt den Erfolgversprechenden. Der's zu etwas bringen wird, der Potential hat, der sich nicht unterbuttern lässt.

Und in dieser Sekunde wurde Mike klar, wie es gewesen sein musste. Die Begegnung mit dem Schnösel und seinem Handlanger hatte ihm gereicht, und jetzt zwang er sich, den Blick von Gloria zu nehmen und auf die nichtssagende Welt da draußen zu richten,

– Der hat einfach gecheckt, dass es plötzlich um viel mehr Geld geht, als sie gedacht haben, verstehst? Er hat die Drecksarbeit gemacht und die wollten ihn abspeisen ... Der wollt sich von den G'spritzten net verarschen lassen und hat selber abkassiert. Da wett ich was drauf!

Gloria schien mit dieser Erkenntnis einverstanden, es war auch die einzig sinnvolle Erklärung dafür, warum Sandro das Geld auf die Bank gebracht hatte.

– ... Vielleicht hat er schon gespürt, dass ihm das Ganze ein bissl entgleitet? Wenn so ein Schlagerl bevorsteht, dann hat man oft so eine gewisse Ahnung.

Also sprach Zarathustra Bittini ... und strich sich das Hemd glatt. Doc Holiday Bittini. Er befühlte mit der Zunge seinen Zahn von innen,

– Vielleicht hat ihn die ganze Nummer dann doch mehr gestresst, als er geplant hat. Oder jemand anderer hat noch mitgemischt, von dem er's nicht erwartet hat ...

Gloria schluckte, das triggerte etwas bei ihr, etwas, das sie immer geahnt hat, aber nie wahrhaben wollte,

– Jemand anderer als die Kanzlei oder der Gutachter, verstehst du … Jemand, der ihm die Hölle heiß gemacht hat wegen der Sache …

Mike hatte die Spur gelegt und Gloria verfolgte sie und gelangte schnurstracks zur einzig möglichen Person … Sie hatten mehrfach telefoniert, auch kurz bevor er kollabiert war … *Warum hatten sie einander so oft angerufen?*

Sie schloss die Augen und fast wäre sie dem Mercedes hinten draufgekracht, aber sie stemmte den Fuß auf die Bremse und ihre Welt, die bereits eingebrochen war, senkte sich noch weiter ab, nun erzitterten die Kellerwände, die Grundfesten und das Fundement bröckelte, drohte zu versinken.

– Was machen wir jetzt?

Sie steckten fest. Sie und ihr Schwindelschwager. Im Leben. Im Stau. Auf dieser Straße. Doch wie so oft, wenn er mit dem Rücken an der Wand stand, oder nachdem ihm jemand eine gescheuert hatte, dass ihm die Zähne wackelten und die Leber anschwoll, kam Mike ein Gedanke, ein rettender, der wohl sonst nicht gekommen wäre. Denn, wie sagt der Volksmund so schön, aus Schaden wird man klug.

– Bieg ab da vorne … da rechts …

– Und was is mit den Kindern? Daheim?

– Denen geht's sicher hervorragend ohne uns.

Mike verströmte eine alles überstrahlende Sicherheit und Gloria ließ sich wider besseres Wissen von diesem Licht blenden. Sie bog ab.

STILLE

Beide sprachen sehr wenig an diesem Abend. Jenny und Udo. Ein Ausflug zu den Nachbarn war zu dem geworden, was jeder insgeheim erhofft und gefürchtet hatte. Zu einem Aufruhr, einem Ausbruch, wo man sich von der besten und von der übelsten Seite gezeigt hatte. Beides hatte Platz in ihrer Partnerschaft. Beides musste Platz haben. So hatte es die Therapeutin damals gesagt. Zuerst war sie alleine dort gewesen, dann kam auch Udo mit. Jeder brauchte seinen Platz und wenn sie einander diesen Platz geben könnten, dann würde alles gut werden. Jenny hatte da laut aufgelacht, als die Therapeutin das sagte, weil es so unerwartet kam und sich so fremd anhörte. Alles würde gut werden. Wie sollte das denn gehen? Es war ja schon nichts schlecht. Wie sollte es dann gut werden?

Jenny war damals nicht heimgekommen, ein paar Tage lang war sie weg gewesen, auf der Suche. Oder sie war verloren gegangen. Für sie selber war da kein so großer Unterschied. Auf ihren manischen Reisen ging sie immer auch sich selber suchen, ging auf Besuch zu sich und anderen. Sie war medikamentös gut eingestellt, aber wenn diese Umschwünge kamen und sie Lust auf Neues hatte, dann folgte sie ihrem Stern und der führte immer dorthin, wo sie noch nie vorher war. Wie sollte sie denn sonst wissen, was ihre Möglichkeiten wären? Ihr Weg?

Es hatte sich dann schon verändert mit dem Kind. Seit dem Kind war sie nicht mehr so lange gewandert. Aber damals, als sie zur Therapie ging, da war sie davor zehn Tage am Stück fort gewesen und Udo war aus dem Häuschen, aus dem Häuschen war er, tatsächlich war er kaum daheim und dauernd unterwegs, um sie zu suchen, aber sie war eben fortgegangen und wusste auch nicht mehr genau wohin. Nur so viel, sie hatte da keine andere Wahl. Sie verbrachte viel Zeit mit Menschen, die sie nicht kannte und die ihr andere Dinge erzählen konnten als Udo oder seine Mutter oder ihre Eltern. Denn das wollte sie hören und spüren, wie andere Leute lebten und was sie dachten und warum sie irgendwo arbeiteten oder was sie einkaufen gingen und wohin sie fuhren und was sie sich erwarteten vom Leben.

Niemand sonst hätte ihr ein Sterbenswort darüber gesagt, niemand hätte sie eingeweiht in all die ganz banalen Dinge, die *wie große Geheimnisse beschützt wurden von den Menschen,* die nie darüber sprachen, was wichtig war im Leben, und was man unbedingt tun sollte und woraus sie ihr Glück bezogen.

Jenny fragte diese Fragen und dann kam man ins Gespräch und sie blieb eine Zeitlang, so lange es eben passte, und wohnte dann dort. Sie konnte auf jeder Couch schlafen und in jedem Bett, auch wenn diese Phasen sehr wenig Schlaf von ihr abverlangten, sie war lieber unterwegs, auch nachts. Das war wegen der Sterne, die sie anschauen wollte. Allein sein ist keine Qual, so wie das viele Leute immer sagen. Wenn es nichts Schlechtes gibt, ist auch das Alleinsein keine Einsamkeit und sich selbst zu lieben bedeutet nicht automatisch, den anderen zu hassen.

Das Kind war bis morgen bei Udos Mutter. Jenny hatte doppelten Dienst gemacht und die nächsten zwei Tage frei. Sie dachte an den Geruch. Drei Männer und ein … Parfum. Alle drei Männer waren dieser Geruch. Und sie sahen einander auch sehr ähnlich. Auch der Körperbau war ähnlich. Drei Menschen waren jetzt ein Knäuel in ihrem Herzen. *Ich nehm immer Herz.* Aber gegen Sex war auch nichts einzuwenden.

Udo stand draußen am aufgeblasenen Pool und seine Haare kräuselten sich schon wieder so. Da nahm sie die Schere aus der Lade und ging hinaus.

GESCHWISTER

Niki lehnte am dunklen Fenster, mit nacktem Oberkörper, die Stirn auf der Fensterscheibe. Er hätte jetzt alles gegeben, drüben zu sein. In dem Haus, das er jeden Tag sah. Vom Badezimmerfenster im ersten Stock aus konnte man durch die Dämmerung hinüberschauen und hoffen, einen Blick zu erheischen. Einen Arm zu sehen, der aus dem Fenster winkte, oder den Zopf zwischen den Leintüchern auf der Wäschespindel. Irgendetwas. Und einen zufälligen Blick.

Was heute geschehen war, war das Verrückteste, das Ausgehängteste ever … Er hatte mit ihr getanzt … WEIL SIE SICH DAS GEWÜNSCHT HATTE … Er konnte sein Glück nicht ansatzweise fassen, alles bebte und vibrierte, allein der Gedanke daran machte ihn völlig fertig … Sein Herz schlug ihm bis zum Hals allein bei der Erinnerung an diesen Tanz und davor, davor noch das Mau-Mau-Spiel und der ausgeflippte Udo und der Onkel, wie er ihn aufgezogen hatte und endlos provoziert und ihn dann losgeschickt, das war WELTKLASSE, auf EHRENBRUDERBASIS, er hatte ihn einfach *Tschickholen* geschickt, das war too much, wie endgeil, hatte ihn einfach ausgetrickst und abserviert, fucking hell, wie GUT. Und dann, ja, dann kam ja noch das ÄRGSTE, und es war alles völlig mit ihm durchgegangen, als er mit ihr am Poolrand stand und sie, sie …

TACK. Das Licht ging an. Niki riss sich los vom Fenster, ertappt, aber es war zu spät. Stefanie stand im Badezimmer. Sie wusste alles.

– Wolltest sie noch einmal sehen, hmm?

Stefanie deutete mit dem Kinn zum Fenster.

– Wolltest ihr noch einmal *Baba* sagen und *Gute Nacht* … ?

Sie genoss ihren kleinen Triumph.

– Hast heute das erste Mal mit ihr getanzt, mit der Jenny?

Sie ritt die verdammte Welle, sie ritt sie *verdammt gut,* aber Niki hatte dazugelernt, er wandelte auf Mikes Spuren, do the unexpected! Lässig deutete er hinüber zum Nachbarshaus,

– Magst du den Udo?

Stefanie kam näher.

– Der Udo grabt die Mama an. So lächerlich.

Jetzt war sie wieder auf seiner Seite, Niki konnte ihr vertrauen, er konnte sich ihr anvertrauen, schließlich waren sie heute durch vieles gemeinsam gegangen, sie HATTEN BEIDE

DIE VERFICKTE KNARRE ABGEFEUERT – das verbindet. Und jetzt waren plötzlich alle fort und sie waren alleine im Haus,

– Wo is die Mama?

– Weg.

Sie betrachtete ihren kleinen Bruder, wie die edle Siamkatze den räudigen Straßenkater beäugt,

– Aber brauchst dich nicht anscheißen, deine Mami kommt schon wieder zurück.

Das war zu viel, er boxte sie in den Oberarm, dort, wo es leicht schwabbelte, das tat ordentlich weh und war auch noch eine Demütigung für ihre untrainierten Arme, Stefanie boxte zurück, AU, VERDAMMT, er schlug ihre Hand weg, stieß sie zur Seite und lief aus dem Badezimmer, sie rannte ihm hinterher, den gleichen Weg, den ihre Mutter sie verfolgt hatte, nur diesmal verschwand Niki in seinem Zimmer, versuchte die Türe zuzuwerfen, aber sie war schneller, stieß ihn, und beide fielen auf sein Bett, raufend, wie früher. Sie drückte ihn nieder, keuchte,

– Hast Angst, dass deine Mami nimmer kommt, hmm? … Brauchst dich nicht fürchten. Sie hat nicht den Mumm abzuhauen … *Ich* hau ab!

Niki riss sich los, griff sich an die Hand, sie blutete wieder stärker,

– Aaahhh.

– Tuts weh weh, hmm? … Au au? … Brauchst doch deine Mama?

– FUCK YOU! Ich hasse dich!

– Oh, wow, du hast ja schon Gefühle!

– ALLE FINDEN DICH SCHEISSE. Niemand mag dich. Du hast keine Freunde, du SNITCH!

– Mir egal …

Stefanie sprang auf, drückte im Hinausgehen auf den Lichtschalter,

– Wir hauen eh ab …

Niki saß auf seinem Bett, in der Finsternis, er wollte es nicht, aber er musste es wissen,

– Wer?.. Wer haut ab? … Du lügst doch! Du traust dich niemals abhauen, du Lügnerin!

Er rannte ihr nach, Stefanie war kurz davor, in ihr Zimmer zu gehen, die Türe zu schließen und ihn dumm sterben zu lassen. Aber dann wollte sie diesen Moment doch auskosten,

– Der Mike und ich hauen ab. Okay? Wennst es genau wissen willst.

Niki stockte der Atem.

– Hat er das g'sagt?

– Wenn er geht, dann nimmt er mich mit. Das is unser Geheimnis.

Stefanie stand erhobenen Hauptes vor ihrem Bruder. Niki versuchte den Blick zu halten, aber er begann zu zittern. Er konnte es nicht verhindern, er war einfach am Ende seiner Kräfte. GAME OVER.

Stefanie betrachtete ihn, ihren kleinen Niki. Zusammengesunken, ein Häufchen Elend, nackter Oberkörper, dünne Arme und trotzdem eigenartig stolz in seinem Schmerz. Und wie sie gerade *geschissen* gewesen war zu ihm, aus dem Nichts, böse und fies und unendlich verletzend, wie das eben so ist unter Geschwistern. Sie ging auf ihn zu.

– Du kannst ja nachkommen … Ich schick dir eine Karte von dort, wo wir sind. Und du kommst nach … Okay?

Sie legte ihre Arme um seinen schmalen Körper und drückte ihn fest an sich. Er zögerte, dann erwiderte er ihre Umarmung.

So standen sie am Gang, im Haus. Alleingelassen von den großen Menschen, den Erwachsenen, die sich nicht mehr kümmerten um Niki und Stefanie, Bruder und Schwester.

UNTER FREIEM HIMMEL

Der Escort parkte wieder an der Stelle, wo er auch das letzte Mal gestanden hatte, direkt vor dem Bauzaun. Mike hantierte am versperrten Tor, «BETRETEN VERBOTEN. PRIVAT». Er hatte eine gefleckte Decke mit, eine, die er immer auf der Rückbank parat hatte, für die *gewissen Momente*. Er rollte die Decke mit einer schnellen Bewegung zusammen, steckte sie in ein Gitterquadrat des Zaunes, um beide Hände frei zu haben, knackte das Vorhängeschloss mit einer Zange. Der Gentleman ebnet den Weg für die Lady, hinein in den Garten Eden, ab zu den Verbotenen Früchten.

Lady Gloria betrachtete die riesige Reklametafel, *Luxusapartments am See*, davon träumten sie also, in ihrer Freizeit, die gutsituierten Bürgerinnen und Bürger, freuten sich auf *Milde Abende am Fuße des Wassers* und bestaunten die exklusive Lage. Das war also der Ort der Sehnsüchte und des großen Geldes, wo man anstieß auf gelungene Transaktionen und zuhause nichts davon erzählte. Das erste Mal seit langer Zeit kam sie der Arbeit ihres Mannes physisch nahe und hatte doch mit all dem nichts am Hut.

Sie atmete die warme Luft ein, ein bisschen Orange zeichnete noch am Himmel, die letzten Farben des Tages, bevor die Nacht übernahm. Sie waren hier heraußen in einer anderen Welt, einer, die noch unfertig war und unbestellt und nicht hergerichtet für einen oder etwas. Das, was man als wild bezeichnet oder so, ungeordnet und frei. Sie stieg über ein paar Ziegel, ging durch das geöffnete Tor, folgte Mike, der sich die Decke unter einen Arm geklemmt hatte. Zwei am Weg zum Picknick.

– Als Kinder sind der Sandro und ich da oft hergefahren zum Schwimmen …

Sie spazierten das Ufer entlang, eine Böschung führte

hinunter zum Wasser, aber Mike ging weiter, er kannte den besten Platz.

– Jetzt wird das alles verkauft … an irgendwelche Arschlöcher und ihre gstopften Haberer.

Man sah die letzten verfallenden Überreste von öffentlichen Bänken und Tischen, halbverschüttete Grillplätze, eine Schaukel verrostete im Schatten eines Baumes, ein Teil der Wiese war durch ein Bauband abgesperrt. Nichts deutete mehr darauf hin, dass hier einst reges Treiben geherrscht hatte. Kinder, Mütter, Väter, Spaziergänger mit Hunden und Schwimmende mit Gummibooten, radfahrende Jugendliche, schimpfende Pensionisten, das alles war am Verschwinden.

– Dabei sollten die Leute gscheiter baden gehen da …

– Seit wann bistn du so?

– I bin immer so. I mag net, wenn wer gierig wird.

– Du bist doch selbst gierig.

– I bin anders gierig.

Und eine kleine Musik gesellte sich zu ihnen, umspielte sie und hüllte ihr Gespräch ins Mäntelchen der Ewigkeit. Sie redeten über Dinge, die man sich nur sagt, wenn man nicht nachdenkt, weil die Müdigkeit zu groß ist und die Wahrheit sich rauswürgt und deshalb auch diese Musik, denn sonst wäre das zu formlos und kühl für diese Nacht. Und in dieser Stimmung wusste Mike, dass er noch etwas nachlegen konnte, etwas, das ihm bedeutsam erschien.

– Ein Prozent der Menschheit besitzt die Hälfte des weltweiten Reichtums.

Gloria besah ihn sich, diesen Robin Hood im verblichenen Nadelstreif, wie er an ihrer Seite marschierte, die Hemdsärmel hochgerollt, die Decke unterm Arm und das Herz auf der Zunge.

– Das hab ich doch schon irgendwo mal gehört?

Die revolutionären Spüche kamen doch sonst nur von ihrer Tochter – aber es blieb keine Zeit zu sinnieren,

– Da!

Mike deutete auf ein Fleckchen weiter unten auf der Böschung und lief voraus, die abfallende Wiese hinunter. Sie zog ihre Schuhe aus und rannte ihm nach, er rief,

– Da liegen Steine …

Aber es war ihr egal, sie lief durch die Dunkelheit, hinunter zum Kiesstrand, hinein in den See. Er breitete die Decke aus und sie stand mit beiden Beinen im Wasser und schaute hoch zum Mond.

– Letztlich gibt's ja keine Sicherheiten. Man weiß ja eigentlich nichts von dem, was uns umgibt. Schau dir das Universum an …

Sie lagen ausgestreckt auf der Decke und blickten in den Nachthimmel. Mike deutete mit den Armen, da und dort und da drüben, als gäb's am Firmament eine unsichtbare Zeichnung, die er nachkritzelte,

– Da draußen geht's unheimlich ab … Sterne blasen sich auf und dann z'reißts es … und daraus wird wieder was Neues geboren … Man kann sagen, dass des Ganze dort oben ein unfassbares Chaos is, das aber sicher von irgendwelchen Gesetzen bestimmt wird. Aber *wie und was*, und *woher und wohin* – das wissen wir alle nicht …

Und mit dieser umfassenden Erkenntnis drehte sich Mike zu Gloria. Sie schaute ihn an, versuchte scharf zu stellen, aber sein Gesicht verschwamm vor ihren Augen,

– Und wenn ma sich des Ganze amal genauer anschaut …

Er deutete wieder hoch und Gloria folgte seiner Einladung ins All,

– … darf man net vergessen, dass es da oben hauptsächlich nix gibt, also im Weltall is eigentlich nix, nur viel Platz und wenig Zeug, ich mein zwischen den ganzen Planeten huschen hie und da ein paar so elementare Teilchen durchs Nichts, und sogar in uns selber is eigentlich hauptsächlich nix, a Atom besteht ja hauptsächlich aus gar nix, also wir bestehen quasi aus Löchern …

Mike war in seinem Element und Gloria fragte sich, ob da noch was kommen möge, da setzte er auch schon zum nächsten Streich an, der mäandernde Astromike, Kenner der Materie und der Antimaterie,

– ... und des Irre is jetzt, es gibt auch ein Schwarzes Loch im Zentrum jeder Galaxie. Im Zentrum unserer Existenz. Und dort zieht's uns alle hin, unausweichlich.

Er pfiff durch die Zähne, als wäre das die adäquate Reaktion auf so viel Rätselhaftigkeit.

– Hast du dir das alles selber ausgedacht?

– I hab a Doku gsehn.

Gloria blickte ihn immer noch verschwommen an, und bevor er sie erwischte, wie sie lächelte oder weinte, so genau war das in diesem Augenblick nicht zu sagen, die zwei Dinge sind ja eng miteinander verbunden, da rollte sie sich wieder auf den Rücken und schaute ins schwarze Nichts hinauf. Und Mike drehte noch einmal am Fernrohr der kosmischen Gefühle, eine Stufe schärfer ...

– Wir kommen alle aus einem Schwarzen Loch und wir gehen auch wieder dorthin zurück ... Des is alles so dermaßen wahnsinnig, dass es auch schon wieder wurscht is, verstehst? Schmeiß weg deine Angst, genieß des Leben, that's it. Am Ende explodiert eh alles.

Jetzt dreht sie sich zu ihm und nimmt sein Gesicht in ihre Hand und küsst ihn. Einmal, dann sieht sie ihn sich genauer an und küsst ihn nochmals. Zärtlich und genauso lange, wie es richtig erscheint, und wie es für sie gut ist, dann dreht sie sich zurück auf den Rücken und schaut in die Nacht.

Für Mike singen die Engel. Das Loch in seinem Herzen wird gerade gefüllt, das Nichts nichtet nicht mehr, das Schwarz wird zum Rot und sein Speichelfluss angeregt, er betrachtet die Frau an seiner Seite, auf ihrem Gesicht alle Sterne, da beginnt sie zu sprechen, aus dem Mund kommen Laute, aus dem Nichts werden Worte geschaffen und hinaus in die Welt posaunt, ein unfassbarer Vorgang, Mike kann nicht genug kriegen von dem, was er sieht und hört, aber sie spricht nicht von der Unendlichkeit der Liebe, er muss sich konzentrieren, irgendwie geht's jetzt um was anderes, zuhören, Mike,

– … Sonst bin ich denen ja auf ewig ausgeliefert … Die lassen doch nicht locker und ich, soll ich warten, warten? … Worauf? … Ne, ne, ne … Ich hol mir das Geld … Was bleibt mir denn sonst übrig?! … Jahrelang die Frau von einem Schmiergeldlieferanten sein und dann nichts davon haben, wenn alles den Bach runtergeht? Ne, ne! … Die denken, die können mit mir machen, was sie wollen … Ne …

– Und was is mit mir?

– Na ja, du kriegst deinen Anteil, Mike. Wir teilen die Kohle, okay, aber du musst mir versprechen, dass du-

– Was?

– Was *was*?

– Was … is mit uns?

– Wie *was is mit uns*? Du hast doch gesagt, du gehst wieder, oder?

– Ich will, dass du meine Frau bist. Ich will ein guter Vater sein.

Gloria zögert, wartet, ob die Auflösung des Witzes noch kommt.

– Das glaubst du doch selber nicht?

– Oja.

– Nein, Mike, du musst abhauen! Du musst verschwinden … für immer – sonst explodiert hier wirklich alles.

Ja, das ist gut möglich, aber daran ist nicht zu denken, denn jetzt ist es endlich so weit. Mike fliegt mit den Flügeln des Geküssten, er will seine Lippen sprechen lassen, um die Geschichte ein für alle Mal zu besiegeln, *Sealed with a Kiss*! Er beugt sich zu ihr – doch Gloria schiebt ihn weg,

– Mike!

– Aber du hast mich doch geküsst, gerade … ?

– Ja, mein Gott, ich hab dich geküsst, na und?

– Aber des, des heißt, dass du mit mir zusammen sein willst.

– Ach, was, mein Gott, wenn du da von den Sternen erzählst …

– Na, na, des bedeutet was!

– Nein, des bedeutet überhaupt nichts-

– Doch! Ich weiß doch, was das bedeutet, wenn du mich küsst!

– Mike, du weißt überhaupt nichts-

– Du hast mich damals geküsst und du wolltest mit mir sein …

– Ach, damals, das war vor siebzehn Jahren, Mike!

– Es hat sich überhaupt nichts geändert-

– Natürlich, es hat sich alles geändert! Es sind siebzehn Jahre vergangen, in denen du dich kein einziges Mal gemeldet hast, Mike, wo du einfach abgehauen bist-

– Du hast gesagt, es is vom Sandro …

– Was?

Mikes letzter Satz ist geflüstert, und Gloria ist sich nicht sicher,

– Mike?

Mike rollt sich weg von ihr, er schaut ins dunkle Gras. Gloria wartet einen Moment, legt ihre Hand auf seine Schulter, was? – Ist da ein leises Schluchzen zu vernehmen?

– Weinst du?

Er nickt, ganz sachte nickt er, der weidwunde Mann. Gloria beugt sich vor, aber da sieht sie keine Tränen und hört kein Schluchzen, sie schüttelt seine Schulter,

– Nein, du weinst ja gar nicht …

Sie beugt sich über ihn.

– Jetzt hör mir zu! Wir machen das so, wie wir's gesagt haben. Ich hab einen Plan!

Mike nickt, pflichtbewusst. Wenn eine Frau einen Plan hat,

dann mach dich besser aus dem Staub oder tu alles, damit er funktioniert. Er entscheidet sich für den zweiten Weg, der aller Erfahrung nach hundertprozentig der falsche ist, das spürt er ganz tief in sich, aber das ist jetzt nicht mehr wichtig. Er ist geküsst und verraten worden in dieser Nacht. Noch bevor ein Hahn irgendwo dreimal krähen konnte, hat er den Kuss bekommen und nun hat er sich damit abzufinden, dass ihm alles entgleitet, er ist jetzt ausgeliefert. Er ist verliebt und hat keine Wahl.

– Top.

– Wir lassen uns von den Typen nicht unterkriegen!

– Mhm.

– Wir verarschen sie nach Strich und Faden!

– Yes.

– Wir ziehen los und holen uns das Geld! Ich weiß auch schon wie!

Gloria lächelt ihn an, mit blitzenden Sternleinaugen, verschmitzt und voller Hoffnung und voller Rache und einem Gesicht, das in den vergangenen siebzehn Jahren noch schöner geworden war. *Wie sollte er das alles aushalten?* Und anstatt ihr alles zu gestehen, nimmt er ihre Hand und schaut ihr tief in die Augen.

– Passt.

INTO MY ARMS

Und so flogen die einen nach Hause, in einem aufgeheizten Wagen und in Aufbruchsstimmung, während die anderen sich ein Bett teilten, ohne sich ihre Träume mitzuteilen, denn ER wollte die Sicherheit der Gewissheit, und SIE sah alles als möglich an und als gleichwertig. Ihr fehlte das Unterscheidungs- und Einordnungs-Gen, wie sollte man das denn auseinanderhalten, Gut und Böse? Was waren das für Begriffe? Sie sah den Dingen in die Augen und wollte sie kennenlernen und sich ihnen aussetzen. Liebe und Sex und Arbeit und Geld, was sollte das alles heißen, es waren nur Wörter, und sie verstand diese Wörter nur zum Teil, weil ihr Gehirn anders funktionierte, es funktionierte in Farben und in Tönen und Stimmungen, die man nicht benennen konnte.

Jenny drehte sich zu ihrem Mann, der das Gegenteil war von ihr, der alles anschauen und klassifizieren musste und sich dabei innerlich zerriss, weil auch er von all den Farben und Gefühlen überwältigt wurde und daran zu zerbrechen drohte. Sie betrachtete sein dunkles Gesicht in der Nacht, dann spreizte sie einen Finger ab, steckte ihn in eine seiner Locken am Nacken, sie kräuselten sich nicht mehr so stark. Sie hatte gute Arbeit geleistet. Udo murmelte ... *Bleistift* ... im Schlaf und Jenny blickte aus dem kleinen Fenster in ihrem kleinen Haus hinüber zur großen Villa, wo die Kinder schlummerten, und schloss die Augen.

EINER ALLEIN

Nur einer lag alleine, er schlief tief und fest, und er hörte, er spürte, er fühlte das Licht, alles wurde weit, dann wieder enger, ein Korridor aus Licht, die Farben nicht zu identifizieren, die Stimmen nicht zu verstehen, die Berührungen nicht zu deuten. Er floatete auf einer Untertasse, einem Teller, hinein in einen unbekannten Ort, er war gefangen in einem Haus, die Wände liefen auseinander, dann wurden sie wieder enger, und er glitt hinein in einen schmalen Raum und am Ende fühlte er diesen Trichter, den er nicht hinunterrutschen wollte, da war also ein Wille, aber noch kein Weg, als er plötzlich auf etwas Spitzes stieß. Er kannte das Ding. Und er hatte einen Namen dafür. Z ... Z ... Zahn ... Das war sein Zahn, seine Zunge war am Zahn, es fühlte sich an, als hätte jemand draufgeschlagen. Er spürte Schmerz, der süß war und ihn an etwas erinnerte, das er fast nicht mehr kannte. Sein Leben.

PUT YOUR MONEY ON ME

CONMAN

Wenn das letzte Licht des Tages über die schräge Wiese in den Garten fällt und der Tag schon wieder aufhört, einer zu sein, dann klebst du dich an diesen Fetzen Licht und hoffst, dass du was davon abbekommen kannst. Deine ganze Hoffnung hängt daran, es ist dein Frühling und dein Sommer, dein Aufbruch und deine Kraft, die du dir aufgespart hast dein ganzes Leben lang, alle warten und hoffen und traben dahin, aber du wirfst dich hinein in die Sache, du beschreibst die Abenteuer mit deinem Körper, tauchst ihn ins Geschehen, du redest nicht darüber, du bist mittendrin, das ist der Zug zum Tor, zur Hölle, zum Licht, zum Himmel, in allen irdischen Dingen liegt die Kraft und die Herrlichkeit und keine Ewigkeit, forever ist nur das, was jetzt ist, kein Aufschub, keine Pläne, nur das Hier und das Licht, das jetzt zwischen den Bäumen durchbricht, diese Zweige tragen noch Grün, das letzte Grün und das Gelb in diesen Tagen, es will erstrahlen und es will erobert werden und einverleibt in diesen Tag.

Die Erinnerung an ein Leben reicht nicht. Es will erobert und erzählt sein, gelebt unter Menschen. Auch der Einzelgänger ist ein Mensch. Er braucht die anderen, um zu verstehen, wer er ist. Mehr noch vielleicht. Er braucht sie, weil er alles ist und nichts. Nur ein Schatten an der Mauer.

Mike an der Mauer. Mike der Monteur. Mike der Chauffeur.

Seine Schwäche war, dass er nichts hatte, woran er sich halten konnte. Er hatte kein Nest, in dem er seine Eier ausbrüten konnte, keine kleine Höhle, wo jemand auf ihn wartete, keine Jungen, die gefüttert und beschützt werden mussten. Er hatte das alles nicht.

Noch nicht.

CH CH CH CH CHANGES

Er stand in Unterwäsche im Badezimmer, rasierte sich die Wangen. Gloria brachte ihm Anzüge zum Aussuchen, es sollte alles halbwegs rasch gehen – er entschied sich für einen blaugrauen, mit Paisley-Hemd, er bestand auch darauf, Sandros Socken zu nehmen. Gloria ging kopfschüttelnd ins Ankleidezimmer, er beobachtete sie über den Spiegel, wie sie für ihn die Socken aussuchte. Er schaute ihr dabei zu, wie sie sich die Mühe machte, sich hinkniete, um für ihn die geeigneten Socken zu finden. Wie hätte er glücklicher sein können als in diesem Moment? *Die Schönheit deiner Seele übertrifft alles – sie ist endlos,* wollte er sagen und meinte lapidar,

– Keine Krawatte …

Sie hatte jetzt aus dem Schrankraum auch ein paar besonders perfide Exemplare mitgebracht, Marke *Fadgas Executive.* Er nickte die Socken ab, aber in puncto Krawatte musste er hart bleiben. Er war kein Mann der Krawatte. Genauso gut hätte er sich *verloben* können, oder *Prosecco trinken,* oder einen *Bausparer abschließen.* Der Tag, an dem er eine Krawatte anlegen würde, wäre der Tag seiner Selbstaufgabe, sein Todestag.

– Ich lass das Hemd offen.

– Hemd mit Krawatte wirkt tausendmal seriöser!

Mike sah Gloria über den Spiegel an, dann richtete er den Blick auf sich, wie er da stand in stolzer Unterhose,

– Beeindrucke nicht andere, beeindrucke dich selbst.

Sodann nahm er seine Goldkette ab, legte sie an den Waschbeckenrand, das Flinserl musste ebenso aus dem Ohr raus wie das Armkettchen vom Handgelenk. Gloria nickte, *ja ja*, schob ihm eine Schmink-Palette hin.

– Möchte Bodhisattva selbst anrühren?

Mike begutachtete die diversen Farbtöpfchen und entschied sich für einen mitteldicken Pinsel von Maybelline Jade. Allein des Namens wegen.

Sie hatte Niki und Stefanie fortgeschickt, einfach raus aus dem Haus, irgendwohin, mit dem Rad oder zu Fuß, hinaus in den Wald, Bewegung an der frischen Luft oder was auch immer sie so taten, wenn sie alleine waren, es war ihr egal. Keines der Kinder hatte gemurrt, keine Widerrede, keine Fragen, keine Blicke. Und auch sie hatte nichts gesagt. Was gestern war, war gestern. Das Wohnzimmer lag in Trümmern, darum wollte sich jetzt aber keiner kümmern, vermutlich waren sie froh darüber gewesen, abhauen und das Schlachtfeld verlassen zu dürfen.

Gloria hatte alles vorbereitet, Kostüm mit Bluse, farblich abgestimmt, dem Anlass entsprechend dezent, sie hatte Lockenwickler drin, suchte nach dem passenden Lippenstift, während Mike sich den Schnurrbart färbte. Er war mit ihren Make-up-Utensilien zugange und – das musste sie neidlos anerkennen – er machte seine Sache sehr gut, als sei er geübt in solchen Verkleidungs-Prozeduren. Sie zog den Lippenstift ein zweites Mal nach, betrachtete Mike aus den Augenwinkeln. Beide standen sie übers Waschbecken gebeugt und schauten in den Spiegel. Zwei Eheleute am Morgen, bald würden sie am Weg zur Arbeit sein. Sie wusste, dass es noch gewisse Hürden geben würde, praktische und auch emotionale, das war durchaus absehbar, aber so weit lief alles glatt.

Mike pinselte wie ein Verrückter, Schläfen und Augenbrauen, dann nochmals den Bart. Gloria sah, wie er immer blonder wurde und zwang sich, den Blick von ihm zu nehmen. Er schminkte sich kleine Schatten unter die Augen, dann drehte er sich weg von ihr und klappte seinen roten Lederkoffer auf. Er deckte ihn mit dem Rücken ab. Seit er hier war, hatte er diesen Koffer kaum aus den Augen gelassen, hatte ihn überallhin mitgenommen und sie wollte endlich wissen, welches Geheimnis er barg.

Sie verdrehte den Oberkörper, um einen Blick zu erhaschen, Mike hantierte im Koffer, schob eine Farbpalette mit Stoffen zur Seite, verschiedene Ledermuster kamen zum Vorschein … *WAR ER EIN VERTRETER?…* Sie wollte schon nachfragen, da klappte er eine Art Trennwand hoch … darunter war ein doppelter Boden. Sie sah ein Päckchen Karten, einen Würfelbecher und … waren das Perücken? Mike tastete eine nach der anderen ab und entschied sich dann für eine blonde mit Mäschen. Mit einer schnellen Bewegung schloss er den Deckel des Koffers wieder, KLACK, drehte sich zum Spiegel und setzte sich die Perücke in einem Schwung auf.

VERDAMMT, das machte er wirklich ziemlich professionell. Aber es blieb keine Zeit, sich darüber Gedanken zu machen, denn er rückte die Haare zurecht und das zog ihr beinahe die Beine weg, weil der Mensch, der nun neben ihr stand, eine so unfassbare Ähnlichkeit mit Sandro hatte, dass sie den Atem anhielt.

– Gut so?

– Wow …

Sie nickte und mehr gab es auch nicht zu sagen, *WOW …* Er stand als Ebenbild ihres Gatten da, in dessen Anzug, dessen Hemd, dessen Socken, *VERDAMMT*, das war ein wenig aushebelnd, sie schluckte … Aber nein, nein, es war auch beruhigend, denn ohne die perfekte Umformung würde ihr Plan nicht aufgehen.

Sie griff in ihre Tasche und zog etwas heraus, zögerte einen Moment. Dann hielt sie ihm den Ring hin. Mike blickte sie überrascht an. Und für eine Sekunde standen sie voreinander und der Badezimmerspiegel war der Priester und Gloria steckte ihm den Ring an den Finger, JA ICH WILL, Mike bewegte die Lippen, sie senkte den Blick, schüttelte den Gedanken ab, schaute etwas verkrampft in ihre Handtasche und gab ihm sogar noch Sandros Brieftasche. Warum, wusste sie nicht genau, aber jede Übersprungshandlung war jetzt besser, als daran zu denken, was sie gerade taten.

Mike betrachtete sich im Spiegel, nahm das Familienfoto zur Hand. In Glorias Kopf prangte ein schwarzes Loch, aber Sandro war heil geblieben. Er verglich sich mit dem Bild, adjustierte die Perücke, finishing touches! Gloria besprayte ihr Haar, bändigte ihre Locken, gab ihnen mit den Händen den letzten Schliff. Sie setzte ihre Sonnenbrille auf, Gena-Rowlands-Style. Mike Cassavetes zog nach, dunkle Brille auf, und ab durch die Mitte.

Der Range Rover sprang aus der Garage hinaus auf den Vorhof wie ein Raubtier, das zu lange im Käfig gewesen war und endlich wieder rausdurfte, um auf Bäume zu klettern, Antilopen zu reißen und sich im heißen Sand zu wälzen! Gloria stieg aufs Gas, es beutelte Mike durch, aber das war auch gut so, er sollte ja erschlagen sein, bleich, das Gesicht eingefallen, die Wangen hohl – ein Schatten seiner selbst. Da musste er nicht viel dazu tun, er schloss einfach die Augen und Gloria raste die Windradgasse hinunter.

BONNIE & CLYDE

Gloria schob Mike mit ausladenden Schritten den Gehsteig entlang, die Sonne in ihren Brillen, ihre Locken im Wind. Mike saß in einem Rollstuhl, ein bleicher blonder Mann im hellblauen Anzug, dazu hatte er sich dunkelblaue, samtene Mokassins geschnappt. Das war der Knackpunkt gewesen. Seine weißen Lederboots gegen diese Loafers aus Rauleder zu tauschen. Du bist, wie du gehst, und kaum war er die ersten Schritte darin gegangen, spürte er seinen Bruder, spürte die selbstgefällige Lässigkeit dieser Sohle. Und selbst jetzt, im Sitzen, fühlte er die Macht des teuren Velours an seinen Füßen. Für Menschen, die gerne weich gehen, weil sie weich gebettet sind. Prinzen auf der Erbse, weich im Bett, aber hart am Verhandlungstisch.

Jeder war auf seine Rolle konzentriert, der Stein war ins Rollen gekommen, der Wind im Gesicht, dazu MUSIK, die sich aufbaute, immer stärker und lauter wurde. Glorias Blick war nach vorne gerichtet, auf ein imaginiertes Ziel. Mikes Kinn kippte ab zur Brust, er wusste, was es hieß, den Geschlagenen zu mimen.

Gloria stoppte den Rollstuhl und läutete.

– *Cedere Banking Group?*

– Bittini, wir haben einen Termin.

BZZZZZZZ machte der Türbuzzer, sie schob Mike über die Rampe und schon waren sie im Gebäude verschwunden.

Das Büro des Privatkundenbetreuers lag am Ende des Ganges. Altbau, leicht modernisiert, viel Glas, edle Hölzer, die hohen Fenster zum Garten, ein großer Schreibtisch. Ein bisschen *Kunst* an den Wänden, durchaus *ironisch Gebrochenes.* «PUT YOUR MONEY ON ME» stand da in großen Lettern auf zwei Gemälde aufgeteilt, pinke Schrift auf weißem Grund. Man wusste nicht genau, wieso zwei weiße Leinwände dafür ihr Leben hatten lassen müssen. Vermutlich weil der Preis dann doppelt so hoch sein konnte. So hatte sich ein armer Schlucker wahrscheinlich zwei Monatsmieten ermalt, durch zwei EXKLUSIVE GEMÄLDE im Stile von Warhol oder Lichtenstein oder You-name-it, nur eben statt um 60 Millionen um 600 Euro.

Mike schaute sich den Raum an … in all seiner Pracht und

Herrlichkleit. Eine riesige Schale mit Früchten prangte in der Mitte des Bürotischs. Bananen, Pfirsiche, Weintrauben und auch Äpfel, man wollte auch *die Regionalität* betonen, feine saftige heimische Äpfel wirkten beschwichtigend aufs Auge des Kunden und vermittelten *Bodenständigkeit*. Vermutlich hatte noch nie im Leben hier ein Bankkunde etwas von diesem Obst gegessen. Es wurde hundertpro jeden Abend von der Putzfrau weggeschmissen.

Er griff zu den Weintrauben, zwackte sich zwei ab und schob sie in den Mund. Gloria betrachtete die Aktion leicht entnervt, *WAS FRISST DER JETZT OBST?* sollte ihr Blick wohl heißen, aber Mike dachte nicht daran, etwas zu essen. Er schob die zwei Dinger links und rechts unter seine Unterlippe, was zwei kleine Wölbungen ergab und ihm ein leicht derangiertes, aufgequollenes Aussehen verlieh. Ja, er hatte auch den *Paten* gesehen, mit *Marlon Brando*, und man musste immer von den Besten lernen. Gloria wollte ihm das Zeug gerade aus dem Mund ziehen, da betrat der Bankbeamte schwungvoll den Raum und schloss die Türe hinter sich.

– Grüß Gott!

Er hatte sie ein wenig warten lassen, der hagere junge Mann, dafür zeigte er sich nun umso emsiger daran interessiert, dass alles ANGENEHM und PROBLEMLOS verlief für seine Kunden. Sein Anzug war glänzend grau, dazu trug er ein blassrosa Hemd, mit rotgepunkteter Krawatte, was alles ein einziger unfassbarer Albtraum war, und Mike hätte beinahe seine Weintrauben ausgespuckt, als er ihn erblickte, aber da legte der Typ auch schon los,

– Frau Bittini, wie geht's der Frau Mamá?

– Äh, ja, äh, der geht's gut … sehr gut, danke der Nachfrage.

– Das freut uns!

Im Pluralis Arschkriechtatis kam er ihr, der kleine Streber, aber schon sein nächster Blick galt Mike und jetzt ging es um die Wurst, die sprichwörtliche,

– Und Sie, Herr Bittini?

Er betrachtete Mike mit einer Mischung aus höflicher Anerkennung und aufgesetztem Mitgefühl,

– Als wir uns das letzte Mal gesehen haben, wer hätte da ahnen können, was Ihnen noch bevorsteht … ?

Mike senkte den Blick, ein armer angeschlagener Gatte, den es einfach hart erwischt hatte,

– Ein Wahnsinn, was Sie, also beide, da durchgemacht haben müssen die letzten Tage …

Er lächelte Gloria aufmunternd zu. Mike grummelte etwas Unverständliches und Gloria nickte zustimmend. Der Typ schien es zu fressen, er schien ALLES ZU FRESSEN, Gloria wollte sich ihren Jubel nicht anmerken lassen, räusperte sich bescheiden.

– Mhhm, mhm …

Der Banker wandte sich wieder Mike zu,

– Also, ich mein, Sie schauen schon immer noch recht mitgenommen aus, aber dass Sie schon wieder so, so *top* unterwegs sind …

Das konnte Mike so nicht stehen lassen,

– Na ja, *top … top …* des is jetzt a net so *top,* wenn ma im Koma liegt … Des is net, wie wenn ma sich eine Runde aufs Ohr haut, und *hopp,* is ma wieder voll da … Des geht auf die Muskeln und alles … Des is auch psychisch ein Hammer!

Der Bankbeamte nickt, verständnisvoll, und auch Gloria nickt, diesmal stärker noch als zuvor, sie will durch ihr Nicken ein wenig von Mike ablenken, der anscheinend noch nicht genug hat,

– … Und grad auch der Übergang von dieser *dortigen Welt* wieder zurück in unsere, Bah! da merkt man schon, dass man nicht mehr derselbe is … Da spürt man so einen Wind, so einen-

Mike lehnt sich nach hinten, rollt die Augen nach oben, als wolle er hinan ins Himmelsgewölbe blicken,

– … einen *Wind of Change,* wenn man das so sagen darf, da blast's einem ordentlich den Schädel durch, verstehen S'? … Das lässt dich alles nicht ganz unbeschadet zurück.

Und das ist der Moment, an dem Gloria etwas angst und bange wird, denn niemand hatte ihm den Auftrag erteilt, sich hier groß auszubreiten über das *Koma* oder die *Übergänge* oder *sonstige Dramen,* die er verdammt nochmal *nicht mal selber erlebt hatte*! Aber nicht nur Gloria ist in Sorge, denn auch der Beamte beginnt nun nervös an seiner Krawatte zu nesteln,

– Mhm, aber das, also Sie meinen jetzt nicht – weil ich muss das natürlich fragen, wenn Sie das Geld beheben wollen – also, dass Sie derzeit noch eingeschränkt sind? Also nicht im Vollbesitz Ihrer, äh, geistigen Kräfte?

Gloria versucht abzuwiegeln,

– Nein, nein, also er is ganz, Dings, also …

Und auch Mike schüttelt überzeugt den Kopf,

– Nein, nein! Im Gegenteil, ich hab eher das Gefühl, ich seh jetzt ganz klar, dass ich ein festes Arschloch war früher, und dass ich meine Gattin, die Gloria …

Mike lehnt sich aus dem Rollstuhl hinüber zu ihr, mit einer Kussmundschnute, will den Moment nützen, ihr ein Küsschen abzutrotzen, doch Gloria wehrt ihn elegant ab,

– Na, na, na … jetzt is es ja alles gut!

Sie schiebt ihn vehement zurück auf seinen Platz, der Bankbeamte nimmt den Vorgang zur Kenntnis, kann ihn jedoch offensichtlich schwer einordnen, aber dafür ist auch gar keine Zeit, denn Mike fährt fort,

– … dass ich *meinen größten Schatz* all die Jahre eher- also, vernachlässigt habe und auch sehr viel gelogen und ihr nicht gesagt habe, wie sehr ich sie geliebt habe all die Jahre, wo ich abgehaut bin-

Gloria tritt gegen Mikes Schienbein, sie muss ihn gut erwischt haben, denn Mike jault kurz auf, bevor er seine Abschweifungen korrigiert,

– Aahh, äh, also wo ich nicht da war--

– Is schon gut jetzt!

Glorias eisiger Blick trifft ihn, HALT SOFORT DIE KLAPPE, denn er beginnt nun ganz offensichtlich von sich zu sprechen, er beginnt jetzt eine kleine *Aufarbeitung seiner Unterlassungssünden* und das zum denkbar UNGÜNSTIGSTEN ZEITPUNKT AUF ERDEN. Aber Mike ist nicht zu bremsen, der Beamte soll sein Zeuge sein, er lässt nicht locker,

– … wo ich *nicht wirklich da war,* für sie und die Kinder und auch meinen ehelichen Pflichten nicht ordnungsgemäß nachgekommen bin … zur vollen Satisfaktion. Weil, ich sag ganz ehrlich, es ist nicht wurscht, wie's der Lady taugt in der Hapfn!

– Absolut, klar, nicht wurscht …

Der Bankbeamte lächelt Gloria zu, als wäre es EIN OFFENES GEHEIMNIS, dass die Gattin *ordnungsgemäß befriedigt gehört.* Und Gloria spürt, dass hier etwas ganz gravierend entgleiten könnte. Sie klopft auf das vor ihnen liegende Sparbuch am Tisch.

– Naja, naja, gottseidank haben wir ja das Sparbuch, weil das Geld hilft uns jetzt besonders, wir wissen ja nicht, wie's beruflich weitergeht mit meinem, mit … äh, mit ihm.

Gloria nickt, das Bürschchen nickt, blüht fast auf. Nun sind sie alle endlich wieder auf gleicher Wellenlänge, Phu!, gottseidank,

– Gute Anlage, ein Sparbuch, immer noch das Beste!

So tiriliert das Bürschchen und auch Mike is voll dabei,

– Auch ohne Zinsen, ein Sparbuch … Immer noch das Beste!

– Definitiv, Herr Bittini.

Mike sonnt sich in seinem Triumph, schließt zufrieden die Augen.

– Sagen S' ruhig Sandro zu mir.

Gloria starrt ihn an, fast hätte sie einen Japser losgelassen,

ER KANN ES NICHT LASSEN DER IDIOT!? Aber für ihr Gegenüber is alles paletti, er klappt sein Mäppchen auf, bereit, endlich alles unter Dach und Fach zu bringen.

– Gut. Dann bräuchte ich bitte nur noch das Losungswort … Sandro.

Mike und Gloria schauen einander an.

Drip. Drop.

Das hatten sie so nicht erwartet. Das gute alte Losungswort. Die Stille, die sich ausbreitet, ist ohrenbetäbend. Jetzt wird dann auch bald das Bürschchen beginnen unrund zu werden, und das will tunlichst vermieden werden, also lehnt Mike sich erstmal aus dem Fenster.

– *Stefanie …* ?

– *Stefanie,* genau.

Gloria setzt eins nach, doppelt hält besser, wirkt souverän.

– Das is der *Kontoname,* genau. Ich bräuchte aber das *Losungswort.* Eine reine Lappalie, aber die Bank besteht drauf.

– Lappalie … Mhm …

Mike murmelt, er weiß, er muss Zeit gewinnen. Gloria wird zunehmend heißer, doch Mike ist in seinem Element, der alte Hasardeur,

– *Gloria …* ?

Mike wartet … testet, ob der Bankbeamte darauf reagiert … Aber da kommt nichts, also ist Mike wieder dran,

– Kannst du mich bitte *schnäuzen,* Gloria?

Er deutet mit dem Kinn auf eine Packung Kleenex am Tisch.

– Ich kann nämlich meine Arme kaum bewegen …

– Na klar.

Sie nimmt ein Taschentuch heraus, putzt Mike die Nase, flüstert ihm dabei ins Ohr,

– Sag einfach «*Niki*» …

Mike lehnt sich zurück im Rollstuhl, frisch geschnäuzt,

– Danke … *Niki …*

Und wieder diese Pause.

Der treuherzige Hundeblick des Bankers kann nicht darüber hinwegtäuschen, dass die Sache jetzt auf der Kippe steht.

– Mahhhh, ich bin echt sehr erschöpft, total unkonzentriert und schwach …

Mike schaltet um auf *wehleidige Anschuldigung,* sein Ton ist *anklagend,* aber das Bürschchen bleibt standhaft und höflich.

– Dann erledigen wir schnell das Losungswort und ab geht's wieder ins Bett.

– Ich muss echt heim, mir geht's überhaupt nicht gut!

Mike wetzt auf seinem Stuhl, Gloria eilt ihm zu Hilfe,

– Er ist grade erst aus Intensiv raus … Die ganze Aufregung is ihm sicher zu viel … Geht's … ?

– Schlecht, sehr schlecht …

Mike winselt immer erbärmlicher, jetzt mimt er den Kreislauf-Geschwächten, die Felle sind schon davongeschwommen, er versucht sie zu erhaschen, indem er geräuschvoll aus dem Rollstuhl rutscht – dabei flutscht ihm eine Weintraube aus dem Mund--

– Mike … !

Au, fuck, au fuck! Gloria starrt auf Mike, der sich die Weintraube zurück ins Maul geschoben hat und in ihren Armen hängt und sie anstarrt, AU FUCK, jetzt is es passiert, ihre Tarnung ist aufgeflogen, ein Lapsus in letzter Sekunde. Doch in diesem Moment greift der Banker in eine tiefe Lade, zieht eine große Tasche hervor und knallt sie auf den Tisch,

– Na, super, danke, dann hamma ja das Losungswort!

Der Bankbeamte schiebt Mike einen Wisch rüber,

– Dann bräucht ich nur noch Ihre Unterschrift … Also, falls das geht mit den Armen?

– «Mike», ja, «Mike» … Des is des Losungswort-

Er wiederholt's, klar, *Mike,* na logo, er grinst Gloria an, weil alles gebongt ist und vor ihm das Geld am Tisch liegt, und weil er einfach gute Laune hat deswegen, und er will schon lässig den Kuli nehmen und unterschreiben, weil er vergessen hat, dass er *seine Arme kaum bewegen kann,* da stoppt Gloria ihn ab, JETZT KEINE FEHLER MEHR!, ergreift ihn an den Sakkoärmeln und wirft seine Marionetten-Arme auf den Tisch,

– Wo soll er unterschreiben?

– Bitte hier ... und da noch einmal ...

Mike Pinocchio schaut kaum auf die Zettel, unterzeichnet, was ihm vorgelegt wird, er ist jetzt *bester Laune und* hat begonnen, die Weintrauben geräuschvoll zu zerkauen. Es war doch viel Speichel zusammengekommen, während sie da in ihrem Versteck zwischen Zahnfleisch und Lippe gefangen gehalten worden waren, die kleinen süßen Dinger, und umso lauter SCHMATZT er jetzt, und auch seine Sprache verändert sich zunehmend, er schmatzt sich vom Angeschlagenen zum Unversehrten,

– Wissen S', der Mike is mein verschollener Bruder ...

– Ja, ja, genau.

Gloria gibt ihm einen dezenten Hieb mit dem Ellbogen, HALT BITTE ENDLICH DEINE FRESSE! Aber daran ist nicht zu denken, denn Mike kommt nun so richtig in Fahrt,

– Der Mike lebt angeblich irgendwo in Südostasien ... Betreibt dort ein sehr gut gehendes Sporthotel ... in Bali, was ma so hört ... Ein klasser Bursch, alles in allem.

Er blickt Gloria sehnsüchtig an,

– Oft wünsch ich mir, er wäre hier!

– Ab ins Bett jetzt!

Gloria reißt seine Arme vom Schreibtisch, Mike hat irgendein KRITZIKRATZI auf die verschiedenen Papiere gemacht, ohne hinzuschauen hat er sich dort verewigt. Das Bürschlein klappt zufrieden seine Mappe zu.

– 300 000 leg ich für Sie an, Frau Bittini, wie ausgemacht. Jederzeit behebbar.

– Dankeschön.

Gloria steht schon mal auf, bereit, den Rollstuhl innerhalb der nächsten Sekunden aus dem Raum zu verfrachten. Jetzt zählt jede Sekunde, das weiß sie, sie hat die Schnauze voll von dem Theater, Mike ist auf einem gefährlichen, auf einem SEHR GEFÄHRLICHEN TRIP.

Der *Bürohengst* öffnet die Tasche und 300 000 in Cash blitzen ihnen entgegen,

– Und Sie, äh, Sandro, sind Sie sicher, dass Sie den Rest *in bar* mitnehmen wollen, ich mein, es gäbe da tolle Anlageformen.

– NUR BARES!!!

Mike schreit das Bübchen fast an, das schreckt sich über die Vehemenz, mit der *Herr Sandro* sich für den Cash einsetzt. Gloria packt die halbgeöffnete Tasche und wirft sie auf Mikes Schoß,

– Ja, ja, das passt so. Wir müssen demnächst einiges investieren in den Umbau, also, für die Rampe et cetera.

Sie entsichert den Rollstuhl, dreht ihn um, bereit zur Flucht, aber Mike findet, dass ihrem Gedanken noch ein paar detailliertere Informationen folgen sollten,

– Wir müssen ja auch den Pool komplett neu machen … wegen der Reha …

– Ja, ja-

– … da hätt' ich gern tunesische Fliesen, wissen S', *man erholt sich auch mit dem Auge.*

– Absolut klar, wunderbar, dann alles Gute!

– Auf Wiedersehen!

Gloria zwinkert dem Bürschlein noch einmal zu, als sie Mike aus dem Büro schiebt. Es ist ein undefinierbares Zwinkern, es ist etwas, worüber der junge Mann noch nächtelang nachdenken wird, denn er kann es nicht verorten in seinem Denken, was es bedeutet haben soll, dieses Zwinkern der Gloria Bittini, aber er würde auch so noch unendlich lange an diesem Kundengespräch kiefeln, denn er hat den Eindruck, dass hier Dinge vor sich gegangen sind, die er so noch nie erlebt hat.

– Phuuuu …

Er legt den Kuli auf die Mappe und schließt seinen Laptop.

Vor einer Stunde waren sie noch in absoluter Anspannung im Rover gesessen, aufgebrezelt und unter Strom, und nun war es vollbracht. Sie waren am Rückweg in die Vorstadt, auf der wunderbaren Straße, die sie nach Hause bringen würde.

Die Tasche mit dem Geld lag auf Mikes Schoß, ein paar dicke Bündel lächelten ihn liebevoll an. Mike schminkte sich ab, der Spiegel am Beifahrersitz war geradezu perfekt dafür. Wenn man die Abdeckung nach links schob, leuchtete dem Beifahrer ein kleines Lichtchen, das die Arbeit immens erleichterte. Was sich die Menschen alles ausdachten, was sie alles *erfanden,* um das Leben feiner, leichter, angenehmer zu machen … Er nahm ein Taschentuch und rubbelte an der Schminke, bis sie verschwunden war, schaute dann aus dem Fenster. Die Landschaft zog an ihm vorüber, Häuser, Bäume, Reklametafeln – alles war erleuchtet, alles war freundlich und Mike lächelte den Menschen zu, wie sie miteinander sprachen, sich unterhielten, gemeinsam über die Straße gingen, er lächelte den Dingen zu, weil sie sich von ihrer schönsten Seite zeigten, ergötzte sich an den Banalitäten des Lebens, einfach nur, weil sie da waren.

Immer wieder blickte er verstohlen zu Gloria, die schien noch etwas scheu zu sein, klar, es war nicht unbedingt ihre Art, eine Bank zu betrügen, schon gar nicht die Hausbank ihrer Mutter, das war nicht ihr *Alltagsgeschäft,* aber sie würde sich schon noch dran gewöhnen. Mike gab ihr die Zeit, die sie brauchte, um alles zu verdauen und zu erkennen, wie gut es gelaufen war.

Er knüllte das Abschminktuch zusammen und warf es aus dem offenen Fenster, dann ließ er die Scheibe wieder hochfahren. Sein Bart war schon von der goldgelben Farbe befreit, seine Schläfen detto, nun nahm er die Perücke ab und legte sie auf seinen Schoß –*Mike was back!* Es fehlte nur noch ein wenig Kajal unter den Augen, den würde er sich heute mal gönnen, an diesem Freudentag. Sie waren heute ein Team geworden, Bonnie & Clyde, ein unfassbares Couple, und sie fuhren nun heim zu den Kindern. Er würde etwas kochen, er hatte auch schon so eine vage Idee, auf jeden Fall wollte er die Familie mit seinen AMUSE-GUEULES überraschen, kleine appetitanregende Häppchen, die hatte er drauf wie kein anderer, die konnte er auch *vegan* machen für Gloria, null Problemo.

– Da …

Gloria streckte ihm ein Kuvert hin, Mike nahm es entgegen, betrachtete es, wendete es,

– Konzertkarten?

Er pfiff durch die Zähne,

– Gehma in die Oper? … Endlich einmal die Zauberflöte sehen?

Gloria schwieg, sie war auf den Verkehr konzentriert, klar. Er hatte es gut, ließ sich da herumchauffieren,

– Oder is das ein Gutschein für dreimal Staubsaugen und zweimal Abwaschen … ?

Er lächelte spitzbübisch,

– … oder gar für was anderes?

Gloria schaltete die Scheibenwischanlage ein, spritzte und wischte den Staub von der Frontscheibe.

– Das is ein Flugticket, Bratislava–Caracas … Economy, damit's nicht so auffällt.

Mike zog das Ticket aus dem Umschlag. Er schaute auf den farbigen Ausdruck, dachte, es könnte sein, dass da doch ein Gutschein war, oder Konzertkarten, oder ein Brief an ihn, der ihm sagte, wie sehr sie ihn bei sich haben wollte für immer, der ihm endlich alles sagte, was er längst schon wusste. Aber es war ein Flugticket, mit seinem Namen drauf, ECONOMY stand da und Bratislava, er wendete das Blatt, aber es gab nichts mehr zu wenden, er starrte durchs Papier hindurch, konnte nichts mehr lesen von dem, was da stand, er saß auf seinem Sitz und hielt das Kuvert in Händen und war verschwunden, es gab ihn jetzt nicht mehr, er hatte sich verrannt und nun war er gegen den Prellbock geprallt und *PUFF* hatte er sich aufgelöst.

– Ich setz dich jetzt daheim ab und fahr was einkaufen mit den Kindern. Du kannst dich inzwischen umziehen und deine Sachen packen, okay?

Draußen zogen Dinge vorüber, die bedeutungslos waren, die keinen Sinn hatten. Draußen fuhren Autos vorüber und Menschen saßen in ihnen oder gingen irgendwohin, und es wurden Kriege geführt und Kinder getötet und Häuser zerstört und alle spielten bei diesen Dingen irgendwie mit und keiner konnte ihm das alles jemals erklären, weil es auch nichts zu erklären gab, es gab nur die Wahrheit der Dinge, die Härte und Unbarmherzigkeit der Menschen, die niemand verstehen konnte, weil nichts einen Sinn machte, nichts von dem, was sie ihm in der Schule hatten beibringen wollen, dass wir alle eins sind und uns einsetzen sollen für die anderen, das war alles eine Lüge, jeder war alleine, alleine und auf sich gestellt und musste seine Würde bewahren in der Sache, mehr gab es auch nicht zu verteidigen, für wen auch? und er sagte,

– Na klar, dann werd ich kurz heimgehen, umziehen, *duschen,* Sachen packen … Passt.

Sie fahren einen Augenblick lang schweigend, dann blickt Mike sie an. Es könnte ein Abschiedsblick werden, aber Gloria schaut einfach nicht hin,

– Ich-

– DU MUSST VERSCHWINDEN, Mike, das war der Plan.

– … Ja, der Plan.

– Du packst deine Sachen und fährst über die Grenze.

– Bratislava …

– Dort setzt du dich in den Flieger.

– Vielleicht mach ich ein Upgrade auf Business.

– Dann bist du safe und wir auch.

– Safety first.

– Und wenn irgendwer geschissen wird und nachfragt, sag ich, dass du vermutlich abgehaun bist, mit dem Geld, klar? Keine Ahnung wohin. Damit sie uns in Ruhe lassen!

– Ja … Ich-

– … Und ich sag, dass du's wahrscheinlich … verspielst, verhurst, verkokst … Dein Leben halt.

– Mein Leben.

Mike hört sich die Wörter sprechen. Er nickt. Er ist bereit, alles zu nehmen, wie es kommt. Er hat dem Plan zugestimmt, obwohl er ahnte, dass es schlecht enden würde für ihn und jetzt ist es so weit. Da war nur noch eine Sache,

– Ich …

Aber Gloria will diese Sache nicht hören, sie kann sie jetzt nicht hören, weil sie sonst aus dem Auto springen müsste, denn es gibt *KINDER ZUHAUSE, die auf sie warten und EINEN MANN IM SPITAL und EIN LEBEN, DAS IHR GEHÖRT, DAS ENDLICH IHR GEHÖRT!*

– Das geht nicht gut sonst! Des Leben, das du dir vorstellst, das können wir nie führen. Nie.

Gloria stiert nach vorne und greift ans Lenkrad, als wäre es Mikes Hals, und drückt zu. Mike steckt das Kuvert in die Tasche, zückt sein Schminktäschchen.

– Ich, wollte ich sagen, werd vermutlich nach Bali gehen … Vielleicht mach ich dort ein Sporthotel auf … Wie der Sandro vorhin gsagt hat.

Gloria schaut ihn nun doch an, leicht verstört,

– Glaubst du jetzt schon, dass du der Sandro bist?

Mike blickt in den Schminkspiegel, färbt sich die Augen mit Kajal.

– Jeder is ein bissl ein Sandro.

Und dieser Satz steht für sich. Für dich und mich. Gloria betrachtet ihn, entgeistert, doch Mike zieht seinen Blick ab von ihr und widmet sich dem Auge. Ehre genommen.

Dann zwinkert er in den Spiegel. Er blinzelt sich zu, er blinzelt uns zu. Good luck, Onkel Mike, du wirst es brauchen!

CUCKOLD DESIRE

Was gerne übersehen wird in der ganzen Sache, das ist die widersprüchliche Natur der Dinge. Gerne würde von manchen gleichgebügelt, was nicht gleichzubügeln geht, da der Wahnsinn in den Dingen ganz tief begraben liegt, so tief, dass die wohlmeinenden Seelen ihn nicht ertasten können und ihn daher verleugnen, den Wahnsinn, und sich berufen auf das, was sie glauben zu verstehen, aber gar nicht wissen können. Wer der Hure abspricht, eine sein zu dürfen, hat nicht verstanden, dass es dieses Leben auch geben darf und es den höchsten Respekt verdient. Dass es keine leichte Aufgabe ist, diesen Beruf auszuüben und dass man den Menschen, die das tun, mit Demut begegnen sollte anstatt mit Verboten und ihnen einen Kaffee spendieren und sie ins Ehrenbürgerbuch der Stadt eintragen sollte anstatt sie auf die Straße zu verbannen. Denn sie arbeiten hart an der Bändigung der Gewalt, die uns unsere Sexualität nun einmal beschert. Niemand soll daherkommen und sagen, dass der Blümchensex das Maß aller Dinge ist. Die Untiefen der Lust zu ertauchen, ist nicht jedermanns Sache, doch sollte man immer wieder mal seinen Blick dorthin lenken, denn das mag uns vieles, was wir nicht ganz verstehen, ein wenig klarer machen.

Weil wenn Udo neben seiner Jenny steht, wie zwei Figuren aus dem unendlichen Panoptikum der Paare, und wenn sie beide so über den Gartenzaun blicken, der gerade erst frisch gestrichen und dadurch wieder ansehnlich wurde, wenn sie sich beide so an diesen Zaun lehnen und sich dabei nicht in die Augen schauen, dann werden sie schon einen Grund dafür haben. Oder mehrere. Einer davon ist sicherlich der Mann, der im Garten der Nachbarn gegenüber auf allen vieren über den Rasen krabbelt, robbt, kriecht, dann aufsteht, hantiert, etwas über die Wiese zu spannen scheint, sich wieder niederkniet, um das Ganze wieder von vorne anzugehen.

Dieser Mann ist Mike und er hat Sandros hellblaue Anzughose an, dessen Hemd und auch Schuhe, die für derlei Arbeit denkbar ungeeignet sind. Was er dort im Garten tut, ist nicht auszumachen. Auch wenn Udo Daumen und Zeigefinger über den Augen zusammenbringt und eulenähnlich ein Fernglas imitiert, um besser fokussieren zu können. Doch jetzt ist nicht der Moment für Details, jetzt geht's wieder einmal ums große Ganze. Zu viel ist vorgefallen. Zu schwer wiegt die Last der Erinnerung an das, was passiert war, im Nachbarhaus und zwischen ihnen.

Es sind Hundstage, die Luft ist heiß. Das Kind noch bei Udos Mutter, so ist nun Zeit, endlich Tacheles zu reden oder sich gegenseitig umzubringen. Dies sind die Momente, wo Ehepartner beschließen, einander zu töten … oder wo sie sich dazu entscheiden, einen Schritt höher zu klettern auf ihrer Beziehungsleiter, die in die luftigen Höhen der ewigen Liebe führen sollte und dann doch oft nur am niedrigsten Ast des Apfelbaums ihren Gipfel findet.

Jenny und Udo waren bereit, diese Leiter zu besteigen, diesen schmalen Steg zu begehen. Heute war der Tag. Ihre Kleidung klebte am Körper. Udos Haar war getrimmt und Jennys Lippen waren geschminkt. Niemand konnte sie nun vor sich selbst beschützen. Die Flammen, die seit gestern loderten, waren nicht mehr zu löschen. Das Blut kochte. Und das ist auch der Augenblick, wo man wieder an den Sex denken muss, der sie beide antrieb, der sie unrund werden ließ, der sie verband und doch in ihrer Einsamkeit bestärkte, denn jeder sehnte sich nach etwas anderem. Etwas unerreichbar anderem. Wie sollte das alles jemals in Einklang zu bringen sein? Vielleicht über einen Dritten? Über den, der dort grub und hantierte und unergründlich blieb, als Symbol diente, um ihre Begierden endlich auf den Boden zu kriegen, ihre Sehnsüchte, die hochflogen und nicht mehr bereit waren, in die kleinen Seelen zurückzukehren und sich einkerkern zu lassen?

Udo betrachtete Jenny, wie sie Mike betrachtete. Er dachte an gestern, Sex und Herz, an alles, was er gespürt hatte zwischen den beiden, und es wurde ihm wohlig schlecht, das Ziehen in seinem Sack vermischte sich mit der brennenden Leere in seinem Magen.

Und Jenny? Jenny wusste alles. Weil man nur hinschauen musste und hinhören und es dann ganz klar war, es gab da nichts, was man hätte verstehen müssen, weil alles so war, wie es war. Was blieb, war ihre Neugierde.

– Was macht er da?

– Keine Ahnung.

Jenny kniff die Augen zusammen.

– Er is immer rätselhaft.

– So wie du.

– Ja.

Jenny sagte dieses *Ja* wie jemand, der sich selbst damit überrascht hat, *Ja, so bin ich, RÄTSELHAFT*, da schau her … Udo betrachtete seine Frau mit einer Mischung aus Geilheit und Angst, gepaart mit der Lust gehörnt zu werden. Das *cuckolding desire* war nun unbändig groß und erhob sich mächtig in ihm. Es half ihm auch, sein eigenes schlechtes Gewissen zu begraben.

– Ihr passsts gut zusammen. Du und er.

– Minus und minus ergibt plus.

Udo traute sich nicht, ihr den Blick zuzuwenden.

– Er passt net zur Gloria. Minus und plus ergibt minus. Des geht net.

– Wärst du gerne mit der Gloria? Plus und plus?

Udo starrte über den Zaun. Jenny wandte ihm den Blick zu.

– Du kannst alles sein, was du willst, Udo. Du schuldest mir nix.

Und nun, endlich, wagte er, sie anzusehen.

Und er hätte ihr alles gestehen können, die Geilheit, die er verspürte beim Gedanken daran, dass Mike sie ficken würde, dass er ganz verrückt wurde vor Angst und Erregtheit, wenn er sich das Bild ausmalte, dass dieser dreckige Typ sie vor allen nagelte, vögelte, puderte, rammte, schnalzte, schnackselte und wie er sich ihren Blick dabei vorstellte, voller Gier auf dieses Abenteuer und voller Lust auf dieses Schwein und er hätte ihr in einem Aufwasch seine Liebe zur Nachbarin gestehen können und ihr sagen, dass er sie ALLE BEIDE HABEN WOLLTE, immer, jeden Tag, und dass er wusste, DASS ER JA WUSSTE, DASS DAS NICHT GING, aber dass es TROTZDEM so sehr sein Wunsch wäre, beide Frauen zu besitzen, Gloria und Jenny, und dass er genau deswegen nicht mehr zurück konnte und etwas ganz Schlimmes tun würde, wenn es nicht bald aufhörte. Er sah Jenny an und dachte daran, wie sehr er für diese Ehe gekämpft hatte, *Du schuldest mir nix*, ja, das konnte sie leicht sagen, er war tagelang unterwegs gewesen, verrückt vor Angst, sie nicht mehr zu finden und er flüsterte,

– Du mir schon.

THE HAWK II

Ein Habicht sitzt auf einem Ast, im Unterholz, am Rande des Ackers. Dort lauert er, am Waldesrand, von Zweigen getarnt, das Federkleid verbirgt ihn vor dem Opfer, seine äußere Ruhe verbirgt das pochende Herz, sein Auge ist scharf und sein Wille ungebrochen.

Ein blaues Taxi fährt an der Landstraße vorüber, sie führt am Waldrand entlang, in dieser Einöde, als es plötzlich verlangsamt, rechts ranfährt und stehen bleibt. Das Taxi hat keine Eile, hier kommen kaum Autos vorbei, geschweige denn Fahrgäste. Der Fahrer ist nicht genau auszumachen durch die spiegelnde Scheibe, aber er hat eine Nachricht bekommen, auf seinem Handy, nun hat er es abgelegt in der Mittelkonsole. Er wartet und blickt zum Wald. Sein Blick trifft sich mit dem des Habichts, aber sie nehmen einander nicht wahr. Es scheint sie nichts zu verbinden.

Kurze Zeit später erscheint ein zweites Taxi, ein schwarzes diesmal, die beiden Lenker steigen aus, sprechen ein paar Worte und tauschen die Wägen. Dann wenden sie und fahren in getrennte Richtungen davon.

Der Habicht nimmt davon kaum Kenntnis. Er tut das, was uns an ihm fasziniert. Er bleibt nach außen ruhig, zeigt keine Regung, er beobachtet die Vorgänge um ihn herum, lässt nur seine Augen wandern. Er ist auf seine Instinkte fixiert. Die Probleme fangen dann für ihn an, wenn er sich ablenken lässt. Wenn ihn die Gier blind macht für die Gefahren von außen. Die Gier nach Beute. Die Gier nach Leben. Die Gier nach Liebe. Vorsicht, du wilder Vogel! Flieg nicht zu nah ans Feuer … Keep your cool, du kaltblütiger Jäger und heißhungriger Fänger … Lass die Hühner in den Stall gehen und bleib am Waldesrand … Wir sehen, wie dein Auge flackert!

RED HOT BLUE

ABMARSCH

Gloria hatte Stefanie und Niki angerufen, sie waren ihr entgegengekommen, ZU FUSS, was vermutlich seit Jahren nicht mehr vorgekommen war. Sie hatte die Kinder hinten ins Auto verfrachtet, wie früher, und sie waren einkaufen gefahren. Etwas ganz Alltägliches, etwas, das man halt tut, wenn man eine Familie ist, und das waren sie ja auch, von außen betrachtet. Wenn man nicht genauer hinsah, wie sich alles rund um sie herum auflöste, waren sie eine Familie, die *einen schweren Schicksalsschlag zu verkraften hatte*. In Wahrheit war alles entglitten und auseinandergedriftet, und die Wogen waren hochgegangen und über ihren Köpfen zusammengeschlagen und hatten unter sich alles begraben, was einmal sicher erschienen war, ein Familientsunami, da stellt auch niemand die *Schuldfrage*, wenn sich die Wellen wieder zurückziehen …

Ihr Mann war … er war, was? *Kriminell*? Dieses Wort wurde für diese feine Art der Bestechlichkeit nicht gern verwendnet, aber das war er. Er hatte daran gearbeitet, einen Gutachter, einen Bürgermeister und den gesamten Gemeinderat zu bestechen. Er hatte einen öffentlichen Badesee zu einer privaten Anlage für Luxusapartments gemacht. Und dabei selber mitkassiert. Und er hatte sowas nicht zum ersten Mal gemacht. Alle Ehre!

Sie hatte nicht hinschauen wollen und können oder was auch immer sie daran gehindert hatte, NICHT ZU ERKEN-

NEN, wer ihr sauberer Ehemann wirklich war, es war jetzt auch schon egal, sie hatte sich aufgelehnt und sich ihr Recht einfach genommen. Das Leben, so wie sie es bisher kannte, einfach aufzugeben, war keine Option. Einer Bande von Schmiergeldlieferanten ihre Familie zu überlassen – keine Option. *Dann kommt das Rollkommando.* Ah ja? Mit ihr nicht!

Gloria hielt mit quietschenden Reifen am weitläufigen Parkplatz des Supermarktes. Eine große freie Fläche, ebenmäßg asphaltiert, hier spielte die Versiegelung des Bodens einfach noch keine Rolle, hier konnte man elegant wenden und einparken. Niki und Stefanie drückten sich gelangweilt aus dem Wagen, geredet wurde nicht. So waren sie brav. Sie hatte ihnen auch nichts zu sagen, außer dass sie ab heute das Kommando übernehmen würde.

Die Kinder waren Mike inzwischen näher als ihr, er verstand sich prächtig mit ihnen. Auch das würde nun ein Ende haben. Mit Mike aus dem Haus war sie den nächsten Schritt gegangen, einen großen, mutigen Schritt. Sie hatte es nicht zugelassen, dass der Feind in ihrem Bett gelandet war. No way! Sie brauchte keinen, der sich als Beschützer gerierte. Er hatte ihr geholfen, das ja, und das war auch okay. Sie hatten fifty-fifty gemacht und mit 300 000 ließ es sich gut leben, sie hatte keinen Zweifel dran, dass Mike das süße Leben zu genießen wusste.

– Der wird sich quer durch Südamerika vögeln …

Stefanie drehte den Kopf, Niki horchte auf, aber sie waren zu weit weg,

– Was? … Hast du was gesagt, Mama?

Gloria steckte die Münze in den Schlitz, zog den Einkaufswagen aus der Reihe und marschierte zum Eingang.

– Wir brauchen Hefe … Ich will wieder Brot backen!

Stefanie zog ihre Schultern hoch, *Wieder?* … Wann hatte ihre Mutter *jemals Brot gebacken?*

– Häää?

Niki ignorierte seine Schwester, er konnte jetzt nicht so tun, als wäre nichts passiert. Er drückte die Kopfhörer fester in die Ohrmuscheln und tippte auf sein Handy …

Bin so zua, kann nicht gehen
Bin so zua, kann nicht stehen
Irgendeine Hur' will red'n
Ich sag nur: «Bla, bla, bla!»

Sie trugen die Einkäufe zum Haus und Niki hatte bemerkt, wie seine Mutter innerlich ausgerastet war. Er hatte es genau gesehen, denn als sie den Audi abgestellt hatte, war sie ein paar Schritte hin zum Escort gegangen, der draußen auf der Straße parkte und hatte reingeschaut. Aber Mike saß nicht drinnen, also hatte sie die Einkäufe geschnappt und war zur Haustür gestöckelt. Er und Stefanie trugen den Rest der Sachen zum Haus, lauter sinnloser Scheiß, ihre Mutter war plötzlich auf den Geschmack gekommen, *Hausfrau zu werden* und sich ums leibliche Wohl ihrer Kinder zu sorgen, statt sich das grauslige Zeug liefern zu lassen, dieses vegane Lappen Food mit Brunzhirse und Kotzbällchen, anyway, er würde auch von der neuen Pampe sicher nichts essen, er würde zuerst mal mit Mike reden und ihn fragen, wie er die Lage einschätzte.

Seine Mutter hantierte ungewöhnlich lange an der Eingangstüre, zog den Haustorschlüssel ab und steckte ihn wieder rein, mehrfach, Stefanie stand genervt daneben und stellte irgendwann die Einkaufssäcke ab. Er machte dasselbe, gab sich bewusst desinteressiert. Doch irgendwann musste er doch hinschauen und bemerkte, dass der Schlüssel offenbar nicht sperrte, das heißt, er ließ sich schon umdrehen im Schloss, aber die Türe ging komischerweise nicht auf. Seine Mutter wurde immer nervöser, stemmte sich gegen die Tür, aber da passierte nichts.

– Ihr wartet hier!

Das war eine klare Ansage und damit vertschüsste sie sich

die Treppen hinunter in Richtung Hof. Niki riskierte einen Blick zu seiner Schwester und wie sie sich so ansahen, wussten sie beide, dass da etwas im Gange war, das sie nicht ganz einschätzen konnten. Und in ungewöhnlicher Eintracht behielten sie beide ihre Erkenntnis für sich und warteten.

Gloria marschierte über den Vorplatz, am Audi vorüber, sie sah den Escort aus den Augenwinkeln, das konnte doch nicht sein, dass er noch immer hier war, sie war extra länger weggeblieben, hatte so viel eingekauft wie noch nie zuvor in ihrem Leben, hatte Dinge erstanden, die sie nicht wieder anrühren würde, war sogar noch in der Abteilung mit den Sonderwaren stehen geblieben, hatte Rasensprenger, Düngemittel, Solarduschen, Übertöpfe und Rechen begutachtet, obwohl sie das alles besaß, oft sogar doppelt. Und jetzt musste sie feststellen, dass sein Wagen noch immer hier stand und ... und DIE EINGANGSTÜR VERSPERRT WAR?

War das ein schlechter Scherz? Sie lief die kleinen Steinstufen hinauf, im Eiltempo, suchte den Hintereingang über den Garten, scheiß auf die hohen Schuhe, sie rannte fast hinauf, und gerade, als sie oben angekommen war und sah, dass die Vorhänge aus dem Wohnzimmer auf die Terrasse herauswehten und daher die Terrassentüre offen sein musste, da schmiss es sie der Länge nach hin, sie klatschte flach auf den Boden. PLACK. Der Aufprall gemildert durchs dichte Gras.

Sie war tatsächlich über etwas gestolpert, das aussah wie ein Draht, sie stand auf, zog ihre Schuhe aus, nahm sie als Waffe in die Hand, denn da waren VERDAMMT NOCH MAL DRÄHTE GESPANNT in ihrem Garten. Überall, fast unsichtbar verliefen sie quer durch die Wiese, Gloria war über einen gestolpert, der perfide am oberen Ende der Steinstiege verborgen war. Mit vorsichtigen Schritten ging sie weiter, darauf gefasst, in die nächste Falle zu tappen, aber dann war sie an der Terrassentür angekommen. Der Wind bauschte die Vorhänge auf, die theatralisch aus dem Haus wehten. Sie hob ihre Rechte, den Schuh mit Stöckel gezückt – wie eine Gestalt aus einem expressionistischen Stummfilm, NOSFERATU.

Das Bild, das sich ihr im Inneren des Hauses bot, war prosaischer. Das Wohnzimmer war zerstört, so wie sie es verlassen hatte, doch inmitten der Ruinen saß Mike in Sandros Lederfauteuil und schlief. Er saß da wie angewurzelt, als wäre er im Auge des Taifuns gefroren und versteinert. Er saß da und schnarchte. Die Tasche mit dem Geld zu seinen Füßen. Ein halbleeres Glas hielt er fest umklammert in seiner Hand. Die Raulederslipper hatte er abgestreift, die weißen Stiefel an, die Hose hing bei den Knöcheln unten, er war steckengeblieben in seiner Transformation. Und erstarrt.

Gloria marschierte an ihm vorüber ins Vorzimmer, sah, was sie am Hereinkommen gehindert hatte – entriegelte die Türe, ließ die Kinder ein und deutete ins Obergeschoss.

– Ab in eure Zimmer und dort bleibt ihr, bis ich euch rufe! *Verstanden?*

Niki wollte noch seine Jacke auf den Boden knallen, rein aus Prinzip, aber so vehement hatte er seine Mutter noch nie erlebt, deshalb folgte er seiner Schwester die Stufen hinauf und beide Jugendliche warfen die Türen ihrer Zimmer zu und drehten die Bluetooth Boxen auf, dass es nur so donnerte, lieferten sich ein Mash-up-Match …

YUNG HURN vs. BILDERBUCH

Fahr schnell, fahr schnell durch die Innenstadt (Ja) *Steig jetzt in mein Auto*
Autos schauen aus wie in GTA (Ja) *Steig jetzt in mein Auto ein*
Lichter scheinen meine Augen an (Ja) *Siehst du die Tür?*
Es gibt keinen, dem du hier vertrauen kannst (Vertrauen) *Komm in mein Auto*
Ich kann dir nie wieder vertrau'n (No, no) *Steig in mein Auto, hop hop*
Baby, ja, ich fühl mich wie in Trance (Ja, ja) *La-la-la-la-la-lass mich nicht los*

Ich wollte nur noch eine Chance (Ja) *Le-le-le-le-le-leg dich zu mir*
Aber du sagst, es ist aus (Ah-ah) *(Yeah)*
Baby, du weißt *Ha-ha-ha-ha-ha-halt mich fest*
Babe, du brichst mein Herz *(Halt mich fest)*
Ich bin nichts wert *Maschin*
Benzos, kein Schmerz *Maschin*
Nein, ich will nichts mehr fühl'n *Maschin*

Gloria steht vor Mike, er erwacht langsam wieder zum Leben.

– Sag mal, spinnst du?

Mike deutet auf einen Teller neben sich.

– Ich hab so Amuse-Gueules vorbereitet. Vegan und mit Fisch ...

– Ah ja?

Am Teller sind auf kleinen Teelöffeln Appetithappen aufgereiht. Salzgürkchen, Dosenfisch, kleingeschnittener Spargel aus dem Glas, Mayonnaise, Senf, alles zusammengemischt, in undefinierbarer Konsistenz vermengt und auf die Löffel gepresst.

– Und hast du sonst noch was gemacht in der Zwischenzeit?

Mike deutet in Richtung Vorzimmer,

– Ich hab an der Tür einen Riegel angebracht und Stolperdrähte gespannt, draußen im Garten.

– Ja, das hab ich bemerkt. Mich hat's voll auf die Fresse gelegt, vielen Dank.

– Na ja, i mach mir Sorgen um eure Sicherheit.

– Ah, wirklich? Da drum kümmerst du dich also?

– Ja, *Sicherheit geht vor ...*

Gloria betrachtet dieses Häufchen Elend. Da sitzt er nun in seiner Unterhose und blickt sie an mit verschwommenen Augen. Er musste den restlichen Cognac noch geleert haben, der Schwenker ist leer, daneben Spuren eines weißen Pulvers am Wohnzimmertisch.

– Hast du gekokst?

Mike schielt auf die schlecht verwischten Reste der Amphetamine.

– Bissl a Speed. Zum Durchputzen.

– Freut mich, dass du auf'm Pulver gut schlafen kannst!

– Na ja, es war wirklich viel zu tun …

Gloria deutet auf das Chaos um ihn herum.

– Und da bist du müde geworden, ja? Hat dich der Sandmann erwischt? Hast du einen Powernap gemacht? Weil du so hart gerackert hast, zwischen Amuse-Gueules und Stolperdrähten und Cognacsaufen?!

Mike senkt den Blick. Na ja. Was soll man darauf schon sagen? Immer diese Fragen.

– Du hättest einfach nur deine Sachen packen sollen und verschwinden – und schaffst nicht mal das?

Sie geht einen Schritt näher. Sie steht kurz davor, eine Schleuse zu öffnen. Mike beobachtet sie aus der Deckung, wagt nicht, sich zu bewegen. Solang er sich nicht rührt, könnte alles an ihm vorüberziehn.

– Du bist das Letzte. Schau dich doch an. Du bist überall voller Dreck. Deine Finger, dreckig … Du bringst den ganzen Dreck ins Haus herein.

Mike betrachtet seine Hände, voller Schmutz, seine Fingernägel, die schwarzen Ränder. Voller Erde.

– Schau dir das alles an da herinnen, wie's hier auschaut. Das Wohnzimmer … Es is alles ruiniert. Egal, was du angreifst, alles wird kaputt. Niemand will mit dir sein. Niemand hält dich aus, verstehst du das endlich? Niemand!

Nun ist es geschehen, die Dämme sind gebrochen. Was jetzt kommt, kann nicht mehr zurückgenommen werden. Mike schließt die Augen, lässt ihre Worte über sich rinnen wie sauren Regen.

– Ich bin doch nicht bescheuert, ich weiß ganz genau, was damals war! In Wahrheit hast du's einfach nicht gepackt, was mit uns passiert is. Du hast alles kaputt gmacht, weil du nicht gwusst hast, was du sonst tun sollst.Du hältst Glück ja gar nicht aus, das is nix für dich. Und deswegen bist du abgehaun, in einem Moment, wo's mir echt scheiße gegangen is ... *Weil du gedacht hast, ich bin von dir schwanger.*

Gloria sucht seinen Blick, aber sie wartet auf keine Reaktion,

– So war das doch. Du bist abgehaun, wie du immer abgehaun bist. Und jetzt bist du wieder da ... und spielst dich auf *wie ein lächerlicher Familienvater.* Aber du bist ... NICHTS.

Du bist NICHTS.

Sie wirft ihm die Tasche mit dem Geld hin, einzelne Bündel fallen heraus.

– Nimm dein Geld und hau ab, bitte! Du musst jetzt gehen. Jetzt! Ich flehe dich an. Sonst gehn wir alle vor die Hunde.

Mike geht auf die Knie, sammelt das Geld auf, steckt es in seinen Anzug, in seine Hose, stopft sich die Taschen voll,

– Es war so ausgemacht. Kein Problem.

– Hau endlich ab!

Gloria schnappt Mikes Sachen, alles, was noch an Resten von ihm da ist, drückt sie ihm in die Hand.

– Ich geh ...

Now it's time to say good-bye, Abmarsch, er geht mit gefüllten Taschen, aber leeren Händen. Nur eines wäre da noch, Gloria holt noch einmal aus, da wäre noch der letzte tödliche Stich, das Ass aus dem Ärmel.

– Und falls du je angenommen hast, dass du der Vater von Stefanie bist ...

Pause.

– Du bist es nicht ...

Gloria wartet auf eine Anerkennung der Tatsache und es wäre sicherlich wichtig, da eine Klarheit zu schaffen zwischen ihnen, alle Bänder müssen nun endgültig zerschnitten werden, und Mike versucht es ja, sie anzuschauen, aber es geht nicht mehr.

– Okay ...

Er wankt durchs zerstörte Wohnzimmer, in Richtung Ausgang, wie ein Schlafwandler durchquert er das Schlachtfeld, ein Geldbündel fällt aus seiner Hosentasche, er geht weiter in Richtung Küche, schnappt seinen weinroten Lederkoffer, setzt seine Sonnenbrille auf, schlurft weiter in Richtung Flur.

Ein Mann *verloren,* ein Ziel *verfehlt,* ein Koffer *geöffnet,* ein Geheimnis *für immer begraben,* ein Abschied *für immer.*

– Willst du nicht Tschüss sagen? ... Den Kindern?

Mike bleibt stehen.

– Ich glaub, sie würden sich freuen ...

Er dreht sich kaum um, die Anstrengung wäre zu groß.

– Das schaff i leider net. Ich bin nicht so, Hallo, Grüß Gott und Auf Wiedersehen. Ich komm, ich geh, ich bin irgendwie sinnlos.

Mike zieht die Haustüre hinter sich zu, ohne sich umzudrehen. War das feige? Who is here to judge. Gloria steht im Haus. Sie schluckt ihre Tränen hinunter.

Die Worte schwingen nach.

Für einen Moment will sie ihm nachrennen.

Aber das war's. Worte wie kaputte Uhren. Worte wie verklebte Federn. Worte, die die Luft verpesten. Worte, die töten. Magier und Schamanen töten mit dem Wort. Diese Wörter haben ihren Klang, ihre Macht und ihre Wirkung.

DU BIST NICHTS.

Sie sagte NEIN und meinte JA du bist es. Sie sagte GEH und meinte BLEIB, denn du warst es immer. Immer in mir. Und der Teil von dir hat sich aus mir herausgerissen und ist weggefahren durchs Land, durch die lange lange Dunkelheit hinaus in all die Städte und Dörfer und Kneipen und Autobahnraststätten, siebzehn Jahre lang. Und du warst nicht da, weil du nicht da sein wolltest bei mir und bei uns. Und wie du mich damals gefragt hast, hab ich gesagt, es ist vom Sandro, weil es nicht anders möglich war für mich und du hättest sagen müssen, Es stimmt nicht, Es ist nicht wahr, Ich weiß, es ist von mir! Und dann wäre alles gut geworden und ich hätte dich umarmt und geküsst und du wärst mein verrückter Mann geworden, und das Märchen hätte begonnen, mit allen Ingredienzien, der bösen Stiefmutter und ihrem Gift und ihren Lügen, und du hättest sie besiegt und ich wäre mit dir und unserem Kind weggelaufen und verschwunden. Und so warst nur du weg und ich war alleine und dein Bruder ist mein Mann geworden, weil er es konnte, und so ist alles ein großes schmutziges Geheimnis geblieben, das nie gelöst werden wird, weil keiner die Kraft dazu hat.

Du bist nichts.

Und jetzt bist du weg.

DER TRAUM DER BRÜDER

Er flog … Er flog hinunter in die Stadt. Er hatte sich endlich aufgeschwungen und segelte. Er hatte den Ballast abgeworfen, den Escort stehen gelassen, im Range Rover segelte es sich einfach besser. Er war nicht dazu gekommen, sich fertig umzuziehen, also flog er in des Bruders Klamotten den Hang hinunter, an den Weinbergen vorbei, den sanften Hügeln and into the city.

Ein kurzer Griff zum Bord in der Garderobe, unbemerkt, und schon hatte er sich den Schlüssel vom Rover gekrallt, im Abflug noch ein Stück rausgerissen aus dem Körper, ein Stück Fleisch, die Wunde war offen, es war ihm egal. Er hatte 300 PS unterm Hintern.

Wozu bei Rot halten? Er querte alle Ampeln ohne einmal stehen zu bleiben, zog eine Schneise durch die Stadt. Er hatte noch was Dringendes zu erledigen und da war das Bremsen hinderlich. Und wenn ihn einer abschießen würde, kein Problem, er würde zu Fuß weiter, easy, sein Körper trieb ihn an! Speed und Cognac waren da keine schlechten Propeller, sie verlangten ihm einiges ab und er würde es ihnen geben, jetzt bloß nicht zickig werden!

Er parkte den Wagen mit zwei Rädern am Gehsteig, aus der klimatisierten Hülle raus in die heiße Luft und über die Straße, rein beim Eingang der Wäschelieferanten und übers Treppenhaus rauf, drei Stufen gleichzeitig, vier Stufen, er hechtete hinauf, die Hände glitten übers Geländer wie über Bergsteigerseile, ZACK zum nächsten eingeschlagenen Haken, ZACK, vier Stufen, dann fünf, er rutschte ab, FUCK egal, rauf auf den Gipfel, Luis Trenker Sechs Punkt Null.

Im dritten Stock war kaum jemand, er fiel durch die Schwingtür, der Gang war leer, keine Menschenseele hier. Er ging im schiefen Stechschritt, schlingerte dabei, rollte wie auf rohen Eiern, wie auf Federn, eigenartig, dass sich seine Physis anfing zu verändern, als wollte sein Körper nicht mehr die Vorgänge ausführen, die man gerne als GEHEN oder LAUFEN bezeichnete. Er hatte immer eine kleine Schlagseite, der Rhythmus seiner Bewegungen war nicht akkordiert mit der Welt um ihn herum, er schnitt durch die Räume wie ein scharf gespitzter Bleistift durch die Pappe ritzt, KRRRZTTZ, seine Hüfte touchierte einen Beistellwagen, Pappbecher und Tabletten wechselten Plätze, überschlugen sich, einige fielen zu Boden, ah, das da war interessant. Mike schnappte sich das Plastikteil, jedes der Pillenbehältnisse hatte den Wochentag vermerkt, er entschied sich für FREITAG, leerte den Inhalt in seinen Mund, dazu ein Glas abgestandener Tee, sicher von einem Patienten dort vergessen worden, schmeckte nach Leintuch und schalem Tod. Die Pillen waren hellblau und rosa, mmmhhh, so ein Cocktail macht Laune, er riss die Türe auf –

SHLLPPP – die Türe fiel zu, der Raum saugte ihn ein. Noch immer war das linke Bett leer, kein Notfall hatte die Intensivstation überfüllt, keine Seuche hatte dem Bruder einen Mitlägrigen beschert, keine Bombenexplosion das Klassepatientendasein gecancelled. Noch immer lag er da wie ein einsamer Krieger im Kampf mit sich selbst.

Mike wankte aufs Bett zu, wie einst, wie EINST!…

You walk into the room
With your pencil in your hand
You see somebody naked
And you say, «Who is that man?»

Wer war der Mann in diesem Raum? Wer war der Gejagte und wer der Jäger? Wer nimmt jetzt dem Bruder die Frau weg?

Es begann sich etwas zusammenzubrauen, zu verdichten und aus der Tiefe an die Oberfläche zu schwappen. Es rumorte in ihm, es köchelte etwas hoch. Diese Suppe wollte umgerührt werden, sie schrie förmlich danach – TWIST MY FUCKING BRAIN!

Er war auf den Stuhl gesackt, es begann jetzt etwas in ihm Schlitten zu fahren und das Ringelspiel wurde auch in Betrieb genommen, woohooo, dazu kam die rosarote Pille, die blaue und der Rest vom Schützenfest. Mikes Zahn pochte, schmerzte, aber auch das wurde jetzt besser, Valium for you and me and the entire human race, jetzt begann der Wettstreit der Uppers mit den Downers, Push versus Pull, schnell gegen sanft, Schweiß gegen Schwindel, hart gegen weich, backe backe Kuchen! Die Endorphine schossen ein, das Adrenalin kickte zurück, sie drängten und stürmten, sie machten ihn weich, immer weicher und weich … schieb schieb in Ofen rein!

– Sandro.

Er senkt den Blick. *Sandro*. Wie lange schon nicht mehr … gesagt. Mike lehnt sich vor zu seinem Bruder,

– Kennst die Story vom Habicht? Die hat mir a Kellnerin erzählt, a sehr aparte. Die hätt dir sicher gfallen …

Sandro starrt mit geschlossenen Augen. Mike beugt sich über ihn, betrachtet sein Gesicht. Kein Zucken, keine Wimper, kein Lid.

– Früher hab ich dir oft die argen G'schichten erzählt, wenn ma schlafen g'angen sind. Des hat dir immer getaugt, weißt noch?

Mike steht auf, er schwankt leicht, ein schiefer Turm von Pisa, dann legt er sich aufs Bett, den Arm um seinen Bruder, seinen Kopf auf seine Brust, er schmiegt sich an ihn und umfasst ihn. Die Maschinen PIEPSEN, der Raum surrt, das Intensivbett gleicht Mikes Gewicht geräuschvoll aus, PFFAAHHHH, und Mike wird soft und schmilzt, löst sich langsam auf und wird eins mit dem anderen Körper, *soft machine,* sein Atem gleicht sich dem seines Bruders an, er schließt langsam die Augen und beginnt zu erzählen,

– A Habicht landet eines Tages mitten unter den Hühnern und spaziert seelenruhig, ohne dass sie's merken, mit ihnen rein in den Stall. Der Bauer sieht das und kriegt die Panik. Er rennt sofort hin, aber bis er'n wieder rausholen kann, vergeht natürlich einige Zeit. Und du fragst dich jetz sicher, Was hat'n der Habicht drinnen g'macht im Stall? Weil den Teil von der G'schichte hat sie nämlich auslassen … Aber ich weiß es jetzt … Es ist ganz einfach … Der Habicht ist in den Stall rein und … hat sie alle g'fickt … er fickt sie alle … alle …

… MIKE SCHLÄFT. SANDRO SCHLÄFT … Wir wählen die Geschichte aus, die uns schreibt, wir schreiben die Story, die uns treibt, wir werden eins mit der Geschichte und dem Bruder, dem verfemten Teil, dem Zwilling, den wir töten wollen, der in uns wohnt, der alles das ist, was wir nicht sind, und doch sind wir untrennbar, verwoben in der Geschichte, die uns im Traum begegnet, ein Mann, ein weinroter Koffer, ein Ziel, unbekannt, eine blonde Perücke, der Mann steht am Feld vor den Windrädern, die sich drehen, wie ein Tableau an der Wand, mit sich drehenden Rotoren, ein belebtes Bild, während der Mann still steht und keinen Schritt macht, schaut er uns an, als würde er warten, er blickt in unsere Richtung, was hat das zu bedeuten? Wir wollen hinschauen, aber das Bild verschwindet, ein Vogel auf einem Baum, im Gegenlicht, wir erkennen ihn nicht, sein Gesicht im Schatten, der Schatten wird größer und größer und schmilzt zu einem Schwarzen Loch, das uns verschlingt, beide Teile verschlingt, Sandro und Mike, zwei Gesichter ein Kopf, ein Körper, zwei Gesichter, ein Gedanke, ein Ziel im Traum, wer ist der Gejagte, wer ist der Jäger, wer kriegt die Beute, der VOGEL ein Habicht hat uns berührt und zusammengeführt, nun verschlingt uns das Schwarz und die Sterne schießen heraus aus diesem Loch und werden immer schneller und erfüllen den ganzen Raum, das All, der Kosmos, vor und zurück, Zukunft und Vergangenheit, die Sterne fließen raus und rein ins Schwarze Loch, zwei Gesichter verschmelzen zu einem Menschen, ein Ziel, eine Frau, zwei Seiten einer Medaille, ROT und SCHWARZ und dann BLAU, aus dem Blau erwacht ein See, und aus dem See laufen zwei kleine Jungen, zwei Buben, zwei Zwillinge, die Badehosen kleben nass am Hintern und sie laufen auf uns zu, jetzt könnten wir das endlich verstehen, was es war, unser Leben, ein Traum, unser Leben zu zweit, ein HABICHT fliegt hoch, ein Schrei, das Blau zerreißt-

– Aaaahhhhhh …

Mike fetzt sich hoch, schießt sich in die Welt zurück, der Traum rutscht weg, er atmet schwer, er keucht, die Luft presst sich aus ihm heraus-

– Ich fick sie alle.

Ab durch die Mitte, weg vom Siechtum, Mike drückt sich aus dem Zimmer hinaus, ein schräger Strich, er zieht das Tempo an, beginnt in ausladenden Schritten zu schwingen, hin und her, links und rechts, wie auf Kuven läuft er, wie ein Eisschnellläufer gleitet er davon auf seinen Stiefeln, *these boots are made for skating and that's just what they'll do!* – so radiert er durch den Gang auf Intensiv und wirft sich gegen die Schwingtüre, begleitet von einer unbändigen Musik, die ihn trägt und ihm seit dem Traum die Richtung vorgibt.

Jetzt ist alles klar, das Letzte, das hier noch zu tun wäre, wird getan, er hätte fast darauf vergessen, er hätte es fast vergessen! Aber danke rosarot und blau, und FREITAG war der Hinweis gewesen, die Schnitzeljagd geht noch weiter und wird dort enden, wo alles begonnen hat, BAAANG! Raus aus der Station und die Stiegen hinunter, Abstieg vom Gipfel ins Tal, hurtig hurtig, das Wetter hat umgeschlagen! Schnell, schnell, bevor der Donner grollt und der Sturm dich peitscht – hinaus aus dem kranken Koloss in die heiße Luft und ab in den Wagen, START – GAS – STAUB.

AUFKLÄRUNG I

Nikis Blick wandert über die Einrichtung, alles in Blumenwiese-Grün und Sonnenblumen-Gelb gehalten, die Wände bemalt mit Halmen und Gräsern, ein paar Babybilder, ein großes, gerahmtes Foto von Jenny und Udo, sicher vom *Profi-Fotografen*.

Niki war nicht darauf gefasst gewesen, hier im Innersten, im Heiligtum, zu landen, im Schlafzimmer. Er war einfach die paar Schritte rübergegangen, weil Udos Wagen nicht vor dem Haus stand und Jenny hatte ihn eingeladen, gleich reinzukommen, das Baby musste ins Bett gebracht werden.

Und Niki hatte schon eine Absicht aber keinen Plan, jedenfalls war Mike mit dem Rover weg, es war wohl etwas Gröberes passiert zwischen ihm und seiner Mutter, Niki hatte sie im Lederfauteuil sitzen gesehen, verheult, und war da gleich raus. Er war über die Straße und Jenny hatte ihn zu sich gerufen, in ihr kleines Häuschen, mit einer Bewegung der Hand, wie die Hexe den Hänsel lockt und nun waren sie im oberen Stock gelandet.

Nikis Blick streift den Nachttisch, da hat er Mikes Knarre abgelegt … Das Baby kugelt in seinem Gitterbett herum und brabbelt, DA!, DUDU, DA!, Jenny hat es versucht zum Einschlafen zu überreden, aber die Kleine hatte andere Pläne.

Jenny sitzt jetzt bei Niki am Ehebett. Sie hat die Hände in den Schoß gelegt, wie eine Anstandsdame, und betrachtet den Jugendlichen, der seinem Vater so ähnlich sieht und seinem Onkel, sie sieht sehr genau, wie er in diese starke Linie hineinwachsen will, aber sie sagt nichts, nichts.

Ihre Haare sind hochgebunden und sie hat etwas Dünnes an aus Seide, das ist gefährlich. Niki kann sie jetzt nicht ansehen, er muss es zuerst loswerden und danach kann er den nächsten Schritt gehen. Wie sollte er sonst weiterleben mit dieser Last? Wie könnte er denn mit ihr sein, wenn sie nicht alles wusste über ihn?

– Ich war's … Ich bin schuld.

Kein Stimmbruch, kein Krächzen, Niki hat seine neue Stimme gefunden, und auch wenn er sie nicht anschauen kann, kann er jetzt ein neuer Mensch werden. Er geht die Gefahr ein, verdammt und verstoßen zu werden, aber er muss das Risiko JETZT nehmen,

– Der Papa hat mir schon so oft versprochen, mit mir Fußball zu spielen, und nie hat's gepasst. Immer war irgendwas, oder er war müde oder is erst ganz spät von der Arbeit zurück … Und ich hab immer auf ihn gewartet … Und dann is er neulich von der Arbeit heimgekommen und hat gesagt, Ja, okay, es passt, er spielt mit mir … Und ich hab den Ball geholt und plötzlich hat er gsagt, Nein, er kann doch nicht und … wollte rein ins Haus, und … da war ich so grantig, weil ich nicht gewusst hab, was ich machen soll … Und da hab ich den Fußball genommen und ihm damit einfach volle Kanne ins Gesicht geschossen. Ich hab ihn einfach voll getroffen … Und dann hat er mich noch so komisch ang'schaut und ich hab nicht gewusst, ob er mich jetzt verarscht? … Und dann is er umg'fallen. Und nimmer aufgestanden.

Jenny wartet, aber das war's. Er wagt es immer noch nicht sie anzusehen, dabei kann sie es ihm doch ganz genau erklären.

– Deswegen fällt man nicht in ein Koma.

Nun hebt er den Kopf, Hoffnung im Blick und eine letzte große Frage,

– Aber wer is dann schuld?

Jenny betrachtet ihn, den jungen Sandro, den jungen Mike, und es schließt sich hier der Kreis.

– Man is es immer selber.

Das Baby hat sich aufgestellt, hält sich an den Gitterstäben fest und betrachtet die beiden Figuren am großen Bett. Sie sitzen, und sie sehen einander an, das Kind nimmt sie wahr als dunkle Schatten im bunten Licht und weiß von nichts, es beobachtet sie. Wie viel spürt es? WIE VIEL MEHR ALS MAN ANNIMMT, SPÜRT ES GERADE, was da los ist, was da abgeht und ob das richtig ist oder falsch …

Er bald vierzehn und sie bald vierunddreißg, und es könnte alles genau richtig sein, die Erfüllung ihrer Schicksale. Ein gemeinsames Leben, weit weg von allem, weg von der Mutter, weg von Udo, weg von der Schule, keine Mathelehrer, keine Nachprüfung, keine Polohemden, nur Niki und Jenny, zwei verwandte Seelen, die sich das alles miteinander ausmachen. Das größte vorstellbare Glück. Oder nicht einmal erwähnenswert, vergessen im nächsten Moment, im nächsten Schuljahr. Abgetan mit einem Satz, einer Geste und für immer vorbei.

Jenny blickt Niki an und nimmt seine Hand. Wie bei Mike, im Krankenhausgang. Sie betrachtet die Handfläche. Gleiche Geste, gleicher Griff.

– Was hastn du da … ?

Die Wunde ist gewachsen, hat sich weiter entzündet.

– Das gehört verbunden.

Jenny steht auf, geht ein paar Schritte durch den Raum, Niki betrachtet sie aus den Augenwinkeln, wie sie schwebt durch den grüngelben Kosmos, dann kommt sie zurück mit Verbandszeug. Er betrachtet ihre Haut, ihr Gesicht, die Haare über der Seide.

– Wenn du dich reintraust zu deinem Papa …

Jenny, die wundersame Fee im Gegenlicht, kommt hernieder auf den kleinen Engelboy, der da kauert am ehelichen Bettgestade und auf sie wartet und sie ersehnt,

– … wennst dich reingehen traust in sein Zimmer, dann hast du einen Wunsch frei.

Und noch bevor der Flügelschlag eines Schmetterlings den Weltengang verändern kann, sitzt Jenny bei Niki und küsst seine Hand, küsst seine Wunde, als wäre er Jesus, der Erleuchtete, aber er ist, und das wissen sie beide, doch nur der arme Sünder, dem die Hose spannt, am Weg zur Erlösung.

– PA PA …

Das Kind hat ihn zuerst gesehen, gehört hat ihn niemand. Das Schleichen gehört zu den Tugenden des Polizisten und Udo ist der Meister. Jetzt steht er in der Tür. Was er sieht, ist neu, neu für ihn in diesem Raum, seinem Schlafzimmer. Da ist sie mit einem Mann, ist es Mike, nein, es ist der Junge und sie hält seine Hand. Eine Pietà mit Kind, eine Madonna mit dem jugendlichen Helden, es wird ihm heiß, noch heißer, seine Uniform klebt am Körper wie eine zweite Haut, er wird sie nun nicht mehr ablegen, er wird jetzt zur Tat schreiten, weil er diesem Treiben nicht länger zusehen kann, er muss Klarheit schaffen in einer Welt, deren Zerfall offensichtlich zugenommen hat, denn die Dinge streben hin zum Chaos, also braucht es jemanden, um sie wieder zurechtzurücken.

– Jenny?

Jenny und Niki drehen den Kopf wie zwei Puppen, Hand in Hand,

– Ja?

– Ich hab einen Zettel am Küchentisch g'funden … Is der von dir?

Jenny schweigt. Udo präzisiert,

– *Brot* und *Milch* steht oben.

– Das is mein Einkaufszettel.

Udo nickt. Er blickt sie stumm an, dann zum Baby, dann wieder zu den beiden, Jenny hält Nikis Hand, zärtlich.

– Wo is dein Onkel?

Niki zögert, dann beugt er sich zum Nachttisch, greift sich Mikes Revolver und reicht ihn Udo.

– Ich weiß es nicht.

Udo hat die Magnum in der Hand, betrachtet sie, wendet sie, er lächelt dem Baby zu, professionell, hochprofessionell ist dieses Lächeln, er schaut wie einer, der sich beim versammelten Publikum noch einmal entschuldigt, bevor er dem Hahn mit dem Hackbeil den Schädel spaltet, er legt den Finger auf den Abzug …

Niki hat seine Schuldigkeit getan, er hat alles zugegeben und abgegeben, die Waffe gehört nun in die Hand des Gesetzes, er muss sie abtreten, wer das Schwert verwendet, wird durch das Schwert umkommen und das muss nun vermieden werden, weil er seine Liebe gefunden hat, das Schicksal wird alles Weitere weisen …

Jenny sieht ihren Udowitsch, wie er die Waffe in der Hand wiegt und wie er sich Sorgen macht und nicht weiß, wie man mit einem kleinen Kind richtig spielt, wie man mit ihm umgeht, wenn es weint und wenn es lacht, und wie er sich bemüht, zu verstehen, was alles um ihn herum bedeutet und wie sehr ihn diese Welt im Würgegriff hat und er sich über den Einkaufszettel Gedanken macht, und Udo sagt,

– Na gut. Ich fahr dann ...

Er dreht sich um, verschwindet so schnell und leise, wie er gekommen ist, wahrscheinlich schleicht er auch die Treppe wieder hinab, ein défaut professionnel, und schon ist er weg. Das Baby gurrt. Jenny öffnet ein Fläschchen, nimmt ein wenig Watte, und als sie ihm JOD AUF DIE BRENNENDE WUNDE TRÄUFELT, flüstert er I LOVE YOU und zuckt zusammen – *Auuuhhhh!* ... So ist die Liebe schön, so tut sie weh, wie nah diese Scheiße immer zusammenliegt, Schmerz und Leid und die größte Freud!

AUFKLÄRUNG II

Gloria kniet im Ankleidezimmer. Auch hier ein Schlachtfeld, alle Kleider herausgerissen, alles zerlegt, alles in shambles. Sie schaut sich um, da ein Hemd, dort ein paar einzelne Socken, ihre Lockenwickler am Boden, sie blickt ins Bad.

Ein Hauch von Onkel liegt noch in der Luft.

Dort ist der weinrote Koffer gestanden. Dort hat er sich verwandelt, dort hat er sich geschminkt, dort liegen noch die zurückgewiesenen Krawatten.

Stefanie steht in der Türe und betrachtet ihre Mutter, auf allen vieren versucht sie das Chaos zu beseitigen, faltet zerknautschte Röcke, legt ein Paar blauer Socken in eine Lade.

– Is er gegangen?

Gloria schnappt ein Unterhemd, versteckt die verweinten Augen, nickt.

– Er hat gesagt, er nimmt mich mit ...

Stefanies Stimme ist klar und eindeutig.

– Er kommt wieder. Ich weiß es.

Stefanie hegt keinen Zweifel, aber Gloria steht auf, schüttelt den Kopf.

So steht sie da, alleine. Alleine. Abgekämpft. Gloria. Ein großes Kind, das alles verloren hat. Das is also ihre MUM, die sie geboren hat. Die ihre Chancen nicht genutzt hat, ihr Potential nicht ausschöpfen konnte, die zuhause hängen geblieben ist und sich nicht raus traute in die weite Welt. Stefanie kennt das Gefühl.

Und Gloria blickt ihre Tochter an, sieht, was ihr Kind sieht.

Zwei Frauen.

– Mama.

Ein Wort, eine Verbindung im Bauch, eine Verbindung im Himmel geschnitzt und im Körper getragen, ein Band und eine Liebe und ein unverbindlicher Hass, alles beides, das Kind muss weg und hin und weg, und die Mutter will und will nicht, ein zähes Ringen, ein zäher Kampf, eine Liebe, die größer ist als das Denken, und im Abschiedsschmerz wird alles zerrissen und Stefanie geht den Schritt hin zu ihrer Mutter und umarmt sie, weil sie jetzt die Stärkere ist, die mit Hoffnung, die mit dem Glauben an die Kraft und die Herrlichkeit der Freiheit, und Gloria schließt die Augen und umarmt ihr Kind, so wie sie es seit Jahren nicht mehr gemacht hat, und steht im schummrig besoffenen Licht des Abends da und ergibt sich dem Gefühl.

PANZER

Mike fuhr, er raste, er war am Drücker, er stand am Gas, die Tasche am Beifahrersitz, er stopfte sich die Geldscheine einzeln in die Hose, vorne und hinten, er machte die Tasche leer, ein Bündel fiel zu Boden, er bückte sich, verriss den Wagen, erwischte die Kohle und stopfte sie sich vorne in den Hosenbund. Er war aufgebrochen, um die Liebe zu finden und hatte sich verrannt. Er hatte alles gegeben, um endlich alles zu kriegen und jetzt war alles verloren, aber nicht sein Zorn, sein Zorn nicht … DESTRUCTION.

Die Sonne stand tief, er fuhr auf sie zu. Ein General in seinem Panzer, aber ohne Deckung, die Metallteile zerrissen, die Haut zerfetzt, von Geschossen durchbohrt, er schlang sich um jede Abzweigung und schnitt jede Kurve. Er bretterte vorbei am Casino 77, er flog vorüber, es war schwül TROTZ KLIMA-ANLAGE, er drückte das Fenster runter und wachelte sich Luft zu wie ein Irrer, er hielt den Schädel aus dem Auto und holte Atem, aber er bekam nie genug, AHHHHHHH, er zog vorbei an einem Lastwagen, das Arschloch fuhr mit 40 km/h auf der Bundesstraße, der WIXER. Mike bretterte auf der linken Straßenseite dahin, kaum Verkehr, das war herrlich um diese Tageszeit.

Als er schon ziemlich kaputt in den Seilen hing, war der Karli noch einmal aufgebrochen und mit einem rostigen Subaru von Amsterdam zurück nach Österreich gefahren, mit dreieinhalb Kilo Koks in der Karosserie und 2 Gramm intus. Das Schmuggeln an sich lief klaglos, das Problem war nur die Paranoia, die hatte er schon im Winter davor aufgerissen, als er seinen Stash im Garten angelegt hatte, fast vier Kilo hatte er dort eingebuddelt, über einen Meter tief, aber jedes Mal, wenn es zu tauen begann, ging er nachsehen, ob etwas an die Oberfläche gekommen war und ob ihn der Charly schon anlächelte durch die Primeln, ob sein Nasenkotelett schon in der Frühlingssonne brutzelte und sein Vorrat an Schnee anfing zu schmelzen.

Nichts kam zum Vorschein, nur diese Käfer begannen ihm unter der Haut zu krabbeln und unter den Fingernägeln zu jucken und er kniete sich auf den noch immer gefrorenen Boden und grub das Zeug mit den bloßen Händen aus der Erde, bis die Nägel zerbrochen waren und blutverschmiert, und als er dann dort auf der Wiese lag, die Nase im Dreck, um das Zeug zu ziehen, war für Mike der Moment gekommen, ihm Adieu zu sagen. Denn der Karli war auf self-destruction mode, offensichtlich unheilbar darauf aus, alles zu zerstören, was es zu zerstören gab.

Und in diesem Zustand war er dann noch einmal aufgebrochen, um Stoff zu holen, direkt von der Anlegestelle in Holland, und als er schließlich im Subaru saß, am Weg zurück, knapp nach der deutschen Grenze, da überholte ihn ein Lastwagen und das war für den Karli ein absolutes no-go, denn einer wie er, der normalerweise nur Mercedes fuhr und sich nun *als Tarnung* diesen freudlos rostbraunen Japaner gecheckt hatte, konnte diese Schmach nicht über sich ergehen lassen, VON EINEM LKW ÜBERHOLT ZU WERDEN! Und da waren seine Wahnvorstellungen schon so ausgeprägt gewesen, dass er absolut sicher war, dass er in einem verdammten *Schützenpanzer* saß, und er drückte das Gaspedal durch und bretterte dem Lastwagen hinten drauf – er fuhr ihm mit 140 Sachen einfach hinten rein – ALS PANZER AN SICH KEIN PROBLEM – aber es zerfetzte den Subaru und er flog von der Straße in ein Feld und überschlug sich. Der Karli kletterte aus dem Wrack und lief noch 3 Kilometer auf dem Acker, bis ihn die Polizei fand und einkassierte – er war so zugedröhnt, dass er keinen Schmerz spürte, obwohl sein Schlüsselbein doppelt gebrochen war, seine Leber eingerissen und sein Schädel aufgeplatzt, aber was machte das schon, wenn man ein Panzergeneral war mitten zwischen den feindlichen Linien und es galt, eine Schmach zu tilgen.

Fünf Monate Spital, dann sieben Jahre Zuchthaus, mit lauter mafiösen Russen in der Zelle, jeder zwei Köpfe größer als er. Sie lachten, als er angeliefert wurde, und begannen seine Sachen zu durchwühlen. Er ging hin zum Anführer der Rasselbande, schaute hoch und sagte, Ich bin der Karli und keiner greift meine Sachen an! und zerschlug dem Typen die Nase und das Jochbein und von dem Tag an war Ruhe im Knast.

Mike klatschte sich die Perücke auf den Kopf, ein prüfender Blick in den Rückspiegel, eine Nuance zu lang, er riss das Lenkrad nach rechts, schlenkerte zurück auf die rechte Fahrspur, bretterte über die kleine Zufahrtsstraße – zerteilte die tiefhängenden Äste der Weiden und flog den Zaun entlang, da war das Gitter-Tor, BETRETEN VERBOTEN. PRIVAT! prangte da vorne, er sah die riesige Reklametafel daneben, «Luxus-Apartments am Wasser», ein Typ stand am Bauzaun, offenbar um die geladenen Gäste einzulassen. Mike hatte keine Zeit für solchen Formalitäten, stieg aufs Gas, der Range Rover drückte gegen das Gitter, die Kette zerbarst, das Tor fiel mit einem Knall, Mike setzte darüber, SCHEPPER SCHEPPER, er gab noch mehr Gas, der Typ hinter ihm fuchtelte mit den Armen, aber er bretterte weiter, abgehängte Spielplätze, vertrocknete Feuerstellen, nutzlose Schaukeln, Baggerspuren, er presste entlang der Böschung mit 100, 120, 140 km/h über die Wiese, und dann sah er sie alle, BMW, Audi, Mercedes, Lexus, you name it, DIE GANZE GARDE STAND HIER AUFGEREIHT, ein Fuhrpark der allerfeinsten Sorte. Auch ein Buffet war errichtet worden, Mädchen in kurzen Röckchen servierten Sekt und Brötchen, Immo-Fähnchen wehten im warmen Wind, der Bürgermeister sprach offizielle Worte … Mike schliff ein, eine riesige Staubwolke schwebte über seinen Wagen hin zu den Teilnehmern dieser opulenten Bauverhandlung.

Er adjustiert seine Perücke, Hemd und Hose, alles klar, Türe auf, raus, Türe zu, ZACK und schon ist er am Weg … Er schnappt sich eine Sektflöte, tiriliii!, trinkt sie auf ex aus, alle Augen sind auf ihn gerichtet, den Neuankömmling, den Wolf im Bruderpelz, einige freudig überraschte Rufe, HERR BITTINI? SANDRO? OOHHHH!

– Bitte entschuldigt's die Verspätung! … Ich komm direkt ausm Krankenhaus …

– Sandro … ?

Ungläubig winkt ihm Glorias Mutter, ein Lachsbrötchen in der Hand,

– Servas, Schwiegermutti.

Mike schnappt sich noch ein Sektglas, dabei rutscht ihm ein Schein aus der Hose, ein Hunderter, wurscht, er trinkt einen Schluck, HERRLICH, dieser perlig pelzige Nachgeschmack im Abgang.

Der Bürgermeister unterbricht seine Rede, unsicher, wie man nun fortfahren sollte, aber das würde bald sein geringstes Problem sein.

– Grüß euch alle miteinander! …

Die Gäste tuscheln, lachen, auch Glorias Mutter freut sich über den Überschwang des Schwiegersohnes, prostet ihm zu und Mike nimmt das als Zeichen, einmal ein paar Zacken zuzulegen,

– Ich weiß, ich sollt eigentlich im Bett liegen …

Mike springt auf den erstbesten Tisch, die Brötchen fliegen in hohem Bogen runter, er ext seinen Sekt und lässt das Glas fallen,

– … aber ich hab mir gedacht, ihr wartet ja alle ganz sehnsüchtig …

Er steht auf dem Tisch, leicht wankend, alle Augen auf ihm, jetzt erspäht er auch den Herrn Investor, Bösch, unweit von Glorias Mutter, neben einer Bohnenstange, vermutlich sein Assistent, Mike wischt sich den Schweiß von der Stirn,

– Ihr wartet ja alle und ich hab eine *gute Nachricht!* Es is ein bissl ein Schmiergeld übriggeblieben …

Mike greift in seine Hosentaschen, er hat mit beiden Händen zu tun, zieht das Gerstl heraus, in losen Scheinen – ALLES MUSS RAUS – und wirft es in hohem Bogen durch die Luft.

– Das gehört euch! Nehmts euch das! Des Geld is für euch! Ihr habts euch das verdient …

Und wieder helfen ihm die Elemente, hilft ihm die steife Abendbrise, dem Poeten Mike, denn sie trägt das Geld über die Köpfe der anwesenden Menge, lässt die Scheine im Wind tanzen und schweben und herniederfallen. Und ja, es ist ein *Poetischer Akt,* sich von Geld zu befreien, es ist Befreiung und Verhöhnung gleichermaßen,

– Es g'hört euch, so wie der See da ... und die Wiese ... und die ganze Natur ...

Er deutet aufs Wasser, auf die abgesperrte Wiese, auf das Wäldchen, das bald gerodet sein wird, auf die rostigen Schaukeln, auf die Steine und auf das Moos, das bald weichen wird, auf alles, was bald verschwinden wird oder transformiert vom Wilden zum Gezähmten, vom Freien zum Umzäunten, er hat das erste Mal in seinem Leben wirklich recht, weil er rechtschaffen agiert, dieser Lump, dieser Streuner, dieser Nichtsnutz, dieser Vagabund, dieser Loser, dieser Affe, dieser Hund. Er fuchtelt mit den Armen wie ein Dirigent der Gezeiten, ein trunkener Kapitän am morschen Steuerrad, er schleudert die Scheine durch die Luft ...

– Des g'hört jetz alles euch! BEDIENTS EUCH EINFACH! Nehmts es euch!

Die Stimmung ist am Kippen, aber man weiß nicht recht, *da schmeißt einer mit Geld um sich,* einige beginnen sich nach dem Geld zu bücken, aufgeregtes Gemurmel, das sind ja *Hunderter* und *Fünfhunderter! ...*

Eine Dame kriecht unter einen Tisch, dorthin hat es drei große Scheine geweht, ein Herr mit Jackett stolpert über einen Kollegen, als er einem fliegenden Fünfhunderter nachhascht, weiter hinten hat sich ein Grüppchen drangemacht, den Abhang zum See hinunterzulaufen, da es dort Geld geregnet hat, die Bauverhandlung beginnt zu zerfleddern, ein Securitymann wird herangewunken, aber Mike ist schneller, schnappt sich eine Flasche aus dem Sektkübel,

– Fulminant, Herr Bürgermeister, fulminant!

Er entkorkt den Sekt, PLOPP, der Korken zischt am Kopf einer Gemeinderätin vorbei, den Inhalt der Flasche leert er über den Kopf des Bürgermeisters, der Sekt perlt über ihn, seine trachtig angehauchte Jacke funkelt feucht fröhlich,

– Fesches Jopperl!

Der Bürgermeister schnappt nach Luft, Mike wendet sich schon dem Nächsten zu,

– Herr Bösch! Gratuliere, 34 Mille Gewinn! Vielleicht kaufen Sie sich auch a kleins Häuserl am See?! Da könnens dann glei von der Terrass'n direkt reinschiffen ins Wasser! Des is doch was anderes als auf Mauritius des ganze Jahr Hummer fressen, oder? In der Heimat kriechen sie einem doch ganz anders in den Arsch, da fühlt ma sich doch gleich ganz anders ... ***IN ZEITEN WIE DIESEN?!***

Bösch weiß nicht, wie ihm geschieht, da zieht ihn Mike an der Krawatte, dass Bösch kurz nickt,

– Na sehn's!

Mike lässt von ihm ab, drei Schritte weiter steht Glorias Mutter, eingebettet in ein paar Jasager und Arschkriecher, einige Meter dahinter erspäht er den dicken Mann und den Kollegen, sie haben sich wohlweislich etwas aus dem Staub gemacht, denn hier ist einer am Durchbrennen, das könnte gefährlich werden – Sie winken einen zweiten Securitytypen heran, aber Mike hat sein nächstes Opfer schon in den Klauen,

– Ein Lob und ein HOCH auf dich, Schwiegermutti!

Glorias Mutter türmt sich auf,

– Was ist mit dir?!

Mike starrt sie an, dann reißt er seine Perücke kurz hoch und streckt ihr die Zunge raus wie der Gottseibeiuns,

– Bäääähhhhh ...

Dieser Akt setzt die Menge kurz außer Gefecht, was war das denn? Wer Wie Was? – Täuschen und Tarnen, bravo Mike!

– Du hast, wie ich gehört hab, den gesamten Gemeinderat drüber'lassen ... Du bist für mich eine *SCHMIERGELD-MITZI* und eine *Fickmatratze,* wie man sie heute kaum noch findet!

Uhhhhhh, das ist unerwartet, das tut weh, das ist eine Anmaßung und eine Frechheit, die alles Bisherige übersteigt.

– Du bist wahnsinnig!

– Ich bin wieder da! … Und ich fick euch alle … ICH FICK EUCH ALLE!

Inzwischen sind die Securities bei ihm, drehen ihm den Arm auf den Rücken, Glorias Mutter tönt,

– Das ist nicht mein Schwiegersohn, das ist sein Bruder, dieser Verbrecher! Schmeißt ihn raus!

Mike windet sich aus dem Griff der Männer, rollt sich über einen Tisch ab und springt auf der anderen Seite wieder hoch, die Securities hinterher, das wird ein Verfolgungskampf, der nur zu verlieren ist – Mike wirft einem das letzte Bündel Kohle ins Gesicht, der andre erwischt ihn mit der Faust am Ohr, aber Mike hat noch nicht genug,

– Ich fick euch alle!… DICH!… und DICH!… und DICH!…

Er zeigt auf sie, keiner soll davonkommen, er schreit und er visiert sie alle an, Damen und Herren, schuldig und mitschuldig und unschuldig, und alle reißt er mit und er bekommt die nächste ins Gesicht – POFF – aber so richtig vermöbeln trauen sie sich ihn doch nicht vor so vielen Leuten, und so zerren sie ihn zu seinem Wagen, wie einen tollwütigen Preisboxer schleppen sie ihn aus dem Ring,

– Ihr Wixer! … Ihr Wixer! … I fick eich olle!!!

Die Typen öffnen die Wagentüre, Mike gibt sich zahm und hilft mit,

– Also dann! Wiederschauen, Pfiat euch, Tschüss, kommts gut heim! … IHR WIXER!!!

Er springt ins Auto, knallt die Türe zu und verriegelt, startet den Motor und setzt zurück – die Securities werfen sich ans Auto, aber zu spät, er gibt Vollgas und kracht gegen einen Fahnenmast, der knickt ein, Mike fährt einen wilden Bogen, die Gäste springen schreiend weg, eine Frau kracht gegen ihren Kompagnon, der einen Köpfler ins Gebüsch macht, Mike brettert vor und zurück, zwei Stehtische gehen zu Bruch, spitze Schreie der Damen, er überfährt im Retourgang ein paar Kisten mit Getränken, die Flaschen zersplittern, jetzt brüllen die Männer, dann gibt er Gummi und brettert davon. Und so schnell wie alles begonnen hat, ist es auch wieder vorbei.

Eine Gesellschaft, gedemütigt, verwirrt, die Hälfte hält Geld in den Händen, man weiß nicht so recht, ob man es behalten darf? Was soll damit geschehen? Sie haben es selbst aufgehoben, sie haben es geborgen, dem Wind entrissen, der Natur. Er nannte es SCHMIERGELD und alle haben es gehört. Jetzt kann niemand sagen, er hätte es nicht gewusst. Und so ist es hier wie auch sonst in der Welt. Jeder weiß, dass Blut an diesen Scheinen klebt, aber wir nehmen sie dennoch und stecken sie ein, denn schließlich haben wir uns dafür gebückt, bück dich hoch!, und schließlich und endlich ist die Welt wie sie ist, ein Ort der Geschäftstüchtigen, der Macher, der Checker, der Verdiener und Leichenfledderer. Zurück bleibt eine Wiese, tot, ein Wasser, gebändigt, eine Luft, verpestet, die Erde geschunden. Wohnen am Wasser.

Glorias Mutter, Herr Bösch, der Kollege, der dicke Mann, der Bürgermeister, die Gemeinderäte, die Menge, die Leute, die Zuseher und die Servierdamen in kurzen Röcken. Die Führungsclique schweigt sich an. Verbitterung. Wut. Rache. Wer eine Bauverhandlung stört, wird zur Rechenschaft gezogen. Das sagen ihre Blicke. Ein Securitymann entstaubt einen Stiefel, reinigt ihn mit Spucke … ein Tropfen Blut darauf. ROT.

Mike fährt raus aus der Umzäunung, er prescht übers Baugitter, er spürt nichts, er fährt weg, weg, weg, die Sonne wird bald schlafen gehen, er spürt nichts, er glüht die Straße entlang, die Sonne steht tief, die gemäschte Perücke hängt leicht schief, er hat sich selbst nicht erkannt im Rückspiegel, harte Züge, ein blonder Mann mit dunklem Ansatz, ein getriebener gedroschener Verwüster, der zugeschlagen hat und damit alle Brücken hinter sich abgerissen, es bleibt ihm nichts, no place left to run, ein Tropfen Blut verklebt sein Auge, er schließt das zweite, mit HUNDERT SACHEN dahin, er sieht nichts, er fährt, er spürt nichts, er ist nichts. Nichts.

WORDS DON'T COME EASY

Sie ging die letzten Stufen hoch in den oberen Stock, Nikis Zimmer war leer. Sie hielt einen Teller in der Hand, kauend, Aha, das waren sie also, die *Amuse-Gueules* des Küchenmeisters, eine pickige Masse, die am Gaumen kleben bleibt, sie versuchte das Zeug mit der Zunge zu lösen, es ging schwer.

Stefanies Zimmertüre war geschlossen. Gloria hatte noch gehört, wie sie ihr Akkordeon genommen hatte, das Pusten des Instruments, das Luftholen und Auspusten, dann das vorsichtige Ertasten der Töne … seit Jahren das erste Mal wieder, dass sie das Ding zur Hand genommen hatte, aber jetzt war da Stille. Sie lauschte durch die Türe, kein Geräusch zu vernehmen. Gloria öffnete sie einen Spalt weit und sah ihre Tochter am Bett, das Akkordeon neben ihr, wie ein Baby im Arm, beide schliefen.

Gloria betrat ihr Schlafzimmer. Sie betrachtete das Ehebett, ein großes hohes rotes Bett wie ein Thron aus Daunen und Seide, dabei widmete sie sich weiter den Amuse-Gueules. Irgendwie entwickelten die einen gewissen Charme, wenn man sie lange genug kaute und genug davon aß. Sie schob sich noch eines in den Mund und ließ sich aufs Bett fallen. Sie hob die Überdecke hoch, um ein wenig mehr hineinkriechen zu können … Was war das?

Ein karierter Zettel lugte unter dem Kopfkissen hervor. Sie zog ihn heraus. Einmal gefaltet, ein paar mathematische Gleichungen waren draufgekritzelt, vieles wieder durchgestrichen und ausradiert, offensichtlich die Handschrift ihres Sohnes. Wieso lag Nikis Schmierzettel in ihrem Bett? Sie wendete das Blatt.

Ein Brief. Handgeschrieben. Wann hatte sie das letzte Mal einen Brief bekommen? Etwas schwer leserlich aber … Sie kniff die Augen zusammen, wer war der Unterzeichner? Sie sah es, es raubte ihr kurz den Atem, sie schluckte, dieser letzte Klumpen war durchaus säuerlich im Abgang, Phuä, dann hielt sie den Zettel mit beiden Händen und begann zu lesen,

Gloria,
Du hast mich damals gefragt, was du tun sollst,
mit dem Kind im Bauch
und ich hab gesagt, komm, lass uns einfach abhauen.
Weg von deiner Mutter, weg von diesem Leben,
und du hast gesagt: Nein. Sicherheit geht vor.
Du hast mich verlassen.
Das hab ich nicht verstanden, weil wir uns so sehr geliebt haben.
Deshalb bin ich gegangen.
Deshalb hab ich dich nicht gesehen,
17 Jahre, 9 Monate, 3 Wochen und vier Tage lang.
Jetzt lass ich dich frei,
Forever
Dein Mike

Die Buchstaben verschwimmen vor ihren Augen, ein Tropfen fällt aufs Papier, ein Wort schmilzt, ICH, Gloria senkt den Brief, dann liest sie ihn nochmals, sie liest ihn von hinten nach vorne, ob sie etwas überlesen hat, etwas vergessen und übersehen, das ein Hinweis sein könnte, aber es steht alles ganz klar da, er hat ALLES GESCHRIEBEN, WAS ER IHR NIEMALS GESAGT HAT, und sie sucht das Bett ab, ob es noch mehr Hinweise gäbe, noch mehr Zeichen, aber da ist nichts, da ist nur dieser Zettel, hingekritzelte Worte, die zu spät kommen, Geständnisse eines Hochstaplers, sie liest den Brief nochmals, auf den Tag genau, er wusste es, er hatte es nie vergessen, sie wusste es auch, und sie hatte nichts unternommen, hatte gewartet, wie immer, zu lange im Eck gestanden, während sich die anderen am Leben bedienten, und er war nie heimgekehrt, keine Postkarte, kein Anruf, wie vom Erdboden verschluckt ... Wie verrückt kann man nur sein und wie traurig und wie wie ...

Sie zieht die Decke über sich, schließt die Augen. Ihr Leben ein Traum, ihre Geschichte ein Missverständnis, ein Weg und zwei Brüder, ein Mann und eine Frau, wer war sie selber, sie selber, sie hatte es doch immer schon gewusst und nichts gewagt, sie hatte sich für den Richtigen entschieden und das Falsche getan und trotzdem war es so, wie es war, die Kinder waren da, die Kinder, die sie liebte mehr als sich selbst und ihr kleines Leben oder ihre Missverständnisse, und wenn jetzt alles alles aus sein würde, wäre sie nicht umsonst gestorben, immerhin, sie drehte sich zur Seite, im Mund der Geschmack der Amuse-Gueules, der Geschmack von Rost und Knochen, der Geschmack der unerfüllten Liebe, das Leben, so wie du dir das vorstellst, das können wir nie führen, nie!, ein Leben an der Seite eines Mannes, eine Seite, zwei Medaillen, beide nicht bei ihr, beide nie mehr bei ihr, beide nicht bei ihr ... sleep ... sleep ... sleep

MASH-UP

Jenny stieg aus der Wanne, im Augenwinkel sah sie ihr schlafendes Baby im anderen Zimmer, sie schloss die Tür, ging zum Fenster.

Mike stieg aus dem Rover, im Augenwinkel sah er seinen Escort am Straßenrand geparkt, er schloss die Tür, ging zum Haus.

Stefanie stieg aus dem Bett, im Augenwinkel sah sie ihr Akkordeon am Matratzenrand, sie versperrte ihre Tür, ging zum Instrument.

Niki stieg aus dem Lift, im Augenwinkel sah er die Intensivschwester am Ende des Ganges, er nickte ihr zu, ging zum Zimmer.

Während Jenny die warme Luft ihre Haare am offenen Fenster trocknen ließ, erblickte sie ihn, im Hof gegenüber, wie er den Lederkoffer aus dem Range Rover nahm und aufs Haus zuging. Blondes Haar, weiße Lederboots.

Man is es immer selber. Ja. Ja. Aber was, wenn man gar nicht weiß, wer man ist? Die Sonne verschwand hinter einer Wolke, der Gedanke auch, die Stille kam zurück. Der Wagen von Udo stand nicht in der Einfahrt unten, der Rasen wuchs langsam an, nur ein Hund hatte seinen Haufen hingesetzt.

Stefanie saß am Bett, die Beine aufgestützt, den Rücken angelehnt. Sie lauschte ins Haus, nahm die Klospülung wahr im unteren Stockwerk, Wasser im Waschbecken danach, etwas länger als üblich, ihre Wahrnehmung war geschärft nach dem Schläfchen, sie erkannte die Schritte, herauf über die Stiegen, das Akkordeon zwischen den Knien, sie schloss die Augen und hörte nach draußen. Er war wieder da, sie hatte es gewusst. Er ging draußen am Gang, verlangsamte seinen Schritt … dann ging er weiter, an ihrem Zimmer vorbei.

Sie öffnete die Augen, suchte nach der Melodie, sie hatte sie irgendwo tief drinnen gespeichert, sie hatte das früher schon mal gesungen, als kleines Kind hatte sie das Lied gelernt von ihrer Mutter, für sie war es ein Kinderlied gewesen, jetzt nicht mehr, jetzt war es ihr Song.

– Über den Berg ist mein Liebster gezogen
Weit übers Meer ist mein Falke geflogen …

Stefanie suchte mit der Linken kurz nach dem Bass, ja, so ging das, ihre Stimme zart und voller Hoffnung auf das Leben, so gehört das gesungen, ja …

Wenn er gedächte der heimlichen Nächte
Dann kehrte er zurück … Dann kehrte er zurück …

Die Schlafzimmertüre öffnete sich einen Spalt weit, dann noch ein Stückchen weiter, eine Hüfte hatte sie aufgestoßen, ein Mann auf allen vieren, ein blonder Schopf erschien, gemäscht, er kroch näher, Gloria schlief, zur Seite gedreht wie ein kleines Mädchen, wie ihre Tochter, eingerollt am roten Bett, den Teller am Nachttisch noch umklammert, darauf ein letztes Amuse-Gueule … Der Mann war jetzt ganz nah, ganz nah bei ihr, sie spürte seinen Atem und die Wärme und blinzelte, ohne die Augen zu öffnen, da war ein blonder Mann in ihrem Bett. Endlich wieder alles gut. Ein Mann, ein Traum, ein Albtraum zu Ende, er war wieder da, sie zog ihn zu sich, zu ihren Lippen und sie küsste ihn, sie küsste ihn mit der Leiderschaft von siebzehn Jahren, sie hatte ihn wieder zwischen ihren Fingern, endlich, ihr Mann war zurückgekehrt, aus der Verbannung und aus dem Koma und aus der Stille und sie zog ihn ganz nahe zu sich, als wäre es das erste Mal, und griff ihn an, im Gesicht, am Mund, bei der Nase, den Augen, griff hinein in die Haare und fühlte seinen Kopf und hob sein Haar und nahm es ab und hielt es kurz in der Hand, dann warf sie es in hohem Bogen übers Bett. Da lag es nun am Teppich, das kleine gemäschte Tier, und lauschte dem Stöhnen und dem Glück.

Mike war gekommen, gekommen, um zu verschwinden, aber diesmal richtig, er löste sich nun endlich auf, weil es nichts Befreienderes gab, als Liebe zu machen, die Verbindung zweier

Herzen in der Improvisation der Leiber, die sich anschmiegen und anschleichen und wild werden und abheben und unvorhersehbar agieren. Sie zog ihn heran und er zog sich aus, dann legten sie Hand aneinander, streicheln etcetera, BH aufreißen und Slip runter und all die Finessen, die danach folgen, wer geht wann wo wie ran, nie war es ausgemacht und immer passte es im Ablauf optimal, weil es nichts zu erfüllen gab außer der Strömung zu folgen, ein unbegradigter Fluss, ein Wildwasserbach, der sanft plätscherte und dann wieder stürmisch rauschte und sich seinen Weg durchs Gebirge brach. Einmal musste er lachen, weil sie in sein Ohr geblasen hatte, unabsichtlich vermutlich, es war eher ein Atmer gewesen, aber das kitzelt am ärgsten, und dann war er auch schon unter ihr gelegen und sie hatte sich seinen Hals vorgenommen und dann seinen Bauch und er machte aus ihren geföhnten Locken einen verwilderten Adlerhorst und biss in jeden ihrer Finger einzeln hinein, als wären sie kleine Cabanossis und sie zog seinen Schwanz mit dem Mund aus der Hose, FLUPP und weg war er, verschlungen, gottseidank war er da immer sehr auf Sauberkeit bedacht, hatte nach dem Toilettengang sich noch die Zeit genommen ein bisschen nachzuwaschen, nicht ganz ohne Hintergedanken, muss man sagen, meine Güte, er wollte da beileibe keine Schelte bekommen, in einem Moment, wo *der Genuss* an erster Stelle zu stehen hatte, ahhhhhh, sie brauchte jetzt doch ihre Hände und er musste in etwas anderes beißen … Das letzte Amuse-Gueule lachte ihn verführerisch vom Nachttisch an, er schnappte es und ZACK! schon war es in seinem Mund, er musste zugeben, dass sich die Sache etwas zäh anließ, aber er kaute fleißig weiter, bis er das Gefühl hatte, auch ein wenig ins Handeln kommen zu wollen, und sie hochzog und auf den Rücken drehte und jetzt blickte sie ihn an, sie schaute ihm in die Augen wie noch nie zuvor, es gibt kein größeres Glück auf dieser Welt, da war das Sockenaussuchen einfach ein Scheißdreck dagegen, sie packten und küssten einander, working strong, mit dem vollen Geschirr, Lippen, Zähne und Zungen, die nicht mehr aufhören wollen zu spielen, immer rein und noch weiter rein in die Höhle, jaaaahh, sie ließen nicht locker, diese Zünglein, bitte bitte noch eine Runde, bitte weiterspielen!, und er schaffte es irgendwie mit seinen Füßen ihren Slip ganz runter zu schieben, und aus dem Bett zu kicken, damit endlich die volle Beinfreiheit gegeben war, denn nur so konnte man auch die ganze Bewegungsbandbreite ausschöpfen, sie schlang ihre Beine um seinen Hintern, sagte HHHHMMMMM ..., und er sagte MMMHHHHH ... und dann steckten sie sich zusammen, sie steckten sich ineinander, wie das die barmherzige Natur so geplant hatte für die Menschen, und jetzt wusste er es wieder, wieso er jeden Tag gezählt hatte, jede Stunde, die er nicht in ihr gewesen war, weil diese Frau sein Schwarzes Loch war, in das er verschwinden wollte Forever, Dein Mike, und Gloria erhielt ein paar eindeutige Nachrichten aus dem Unterleib, ein pulsierender Ringtone, ein Wecker, der vibrierte und surrte und immer lauter und lauter in ihr abarbeitete, sie wurde wieder wachgeküsst in ihrer Muschi und ihrem Becken und es begann zu klingeln und zu läuten, ihre Haut war durchscheinend und fühlte sich an wie hauchdünnes Papier und es zog sich etwas zusammen in ihrer Gebärmutter, es war das Gefühl, dieses unbändige, das nach Leben und Erfüllung schrie und sie gab dem nach und endlich war sie wieder da und wieder wach, sie knallte ihm eine Ohrfeige ins Gesicht und er knallte ihr eine zurück, am Sofa, im Bett, Schläge und Liebe, Hiebe und Triebe, sie drückten sich aneinander wie zwei Teenies und waren gut dabei, sie waren gut dabei ...

... Jenny hielt sich am Fensterrahmen fest, es war ihr wie ein Blitz durch den Körper gefahren, manchmal passierte das, einfach so ein Blitzschlag, im Stehen und sie schaute hinüber und hoch zum Schlafzimmerfenster der Bittinis, stand einen Augenblick lang da und atmete, sah hinauf in den Wald, der wogte, der mit dem Wind sich neigte und sie wartete auf ein Zeichen, das kommen würde und schloss die Augen, da!... Da war es, ein Muckser, ein kleines MÄH, ein BÄH, ein DI-DAI ... Ihr Kind war aufgewacht, gottseidank, endlich! Sie lief aus dem Badezimmer, hinein zum Baby und hob es aus dem Bett, die Kleine sagte, MA MA, und Jenny nahm es hoch zu sich, drückte ihr Gesicht an den warmen Bauch und legte die kleinen Finger auf ihre frischen Haare ...

Stefanie legte das Akkordeon ab, da sah sie den Zettel, ein Wisch, unter dem Türschlitz durchgeschoben, sie sprang vom Bett und hob ihn hoch, *Du schuldest mir 100 Eier,* stand da drauf. Sie drückte an ihr pochendes Herz das Blatt – es hatte sich gewendet, alles war nun möglich ...

Niki ging durch den weiß-blauen Raum, er sah die Maschinen, er hörte den Sound, den Verkehr von draußen, PIEPS PIEPS, er ließ den Blick schweifen, das Bett links von seinem Vater war leer, das Fenster einen Spalt weit offen, er kam näher, immer näher ... betrachtete die Gestalt in diesem Bett,

And something is happening here
But you don't know what it is ...

Er setzte sich. Wie sollte man jemals verstehen, wer man war, woher man kam und wohin man ging – wenn nicht im Angesicht des Todes. Und er legte seine Hand auf die Wange seines Vaters, seine geschundene, verbundene Hand schmiegte sich an die geschundene Wange, er streichelte das regungslose Gesicht,

– Hallo, Papa ...

LOVE

While my guitar gently weeps. Nun gut. Aha. Tja. Ja ja.

While my guitar gently weeeee-eeeeps ...

Mike war nochmal kurz raus, an die frische Luft. Nun stand er in einem kleinen Geschäft, das Überbleibsel eines Gemischtwaren-Ramschladens, sowas gab es doch eigentlich nur mehr an tschechischen Bahnhöfen in der Provinz, ein Laden, wo man einfach alles bekam, zu jeder Tages- und Nachtzeit, Kaffee, Blumen, Zigaretten, und eine Riesenpackung *Merci,* er hatte der Dame hinterm Tresen 20 Euro Trinkgeld gegeben, einfach, weil sie ihm alles gebracht hatte, was er wollte. Schokolade und einen riesigen Strauß Rosen, Margeriten, Tulpen, mit Grünzeug – das volle Programm, in allen Farben, dazu noch ein wunderschönes rotes Band um die Schachtel *Merci* und ein blaues um die Blumen. Und sie hatte ihm auch gratuliert zur Wahl der Krawatte, die er beim Stöbern gefunden hatte im hintersten Teil des Ladens, zwischen Rätselheften und Aschenbechern. Die Krawatten hatten original Siebzigerjahre-Muster, er hatte das wildeste genommen, und die Verkäuferin hatte genickt, ein wertschätzendes Nicken, ein Hoch auf seinen Look. Er war nun bereit, wieder heimzukehren, viel war passiert in den letzten Stunden, ein ganzes Leben, ja ein Menschenschicksal! war passiert und hatte Gestalt angenommen innerhalb dieses Tages, und nun war die Nacht fast schon hereingebrochen und er war nur noch schnell was holen gefahren, egal was, einfach mit irgendeinem Plunder heimkommen, so wie man das macht, als Mann, der zu seiner Frau zurückkehrt nach dem schnellen Einkauf, er konnte sich an nichts anderes erinnern als an den Wunsch, so ein Leben zu führen,

– Herzlichen Dank, Wiederschauen und schönen Abend!

– Da … Vergessens die Zigaretten nicht!

– Mah, danke … Wartens, da kriegen's noch was von mir!

Mike öffnete das Portemonnaie und eine Stichflamme schoss aus der Geldtasche, so dass die Frau kreischend zurückwich, aber Mike schloss lachend die Börse, die Flamme erstickt und weg, ein alter Trick, aber die Nummer zog immer,

– Kleiner Scherz … Wiederschaun.

Mike zwinkerte ihr zu, ließ das Portemonnaie zurück ins Sakko gleiten und SCHWUPP war er draußen aus der Tür mit Sack und Pack und HOPP sprang er die Stufen hinunter zum Gehsteig, ein herrlich lauer Abend, er klemmte die Bonbonniere unter den linken Arm, zog den Autoschlüssel aus der Hose, sein Escort parkte gegenüber, er blickte hoch, ein blauschwarzer Himmel mit einem Schuss ROT, so wie seine Schleife, er trat auf die Straße,

PPPPPAAAACKCKCK---

Er wurde über die Motorhaube gewirbelt, krachte gegen die Windschutzscheibe, dann flog er übers Auto, hinten wieder runter, klatschte auf den Asphalt, der Wagen fuhr noch gut zwanzig Meter, verlangsamte, ein schwarzes Taxi, er sah den prüfenden Blick des Fahrers in den Rückspiegel, dann gab er Gas – WRRRUMMMMM – und Mikes Augen starrten in den Himmel, da droben flogen noch die Blumen, da schwebten die Halme und Stängel und Blüten und dazwischen ein paar Federn in Slomo zu Boden und verschwanden und aus der Ferne hallten die Schreie,

– IN ZWEI WOCHEN BIST DU TOT, MAUSETOT, DU ARSCH!!!

Mike starrte in den blauschwarzen Himmel mit dem Schuss ROT, kein Gedanke, nur sein Lächeln auf den Lippen, alles leer, alles verblasen, verweht, verloren. Nur die ferne Erinnerung, die Erinnerung als Farbe, Geräusch, Ton, als kippte das Leben einen Teller hinunter, als liefe es auf einen Trichter zu, die Wände wurden enger, kein Gedanke, nur ein Gefühl, das Ohr fühlte, der Zahn schmerzte, das Lid zuckte-

THROWBACK/ HUNGRY HEART

– Was is passiert mit dem Habicht?

Mike nahm das Feuer vom Nachttisch, zündete sich eine Zigarette an. Musik dudelte aus dem Schankraum nebenan. War das immer noch dieselbe Nummer?

Mein Onkel kommt zu Besuch
Er sagt, er nimmt mich mit
Nimmt mich mit in sein Land ...

Die Kellnerin rückte ihre Bluse zurecht, sie klemmte ein wenig unter dem linken Arm,

– Der Bauer hat ihn umgebracht. Er muss ihn umbringen. Wenn ein Habicht einmal weiß, wo deine Hühner sind, dann kommt er immer wieder zurück ... Bis alle Hühner tot sind. Verstehst du?

– Ja, aber willst ihm das vorwerfen? Was soll er denn sonst machen, der Habicht? ... Fernsehen?

Mike gab ihr die Zigarette, sie nahm einen tiefen Zug,

– Er könnt auf Urlaub fliegen ...

Mike schaute auf die Decke, er blickte in den Himmel, blauschwarz mit einem Schuss ROT.

– Niemand, der hungrig is, macht Urlaub.

Von weit her ein Brummen, es schwillt an, kommt näher, Reifen quietschen, ein Wagen schleift sich ein ...

... eine Autotüre wird aufgerissen, ein Sprung auf den warmen Asphalt, schwere Stiefel laufen zum auf der Straße Liegenden, kräftige Arme packen ihn am Sakko und ziehen ihn zum Auto, der Motor läuft, unter Aufwendung all seiner Kräfte hievt der Mann den Leblosen auf den Beifahrersitz, kurbelt den Sitz zurück, schnallt ihn an, der Kopf baumelt, kippt zur Seite, er kurbelt weiter zurück, bis Mike fast flach liegt und sein Kopf nach hinten kippt, er fixiert ihn mit seiner Jacke, klemmt sie als Kissen zwischen Fenster und Schädel, wirft die Tür zu, läuft zur Fahrerseite-

Mike hängt in den Seilen, der Driver blickt ihn an, es geht runter zur Stadt, hinein in die glühende Nacht, er checkt ihn mit einem Seitenblick, noch immer keine Regung, Kratzer im Gesicht, Blut, ein Cut unter und eins über dem Auge, aber das sagt alles nichts über die inneren Organe, denn da liegt oft der Hund begraben, ein unentdeckter Leberriss, eine gequetschte Niere – da schlägt Mike die Augen auf, ein roter Schleier vor den Pupillen, er braucht einige Sekunden, bis er versteht, die Lider fallen ihm wieder zu, Jochbein gebrochen, Schlüsselbein, ein Panzergeneral ohne Panzer, Mike quält sich ein Lächeln aus dem Mund,

– Stark, Udo ... Fahrma Tschick kaufen? ...

Udo betrachtet ihn, knallt die Fünfte rein, das is gewagt im Stadtgebiet,

– Spar dir die Luft ... Die wirst noch brauchen.

– Ha!

Der war gut, sehr gut sogar! Unter Aufwendung all seiner Kraft hebt Mike seine linke Hand, über die Handbremse, streckt sie hoch, ein stechender Schmerz, die Rippen auch ruiniert, und Udo nimmt Mikes Hand, ohne von der Straße wegzusehen, und hält sie, drückt sie, hält ihn am Leben, zwei Männer ein Händedruck, wer ist der Jäger und wer der Gejagte, das Folgetonhorn plärrt, Udo gibt Gummi, lenkt mit der Linken, Mike blubbert eine Blutblase aus dem Maul, dann wird ihm schwarz vor Augen.

HELLO GOOD-BYE

Ein neuer Morgen bricht an, aber der heiße Dampf rollt über die Straßen, als wäre es 13 Uhr in Miami, Florida. Der Koloss erwacht zum Leben. Am Dach stehen Schwestern und Pfleger zum Rauchen. Die Vögel ziehen hier heroben ihre Runden und unten, ganz klein, lädt ein Wäschelieferant seine Ware am Hintereingang ab. Vorne parken vier Rettungswägen, reger Betrieb in der Notaufnahme, die Bude platzt aus allen Nähten. Auch auf Intensiv ist das letzte Bett vergeben.

Dort, im dritten Stock, am Ende des Ganges, ist eine Tür, geschlossen, und dahinter liegt ein weißer Raum. Hellblaue Fliesen, Maschinen, die pfeifen und pusten und pumpen, ein gedämpfter Technobeat, PIEPS ... PIEPS, kleine Lichter zur Kontrolle, zur Überwachung, zur Sicherheit, neonhelles Licht, schon in der Früh, das Fenster einen Spalt weit offen.

Ein paar Vögel sind zu hören, die hohen Bäume im Innenhof geben ihnen Unterschlupf, sie zwitschern fröhlich, weil sie nicht ermessen können, worum es hier herinnen geht.

Das rechte Bett ist belegt ...

PIEPS ...

PIEPS ...

Und nun auch das linke.

The Intensive Care Unit proudly presents:
Der Onkel/The Hawk*
a BITTINI BROTHERS Double Feature, starring
Sandro Sanguine … and … Magic Mike.

Zwei Männer liegen da jetzt also, nebeneinander in einem Raum. Zwei Brüder an der Weggabelung ihres Lebens, ihre Gesichter an die Decke gerichtet, was schwimmt dort oben, welcher Fliesenhimmel, welche Farben, welche Zeit, welche Stimme, welche Zeit, welcher Tag, welches Licht dringt durch, welcher Raum ist das, in dem sie sich bewegen, welche Fläche, welcher Fluss …

Je länger sie hier liegen, desto mehr schwingen sie gemeinsam, zwei elementare Teilchen im Nichts, die sich berühren, entfachen, verbinden. Zwei Menschen, eine Seele, zwei Brüder, ein Gedanke, sie haben längst voneinander erfahren, haben es gespürt, aber noch bleibt es unter der Oberfläche, noch brodelt das Bewusstsein und kocht nicht über, aber bald wird der Punkt erreicht sein, dann schlägt der eine die Augen auf …

Es ist Mike, er kämpft sich zurück, er hat den Weg aus dem zeitlosen Raum gefunden, er ist von der Schippe gesprungen, vorerst, sein Gesicht schmerzt, die ganze Batterie pulsiert, alles geschwollen, Mikes Augen sind verklebt, im Mund der angeschlagene Zahn, Sandro fühlt ihn auch, seinen Zahn, er tippt mit der Zunge drauf, die Erinnerung an etwas, das ihm gehört und das er verlassen musste, und jetzt kehrt auch er zurück, irgendetwas zieht ihn heraus aus diesem farblosen Traum, in dem er gefangen war, so viele Stunden, Tage, Jahre, *Wie viele Jahre war ich hier?* fragt er sich und blickt sich um im Raum und sieht, was er niemals hätte sehen sollen, einen Mann im Bett neben sich, ein bekanntes Gesicht, verschwollen, genäht und verbunden, ein dunkles Auge blitzt, es starrt ihn an von der Seite, Sandro saugt die Luft ein, er kann wieder atmen, das

Auge verfolgt ihn, und der zerschundene Mund öffnet sich, er wird etwas sagen, Sandro ist ganz Ohr,

– Kuckuck … i bin's!

Und nun wird ihm langsam klar, wer ihn erweckt hat – Es ist der, mit dem er nicht gerechnet hätte, der Fürst der Finsternis, der Falott, das verstoßene Familienjuwel – ungläubig versucht er mehr zu erhaschen von dieser dunklen Gestalt dort drüben, doch die hängt noch was dran,

– Kennst den? … *Wozu brauche ich Beine, wenn ich fliegen kann*?

Sandro kann es nicht fassen, er schließt die Augen, doch auch nach dem Öffnen ist die Gestalt noch da und serviert ihm die Pointe,

– … Ich sag *zum Landen!*

Das war zu viel, für beide Kontrahenten, sie schließen erschöpft die Augen, Mike schnaufend, Sandro stöhnend. So hätte er sich seine Wiederkehr nicht ausgemalt, so nicht, sein verrückter Bruder im selben Zimmer – Was war passiert, war er nun auch verrückt geworden, endgültig durchgedreht, war das die Hölle, von der alle sprachen? Aber nein, dieser Witz hatte nichts Biblisches, das war einfach Mike, der Halunke und Hurensohn, Höllenbraten und Himmelhund, wie immer völlig daneben. Sandro schloss die Augen, er wollte wieder zurück, zurück in die Leere, zurück ins Nichts …

So können sie nun endlich entschlafen. Für einen Moment lang spielte in ihren Körpern das Blut Granada, geriet in Wallung, die Wellen schlugen hoch … In ihrer beider Seelen spiegelte sich die Sehnsucht nach dem Leben und der Liebe, die Gier nach dem kleinen Stück Welt, das uns gegeben ist und das wir fanatisch festhalten am Rockzipfel und das uns all das ertragen lässt. All das. Die geschundenen Gesichter der Alten, das verzweifelte Weinen der Kinder, in ihren Augen das unendliche Unverständnis, das sich durch nichts erklären und durch nichts beschönigen lässt, die erbarmungslose Grausamkeit der Menschen, die sich niedermetzeln, ausbomben, verstümmeln und bis zum letzten Atemzug quälen. DESTRUCTION ALL OVER THE WORLD.

All das vergessen wir, um ein Stück dieser Welt zu erhaschen und es zu liebkosen und uns geborgen zu fühlen, aufgehoben und geliebt und manchmal unbändig und frei …

… PIEPS … PIEPS … So schweben die Patienten zwischen Himmel und Erde, hängen aufgespannt im weißen Raum … im Nichts, im Nirwana … Alles ist eins, weil es nur das Jetzt gibt … Breath in breath out … Es gibt eine Konstante, das ist die Unendlichkeit, Forever, Dein Sandro, Dein Mike, gone forever, Everything now, Everything now, I say hello and you say good-bye … … PIEPS PIEPS PIEPS PIEPS …

Ein blauroter Regenbogen auf schwarzem Grund.
Darüber zieht der Habicht seine Kreise.
Unser Onkel will Beute machen.
Ein Vogel, wild at heart,
ein Spieler und ein Joker.
Er stolpert in den Stall und bringt das Lachen zurück
Ins Herz der Finsternis.
Ein Loch in der Socke, ein lüsterner Blick.
Er kommt um zu helfen, bringt das Chaos und findet die Liebe.
Was nun? Was tun?
Wirst du zum Huhn?
Oder bleibst du der Greifer?
Der Angreifer Mike?
Was wirst du tun?

FAMILIENAUFSTELLUNG

Alle sind da. Sie sind alle gekommen, stehen am Fußende der Betten, ordentlich aufgereiht. Wie zur Party am Nachmittag. Zur Grillage. Jenny im hellblauen Kleid, ihr Baby im Arm, Udo in seinem rosa Wollpullover, Niki in Lacoste und Stefanie stupst ihre Mutter an.

Gloria steht in der Mitte, sie thront in der Mitte, hat den Vorsitz inne. Sie betrachtet die beiden Männer, links und rechts, sie lässt den Blick zwischen den beiden schweifen – da schlägt Mike die Augen auf, und auch Sandro schlägt die Augen auf, WHAT THE FUCK?!?

Sie sehen die Frau in der Mitte und Stefanie stupst sie an, Gloria schaut hin und her, zwischen den beiden Männern, wen, wen wird sie erwählen? Sie tritt einen Schritt vor, alle Augen auf ihr, aber es wirkt nicht so, als würde ihr die Entscheidung schwerfallen, sie geht nun auf die beiden zu, zwischen den zwei Betten den schmalen Gang entlang – Sandro blickt zu Mike, verdammt. Er sieht die ausgestreckte Hand von Mike, genauso wie er ihr selbst mit allerletzter Kraft die Hand hinstreckt, die gleiche verzweifelte Geste, NIMM MICH!

Mike blickt zu Sandro, zwei Brüder, zwei Rivalen, dann schauen sie beide zu Gloria, sie strecken beide die Hand aus nach ihrer Frau WANN ENDET DIESER ALBTRAUM ODER SIND WIR SCHON TOT und Gloria geht weiter auf sie zu, immer näher und näher, jeder will sie erhaschen und gewinnen, die Frau ist die Jägerin, sie ist nun ganz knapp dran, steht zwischen den beiden Brüdern, deren Hände ihren Rock berühren und JETZT, jetzt blickt sie nach rechts … und dann noch ein finales Mal nach links, je nachdem von welcher Seite man eben draufschaut, und hat sich bereits entschieden.

MUSIK!

AM ENDE ETWAS FIXES

Immer wenn er für längere Zeit wo hängen blieb, musste er an dieses Haus am Stadtrand denken, in dem er einige Zeit gewohnt hatte, im Ganzen sicher vier Monate. Die Hütte war Anfang der Siebziger gebaut und seitdem kein einziges Mal renoviert worden, was an sich kein Problem war. Das Dach schien in Ordnung, der Regen blieb draußen und die Wände waren dicht genug im Winter. Der Besitzer war kaum da und hatte ihm das Haus mit der Auflage überlassen, es hie und da zu putzen, das Laub wegzubringen und die Vögel zu füttern. Es lebte sich also ganz angenehm und ohne allzu viel Stress. Die Decke im Schlafzimmer war aus Holz und man konnte die Astlöcher studieren, bevor man sanft wegknackte. In der Früh wachte man vom Gezwitscher auf und nur hie und da musste man eine Spinne aus dem Schlafzimmer kicken.

Da war nur eine Sache, die er nie ganz auf die Reihe kriegte. Er konnte sich einfach nicht vorstellen, für immer an einem Ort zu bleiben. Da war etwas, das ihn daran hinderte. Und in diesem bescheidenen Haus wurde sein Unbehagen plötzlich sichtbar, denn sonst wäre er dort sicher weiter geblieben, also, auch auf längere Sicht. Hätte hin und wieder die Nachbarin auf ein Glas Wein eingeladen, wäre ab und an in die Stadt gefahren auf ein Schnitzel und einen Wutzler und hätte im Garten sein Gras angepflanzt … Aber wie gesagt, diese eine Sache vermieste ihm alles.

Die Würmer kamen ins Haus. Es war ihm am Anfang nicht aufgefallen, aber nach ein paar Wochen wurde ihm klar, dass das keine einmalige Sache war. Nein, regelmäßig, in nicht zu verstehenden Phasen kamen diese drei bis vier Zentimeter langen, zwei Millimeter dicken schwarzen Dinger unter den Türritzen rein ins Haus. Diese Urzeitwürmer krochen herein, um wenige Zeit danach einge-

rollt irgendwo zu verdörren. Verrückt. Er konnte sich keinen Reim drauf machen, normalerweise schienen solche Viecher irgendeine Form von Instinkt zu besitzen, aber in diesem Fall? Warum kamen sie rein? Warum suizidierten sie sich mit einer unfassbaren Selbstverständlichkeit? Wollten sie einfach in die gute warme Stube? Und merkten sie nicht, dass es ihr Untergang war?

Und so wurde ihm die Sache langsam klar. Er wollte nicht den Weg der Würmer gehen. Ins Warme kriechen und krepieren. Eingerollt im Eck zu verdörren war keine Option, die ihn magisch anzog. Es widersprach seinen Instinkten und allem, wofür es sich lohnte zu leben. Also raus! Raus aus dem Haus, und rein in den Regen und in die Nacht und den Wind und rein in alles, was weh tut. Und die größte Freude bereitet.

Und jetzt.
Schlaf gut.

Heli MERCI,
Hilde
Elisea, Janosch, Maris und Cosima
Marili & Reini, Glawo Forever